清末《清議報》、《新民叢報》詩詞輯校

江曉輝　輯校

臺灣學生書局印行

清末《清議報》、《新民叢報》詩詞輯校

目次

光緒二十五年一月十一日（公元一八九九年二月二十日）

《清議報》第六冊

光緒二十五年一月二十一日（公元一八九九年三月二日）

《清議報》第七冊

光緒二十五年二月一日（公元一八九九年三月十二日）

《清議報》第八冊

光緒二十五年四月十一日（公元一八九九年五月二十日）

《清議報》第十五冊

光緒二十五年四月二十一日（公元一八九九年五月三十日）

《清議報》第十六冊

光緒二十五年五月一日（公元一八九九年六月八日）

《清議報》第十七冊

光緒二十五年五月十一日（公元一八九九年六月十八日）

《清議報》第十八冊

光緒二十五年五月二十一日（公元一八九九年六月二十八日）

《清議報》第十九冊

光緒二十五年六月一日（公元一八九九年七月八日）

《清議報》第二十冊

光緒二十五年七月二十一日（公元一八九九年八月二十六日）

《清議報》第二十五冊

光緒二十五年八月一日（公元一八九九年九月五日）

《清議報》第二十六冊

光緒二十五年八月十一日（公元一八九九年九月十五日）

《清議報》第二十七冊

光緒二十五年八月二十一日（公元一八九九年九月二十五日）

《清議報》第二十八冊

光緒二十五年九月一日（公元一八九九年十月五日）

《清議報》第二十九冊

光緒二十六年正月一日（公元一九〇〇年一月三十一日）

《清議報》第三十四冊

光緒二十六年正月十一日（公元一九〇〇年二月十日）

《清議報》第三十五冊

光緒二十六年二月一日（公元一九〇〇年三月一日）

《清議報》第三十七冊

光緒二十六年三月十一日（公元一九〇〇年四月十日）

《清議報》第四十一冊

光緒二十六年三月二十一日（公元一九〇〇年四月二十日）

《清議報》第四十二冊

光緒二十六年四月一日（公元一九〇〇年四月二十九日）

《清議報》第四十三冊

《清議報》第四十六冊

光緒二十六年五月十一日（公元一九〇〇年六月七日）

《清議報》第四十七冊

光緒二十六年五月二十一日（公元一九〇〇年六月十七日）

《清議報》第四十八冊

光緒二十六年六月一日（公元一九〇〇年六月二十七日）

《清議報》第四十九冊

光緒二十六年六月十一日（公元一九〇〇年七月七日）

《清議報》第五十冊

光緒二十六年八月十一日（公元一九〇〇年九月四日）

《清議報》第五十六冊

光緒二十六年八月二十一日（公元一九〇〇年九月十四日）

《清議報》第五十七冊

光緒二十六年閏八月一日（公元一九〇〇年九月二十四日）

《清議報》第五十八冊

光緒二十六年閏八月十一日（公元一九〇〇年十月四日）

光緒二十六年十一月二十一日（公元一九〇一年一月十一日）

《清議報》第六十九冊

光緒二十七年正月一日（公元一九〇一年二月十九日）

《清議報》第七十冊

光緒二十七年正月十一日（公元一九〇一年三月一日）

《清議報》第七十一冊

光緒二十七年正月二十一日（公元一九〇一年三月十一日）

《清議報》第七十二冊

光緒二十七年二月一日（公元一九〇一年三月二十日）

《清議報》第七十三冊

光緒二十七年二月十一日（公元一九〇一年三月三十日）

《清議報》第七十四冊

光緒二十七年二月二十一日（公元一九〇一年四月九日）

《清議報》第七十五冊

光緒二十七年三月一日（公元一九〇一年四月十九日）

《清議報》第七十六冊

光緒二十七年三月十一日（公元一九〇一年四月二十九日）

《清議報》第七十七冊

光緒二十七年五月一日（公元一九〇一年六月十六日）

《清議報》第八十二冊

光緒二十七年五月十一日（公元一九〇一年六月二十六日）

《清議報》第八十三冊

光緒二十七年五月二十一日（公元一九〇一年七月六日）

《清議報》第八十四冊

光緒二十七年六月一日（公元一九〇一年七月十六日）

《清議報》第八十五冊

光緒二十七年六月十一日（公元一九〇一年七月二十六日）

《清議報》第八十六冊

光緒二十七年六月二十一日（公元一九〇一年八月五日）《清議報》第八十七冊

光緒二十七年七月一日（公元一九〇一年八月十四日）《清議報》第八十八冊

光緒二十七年七月十一日（公元一九〇一年八月二十四日）
《清議報》第八十九冊

光緒二十七年七月二十一日（公元一九〇一年九月三日）
《清議報》第九十冊

光緒二十七年八月一日（公元一九〇一年九月十三日）
《清議報》第九十一冊

光緒二十七年八月十一日（公元一九〇一年九月二十三日）

《清議報》第九十二冊

光緒二十七年八月二十一日（公元一九〇一年十月三日）

《清議報》第九十三冊

光緒二十七年九月一日（公元一九〇一年十月十二日）

《清議報》第九十四冊

光緒二十七年九月十一日（公元一九〇一年十月二十二日）

《清議報》第九十五冊

光緒二十七年九月二十一日（公元一九〇一年十一月一日）《清議報》第九十六冊

光緒二十七年十月一日（公元一九〇一年十一月十一日）《清議報》第九十七冊

光緒二十七年十月十一日（公元一九〇一年十一月二十一日）

《清議報》第九十八冊

光緒二十七年十月二十一日（公元一九〇一年十二月一日）

《清議報》第九十九冊

光緒二十七年十一月十一日（公元一九〇一年十二月二十一日）

《清議報》第一百冊

詩界潮音集

光緒二十八年正月一日（公元一九〇二年二月八日）

《新民叢報》第一號

光緒二十八年正月十五日（公元一九〇二年二月二十二日）

《新民叢報》第二號

棒喝集

光緒二十八年二月一日（公元一九〇二年三月十日）

《新民叢報》第三號

光緒二十八年三月一日（公元一九〇二年四月八日）

《新民叢報》第五號

東瀛輶軒集

光緒二十八年三月十五日（公元一九〇二年四月二十二日）

《新民叢報》第六號

光緒二十八年四月一日（公元一九〇二年五月八日）

《新民叢報》第七號

光緒二十八年四月十五日（公元一九〇二年五月二十二日）

《新民叢報》第八號

光緒二十八年五月十五日（公元一九〇二年六月二十日）

《新民叢報》第十號

光緒二十八年七月一日（公元一九〇二年八月四日）

《新民叢報》第十三號

光緒二十八年八月十五日（公元一九〇二年九月十六日）
《新民叢報》第十六號

光緒二十八年九月一日（公元一九〇二年十月二日）
《新民叢報》第十七號

光緒二十九年六月二十九日（公元一九〇三年八月二十一日）

《新民叢報》第三十六號

光緒二十九年七月十四日（公元一九〇三年九月五日）

《新民叢報》第三十七號

光緒二十九年十二月二十九日（公元一九〇四年二月十四日）
《新民叢報》第四十六至四十八號

光緒三十年八月一日（公元一九〇四年九月十日）
《新民叢報》第三年第四號（原第五十二號）

光緒三十年九月一日（公元一九〇四年十月九日）
《新民叢報》第三年第六號（原第五十四號）

前言

年前準備博士候選人資格考時，因查找「詩界革命」的相關資料及詩作，整日在圖書館逐本翻閱《清議報》和《新民叢報》的合訂本。這些詩作分散於各卷各冊，某些頁面印刷模糊，不少詩作又有錯字別字，對閱讀和研究均造成不便。《清議報》和《新民叢報》作為「詩界革命」最重要的發表園地，對近現代詩歌發展有重要意義，亦是近代詩歌研究的必備文獻。本以為兩報距今已逾百年之久，應會有學者將其中所載詩歌輯校出版。但多番搜尋之後，發現雖不乏相關的研究論文專書，《新民叢報》中的「飲冰室詩話」早已結集成書，卻無人輯校過兩報中的詩作並結集出版。

《清議報》是晚清維新派變法失敗後，梁啟超避走日本，於一八九八年十二月二十三日（光緒二十四年十一月十一日）在橫濱創辦的報刊，以鼓吹君主立憲，主持清議，開啟民智為目的。該報逢農曆初一、十一、廿一發刊，至一九〇一年十二月二十一日（光緒二十七年十一月十一日），發行第一百期後停刊。梁氏繼於一九〇二年二月八日（光緒二十八年一月一日），在橫濱以半月刊形式，發行《新民叢報》，鼓吹「新民」。該報至一九〇七年十一月二十日（光緒三十三年十月十五日）停刊，共發刊九十六期。《清議報》出版之初，即設有「詩文辭隨錄」的專欄，以發表康、梁等人及其他來稿者的詩、詞、文；《新民叢報》亦設有「文苑」，其中除「詩界潮音集」一欄，刊登投稿的詩詞作品外，亦刊載過翻譯外國詩歌的「棒喝集」、「東瀛輶軒集」及梁氏所撰之「飲冰室詩話」。「詩界潮音集」至三年第六號（原第五十四號）結束，改由「飲冰室詩話」以詩話的形式介紹詩作。橫濱新民社曾將《清議報》匯出，刪去廣告雜項，輯為《清議報全編》，「詩文辭隨錄」亦改稱「詩界潮音集」。本書收錄作品即包括《清議報》之「詩文辭隨錄」，及《新民叢報》之「詩界潮音集」、「棒喝集」、「東瀛輶軒集」等欄目所載之詩、詞、文。

《清議報》與《新民叢報》是維新派的機關刊物、海外喉舌，雖然「戊戌政變」失敗，但維新之勢已成，歷史進程不可中止，特別是梁氏等人東走日本，遊歷他國後，眼界大開，更意識到開啟民智、學習西方以保國保種的迫切性。兩份報刊遂成為其鼓吹之具，將大量新知新聞輸入中國，造成深遠影響，如梁啟超言：「自是啟超復專以宣傳為業，為《新民叢報》、《新小說》等諸雜誌，暢其旨義，國人競喜讀之，清廷雖嚴禁不能遏。每一冊出，內地翻刻本輒十數。二十年來學子之思想，頗蒙其影響。」（《清代學術概論》）《清議報》在第一期的〈敘例〉中宣示該報宗旨為：一、維持支那之清議、激發民氣；二、增長支那人之學識；三、交通支那日本兩國之聲氣、聯其情誼；四、發明東亞學術以保存亞粹。《新民叢報》進一步提出「新民」，在創刊號的〈本報告白〉明言要「務采合中西道德以為德育之方針，廣羅政學理論以為智育之原本」。梁氏以詩歌為啟蒙、鼓吹之具，因而兩報刊載的詩作，多呼應辦報目的，反映了時代精神。

更重要的是，梁啟超正是在《清議報》上發起「詩界革命」，並以該報及《新民叢報》為主要陣地。梁氏於一九〇〇年二月在《清議報》三十五期中，發表了《汗漫錄》，提出詩歌改革的迫切性及改革的綱領，即「新意境」、「新語句」、「古人之風格」的「三長」之說，引起海內外的響應，使傳統詩歌的發展出現新變，成為近代最重要的詩歌改革運動。雖然「詩界革命」隨著《新民叢報》的停刊而式微，但其餘波影響到民國的傳統詩歌和白話新詩，甚至當代詩歌的發展。所以這些詩歌，不但有歷史、文獻上的意義，對當代詩歌發展亦有啟示作用。

綜合而言，「詩文辭隨錄」和「詩界潮音集」中的詩作具有以下的研究價值：一、這些詩歌的作者，絕大部分都是維新派或其支持者，泰半詩中的所記所述，都與維新運動有關，詩歌作為史料，可以使維新運動的歷史圖像更為完整和立體。二、作為「詩界革命」的主要陣地，從大量詩作中可以了解到「三長」的綱領是如何落實，又如何隨著梁氏理論的調整而改變，以及詩歌改革成果和缺失等問題。三、「啟蒙」與「救亡」是近現代中國面對的兩個主題，這些詩歌可以提供一種角度，觀察時人如何受到西方各種思潮的影響（如進化思潮、科學思潮、女權思潮），如何反省及革新傳統文化，以及如何在亡國亡種的危機下，通過「啟蒙」，喚醒國人，達到「救亡」的目的。四、從不同時期發表的作品中可以看出，部分詩人（如梁啟超）一度在君主立憲和共和革命的立場中搖擺、猶豫；一些原本支持君主立憲的詩人（如高旭、馬君武），最終轉向支持共和革命。這些詩作可以讓我們更了解這些詩人在時局變化下的選擇和心路歷程。五、近現代有大量詩人的作品因各種原因散失，未能整理出版，而報刊上的登載則能保存其一鱗半爪。「詩文辭隨錄」和「詩界潮音集」中即有不少未結集出版的散佚之作，具有一定文學史料的價值。六、子曰：詩可以群。傳統詩人以詩為交際唱酬之具，或通過詩歌凝聚群體，在「詩文辭隨錄」和「詩界潮音集」即可發現不少例子，如對《風月琴樽圖》的集體題詠、對惺庵詩作的酬和，都展現出詩人間的互動和同情共感。

然而，上述的這些研究價值，在詩作分散於各卷各冊，未經整理的情況下，是難以突顯的。《清議報》雖已輯為《清議報全編》，有「文苑」的專集，卻存在著無列明刊登日期、內容多有缺漏、錯別字多等問題。《新民叢報》並無類似的彙編，對研究者和讀者而言，動輒要翻閱十多二十冊的合訂本，對於查找資料，亦甚為不便。筆者有感於此，故不揣淺陋，將「詩文辭隨錄」和「詩界潮音集」、「棒喝集」、「東瀛韜軒集」之詩作輯為一冊，按其次序，列明刊登日期，註明作者原名及生平，並與作者已出版的詩集互相參照，校訂錯字別字。微力所限，難免掛一漏萬，還望專家學者賜正。

最後，要感謝東海大學林香伶老師及國立清華大學李欣錫老師的指點和意見，使本書的輯校得以順利進行。

二〇一八年六月十八日

凡例

一、本書乃合《清議報》的「詩文辭隨錄」及《新民叢報》的「詩界潮音集」、「棒喝集」、「東瀛輶軒集」中之詩、詞、文而言;「飲冰室詩話」因已有結集出版,故不收錄。

二、「詩文辭隨錄」部分,以清議報報館編:《清議報》(北京:中華書局,1991年)為主要依據版本,印刷模糊處則按新民社輯:《清議報全編》(臺北:文海出版社,1987年)補正,如遇錯別字疑義時,則兩版本互相參照,擇其善者,並在註中說明;「詩界潮音集」、「棒喝集」、「東瀛輶軒集」部分,則以馮紫珊編輯:《新民叢報1902-1907》(臺北:藝文印書館,1966年)為依據之版本。

三、《清議報》每冊上均列明發刊時間,逕自採入本書;《新民叢報》有若干冊無列明日期,則按中國革命史研究會編:《新民叢報目錄》補入。

四、為保留詩作刊登時的原貌,除作者別號之「厂」、「广」字改為「庵」字,以利辨識外,內文中之通假字、異體字,盡量保留原貌,不作修改。

五、詩作與作者已出版之詩集或全集互相校勘,詩題如有不同,則採用刊登時之詩題,另加備註;如有錯字或別字,則校正之;如不同版本之字句有異,則擇其善者錄之,並加以說明,惟仍以保留詩作刊登時原貌為原則。

六、作者原名及資料之考訂,主要參考陳玉堂編:《中國近現代人物名號大辭典》(杭州:浙江古籍出版社，2005年）及楊廷福、楊同甫編：《清人室名別稱字號索引》（上海：上海古籍出版社，1988年）等工具書。

詩文辭隨錄

光緒二十四年十一月十一日（公元一八九八年十二月二十三日）

《清議報》第一冊

戊戌八月國變記事四首[一]　更生（康有為）[二]

歷歷維新夢，分明百日中。莊嚴對宣[三]室，哀痛起桐宮。禍水滔中夏，堯台悼聖躬。小臣東海淚，望帝杜鵑紅。

遮雲金翅鳥，啄食小龍飛。海水看翻立，昊天怨式微。哀哀呼后土，慘慘夢金闈。千載黿鼇恨，王孫有是非。

[一] 康有爲撰，姜義華、張榮華編校：《康有爲全集》（北京：中國人民大學出版社，2006年）作〈戊戌八月國變記事〉。

[二] 康有為（1858-1927），原名祖詒，字廣夏，號長素，戊戌政變失敗後改名更生，廣東南海人，故又稱「康南海」，近代思想家、政治家，維新運動領袖。1895年《馬關條約》簽訂後，參與發起「公車上書」。同年中進士，官工部主事。1897年上書光緒帝，請求變法，次年獲光緒召見，被命為總理衙門章京，開始籌備新政，推行百日維新。戊戌政變失敗後，避走海外，歷遊三十一國，成立保皇會，鼓吹君主立憲。1913年回國，1917年參與「張勳復辟」失敗，1927年逝世。著有《新學偽經考》、《孔子改制考》、《大同書》等。本書中署名更生、西樵樵子、青木森、素庵、延香館主、明夷者，皆為康氏。

[三] 清議報報館編：《清議報》（北京：中華書局，1991年）與新民社輯：《清議報全編》（臺北：文海出版社，1987年）均作「溫」，今從《康有爲全集》作「宣」。《清議報全編》，下簡稱《全編》。

吾君眞可恃，哀痛詔頻聞。未定維新業，先傳禪讓文。中原皆沸鼎，黨獄起愁雲。上帝哀臣罪，巫陽筮予魂。

南宮慙奉詔，北闕入無軍。抗議誰曾上，勤王竟不聞。更無敬業卒，空討武曌文。痛哭秦庭去，誰爲救聖君。

文信國日月星辰硯歌并叙　譚嗣同[一]

硯藏醴[二]陵張氏，長五寸，廣半之，博又半之，質細膩，微白。圓暈徑寸，黑白周數重，中微黃，又中則純白，圓勻朗潤，皎若秋陽。星二，徑一分[三]，一半之。背暈益大，黑白紛錯，宛然大地山河影。太極圖一，徑二分，赤白各半。餘類雲霞類沫者，乍隱乍見，莫得名目。右側鐫銘曰：「瑞石成文，星辰日月。不磷不緇，始終堅白。」末署「文天祥識」。昔楊鐵崖以七客名寮，玉帶生居其一，吾不知視此奚若？而鐵崖不矜細行，厥號「文妖」。張氏寶此硯，尤願有以副此硯也。余舊蓄信國蕉[四]雨琴，亦曠代罕覯，行出相質，而詩以先焉。

天地旣以其正氣爲河嶽、爲星日，復以餘氣爲日月星辰之怪石。河嶽精靈鍾偉人，偉人旣生石亦出。

一　譚嗣同（1865-1898），字復生，號壯飛，湖南瀏陽人，故又稱「譚瀏陽」，維新運動重要成員，「戊戌六君子」之一。少博覽群書，嗜西學，好擊劍，曾遊歷西北、東南各地。1896年供職南京時著《仁學》。1897年回長沙協辦新政。1898年奉召入京，授四品軍機章京，參與百日維新。戊戌政變失敗被捕，英勇就義。後人將其著作輯為《譚嗣同全集》。

二　《全編》作「禮」，今從《清議報》及譚嗣同撰，蔡尚思、方行編：《譚嗣同全集（增訂本）》（北京：中華書局，1991年）作「醴」。

三　《全編》作「徑一分」，《清議報》及《譚嗣同全集》作「一徑分」，前者意較妥，從前者。

四　《清議報》及《全編》均作「蕉」，《譚嗣同全集》作「焦」，從前者。

吁嗟乎！石不自今日而始，石亦不自今日而終。信國與之亦偶逢，遂令千載見者懷清風。當年喋血戎馬中，與爾堅白之質相磨礲。方謂事定策爾功，天樞一絕徒相從。天樞絕，坤維裂；潮無信，海水竭；御舟覆，崖山蹶。豐隆伐鼓呼列缺，雲師狂奔風烈烈。雙輪碎碾蔚藍屑，萬星盡向滄溟滅。竹如意斷冬青歇，壘山之外誰見節。斯時日月星辰安在哉，賴此片石獨留不夜之星辰，長明之日月。

與黃老賢[一]　譚嗣同

長安有遊俠，飛鞚連錢驄。短劍曼胡纓，舉世難可雙。借問當何往，稅駕趙城東。聞有趙主父，意氣人所雄。引弓衣旃裘，鮮卑語亦工。長跪前致詞，少安子母匆。胡服豈不好，其效亦已窮。

宣防迫冬日，乃在登封後。由來事泰侈，災眚與之耦。馮夷歌以嬉，太白日見蔀。洪水與兵戎，兩者自交紐。孰為防川策，先戒防民口。

嶽嶽萬戶侯，不及獄吏尊。干戈既云戢，令甲遂紛紜。寥寥三章約，恢恢大度存。相國小吏耳，購若毋乃勤。黃虞邈然逝，法以賢於人。

杳矣爽鳩樂，凄其雍門歌。百年倏已徂，流慨當如何。朔風赴嚴節，嘉植不復華。寵利患不得，既得哀始多。豈無一可悅，生也亦有涯。用世苟無具，雖用終蹉跎。堂堂兩大[二]人，淹翳同委波。

光緒二十四年十一月二十一日（公元一八九九年一月二日）

一　《全編》未收此詩；《譚嗣同全集》將此四首收入〈詠史七篇〉。

二　《清議報》及《全編》均作「夫」，今從《譚嗣同全集》作「大」。

《清議報》第二冊

熱海魚見磯[一]　更生（康有為）

魚見磯頭孤嶼青，冥冥雲水見漁舲。茫茫身世雙筇杖，莽莽乾坤一草亭。熱海湧煙衝地上，怒濤捲石帶梵聽。太平洋濶遠天近[二]，夜夜驚波郤不平。

鸚鵡洲弔禰正平　譚嗣同

雲冥冥兮天壓水，黃祖小兒挺劍起。大笑語黃祖，如汝差可喜，丈夫呰窳偷生固當伏劍斷頭死。生亦我所欲，死亦貴其所。側聞漢水之南，湘水之滸，桂旗靡煙赴簫鼓。若有人兮靈均甫，波底喁喁雙鬼語。歲歲江蘺哭江渚。江渚去鄴城，迢迢復幾許。有血不上鄴城刀，有骨不污鄴城土。鄴城有人怒目視，如此頭顱不敢取。乃汝黃祖眞英雄，尊酒相讐意氣何栩栩。蜮者誰，彼魏武。虎者誰，汝黃祖。與其死於蜮，孰若死於虎。魚腹孤臣淚秋雨，蛾眉謠諑不如汝。謠諑深時骨已銷，欲果魚腹畏魚吐。

和仙槎除夕感懷四篇幷叙　譚嗣同

舊作除夕詩甚夥，往往風雪羈旅中，拉雜命筆，數十首不能休，已而碎其藁，與馬矢車塵同朽矣！今見饒君作，不覺蓬蓬在腹，憶〈除夕商州寄仲兄〉：「風檣抗手別家園，家有賢兄感鶺[三]原。兄曰嗟予弟行役，不知今夜宿何郵？」風景不殊，

一 《康有爲全集》作〈浴伊豆熱海登魚見磯〉。
二 《康有爲全集》作「太平洋遠天還近」。
三 《全編》作「鶴」，今從《清議報》及《譚嗣同全集》作「鶺」。

幽明頓隔，歙邑陳言，所感深焉，亦不自知粗放爾許。

斷送古今惟歲月，昏昏臘酒又迎年。誰知羲仲寅賓日，已是共工缺陷天。桐待鳳鳴心不死，澤因龍起腹難堅。寒灰自分終銷歇，賴有詩兵門火田。

我輩蟲吟眞碌碌，高歌商頌彼何人。十年醉夢天難醒，一寸芳心鏡不塵。揮灑琴尊辭舊歲，安排險阻著孤身。乾坤劍氣雙龍嘯，喚起幽潛共好春。

內顧何曾足肝膽，論交晚乃得髯翁。不觀器識才終隱，即較文詞勢已雄。逃酒人隨霜陣北，談兵心逐海潮東。飛光自撫將三十，山簡生來憂患中。

年華世事兩迷離，敢道中原鹿死誰。自向冰天鍊奇骨，暫教佳句屬通眉。無端歌哭因長夜，婪尾陰陽賸此時。有約聞雞同起舞，鐙前轉恨漏聲遲。

光緒二十四年十二月初一日（公元一八九九年一月十二日）

《清議報》第三冊

和田邊碧堂見贈之作即次原韻　王照[1]

唇齒東邦共戚休，驚心胡馬壯三秋。新亭對灑遺臣淚，燕市誰憐死士頭。幾輩怙私騰逆燄，一朝延禍徧清流。儒生獨策回天力，迴首邱山汗萬牛。

[1] 王照（1859-1933，一作1935），字藜青、小航，號水東，又號蘆中窮士，河北寧河人，漢字改革者。光緒二十年進士，任禮部主事，曾建議光緒遊歷日本以參考維新經驗，戊戌變法失敗後東走日本。1900年回國創「官話字母」。1913年任讀音統一會副會長，1933年（一說1935年）逝世。有《水東集》傳世。

倉卒臺城聞變日，小臣猶欲奪門迎。蠟丸難達縈魂夢，緹騎橫衝决死生。九廟無靈蝥毒肆，隻身齎恨力棉輕。秦庭一哭知難效，偷息餘生媿屈平。

獄中作　楊深秀[一]

久拚生死一毛輕，臣罪偏由積毀成。自曉龍逢非俊物，何常虎會敢徒行。聖人安有胸中氣，下士空思身後名。縲絏到頭真不怨，未知誰復請長纓。十一日。

長鯨跋浪足憑陵，靖海奇謀媿未能。安耻□邊多下策，當思殷武有中興。孤臣頓作涅中鹿，酷吏終羞殿下鷹。平日敢言成底事，覆盆秋水已如冰。十二日。

□□□□□□□，孤忠畢竟待天扶。絲綸閣下千言盡，車盖亭邊一字無。經授都中愧盲杜，詩成獄底學髯蘇。朝來鵲喜頻頻送，尚憶牆東早晚烏。十三日。

戊戌八月感事[二]　咄咄和尚蔚藍（唐才常）[三]

蕭牆禍起蔓難圖，朝右紛紛各被拘。盡陷羅網堪歎息，更誰薏苡訟寃誣。謠生市虎人疑信，影出杯

一 楊深秀（1849-1898），原名毓秀，字漪邨、儀村，號孴孴子，山西聞喜人，維新運動重要成員，「戊戌六君子」之一。光緒十五年進士，累官至山東道監察御史，變法期間積極推動新政。戊戌政變後，請慈禧撤簾歸政，觸怒慈禧，被捕問斬。著有《晉中國都考》、《雪虛聲堂詩鈔》等。

二 《全編》未收此詩。

三 唐才常（1867-1900），字黻丞、紱丞、平伯，後改字佛塵，號洴澼子、咄咄和尚蔚藍等，湖南瀏陽人，故又稱「唐瀏陽」，自立軍總司令。與譚嗣同為至交，共同推動新政，戊戌政變後逃亡日本。1900年在上海邀維新人士召開中國國會，任總幹事，又籌組自立軍，自任總司令。同年起義勤王失敗，從容就義。遺作編為《唐才常集》。

蛇事有無。掛壁龍泉光睒睒，不知誰是好頭顱。

殷憂耿耿在神州，時事如斯孰與謀。南海行蹤空想像，中原大局半沉浮。滿朝舊黨仇新黨，幾輩清流付濁流。千古非常奇變起，拔刀誓斬佞臣頭。

幾回搔首問穹蒼，徒灑傷時淚數行。豈有酖人羊叔子，恨無草檄駱賓王。聞謠早已虞飛燕，占象由來凜履霜。大物覬覦非一日，禍心知是久包藏。

違山十里蟪蛄聲，依樣葫蘆畫已成。昨夜月圓今夜缺，出山泉濁在山清。豺狼當道危機伏，虺蜴爲心詭計生。匹馬短衣江海畔，自慚無策救神京。

光緒二十四年十二月十一日（公元一八九九年一月二十二日）

《清議報》第四冊

遊箱根宿塔之澤環翠樓溫泉浴[一]　更生（康有為）

晚秋楓葉落，紅翠滿山谷。溪流蕩松風，洪濤翻萬木。長橋臥澗坂，激流[二]石碌碌。密林滴濕翠，深碧不可濁。紅橋歷幾重，樓閣[三]枕巖複。當暑士女遊，裙屐炫川褥。我來已孟冬，夜就塔澤宿。溫泉療百疾，我心不可浴。電光夜獨照，芳流清可掬。秋心不能收，隨之聽飛瀑。

一　《康有爲全集》作〈同梁任甫、羅孝高游箱根，宿塔之澤環翠樓，浴溫泉〉。

二　《康有爲全集》作「湍激」。

三　《康有爲全集》作「廔角」。

次韻贈更生[一]　王照

長嘯滿天地，餘音落川谷。乾坤一草堂，生機回萬木。千年[二]士風歇，庸狀走碌碌。異俗耀文明，嗤我陷昏濁。哀哀五上書，危機陳沓複。主明嘉臣直，新政資啟沃。百日振乾綱，羣邪毒怨宿，凶燄忽蔽天，忠良頭血浴。奉詔方在途，望闕淚難掬。東來共一慟，悲風捲寒瀑。

日暮登箱根頂浴蘆之湯[三]　更生（康有為）

天地大逆旅，家國長傳舍。斯人吾同室，疾苦誰憐惜。萬方凝秋氣，閉戶誰能謝。既入帝網中，重重纓絡絓。荊榛蔽大道，澗谷起寸虢。解脫非不能，垢衣吾敢卸。化身曾八千，惻怛又稅駕。仲尼本旅人，瞿曇乃乞者。我生亦何之，歷劫更多暇。信宿席不煖，去住心無挂。灰飛滄海變，時放光明夜。

荒山走寒雲，極目但白草。莽莽峰萬重，悲風呼[四]日暮。木落樹支枯，冬深石骨老。十里不見人，但見鼪鼬舞。忽見[五]一壑松，青青點荒[六]島。白屋倚[七]中麓，紅樓[八]臨大道。其顛二千尺，冰雪早寒苦。登高望東海，白波揚浩浩。日月所出入，大地渺吞吐。抗首問天語，上帝爲吾顧。茫茫睨故國，悵悵非吾

一 王照撰：《水東全集》（板橋：藝文印書館，1964年）作〈贈南海先生即步先生箱根溫泉韻〉。
二 《水東全集》作「晚近」。
三 《康有爲全集》作〈登箱根頂浴蘆之湯〉。
四 《康有爲全集》作「號」。
五 《康有爲全集》作「睹」。
六 《康有爲全集》作「孤」。
七 《康有爲全集》作「傍」。
八 《康有爲全集》作「廔」。

土。山鬼躑躅行，美人迷徑路。溫泉豈能暖，氷心誰可告。僕夫蹩[一]踟躕，信宿指歸樹。

宋徽宗畫鷹二篇　譚嗣同

落日平原拍手呼，畫中神俊世非無。當年狐兎縱橫甚，祇少臺臣似郅都。

禽獸聲中失四京，夔夔曾笑藝徒精。錦縧早作青衣讖，天子樊籠[二]五國城。

哭烈士康廣仁　西樵樵子（康有為）

李杜銜冤死別離，東京氣節最堪師。汝南郭亮今何在，愧我無能敢葬尸。

心不死　西樵樵子（康有為）

敗不憂，成不喜，不復維新誓不止。六君子頭顱血未乾，四萬萬人心應不死。

光緒二十四年十二月二十一日（公元一八九九年二月一日）

《清議報》第五冊

戊戌八月國變紀事八首[三]　更生（康有為）

一 《康有爲全集》作「慼」。

二 《清議報》及《全編》均作「龍」，今從《譚嗣同全集》作「籠」。

三 《康有爲全集》作〈戊戌八月紀變八首〉，只收「緹騎蒼黃徧九關」、「奪門白日閉幽州」、「關西夫子恒霍高」、「澧

忽灑嫠龍翳太陰，紫薇移庭帝星沈。孤臣辜負傳衣帶，碧海波濤夜夜心。
緹騎蒼黃徧九關，飛鷹追逐浪如山。我横滄海天不死，猶在芝罘拾石還。
關西夫子恒霍高，博聞強記人之豪。忠憤誤譚五王事，千秋遺恨崑崙奴。
澧蘭沅芷思公子，桂酒瓊茅祭國殤。絕世英靈魂魄毅，鬼雄請帝在帝旁。
奪門白日閉幽州，東市朝衣血倒流。百年夜雨神傷處，最是青山骨未收。
抗疏維新冠九卿，燕然[一]薦剡累先生。最憐七十老宗伯，沙磧冰天萬里行。
海水排山通日本，天風引月照琉球。獨運南溟指白日，黿鼉吹浪渡滄洲。
梨洲乞師當到此，勃胥痛哭至於今。從來禍水堪横涕，不信神州竟陸沈。

自宮之下溫泉冒雨下至塔之澤仍宿環翠樓[二]　更生（康有為）

冷霧暝前林，凍雲滯近山。不知雨冥冥，但怪失碧鬟。寒風中人肌，欲歸興已闌。靈泉浴明珠，無以解愁顏。終已非吾土，豈得長盤桓。冒雨命巾車，泥滑行路難。千盤坂[三]百折，志決下匪艱。青崖滴翠濕，蒼碧雜紅斑。草樹爛蒙茸，澗流鳴湲[四]潺。逝欲揭厲涉，無梁不可攀。俯見環翠樓[五]，明燈照寒灘。

蘭沅芷思公子」、「抗疏維新冠九卿」五首。

一　《康有爲全集》作「慚將」。

二　《康有爲全集》作〈自宮之下溫泉冒雨下山，仍宿塔之澤環翠樓〉。

三　《康有爲全集》作「紆」。

四　《康有爲全集》作「潺」。

五　《康有爲全集》作「廔」。

夜聽嗚咽聲，夢魂繞長安。

殘蟹[一]　**譚嗣同**

籬落寒深霜滿洲，南朝風味憶曾留。雁聲淒斷吳天雨，菊影描成水國秋。無復文章橫一世，空餘鐙火在孤舟。魚龍此日同蕭瑟，江上蘆花又白頭。

覽武漢形勢　**譚嗣同**

黃沙捲日墮荒荒，一鳥隨雲度莽蒼。山入空城盤地起，江橫曠野竟天長。東南形勝雄吳楚，今古人才感棟梁。遠略未因愁病減，角聲吹徹滿林霜。

光緒二十五年一月十一日（公元一八九九年二月二十日）

《清議報》第六冊

湖邨先生以寶刀及張非文集見贈賦謝[二]　**更生（康有為）**

日本尚武俠，其俗愛寶刀。慷慨悲歌瞑目誓，萬死成就維新勞。吁嗟震旦士氣懦，偷生甘爲牝朝奴。湖邨子哀諸夏之國，以爲二帝三王孔子禮樂文明之所託，不忍坐視白狄[三]裂而攫。拔劍悲歌舜水墓，解

一　《清議報》及《全編》均題作〈殘蟹〉，今從《譚嗣同全集》作〈殘蠏〉。
二　《康有爲全集》作〈桂湖村以日本刀及《張非文集》見贈，賦謝〉。
三　《康有爲全集》作「列强」。

劍贈我明夷閣。蛟龍夾鞘[一]脫紫絛，引出寒光秋水薄。太白橫天白氣纏，彗星爆汁金光落。青虹貫日紫啖飛，驚雷走電芒交作。蒼獅掣曳白象靡，千年寶氣自騰躍。不知大冶出相備，夜深龍鳴震牆角。誓覓荊卿入秦庭，亢圖窮盡神光橫。忽見朱虛掃諸呂，蕩滌殘黎洗婗嬰。老夫倚劍西北征，揮割紫雲上青冥。披艱掃穢震海靈，蛟[二]鼉呼號神鬼驚。重捧玉鏡整金經，重爲言曰張公高文鴻烈馨。乞師東海吼碧鯨，國危白馬泣濤鳴。千載包胥有恨聲，橫劍蹈海撥龍腥。再飲神瀵宿甌瓶[三]，方丈[四]員嶠見芝[五]英。長歌仰天視諸星，白日煌煌煜太清。

感懷五首　滄浪遊子

避地入滄海，長鯨跋浪飛。天空不可極，人事何時歸。清波蕩流雲，羣木搖明暉。苦心乞瓶缽，發願求緇衣。冥觀萬法空，仰視團星稀。悠悠未斷緣，長劍誰能揮。

大道塞天地，澄心倚修竹。明月照江水，著手不盈掬。寒山禮高僧，戒律照幽獨。朝爲蓬山遊，暮隨丈室宿。豈無莊嚴土，乘願生五濁。器世有險夷，識浪現翻覆。四海皆兵氣，吾生仁未熟。

聖明天所縱，翹首瞻太清。神龍欲作雨，秋雁忽悲鳴。劫運有窮期，遊人無盡情。海氣迷滄洲，暮色壓邊城。生爲絕世業，死豈鴻毛輕。密詔託孤臣，綸音有哀聲。皇天與后土，呼籲戀宮庭。流離依蓬

一　《康有爲全集》作「綃」。

二　《康有爲全集》作「鮫」。

三　《康有爲全集》作「瓿」，按其用韻，應作「瓶」。

四　《康有爲全集》作「壺」。

五　《康有爲全集》作「朱」。

島，夢寐結前楹。偶然共追陪，中夜長惺惺。諸君幹濟才，何以救衆生。

風雨滿關河，衆鳥哀鳴歇。荒邱埋白骨，鄉里悲黃髮。心飛北塞雲，身隨東海月。忠魂不可見，神靈豈磨沒。深夜讀道書，稽首望金闕。

綠竹寫千株，風流寄三島。悠悠中原事，休休遺一老。直節干青雲，虛懷涵大道。幽蘭自無言，餘卉甯枯槁。劬劬抱甕灌，生氣在懷抱。十年師友兼，一見一傾倒。鳳兮棲梧桐，龍嫠灑芳草。衆星西極懸，白日東方早。陰霾不可久，會有風雲掃。搔首嘆斯人，長歌呼蒼昊。

目白僧園一首　滄浪遊子

僧寺發清磬，聲落雪山峰。心已如虛竹，身應似古松。借經求佛法，欹枕覺霜鐘。欲到諸天外，雲山幾萬重。

光緒二十五年一月二十一日（公元一八九九年三月二日）

《清議報》第七冊

答山本憲君[一]　更生（康有為）

魯連恥秦帝，狄姑惡牝朝。呂武擅廢立，海波震不潮。嗟余奉衣帶，哭庭音嘵嘵。東海唇齒邦，同

[一]《康有爲全集》作〈答山本憲〉。

敎望古遙。高士山本子，遺經抱囂囂。吾兄從之遊，陳義不可翹。[一]慷慨哀吾難，奔走集其僚。哀我北首望，瀛臺囚[二]神堯。齊桓能救衛，我欲賦黍苗。淵明詠荊軻，我聞風蕭蕭。感子蹈海義，痛我風雨翛。

南宋四姦詠[三]　咄咄和尚蔚藍（唐才常）

權門火冷死灰滅，那有賢孫擧宅焚。借[四]問相公頭壓日，何如皁隸足乘雲。格天有閣誰昭德，割地和戎自表勳。辛苦鍛成三字獄，年年簫鼓岳王墳。秦檜。

錦綑紅綃畫堂深，喚出佳人擘阮琴。只道太師胸有竹，蠢茲醜類目無金。殘陽杜宇南園暮，淺土蘆花北斗沈。知否詔書連夜下，君王掩面淚霑襟。韓侂冑。

六老門庭四木扶，明良慶會愧皇謨。可憐恭愍夔巫戍，詎解昇聞斧鉞誅。餉米艱難資盜賊，梅花寂寞怨江湖。他年秋雨梧桐夜，猶似王孫泣路隅。史彌遠。

樊襄邊釁苦難休，何事蘭亭勇爵酬。生占半閒如夢幻，死餘三絕也風流。鯿魚腥染苕溪水，蟋蟀聲殘葛嶺秋。今日木棉庵外路，居民猶解唱杭州。賈似道。

祭維新六賢文[五]　臺灣旅客（章炳麟）[一]

一　《康有爲全集》無「吾兄從之遊，陳義不可翹。」此句。
二　《康有爲全集》作「幽」。
三　《全編》未收此詩。
四　湖南省哲學社會科學研究所編：《唐才常集》（北京：中華書局，1982年）作「藉」。
五　《全編》未收此文。

光緒二十有四年八月，支那布衣□□□，[二]謹以清酌庶羞，致祭於維新六賢之靈，烏虖哀哉！獷獷丁零，睨我神皋。嗟咨宮府，如犢在牢。亦有東鄰，大聲而嘷。瘏我朝酲，振我迟橈[三]。蜀吳[四]之援，白日比昭。彼昏日醉，矑若黍子。矖其貔貍，遠其脣齒。神州之命，制于朔方。倨牙朝磨，夕飫于腸。矧矣伏蠱，僵臥在旁。鴻都之吏，清人之將。社鼷自固，不灌不熓。馬逸其轡，獸焚其窟。彼握璽者，政君是悅。一髮之縣[五]，宗周未滅。王母虎尾，孰云敢履。惟我六賢，直言以牴。甯不懼咥，固忘生死。上相秉威，狼弧枉矢。以翼文母，機深結閉。大黃擬之，泰阿抵之。長星既出，燒之薙之。繄古亡徵，黨人先罹。斷鼇之足，實惟女媧。匪喪陳寶，喪我支那。孰不有死，天柱峨峨。上爲赤[六]熛，下爲大波。洞庭之濤，與君共殂。烏虖哀哉！尚饗。

光緒二十五年二月初一日（公元一八九九年三月十二日）

一 章炳麟（1869-1936），原名學乘，字枚叔，號太炎，浙江餘杭人，近代思想家、革命家、國學大師。早年精習經史樸學，投身變法，變法失敗後流亡臺灣，任《臺灣日日新報》記者。後東渡日本，結識孫文，鼓吹排滿，支持民族革命。1903年因「《蘇報》案」入獄三年。1906年加入同盟會，主編《民報》。1912年南京臨時政府成立，任樞密顧問。1913年參加討袁被囚。1917年參與護法運動，任海陸軍大元帥府秘書長。晚年專注講學，1936年病逝。著有《章氏叢書》、《續篇》、《三篇》等。章氏別號眾多，本書中署名臺灣旅客、獨立生、薊漢閣主、西狩者，皆為章氏。

二 《清議報》及《全編》此三字均漏空，《臺灣日日新報（漢文版）》（1898年12月11日）作「杭州布衣章炳麟」。

三 《臺灣日日新報（漢文版）》作「撓」。

四 《臺灣日日新報（漢文版）》作「吳蜀」。

五 《臺灣日日新報（漢文版）》作「懸」。

六 《臺灣日日新報（漢文版）》作「熛」。

《清議報》第八冊

佐佐友房君以所撰戰袍日記見贈[一]　更生（康有為）

仗義清君側，誓身雪國恥。君國已何與，稱戈乃爲死。何不戀妻孥，保軀日燕喜。丈夫有壯志，馬革固常耳。十金裹餱糧，百戰從知己。但厲憤俠氣，遑計成敗理。大業雖未濟，至誠驚天地。堂堂南洲翁，明月碎於此。讀君幽囚作，壯氣起頑鄙。廻首顧神州，堯臺囚聖主。金輪成牝朝，誰爲勤王起。甘心[二]待國亡，愧此健男子。

臺北旅館書懷寄呈南海先生　臺灣旅客（章炳麟）

一讀登樓賦，悠然吾土思。回頭憶疇昔，搔首愈躊躕。早歲橫江漢，談經待不其。清言凌白馬，壯志抗黃羲。忽展埼亭集，逾驚秀楚詞。帝秦終蹈海，訪武尚明夷。石隱優游日，天王明聖時。操刀期必割，淪鼎待重掎。鷃換雕題服，虬登隱背枝。《唐書·李泌傳》：「泌嘗取松樛枝以隱背後，得如龍形者，因以獻帝，四方爭效之。」佩緺延茂士，賜玦愧遺黎。老淚長門擲，深情故劍知。漂山成衆呴，建旐倡羣疑。《漢書·雋不疑傳》：「有男子建黃旐，自謂衛太子。」已慟堯臺錮，那堪嵇竈傒。有行黔墨突，無涕弔湘纍。沙麓精靈在《漢書·元后傳》：「莽詔揚雄誄[三]曰：『太陰之精，沙麓之靈。』」，蓬瀛風鶴危。飛丸竄趙壹，問卜警爰絲。蹈火心非悔，盍簪涂又歧。東洲花樹廻，南國羽書遲。斗轉空憑眺，河清動夙悲。千年仲宣恨，荼苦孯如飴

一 《康有爲全集》作〈日本國民黨領袖佐佐友房以所撰《戰袍日記》見贈，賦謝〉。
二 《康有爲全集》作「奄奄」。
三 《全編》作「楊雄誅」，從《清議報》改作「誄」。

。

泰風一首寄贈卓如[一]　臺灣旅客（章炳麟）

泰風號長楊，白日忽西匿。南山不可居，啾啾鳴大特。狂走上城隅，城隅無棲翼。中原竟赤地，幽人求未得。昔我行東越，遠至安谿窮[二]。釃[三]酒思共和，共和在海東。誰令誦詩禮，發冢成奇功。今我行江漢，候騎盈山邱。借問杖節誰，云是劉荊州。絕甘厲朝賢，木瓜爲爾酬。至竟盤盂書，文采讙田侯。去去不復顧，迷陽當我路。河圖日以遠，梟鴟日以怒。安得起稿骨，摻袪共馳步。馳步不可東，馳步不可西，馳步不可南，馳步不可北。皇穹鑒黎庶，均平無九服。顧我齊州產，甯能忘禹域。擊磬一微秩，志屈逃海濱。商容馮馬徒，誓將除受辛[四]。懷哉殷周世，大澤甯無人。

滿江紅 鏡湖有懷素庵　沛伯

俯瞰神州，四萬里、長安雲密。歎大地、山河零碎，寒飈蕭瑟。漂母高風今尚有，夷吾去國伊誰匹。望海天、長嘯起潛龍，知何日。　江州淚，潯陽客。楚湘劍，吳門笛。徧天涯奔走，亞歐留跡。萬里波濤游子感。一朝領袖單于識。終有時、隻手再擎天，休嗟息。

一 《臺灣日日新報》（1898年12月27日）作〈寄梁啟超〉，署名「章炳麟」。

二 《臺灣日日新報》作「道至安溪窮」。

三 《臺灣日日新報》作「灑」。

四 《臺灣日日新報》作「志在除紂辛」。

光緒二十五年二月十一日（公元一八九九年三月二十二日）

《清議報》第九冊

讀日本松陰先生幽室文稿題其上[一]　更生（康有為）

孔學在成仁，春秋通國身。拱噲爲巧宦，中庸託妄人。全軀保妻子，秦越視斯民。儒術久矣喪，安問起傳薪。舜水發高躅，寓公搏桑濱。大道重扶輪，學派盛彬彬。軒動神國波，大業輝維新。王政忽復古，三島翻慶雲。元功在誰手，忼慨松陰君。正學宗洙泗，高蹈抗邱墳。鼎鼎宏大道，軒軒表蒼旻。弟子同激昂，大師國所尊。首創尊攘義，誓心掃武門。武[二]門何赫赫，政柄八百春。天王實守府，生殺惟將[三]軍。急激發義唱，豈不憚禍艱。救國心既苦，殉道勇所熏。遂使群處士，憤[四]起擲血痕。前覆後軌繼，大獄慘酸辛。終能覆霸圖，版籍奉元君。千年大革命[五]，礌硠壯乾坤。豈知一士志，誓死奮所聞。創業伊[六]絕偉，道義窮其根。固知下無學，不足振國群。我今讀遺書，正氣照千春。一讀生慚悚，再讀起輪囷。諸夏愧無士，東國存斯文。

一　《康有爲全集》作〈日本內務大臣品川子爵以吉田松陰先生幽室文稿及先生墨蹟見贈，題之〉。

二　《康有爲全集》作「門」。

三　《清議報》及《全编》均作「收」，今從《康有爲全集》作「將」。

四　《康有爲全集》作「奮」。

五　《康有爲全集》作「千年革霸命」。

六　《清議報》及《全编》均作「翳」，今從《康有爲全集》作「伊」。

漢上紀事四篇　譚嗣同

滄海橫流日，長城入欵年。雁臣皆北向，馬市亦南遷。冒頓雄心在，餘皇夜語傳。耀兵驕未已，江上試投鞭。

微聞夏元昊，少小即凶殘。法令輕戎索，威儀辱漢官。行看飛羖攊，豈是召呼韓。帛樹休相擬，熙朔禮數寬。

遼兒曾奉使，主父竟窺鄰。厚德終歸宋，無人莫謂秦。橋門虛入侍，漢室重和親。轉悼南征者，凄涼問水濱。

蹈海聞高義，斯人亦壯哉。豈知賓日地，猶有報韓椎。蕞爾蜻蜓國，居然獬豸才。一聲燕市筑，千古尚餘哀。

晨登衡嶽祝融峰二篇　譚嗣同

身高殊不覺，四顧乃無峯。但[一]有浮雲度，時時一盪胸。地沈星盡沒，天躍日初鎔。半勺洞庭水，秋寒欲起龍。

白帝高尋後，三年得此遊。芒鞵能幾兩，踏破萬山秋。獨立乾坤迥，坐觀江海流。朱陵有遺洞，懷古一搜求。

光緒二十五年二月二十一日（公元一八九九年四月一日）

一　《譚嗣同全集》與《全編》均作「伹」，今從《清議報》作「但」。

《清議報》第十冊

西游之前一夕木堂羯南矧川松崎湖邨藻洲中西柏原宮崎平山及小航卓如同讌於明夷閣即席占此[一]　更生（康有為）

陸海浮沈未可知，人天去住亦無期。明夷閣上羣仙集，留取風流作記[二]思。

聞浙事有感[三]　更生（康有為）

悽涼白馬市中簫，夢入西湖數六橋。絕好江山誰看取，濤聲怒斷浙江潮。

游日光[四]　更生（康有為）

夾路松杉三百里，白頭雪滿日光間。海東霸業銷沈盡，留得雕牆鎮此山。

登樓　更生（康有為）

蓬萊回首望神州，大海波濤蕩不收。憂甚陸沈天莫問，深深春色獨登樓。

一　《康有爲全集》作〈將往加拿大游歐，宴文部大臣犬養毅、大學教授松崎藏之助及柏原文太郎、陸實、桂五十郎諸名士於明夷閣，口占贈諸公〉。

二　《康有爲全集》作「後」。

三　《康有爲全集》作〈聞意索三門灣，以兵輪三艘迫浙江。有感〉。

四　《康有爲全集》作〈游日光德川氏廟〉。

有感[一]　更生（康有為）

風靡鸞吪歷幾時，茫茫大地欲何之。華嚴國土吾能現，獨睨神州有所思。

游箱根浴溫泉作　任公（梁啟超）[二]

十年春明夢，猶未識湯山。身世餘憂患，寥天獨往還。陽阿晞[三]短髮，神瀵駐華顏。忽起觚棱思，鄉心到玉關。

羯南湖村招飲上野之鶯亭以詩爲令強成一章　任公（梁啟超）

三十年前龍戰地，風雲回首一憑欄。新亭莽莽羣仙醉，大地茫茫半日閑。偶嚼梅花耐冰雪，更因黃

一 《康有爲全集》作〈將去日本，示從亡諸子梁任甫、韓樹園、徐君勉、羅孝高、羅伯雅、梁元理〉。

二 梁啟超（1873-1929），字卓如、任甫，號任公、飲冰室主人，廣東新會人，近代政治家、史學家、思想家、社會活動家、維新運動重要成員及宣傳者。少有神童之譽，十七歲中舉後拜入康有為門下。1895年參與「公車上書」，協助其師，大力鼓吹變法。1896年參與籌辦《時務報》，任總主編，後又協辦保國會。戊戌政變後逃亡日本，創辦《清議報》，繼續宣傳變法，1900年赴夏威夷、澳洲宣傳及籌款，一度傾向共和，倡言革命。1902年辦《新民叢報》，鼓吹「新民」，其間赴美國考察後，放棄共和傾向，與宣傳革命的《民報》論戰。辛亥革命後，以中國既已革命成功，歷史進程不可逆，遂擁護共和。1912年任中國民主黨領袖。1913年加入共和黨，又組織進步黨並任理事，同年任司法總長。袁世凱稱帝，梁啟超聯絡蔡鍔發動護國戰爭，討伐袁世凱，後又反對康有為參與之「張勳復辟」。1916年成立憲法研究會，翌年再度入閣，任財政總長。晚年專注講學及推廣新文化，1929年病逝，著有《飲冰室合集》，今輯有《梁啟超全集》。

三 《全編》作「晞」，《清議報》作「睎」，《梁啟超全集》（北京：北京出版社，1999年）作「唏」，從前者。

酒憶鄉關。羯公以紹興酒見餉，不嘗此味半年矣。鈞天廣樂經行處，未信琼樓玉宇寒。

沁園春香江作客度歲有感　沛伯

驅鱷開雲，妙筆爲文，無計送窮。况爆竹驚愁，屠蘇觸悶；歲成今昔，人各西東。落魄江湖，側身天地，雷雨何時起臥龍。傷懷也，歎年華一瞬，春夢千重。

英雄百折磨礱。又豈料、而今時未通。恐流離異地，伯牙莫遇；棲遲海國，揚意難逢。百鍊金剛，化柔繞指，放眼搔頭望太空。相憐也，問漁翁釣雪，逋客飄篷。

光緒二十五年三月初一日（公元一八九九年四月十日）

《清議報》第十一冊

濱村藏六君許贈刻印以詩爲券[1]　更生（康有為）

篆刻雕虫亦壯夫，詩人餘事落江湖。神山自有散仙在，片石韓陵當索租。

與鐵僧聯句[2]　更生（康有為）

偶向人間似奕棋，一枰黑白到今疑。關心自有旁觀者，若問輸贏渾未知。

一　《康有爲全集》作〈濱村藏六許贈刻印，索詩爲券〉。

二　《康有爲全集》作〈俠者梁鐵君聞余蒙難，棄家從亡，同居日本，日夜相共。偶與圍棋，感事聯句〉。

秦嶺　譚嗣同

秦山奔放競東走，天氣莽莽青峨峨。至此一束截然止，狂瀾欲倒迴其波。百二奇險一嶺扼，如馬注坂勒於坡。藍水在右丹水左，中分星野凌天河。唐昌黎伯曰愈，雪中偃蹇曾經過。於今破廟兀千載，歲時尊俎祠叢阿。關中之遊已四度，往來登此常悲歌。仰公遺像慕厥德，謂鈍可厲頑可磨。由漢迄唐道誰寄，董生與公餘無它。公之文章若雲漢，昭回天地光羲娥。文生於道道乃本，後有作者皆枝柯。惟文惟道日趨下，賴公崛起蠲沈疴。我昔刻厲躡前躅，百追不及理則何。才疏力薄固應爾，就令有得必坎坷。觀公所造豈不善，猶然舉世相譏訶。是知白璧不可爲，使我奇氣難英多。便欲從軍棄文事，請纓轉戰腸堪拖。誓向沙場爲鬼雄，庶展懷抱無蹉跎。生平渴慕矍鑠翁，馬革一語心漸摩。非曰髮膚有弗愛，涓埃求補邦之訛。班超素惡文墨吏，良以無益徒煩苛。謹再拜公與公別，束卷不[一]復事吟哦。短衣長劍入秦去，亂峯洶湧森如戈。

倚劍感懷四首　沛伯

倚劍橫天問大鈞，百年將半尚風塵。逸才誰識劉公幹，高隱難爲鄭子眞。鬱鬱江湖常作客，悠悠身世苦依人。邇來不作憂時念，欲覓桃源可避秦。

流離濠鏡還香海，歎息生涯事事非。問策計然愁力小，傳經劉向歎心違。幸逢賓主皆傾蓋，獨悟天人一振衣。策馬論兵成舊夢，太平山頂悵春暉。

一《清議報》及《全編》均作「之」，今從《譚嗣同全集》作「不」。

四方緹騎日倉皇，黨禍頻興國易亡。白石題詞動哀怨，長沙抱策最悲傷。火車電線分天地，黑海新洲自帝王。心折此時無善計，有人更斷九迴腸。

細雨斜風雲滿天，傷時花鳥亦生憐。絕人逃世思參佛，逋客逢春似過禪。南宋版圖悲半壁，東山絲竹感中年。遣愁日日尋詩句，詩未成篇已惘然。

光緒二十五年三月十一日（公元一八九九年四月二十日）

《清議報》第十二冊

桂湖村遊集上野鶯亭陸實君即夕索詠口占[一]　更生（康有為）

不忍池邊詠盍簪，萬家煙樹俯花南。滿坐無言心已醉，梅仙染墨寄征衫。

博浪椎秦起大風，事無成敗亦英雄。只今東海逢黃石，走[二]入梅花飛落紅。

東台一戰兆維新，今日鶯亭無限春。風雲感慨從來事，把臂憂[三]傷酒入脣。

鶯亭花月眞無賴，上野裙裾照早春。最是新亭好風景，河山故國正愁人。

題酸道人風月琹尊圖[一]　倉海君（丘逢甲）[二]

一　《康有爲全集》作〈桂湖村邀集上野鶯亭，即席索詠。口占，兼示同席陸羯南、三宅雪嶺、□□藻洲，皆東國記者之盛名能文者〉。

二　《康有爲全集》作「酒」。

三　《康有爲全集》作「休」。

天風吹琹作變聲，舉尊喝月月倒行。是何年少發奇想，海天漠漠扁舟橫。七絃誰遣補文武，九醞誰敎變儀杜。人間又見懷葛民，此琴此尊兩太古。古風不作古月沈，青天碧海愁人心。詩中說酒十八九，寄愁更撫無絃琹。琹斵寒厓老桐幹，焦尾先聞爨下歎。手中之尊何丹黃，誰知半作溝中斷。五湖[三]久厭扁舟游，眼中突兀大九洲。有風月處便小泊，素琹自鼓青尊留。君絃忽新臣絃舊，宮聲頓啞數窮九。舍風不御月不捉，悲歌扣舷速呼酒。此時之風雌不雄，月生月死天夢夢。眼看海水忽四立，黑風驅月西回東。振徽未忍琹碎玉，皇羲授我新翻曲。一彈再鼓八風靖，月照瑤尊酒光綠。携琹不上詞風臺，紛紛猛士皆靡才。即看賦月亦詞贅，瑣屑文讌張尊罍。何如移尊酌滄海，夜半琹聲行大嶰。風輪轉地月轉天，萬里雲霓發奇彩。呼風入琹月入尊，揮斥八極開天閽。封姨對花不能虐，羿妻竊藥不敢奔。琴不必響泉作記，尊不必窪中銘字。風月常新遍留印，席地幕天知許事[四]。誰與圖者酸道人，誰與歌者倉海君。聞歌九天下廣樂，披圖四海生酒雲。吁嗟乎！男兒生當繳大風、射妖月，聽奏鈞天醉天闕。下贊虞琴鼓瑤陛，手酌衢尊萬方悅。不然吟風弄月亦可嗤，逕當浮海從宣尼。海山學鼓猗蘭操，百觚侍飲隨鳳嬉。安

一 丘逢甲撰：《嶺雲海日樓詩鈔》（上海：上海古籍出版社，2009年）作〈題風月琴尊圖爲菽園作〉。

二 丘逢甲（1864-1912），字仙根、吉甫，號蟄仙、痛哭生、南武山人、倉海君等，臺灣彰化人，詩人、教育家、抗日將領。光緒十五年考中進士，授職工部，旋返臺，主講臺中衡文書院。甲午戰爭後，臺灣被割，丘氏倡立臺灣民主國，奉巡撫唐景崧爲總統，自任副總統及團練使，反抗日軍。臺灣失守後，內遷大陸，主講韓山書院、東山書院、景韓書院等，積極參與教育事務，歷任廣東教育總會會長、廣東諮議局議員、副議長。著有《嶺雲海日樓詩鈔》。

三 《全編》作「五湘」，今從《清議報》及《嶺雲海日樓詩鈔》作「五湖」。

四 《清議報》及《全編》均作「知許字」，今從《嶺雲海日樓詩鈔》作「知許事」。

能鬱鬱久居此，琴絃不張尊酒止。驚風烈烈月睒睒，老我愁心大海水。誓刃海若靡天吳[一]，道人得我道不孤。嗚絃着我酒船裏，更寫平分風月圖。

光緒二十五年三月二十一日（公元一八九九年四月三十日）

《清議報》第十三冊

題東國莊原和新學偽經考辨[二]　更生（康有為）

去國曾懷趙江漢，說經誰識吳草廬。海東好事能著辨，合與洪朱併案書。
虎觀異同從古難，古文眞偽自來爭。天遺老夫猶不死，又來東國識經生。
鳳靡鸞吪經幾劫，春蘭秋菊自[三]芳馨。徂徠新井後來秀，多謝殷勤問管寗。

冬月夜坐　更生（康有為）

門徑蕭條犬吠悲，微茫淡月挂松枝。紙屏板屋孤燈下，白髮逋臣獨詠詩。

宿塔之澤溫泉環翠樓[一]　更生（康有為）

一 《清議報》及《全編》均作「天靡吳」，今從《嶺雲海日樓詩鈔》作「靡天吳」。

二 《康有爲全集》作〈日本學者莊原和著《新學偽經考辨》，以書寄贈，並承問訊。不意舊著遠到雞林，且有駁辨，益征好學，喜而賦答〉。

三 《康有爲全集》作「各」。

東澗泉流[二]西澗瀑，南山飛雨北山晴。高樓絕頂成三宿，却夢[三]華清夢未清。

別意　譚嗣同

志士歎水逝，行子悲風寒。風寒猶得煖，水逝不復還。況我別同志，遙遙千里間。攬袪泣將別，芳草青且歇。修塗浩渺漫，形分腸斷絕。何以壓輕裝，鮫綃縫雲裳。何以壯行色，寶劍丁香結。何以表勞思，東海珊瑚枝。何以慰遼遠，勤修惜日短。墜歡無續時，嘉會强相期。爲君歌，爲君舞。君第行，毋自苦。

殘魂曲　譚嗣同

漆鐙晝瞑白玉釭，殯宮長掩金扉雙。深夜怪鴟作人語，白楊蕭蕭苦月黃。殘魂悄立冷露墜，酸風掐[四]臉吹紅淚。山螢一點照青燐，翁仲穩藉莓苔睡。秋花隕草覆蟲聲，鬼車魆魆人不行。夢煙愁霧織幽徑，慘歌啼怨凄寒更。人生窮達空悲慕，金盌荒涼同古墓。君不見深林哀唱鮑家詩，曉來魂氣迷江樹。

雷庵行贈湖村小隱　任公（梁啟超）

一 《康有爲全集》作〈三宿環翠樓〉。
二 《康有爲全集》作「流泉」。
三 《康有爲全集》作「憶」。
四 《譚嗣同全集》作「搯」。

東台幽絕處，有廬曰雷庵。環庵之左右，有櫻有楓有茶有椶[一]有松有杉。庵內何所有，但見琳琅古籍闐架而溢籤。有劍爍爍，有琴愔愔。雷聲隱隱走籬角，雲色冉冉起林尖。主人者誰，魄嚴魂舒，貌癯道腴。朝讀書，夕著書，文章一出驚海內，立言矜愼恒躊躇。東方風雲日漸惡，稜稜秋氣滿林壑。先生匣劍時一鳴，龍嘯天空秋水薄。我識先生，風雪夜色。我訪雷庵，暮春三月。京華十丈軟紅塵，繁櫻團錦穠於雲。香車寶馬照九陌，家家花下扶醉人。雷庵深深，芳春寂寂，主人者誰，抱膝注易。吁嗟乎！雷庵雷庵，日亦已暮，春亦已深。時會一去，何時可尋。吾願爾爲我一聲轟轟振天地，叱咤淋漓走魑魅，驚[二]破羣聾起沈睡。蟄龍起蟄萬靈從，神州十載風雲氣。十載以後，吾與先生，雷庵攜手。應憶今年花開時，滿城雲錦照春酒。

光緒二十五年四月初一日（公元一八九九年五月十日）

《清議報》第十四冊

蘆湖樓正望富士山[三]山巔積雪，冬夏不化。雲在中層峰在下，倒影湖中，澄鮮幽絕，誠異觀也。日主行宮在焉。

更生（康有為）

箱根山頂浴蘆湯，山荒草白雲茫茫。石徑犖确馬難步，下馬[四]忽見明湖光。清漪縹緲落山影，如見

一 《梁啟超全集》作「棕」。
二 《梁啟超全集》作「黨」。
三 《康有爲全集》作〈蘆湖樓望富士山〉。
四 《清議報》及《全編》均作「下嶺」，今從《康有爲全集》作「下馬」。

西湖浸葛嶺。湖濱[一]人家湖邊[二]樹，扁舟容與走馬路。繫馬上湖樓，富士正當頭。峯巔積雪照白日，高入青天一萬尺。雲容容兮在中央，芙蓉碧瓣[三]在下旁。倒入明湖影奇絕，黛色波容共明滅。有如白頭仙人擁玉女，縞衣羽裳飄飄舉。白銀宮闕現華嚴，金沙寶楯善見處。諸天游戲墜白帽，世人那知藍竹路。絕頂山湖絕頂樓，欲長幽隱洗我愁。惜非吾土難淹留，王孫芳草解幽憂[四]。

夜成　譚嗣同

苦月霜林微有陰，鐙寒欲雪夜鐘深。此時危坐管甯榻，抱膝乃爲梁父吟。斗酒縱橫天下事，名山風雨百年心。攤書兀兀了無睡，起聽五更孤角沈。

贈入塞人　譚嗣同

一騎龍沙道路開，王庭風雨會羣才。筆攜上國文光去，劍帶單于頸血來。柳外家山陶令宅，夢中秋色李陵臺。歸舟未竟鐃歌興，更譜防邊畫角哀。

弔維新諸君子三首　介公

悵望中原勢欲傾，陰霾奪日鎖王城。牝雞未死飛龍禍，狡兎猶生走狗烹。三字鍛成寃有獄，萬家痛

一　《康有爲全集》作「湖上」。
二　《康有爲全集》作「湖畔」。
三　《清議報》及《全編》均作「芙蓉碧辮」，今從《康有爲全集》作「芙蓉碧瓣」。
四　《康有爲全集》作「空幽幽」。

哭罪無名，中流砥柱齊摧折，魚水君臣各不平。

傾危共濟枉和衷，死後何人敢效忠。一片苦心俱化赤，九原寃血未沉紅。信讒竟出垂簾策，戮力難成曲突功。誰向燕臺收駿骨，徒嗟馬革裹英雄。

英雄死事曷勝哀，到底紅羊刦未灰。不信文章能賈禍，誰知鸚鵡竟招災。君王枉力行新政，蒼昊何心忌異才。羅織黨人千古恨，空餘熱血洒泉臺。

長相思[一]　咄咄和尚蔚藍（唐才常）

殘星滅沒天未央，孤燈閃影低近牀。攬衣推枕坐長歎，欲眠不眠思故鄉。富士之山高而峻，東瀛之水阻且長。山高水長魂飛苦，心怯空房淚如雨，長相思兮在何許。

光緒二十五年四月十一日（公元一八九九年五月二十日）《清議報》第十五冊

讀清議報　朝鮮李荓田雨堂

歷史所載忘身爲國以盡忠義者，人苟有血性，孰不感動而身願爲之？況在同洲之國而生於同時，若見其人者乎？吾於康南海、梁卓如兩先生，尚友之心師之，而其同事諸公之忠烈，亦無間然爾。

中原積弱外夷輕，有此驕人奈用兵。莫問東征衛汝貴，如今國賊盡公卿。

[一]《全編》未收此詩。

時局恢恢李合肥，寗知姑許外權非。越裳翡翠傷心事，猶向韓人設釣鐖。甲午夏，北洋大臣答袁世凱電，有「姑許朝鮮自主外權」之語。

蓄憤千年急樹勳，東邦脣齒謾云云。春眠已化隍中鹿，誰辨朝暾與落曛。

樵客看棊如玩世，星分區域睨同柯。亞東一脈關時事，縱不恤人奈地何。

羣策繽紛斷聖明，大公知在聽民氓。勝公善說葫蘆樣，此是老臣無限情。

强隣不譎屢盟何，猛虎齧人却恃他。天上匏瓜應不食，勸君休愛一分多。

龍飛乍失雨雲初，衹恨英雄作計疎。想望東南天子氣，至今猶有武昌魚。

漆室宗周似舊年，春燈隔海淚涓涓。東人不爲吾君死，慚愧中州有六賢。

秋風行

寒松主人

秋風怒吹碧海立，長鯨飲浪百鱗泣。可憐東南錦繡一原濕，蠻艸年年哭群蟄。吁嗟此蟄幽埋三千年，幾閱周舒與秦急。嬴秦一盡元又來，鞭笞刀鋸如東溼。虎狼千輩戴冕居，驅策民賊膏血吸。膏血吸，民不給。愁雲覆九區，群龍紛繞襲。群龍兮羣龍，何情之太忍兮，坐視吾民困幽縶。會逢南海一偉人，起排帝閽悲嗚悒。悲聲震庭不敢止，天子感動下階揖。下階揖，忠言入。頒新謨，蕩舊習。春雷一聲動九天，萬物芸芸皆歡輯。忽遇凜風朔雪捲地來，頃刻乾坤變凍澀。雪盛風勁凍不開，鬼蜮競巖廊，鳳麟還山隈。百卉已隨苦寒死，松柏不受冰霜摧。松柏兮松柏，今非其時，空消搖乎清泉與白石。

光緒二十五年四月二十一日（公元一八九九年五月三十日）

《清議報》第十六冊

巳亥元旦與王照梁啟超羅普歐榘甲望　闕行禮口占[一]　更生（康有為）

曉日曈曨射北扉，遙從海外起朝儀。仰看北極瞻丹闕，立對東風認紫微[二]。去歲走趨[三]穿陛仗，今晨顛倒乏宮衣。逋臣西望腸堪斷，故國雲飛有是非。

上巳後四日與東洲兄弟遊溫哥華園泊覩櫻花思東國舊遊并送東洲兄還國徧示東園故人正櫻花大放時也[四]　更生（康有為）

大瀛萬里隔遊塵，上野櫻花[五]照暮春。未敢回頭思漢月，却看[六]江戶是鄉親。

東洲兄還國再賦一章並幷呈犬養木堂柏原東畝桂湖邨陸羯南藻洲子宮崎君及諸故人亦足知遊者之情也[七]　更生（康有為）

櫻花開罷我來時，我正去時花滿枝。半歲看花住三島，盈盈春色最相思。

一　《康有爲全集》作〈巳亥元旦與玉照、梁啟超、羅普在日本東京明夷閣望闕行禮〉。
二　《清議報》及《全編》均作「薇」，今從《康有爲全集》作「微」。
三　《全編》作「趨陪」，今從《康有爲全集》作「走趨」。
四　《康有爲全集》作〈上巳後四日游加拿大灣高華公園，送譯者還日本，呈東園諸公〉。
五　《康有爲全集》作「鶯花」，今從《清議報》及《全編》作「櫻花」。
六　《清議報》及《全編》均作「得歸」，今從《康有爲全集》作「却看」。
七　《康有爲全集》將此詩併入前題。

出都作己丑[一] 更生（康有為）

表海神旗啟帝都[二]，西山王氣未榛蕪。百年感愴伊川髮，萬里蒼茫屬國圖。廟壁[三]幽靈呵髣髴，鈞天廣樂聽模糊。無端誤作觚棱夢，醒視扁舟落五湖。

滄海飛波[四]百怪橫，唐衢痛哭萬人驚。高峯突出諸山妒，上帝無言百鬼獰。謾有[五]漢廷追賈誼，豈教[六]江夏貶[七]禰衡。陸沈忽望[八]中原歎，他日應思[九]魯二生。

天龍作騎萬靈從，獨立飛來縹緲峯。懷抱芳馨蘭一握，縱橫宙合霧千重。眼中戰國成爭鹿，海內人才孰臥龍。撫劍長號歸去也，千山雲[十]雨護[十一]青鋒。

送馮蹼仲同錦衣家弟之日域借師 黃蜧卿[十二]

一《康有爲全集》作〈出都留別諸公〉，共五首。
二《康有爲全集》作「大都」。
三《康有爲全集》作「原廟」。
四《康有爲全集》作「驚波」。
五《康有爲全集》作「豈有」。
六《康有爲全集》作「拼教」。
七《康有爲全集》作「殺」。
八《康有爲全集》作「預爲」。
九《康有爲全集》作「追」。
十《康有爲全集》作「風」。
十一《康有爲全集》作「嘯」。
十二 查即黃斌卿。

整頓飛凫出甬東，稜稜劒氣吐雙虹。半肩行李山河重，一紙羽書日月通。聲徹秦庭悲夜雨，煙銷赤壁借天風。謾誇郭子聯回紇，麟閣今標駕海功。

按《柳橋詩話》云：二十年前有人持此詩幅來賣者，價亦廉。當時諸名家不曉尤物，披閱匆匆，唯評書法之娟媸耳。近時明末清初之書盛行世，明末清初之人物，莫不尚友，於是乎卞氏之璧，始顯于世。人人追恨，而其幅不知遂歸于何人矣。夫當朱明之末造，鄭成功糾合義衆，虎踞海嶋，且乞援于本邦，其呈長崎鎮臺之書，今猶傳世，可覆視也。然彼武夫也，理有或然者矣。至馮躋仲、黃宗羲之徒，一介之儒生，眇然懦夫，感憤不已。航海千里，俱抵于瓊浦，傚秦庭之哭，謀回紇之援，所謂仁者之勇，猶有出成功之上者。今讀其詩，想其人，猶令人破涕。黃娘卿所指斥錦衣家弟者，即黃宗羲云。

光緒二十五年五月初一日（公元一八九九年六月八日）

《清議報》第十七冊

乙未出都作[一]　更生（康有為）

三千刼裏橫金翅，二六時中看白牛。鎮日[二]散花聊汗漫[三]，諸天聞樂少淹留。竟將瓔珞親貧子，故入泥犁救重囚。丈室億千師子座，金身偶現不須收。

一　《康有爲全集》作〈示任父、孺博及曾重伯翰林〉。
二　《康有爲全集》作「終日」。
三　《康有爲全集》作「忘結習」。

書事八首　天壤王郎（王文濡）[一]

漢室日多故，詔書誅黨魁。軍猶嚴宿衛，敵自忌邊才。捲甲蒼頭去，飛車碧眼來。長城空飲馬，陰雪散龍媒。

屢報川西警，燎原事竟眞。枕戈[二]仇敎士，築柵恐行人。烽火連三郡，音書滯五律。審時須急撫，莫又起黃巾。

桂海騷然動，如今報肅清。民窮思作賊，事急始招兵。郊墨增應恥，山田瘠可耕。健兒圖報國，愼勿重橫行。

愁絕蒼蒼表，無能執管窺。睦鄰爲上策，讓地得全師。人事多興廢，寰區有盛衰。從來暘谷地，强半宅隅夷。

暗度昆池劫，潛移白虎年。紅花愁滿地，黃霧忽彌天。讖學原無驗，妖詩漫共傳。自强終有術，但莫奮空拳。

聞道淮徐海，饑民徧道周。竄蛇驚野哭，凄雁動人愁。賑䘏憂難繼，生靈苦未休。沈灾何日澹，滿目正橫流。

甌脫窮邊盡，鴻溝劃九龍。路圍裙帶濶，香港一名裙帶路。峰割劍鋩重。塡海無精衛，焚巢有毒蜂。偏隅何所恃，民勢秖囪囪。

[一] 王文濡（1867-1935），原名承治，字均卿，號學界閑民、天壤王郎，浙江吳興人，編輯家。1898年，「戊戌政變」後因維護維新，上書慈禧，觸怒太后，一度遁跡。1900年主講潯溪書院。1902年，任商務印書館、中華書局編輯，參與創立上海國際扶輪社。1909年加入南社。先後任中華、大東、文明、進步等多間書局編輯，主編多種書籍。

[二] 《全編》作「弋」，從《清議報》作「戈」。

自主和戎議，中朝失利權。胡能弭兵革，祇與飽鷹鸇。俠士思磨劍，經生憚改弦。江河看日下，風色暮悽然。

光緒二十五年五月十一日（公元一八九九年六月十八日）

《清議報》第十八冊

送任甫入都辛卯[一]　更生（康有為）

道入天人際，江門風月存。小心結豪傑[二]，內熱救黎元。憂國吾其已，乘雲世易尊。賈生正年少，詄蕩上天門。

登臺惟見日，握髮似非人。高立金輪頂，飛行銀漢濱。午時伏龍虎，永夜視星辰。碧海如聞淺，乘槎欲問津。

悲憫[三]心難已，蒼生疾苦多。天人應上策，郤曲怕聞歌。氷雪胎終古，雲雷起大河。繫辭終未濟，吾道竟如何。

贈梁任公[四]　譚嗣同

一　《康有爲全集》作〈送門人梁啟超任甫入京〉。
二　《康有爲全集》作「俊」。
三　《康有爲全集》作「憐」。
四　《譚嗣同全集》作〈贈梁卓如詩四首〉。

大成大闢大雄殿[一]，據亂昇平及太平。五始當王訖麟獲，三言不識迺雞鳴。人天帝網光中見，來去雲孫[二]脚下行。漫共龍蛙爭寸土，從知教主亞洲生。

普徧根塵入剎那，茫無斷續[三]感川波。眼簾繪影影非實，耳鼓肖聲聲已過。外道頑空徒爾許[四]，凡夫[五]執着更如何。一眞法界相容納，海印分明萬象羅。

虛空以太顯諸仁，絡定閻浮腦氣筋。何者衆生非佛性，但牽一髮動全身。機鈴地軸言微[六]緯，吸力星林主有神。希卜梯西無著處，智悲香海返吾眞。

祖龍羅馬東西帝，萬古沈冤紫與蛙。僞禮誰攻秦博士，少年今見賈長沙。斯文未喪寄生國，公法居然賣餅家。聞道潮音最親切，更從南海覓歸[七]槎。

光緒二十五年五月二十一日（公元一八九九年六月二十八日）

《清議報》第十九冊

一 《譚嗣同全集》作「氏」。
二 《清議報》及《全編》均作「孤」，今從《譚嗣同全集》作「孫」。
三 《譚嗣同全集》作「絕續」。
四 《清議報》及《全編》均作「從爾許」，今從《譚嗣同全集》作「徒爾許」。
五 《譚嗣同全集》作「天」。
六 《清議報》及《全編》均作「徵」。
七 《譚嗣同全集》作「靈」。

游桂林讌某公席間作乙未[一]　**更生（康有為）**

妙音歷盡幾多春，一刧塵中現此身[二]。偶轉金輪開世界，更無淨土着天親。黑風吹海都成夢，紅袖題詩更有神。誰識看花揩眼淚[三]，雄心豈忍白他人。

羽衣霓佩[四]足徘徊[五]，無礙天風引去來。種菜英雄傷老大[六]，念奴歌舞費新裁。起居八座猶將母，壇席千秋豈易才[七]。絲竹東山賓客滿，不妨顧曲對花開[八]。

聞矢野公使謁見　大清國皇帝陛下謹賦[九]明治三十一年十一月　**中島亮平**

漫令呂武擅餘威，妖霧蔽天天日微。聞說使臣新　賜謁，寧無一綫復陽機。

訪東海散士柴四郎[十]　**中島亮平**

一　《康有爲全集》作〈丁酉元夕，前臺灣總統唐薇卿中丞夜宴觀劇，出除夕詩見示。即席次韻奉和〉。
二　《康有爲全集》作「往返人天等一塵」。
三　《康有爲全集》作「皆是淚」。
四　《康有爲全集》作「雲帔」。
五　《康有爲全集》作「想蓬萊」。
六　《康有爲全集》作「看老大」。
七　《康有爲全集》作「起異才」，然若與出句「猶將母」對仗，似以「豈易才」為宜。
八　《康有爲全集》作「笑顏開」。
九　《全編》未收此詩。
十　《全編》未收此詩。

手排妖霧淨乾坤，還掃湘南磊磊軒。韓海壯圖垂有績，廣陵慘夢覺無痕。梅經霜雪神愈潔，士在江湖道自尊。懶趁風塵着吾脚，好乘明月叩君門。散士築別館于伊豆三石，號云磊磊軒。

楠公[一]　中島亮平

光緒二十五年六月初一日（公元一八九九年七月八日）《清議報》第二十冊

和景秋坪侍郎甘肅總督署拂雲樓詩二篇　譚嗣同

作賦豪情脫幘投，不關王粲感登樓。煙消大漠羣山出，河入長天落日浮。白塔無儔飛鳥迴，蒼梧有淚斷碑愁。碧血碑在樓下，肅妃殉難於此。驚心梁苑風流盡，欲把興亡數到頭。樓本肅藩後苑。

金城置郡幾星霜，漢代窮兵拓戰場。豈料一時雄武略，遂令千載重邊防。西人轉餽疲東國，甘肅軍餽歲四百八十萬，皆仰給東南諸省。時總督爲家雲觀年伯，方請假歸里，是以有取於譚大夫小東之義。南仲何年罷朔方。未必儒生解憂樂，登臨偏易起旁皇。

題酸道人風月琴尊圖　瀛洲客

天風颯颯吹黃埃，蘼蕪披拂紛瀛臺。老生瞀儒信謊誕，吳剛月斧何從來。憑虛膠瑟千萬彈，那恤沈

一 《全編》未收此詩，《清議報》所載亦模糊不清。

涵昏墊爲其災。中有開天霹靂手，誓掃雺霾鑽天牖。軒虞操縵安四維，管樂折衝攘羣醜。鑿破混沌崇文明，朗澈瀛寰九萬九。烟飛灰滅醉鄉中，浮生畢竟歸何有。我羨神仙大游戲，此無忌兮彼無忌。鈞天廣樂佐璚筵，灌頂淋漓助元氣。元氣邁兮表海風，七寶裝成延壽宮。清談未必無徐勉，燕樂誰堪笑景公。翻桂海，燿冰天，滄海桑田變萬變。望中天末有賢豪，町畦獨闢開生面。高山流水嗣牙期，餔糟歠醨攬文獻。我觀此圖意便便，縱譚風月盡忘年。頤養琴尊資復性，花開花落等閒緣。拈花微笑兩茫然，從古金粟冰輪缺復圓。

戊戌政變後由都至鄂感事答友人[一]　蘇庵（鄭孝胥）[二]

江漢湯湯首重廻[三]，北書緘[四]淚濕初開。憂天已分身將壓，感逝還祈[五]骨易灰。闕下驚魂飄落日，車中殘夢帶奔雷。吾儕未死才難盡，歌哭行看老更哀。

一　鄭孝胥著，黃珅、楊曉波校點：《海藏樓詩集》（上海：上海古籍出版社，2003年）作〈漢口得嚴又陵書却寄〉。

二　鄭孝胥（1860-1938），字蘇戡、太夷，號海藏、蘇庵等，福建閩縣人，詩人、書法家、政治家。光緒八年解元，歷任廣西邊防大臣，安徽、廣東按察使，湖南布政使等職，支持維新變法。辛亥革命後任溥儀內務府總理大臣。1925年溥儀被逼遷出紫禁城，鄭孝胥安排溥儀至天津日租界。1931年勸說溥儀與日本合作，成立滿洲國，並任滿洲國國務總理、陸軍大臣、文教部長，1938年逝世。鄭孝胥為同光體重要詩人，與陳散原齊名，詩作結集為《海藏樓詩集》。

三　《清議報》及《全編》均作「首首廻」，今從《海藏樓詩集》作「首重廻」。

四　《海藏樓詩集》作「函」。

五　《海藏樓詩集》作「期」。

哭林烈士　蘇庵（鄭孝胥）

如雪刀光照胆寒，道旁萬衆盡汍瀾。書生自報君恩重，廿載頭顱十日官。

儒冠　菿漢閣主（章炳麟）

青青陵麥蔽荒村，溺盡儒冠問叔孫。豈謂禹湯眞酷吏，翻憐訓注媿謀臣。中庸千載雙胡廣，明亦有胡廣。劇美同時兩子雲。谷永亦字子雲。一笑遼東作龍尾，藜牀白帽向誰論。

光緒二十五年六月十一日（公元一八九九年七月十八日）
《清議報》第二十一冊

湘痕詞八篇幷敘　譚嗣同

悲夫！人困籲天，豈不信哉？余以降大功之喪，輟業有閒。既終喪，乃定十有五歲至二十有五歲十年之詩爲一卷。此十年中，時徃事易，棖慼遂深。少更多難，五日三喪。惟親與故，歲以凋謝。營營四方，幽憂自軫。加以薄俗沴氣，隱患潛滋。迂學孤往，良獨悵然！夫內顧諸家既如此，外顧諸世又如彼，故發音鮮宣平之奏，措辭[一]有拂欝之嗟。客歲之夏，仲兄泗生告終海外，同母五人，偶影坐弔。嘗自念閱世既深，機趣渺邈，獨茲藝事，降鑒自天。圜則九重，亦勞人瘁士所不默也。生於騷國，流連徃躅，水絕山崩，靡可擬似。成輓歌八章，命曰〈湘痕詞〉。時光緒十有六年春三月。

亦知百年內，此生無久理。猶冀及百年，雖死如不死。豐林秋故凋，嘉卉霜乃委。孰謂少壯人，一

一《譚嗣同全集》作「摛詞」。

去不可止。哀哀父母心，有子乃如此。

中夜候邨雞，晨興戒涂潦。靈輀軋軋鳴，送子入山道。道亦不遼遠，山亦非峻⿰山票。如何一揮手，終古音容杳。依依河畔柳，鬱鬱田中草。夙昔同遊處，踐之勞心悄。悄悄復如何，幽宮閟人表。

今有塗之人，其死吾猶歎。朔風悴朱秀，乃在骨肉閒。昔爲連理枝，郁郁桂與蘭。今爲泉下土，蔓草霜露寒。深谷或可陵，容光覿無端。亦有阡與隴，徒作異物觀。慷慨重意氣，至此何漫漫。英才發奇妙，黯然閟一棺。棺中者誰子，嗟我平生歡。

小時不識死，謂是遠行遊。況爲果行遊，詎解軫離憂。崇雲西北沒，河水東南流。既逝不復合，乃知生若浮。平居日相習，澹焉忘匹儔。及其判襟袂，中情摯以周。繡襦豈不煖，益以雲錦裘。珍肴與瓊漿，惟恐莫予求。依戀亦須臾，握手方夷猶。奈何物化後，淪棄同松楸。

纖條茁初穎，但知有同根。纏附蔦與蘿，繼起乃相緣。同根不相保，妻子安足論。俯仰周曠宇，孰塞此煩寃。少小相呴煦，愛至責亦繁。謂是陳腐言，掩耳斁其喧。良覿會有窮，德音不再宣。嗟彼日因依，胡爲若棄捐。倏忽繁霜隕，異路各朝昏。一處夏屋中，一寐榛莽原。難及不可代，徒令爲弟晜。

麗景明朱暉，倉庾[一]響深樹。萬類欣向榮，而獨惻情素。誰言陽春時，乃是肅殺處。弱女戲復啼，親串唏以慕。縱復日相臨，終亦委之去。所愛非形骸，形骸況難駐。聊用酹一觴，冥冥或予顧。

人生貴適意，不以物重輕。胷中有哀樂，外物詎能分。矧彼遺與贈，何足竭共情。豈惟情不竭，適使憂心縈。含悽坐永日，所惡贅此生。

[一]《清議報》及《全編》均作「庾」，《譚嗣同全集》作「庚」。查《史記·文帝紀》有「發倉庾」之語，從前者。

夙昔有噩夢，氿[一]瀾席上涕。晨風振林鳴，欣幸不勝計。奄忽能幾何，斯境遂眞泣。安知今日悲，非我夢中事。達觀亦殊暫，覺夢終成異。欲知泉下恨，蜀魄血猶唳。試聆獨征鴻，則知生者意。

光緒二十五年六月二十一日（公元一八九九年七月二十八日）

《清議報》第二十二冊

鄧貞女詩并狀　譚嗣同

貞女名聯姑，湖南善化縣人，字同縣龔家幌[二]。家幌夭，貞女夜聞風颯颯戶牖開。頃之，帳鉤鏘然有聲。詢得實，涕泣持服，父母擬奪之，即臥不食，幽憂晝哭，髮爲之童。卒歸龔氏，行時復有聞如昔聲。尋歿，年二十有六。

獨繭之幕鉤珊瑚，酸風微曳鳴聲孤。陰燐四逼鐙無華，鄧女此夕爲貞姑。宛然新婦登帷車，即死地下女有家。吁嗟死非人所無，匪難其竟難其初。臨機立斷識所趨，果力自策無滯濡。安步緩心氣不粗，久且彌厲同須臾。家人不識疑可渝，鬒[三]髮凋落中自痡。生者可死死者蘇，天孫不渡河爲枯。俯視斷斷羣小儒，孤持一義相牽拘。禮所未備義以敷，嫁殤之禁胡爲乎。先聖平情用永圖，整齊賢智不肖愚。至於精誠有獨徂，鬼神無力使勿舒。窮今亘古乾坤俱，違計舉世毀與譽。堯舜揖讓湯征誅，安有往制供追摹。六月飛霜冰出魚，天行且以回其途。不信其心盡信書，坐守常例如守株。林中挂劍云贈徐，鬼安用此將非誣。此心既發不可虛，豈以無濟生峙躕。況是糸屬葭中莩，煌煌名義何當辜。處士殉國良艱劬，

一　《譚嗣同全集》作「汎」。
二　《譚嗣同全集》作「愰」。
三　《譚嗣同全集》作「鬢」。

敢云未仕宜謂迂。夫婦誼不君臣殊，我思夷齊兩匹夫。

贈歐伊庵　唐才常

沈沈苦海二千載，疊疊疑峯一萬重。舊衲何因困蟣[一]蝨，中原無地走蛇龍。東山寥落人間世，南海慈悲夜半鐘。用九冥心湘粵會，行看鐵軌踏芙蓉。

和柳公感事二首[二]依原韻　介公

光緒二十五年七月初一日（公元一八九九年八月六日）

《清議報》第二十三冊

潼關　譚嗣同

終古高雲簇此城，秋風吹散馬蹄聲。河流大野猶嫌束，山入潼關不解平。

雪夜　譚嗣同

雪夜獨行役，北風吹短莎。凍雲侵路斷，疲馬怯山多。大地白成曉，長溪寒不波。澂清杳難問，關

一　《清議報》及《全编》均作「蟻」，《唐才常集》作「蟣」，按平仄以後者為是。

二　《全编》未收此詩，《清議報》所載模糊不清。

塞屢經過。

蘭州莊嚴寺　譚嗣同

訪僧入孤寺，一徑蒼苔深。寒磬秋花落，承塵破紙吟。潭光澂夕照，松翠下庭陰。不盡古時意，蕭蕭鴉[一]滿林。

病起　譚嗣同

蕭齋臥病久，起聽咽寒蟬。竚立空階上，遙看暮樹邊。萬山迎落日，一鳥墮孤煙。秋雨園林好，攜笻感逝川。

秋日郊外　譚嗣同

寒山草猶綠，長薄樹全昏。鴻雁遲鄉信，牛羊識遠邨。邊風挾沙起，河水拆冰喧。野老去何許，日斜歸里門。

雜詩三首錄一　倉海君（丘逢甲）

天雞不能雄，牝雞代爲鳴。膊膊復腷腷，豈云非惡聲。壯士誤起舞，慨然赴功名。失身一非時，其

一《全編》與《譚嗣同全集》均作「雅」，應為「鴉」之誤。

辱[一]寗爲榮。枕戈夜未旦，素月當天行。圓圓[二]此皎魄，中有妖蟇生。得地遽僭妄，吞噬虧陰精。諸仙幷束手，坐令天偏盲。憑日[三]復有烏，翳日失其晶。安知豢養物，乃起爲禍萌。蒙蔽苟不知，安用天聰明。知之不能去，容使[四]終古橫。

感事述懷步友人韵[五]　星洲寓公（丘煒萲）[六]

陰凝[七]陽亢元黃戰，河不出圖鳳不遊。大地茫茫尋浄域，遼東白[八]帽傲龍頭。

起陸[九]殺機愁易宿，補天苦志孰存心[十]。干戈行見無家別，凄絕江頭野老吟。

哀時山鬼國殤篇，腸斷夫君想自憐。身是斗南心斗北，如雲金翅正垂天。

一 《清議報》及《全編》均作「甚辱」，今從《嶺雲海日樓詩鈔》作「其辱」。

二 《嶺雲海日樓詩鈔》作「團團」。

三 《清議報》及《全編》均作「憑月」，今從《嶺雲海日樓詩鈔》作「憑日」。

四 《清議報》及《全編》均作「客位」，今從《嶺雲海日樓詩鈔》作「容使」。

五 丘煒萲撰：《菽園詩集》（永和：文海出版社，1976年）作〈己亥五月感事述懷六首〉。

六 丘煒萲（1874，一作1873-1941），字萲娛，號菽園、嘯虹生、星洲寓公、酸道人等，福建海澄人，報人、詩人。少移家星加坡，光緒十九年回國考中舉人後，復歸星洲，繼承父親鉅額遺產。1898年創《天南新報》，支持變法，資助康有為流亡及自立軍起義。晚年破產，專心小說評論。著有《丘菽園居士詩集》、《嘯虹生詩鈔》、《五百石洞天揮麈》等。本書中署名星洲寓（寓）公、觀天演齋主者，皆為丘氏。

七 《菽園詩集》作「疑」。

八 《菽園詩集》作「皁」。

九 《菽園詩集》作「天發」。

十 《菽園詩集》作「星移帝座搆羣陰」。

奇章賣塞[一]牛僧孺，欵段居鄉[二]馬少遊。落落當朝數英物，浪淘[三]沙去大江流。

載酒尋花次第邀，連騎結駟倘相招。百觚尼父居彝去，女樂齊廷罷早朝。[四]

美人芳艸極天遐[五]，臺閣雍容樂未涯[六]。我不能喑狂可學[七]，解禪天女試拈花。

光緒二十五年七月十一日（公元一八九九年八月十六日）

《清議報》第二十四冊

順德二直歌乙未　更生（康有為）

諫草之堂何巍巍，三百年來過者頭皆低。順德之館何欝欝，中有椒山人不識。分宜不過佞臣耳，不斬國事無損益。豈如賣國賊，不斬割地無終極。朱雲已矣孔融死，誰歟請劒申憤抑。咄哉兵部[八]何藻翔，華嶽峯尖金晶光。巖電爛爛夜騰霜，抗疏斬奸劒吐鋩。同志禮曹羅鳳華，義塡胸臆照虹霞。皂雕倉鷹比翼出，追逐無禮憤氣加。首請遷都定國本，次請拒日絕使槎。末請斬佞論鞬鞈，存亡繫此誰開牙。事雖

一　《菽園詩集》作「樊川客主」。
二　《菽園詩集》作「新息家兒」。
三　《全編》誤作「洶」。
四　《菽園詩集》未收此首。另作「紅顏軒冕臥南山，青雀西飛北極間。別有桃花源裏住，東遊入海不知還。」
五　《菽園詩集》作「惜年華」。
六　《菽園詩集》作「消息誰通海上槎」。
七　《菽園詩集》作「笑指牽牛問靈匹」。
八　《清議報》及《全編》均作「工部」，《康有為全集》作「兵部」，查何藻翔時任職兵部，從後者。

不成壯人氣，蹴踏雷電飛風沙。昔何維柏劾嚴嵩，萬衆拈香羣歎嗟。今者生見胡邦衡，對面不識或揄揶。作詩告凡百君子，不式順德之南館，焚香椒山遺宅何爲耶。

別蘭州　譚嗣同

前度別皋蘭，驅車今又還。兩行出塞柳，一帶赴城山。壯士事戎馬，封侯[一]入漢關。十年獨何似，轉徙媿兵閒。

馬上作　譚嗣同

少有馳驅志，愁看髀肉生。一鞭衝暮靄，積雪亂微晴。凍雀迎風墮，饑[二]狼尾客行。休論羈泊苦，馬亦困長征。

秋夜　譚嗣同

何來風萬壑，城北湧驚濤。衆籟當秋爽，孤吟入夜豪。寒中雞口噤，雨背雁聲高。無夢欲忘曉，詩腸轉桔槔。

老馬　譚嗣同

一　《清議報》及《全編》均作「侯封」，《譚嗣同全集》作「封侯」，如與出句「壯士」對仗，後者較宜。

二　《全編》作「饒」，今從《清議報》及《譚嗣同全集》作「饑」。

敗櫪銅聲瘦，危崖鐵色高。防秋千里志，顧影十年勞，廝養封俱貴，牛羊氣自豪。咸陽原上骨，誰是九方臯。

光緒二十五年七月二十一日（公元一八九九年八月二十六日）《清議報》第二十五冊

游加拿大記　更生（康有為）

三月之末，度加拿大，逾落機大山。千峯積雪，長松覆地，鐵路轉轂曲折，循山逾澗若長蛇。凡經雪架山洞八十餘，澗橋無數。俛瞰碧湍，與雪峯相映，光景奇絕。鐵軌盤山頂而過，山巔甚平而無名。西人請吾名之，吾名之爲太平頂，期大地之太平世也。逾山則雪積數千里，無寸土寸草及人居。時有一二烟剪人帳居于是牧畜，想見吾漠北氣象。如是者四、五千里，乃到蘇坡湖，湖中萬島，界分英美。烟波洲渚，浩渺微茫，石阜長松，連續千里。此地殆中原所無，亦地球所少見也。三月晦夕，至阿圖和，凡六日，鐵路行萬里矣。其國預派巡捕官于車站前相接。越日其總督、總統、總稅司官約見，其總督由英所命，若吾之鎮守將軍也。加拿大雖屬英，而別爲民政如美國。其總統由民舉，雖位總督下，而大權一切屬之。總統名羅利，法種，而新黨新得政者也。一握手即曰：「吾與子皆新黨，願子速得政如我。」相接欣然。延入密室密談，情意至厚。述及彼舊事，相與欷歔國種，令我過戈壁視其舊壘焉。再使一官邀吾視議院，導遊各所，及觀議員議事。復至書藏，云有中國書甚多，後遣人以藏圖贈焉。其下議院長請茶宴，出其夫人諸女相見，再導觀議院，羅利並親陪焉。先是英總督請跳舞宴，是夕九時赴焉。男女七百人，鋪設宏麗，男女合沓，長裾曳地。各大臣皆來握手問訊。總督與諸大臣先舞，次官繼舞，後則羣賓亂舞，若旅酬焉。總督延吾在舞廳之高座，此則惟總督、總統夫人坐者，群官皆不與焉。舊總統偕吾巡視各廳及園林，燈彩萬千，花香錯雜。其酒廳列兵二隊，左右執鎗立。但總督與各執政大臣一席，吾一席，餘俱立飲。飲畢復舞，至二時乃散。越日，總督命一女畫師自愨郎度來，為吾寫像。畫師年十八，其地最知名者也。吾口占一絕云：「飄泊餘生北美洲，左賢特爲寫形留。風鬟十八紅衣女，却是中原顧虎頭。」

光緒二十五年八月初一日（公元一八九九年九月五日）

《清議報》第二十六冊

安慶大觀亭　譚嗣同

漠漠秋潮送夕暉，片雲斜趁水天飛。遠山如畫月將上，野店初鐙人欲稀。異代忠魂應有淚，元余忠宣公墓在亭下。十年血戰感無衣。咸豐閒，安徽亂最久。霜嚴露冷猶常事，劫火燒殘草不肥。

武昌夜泊二篇　譚嗣同

秋老夜蒼蒼，雞鳴天雨霜。星河千里白，鼓角一城凉。鐙炫新番舶，燐啼舊戰場。青山終不改，人事費興亡。

武漢烽銷日，舟因覽勝停。江空能受月，樹遠不藏星。露草逼蛩語，霜花凋雁翎。但憂懸磬室，兵氣寓無形。

登洪山寶通寺塔　譚嗣同

積烏西墮風忽忽，吹瘦千峯撐病骨。半規江影臥雕弓，郊原冷雲結空綠。楚尾吳頭入塵壒，一鈴天上縣孤籟。憑欄俯見寒鴉背，餘暉馱出秋城外。

安昌謠　西狩（章炳麟）

吾邑有安昌，印何纍纍耶。匿形若社鼷，吐聲如雷耶。一解。北郭有狗，嘊嘊欲齧。我爲之棖，我璽崩一角，毋使蚩尤刑天新都盜而攫。百蟲將軍干位，啟將赤其族。殷殷撿鳴，悠悠旆旌，曾不發一鏃。二解。元規有樓，婆娑其羽。景升注易，坐談玄語。寧不念運甓，一甓千金竟安取。三解。丈夫富貴在黃耇，黃耇不可久，願使火齊之珠殁吾首。朝馳辟歷，暮馳烈缺，火齊之綏毋解紐。不信湘波魚，朱絲繫靈侯。靈侯靈侯，子發弗來愼勿憂。四解。

梁園客　西狩（章炳麟）

聞道梁園客最豪，山中谷永太蕭條。鴟餘乞食情無那，蠅矢陳庭氣尚驕。報國文章隆九鼎，小臣環玦繫秋毫。君看鸚鵡洲邊月，一闋漁陽未許操。

粵海有文士，少入《詞苑》，以糾彈節相罷官，當時頗著直聲。既失志，有咄咄書空之感。去秋遂因政變作〈符命〉數篇，詩以記之。

光緒二十五年八月十一日（公元一八九九年九月十五日）
《清議報》第二十七冊

題荷花畫冊戊子六月[一]　更生（康有為）

世界偶然留色相，生涯畢竟託清波。明璫翠羽人曾識，碧漢紅墻[二]夢似過。殘月照來裳珮冷，曉風墜後亂痕[三]多。城南詩客頻相問，惆悵[四]朱顏易老何。

三年甲申三月　更生（康有為）

三年不讀南朝史，瑣艷濃香久懶熏。別有遁逃聊學佛，傷于哀樂遂能文。懺除綺語從居易，悔作雕中似子雲。憂患百經未聞道，空階細雨送斜曛。

秋感前八首戊戌稿　痛哭生（丘逢甲）

痛哭空山最上頭，團欒明月負中秋。黃塵眯眼成新劫，青史填胷欝古愁。海外幻民紛吐火，人間王母妄傳籌。橫流滿目無安處，涙灑鄒生大九州。

空山鶴警起霜鐘，一枕邯鄲夢正濃。豈有蒼生望安石，但云新法誤神宗。中原竿木愁分鹿，上郡衣冠詫駕龍。萬里風煙秋氣勁，甘泉聞說夜傳烽。

漠漠燕雲望眼迷，九關秋閉阻雷車。飛符有詔搜行客，侍櫛無人諫大家。萬騎防秋歸宿衛，百官陪

一　《譚嗣同全集》作〈題荷花畫幀〉。
二　《清議報》及《全编》均作「紅檣」，今從《康有爲全集》作「紅墻」。
三　《康有爲全集》作「粉痕」。
四　《康有爲全集》作「怊悵」。

列拜充華。夢中鸚鵡能言語，愁說黃臺再摘瓜。

野死幽囚事豈眞，竟傳蜚語惑愚民。蔓抄未定移宮案，莽伏須防跋扈臣。西日駒馳憂過隙，東雲龍出阻攀鱗。中興將相張韓盡，誰是平江對哭人。

遺偈爭傳黃蘗禪，荒唐說餅更青田。戴鰲豈應遷都兆，逐鹿休訛厄運年。心痛上陽眞晝地，眼驚太白果經天。祇憂讖緯非虛語，落日西風意惘然。

漫說才奇禍亦奇，是非朝議到今疑。違天憤血埋萇叔，去國扁舟異子皮。一網幾成名士獄，千秋重勒黨人碑。出門未敢輕西哭，時局驚聞似奕棋。

變徵聲中起白虹，千門萬戶冷西風。丁沽警集飛雲舸，甲帳寒生救日弓。忍把安危累君父，竟將成敗論英雄。望京樓上孤臣泣，殘月天南聽斷鴻。

萬山寒色赴重陽，莽莽乾坤意黯傷。敢說巨君媚文母，未容孝孺問成王。東周紀月秋多蜮，西極占星夜動狼。笑指黃花亦時勢，金英開遍島臣章。

光緒二十五年八月二十一日（公元一八九九年九月二十五日）

《清議報》第二十八冊

六月　聖壽節美洲各埠創行恭祝禮吾居文島望　闕行禮又還埠與鄉人叩祝灣高花及二埠尤鬧西人來慶頌飲酒者數百人也[一]

更生（康有為）

一　《康有爲全集》作〈己亥六月十三日，與義士李福基、馮秀石及子俊卿、徐爲經、駱月湖、劉康恒等創立保皇

海外初瞻壽域開，龍旗披拂白樓台。白人碰盞掎裳至，黃種然燈塞[一]巷來。上帝與齡憐夏士[二]，小臣泣拜倒蒿萊。遙從文島瞻瓊島，波繞瀛台夢幾回。

襍感　西狩（章炳麟）

弱冠通九流，抗志山谷賢。丁此滄海決，危苦欲陳言。重華不可遻，敷衽問九天。溟涬弟堯舜，而不訾版泉。版泉竟何許，志違時亦遷。營營薦紳子，觀書窮天府。掉頭辭晏嬰，仰梁思賈舉。血書已羣飛，尚[三]踵前王武。何不誦大明，爲君陳亥午。嗟嗞論甘生，聞辛先病舌。寧爲牛後生，毋爲雞口活。抱此忠義懷，揚靈盟白日。隼厲擊孤鸞，鸞[四]高先鎩翮。鎩翮亦良已，畏此矰[五]笱多。舉頭望天畢，黯黯竟如何。濁流懷阿膠，誰能澄黃河。獨弦非可彈，臨風發商歌。既不還重華，安事涕滂沱。蓬萊青未了，散髮將凌波。[六]

會。於二十八日至域多利中華會館，率邦人恭祝聖壽，龍旗搖颺，觀者如雲。灣高華與二埠同日舉行。海外祝嘏自此始也〉。

一 《康有爲全集》作「夾」。
二 《康有爲全集》作「下土」。
三 《臺灣日日新報》（1899年11月19日）作「倘」。
四 《臺灣日日新報》作「管」。
五 《臺灣日日新報》作「此」。
六 《臺灣日日新報》詩後有跋：「此去秋將東渡臺灣作也。今中星一市復自江戶西歸，書此，不勝今昔之感。」

西歸留別中東諸君子　西狩（章炳麟）

黃壚此摶摶，神川眇一粟。微命復何有，喪元亮同樂。蛣蜣思轉丸，茅鴟惟啖肉。新耶復舊耶，等此一邱貉[一]。軼蕩開天門，封事苦僕遫。朝[二]上更生疏，夕劾子堅獄。鯨魚血故暖，涼液幻殊族。球府集蒼蠅，一滴緇楚璞。潛翥豈齊性，縞玄竟誰覺。吾衰久矣夫，白日噎窮朔。仕宦爲金吾，蕭王志胡蹙。江海此分袂，涕流如雨雹。何以贈君子，舌噤不敢告。弓月保東海，岔冒起南嶽[三]。

苦雨行　倉海君（丘逢甲）

雨師晝夜驅龍行，一雨三月無停聲。烏沈兎沒不敢出，仰視天日長冥冥。冬寒凜烈春未已，浸淫木氣渾歸水。稚陽欲茁老陰遏，乃張母權侵厥子。寒風吹天不肯高，陰雲四壓天周遭。媧皇補處今畢漏，石鍊五色難堅牢。盡傾海水向天半，驚波怒濤滿空散。竟無一片乾淨土，着足大地成泥爛。雄雷噤斷鳴雌雷，百虫朒縮戶不開。花藏柳匿避雨氣，雖有羯鼓安能催。物過爲淫極必反，下士談天嘆天遠。恐將降魃來止雨，倒行逆施兩俱損。不然不日復不月，地晦天昏寒水發。幾疑世將入混沌，待起盤古冢中骨。欲書綠章上青帝，請收政權屛陰翳。膏雨和風各聽令，萬方重紀歲華麗。

光緒二十五年九月初一日（公元一八九九年十月五日）

《清議報》第二十九冊

一 《臺灣日日新報》（1899年11月19日）作「貂」，今從《全编》作「貉」。

二 《臺灣日日新報》缺「朝」字。

三 《臺灣日日新報》作「獄」，今從《全编》作「嶽」。

戊戌八月聞北京政變懷南海先生作　天南俠子

蕭颯繁霜漫天地，萬方秋氣萃金臺。黨人碧血濺都市，遺老丹心走電雷。胡騎驚塵連北薊，吳簫哀韻滿東垓。董帷聞道逃寃獄，獨睨燕雲祝一回。

瑞鶴仙寄贈梁卓如　天南俠子

夢庭花玉樹，正燧瑣湖山，道興亡故。金臺何消顧，倚膽肝貯雪，耐飄零苦。萬流一艓，想梨洲、仙瀛續渡，最生憐，無力東君，却把芷蘭相誤。

趙燕新妝歌舞，少入侯家，被秋娘妒。氷姿那護，翻雲更覆陰雨。憶舊京，恨絕群鷗冷落，多少猩紅醉仆。臏西鄉，月照遺謦，百年豔訴。

謁秦徐福墓　天南俠子

展謁先生到紀洲，叢狐野鼠夕陽愁。儒書恨絕坑焚盡，故向蓬壺碩果留。

懷朝鮮王仁　天南俠子

騎麟跨鳳入長崎，壇杏春風第一枝。獄獄妙談齊魯論，東皇尚待訪明夷。

弔明朱舜水　天南俠子

幽塋東眺一遲留，故國胡塵動旅愁。當日朱明誰失鹿，哭秦同調止梨洲。

弔明黃宗羲　天南俠子

一卷明夷論不删，同朝遺老有雙山。德川弗納平戎策，辜負先儒渡馬關。

遊上野觀西鄉隆盛遺蹟　天南俠子

陰木蕭森日落時，西鄉戰績最堪思。跨鞍濺血人何在，殘碣空餘不忍池。

過東京大久保利通哀悼碑有感　天南俠子

盤螭鐫蚪樹豐碑，三傑遺馨占一枝。道是李牛興黨獄，氷魂粉碎爲瘡痍。

詠懷　天南俠子

倚劍呼號望薊秦，黨碑巍峙蹴胡塵。玉毫揮灑傷時淚，早向東雲露爪鱗。

讀美人讀報圖　立庵居士（山根虎之助）[一]

不是紅葉題寄字，遠山帶愁顰雙翠。不是青鳥啣來書，高髻慵整雲不梳。深閨無人晝欲午，滿地青台綠蕉舒。不愁春蠶結繭小，唯愁胡馬來牧艸。昨聞俄人入金州，今傳德人據青島。諸公衮衮形徒勞，報章萬言如牛毛。安得英雄如頗牧，電掃妖氛驅腥臊。君不見書生傭書空勞碌，徒使蛾眉憂家國。

一　山根虎之助（1861-1911），又名虎臣，字炳侯，號立庵，日本漢詩人。1898年赴上海，與章太炎、宋恕創辦《亞東時報》，兼任主筆。1900年後移居北京，又被袁世凱聘為保定軍官學堂教習。來華期間與維新派人物多有交往唱酬。後返日，卒於日本。傳世有《立庵遺稿》、《立庵詩鈔》。

光緒二十五年九月十一日（公元一八九九年十月十五日）

《清議報》第三十冊

八月十三日過菜市口感懷口占　兩觀子

西風落葉滿長安，此地驚揩淚眼看。碧血一完千古事，男兒得死較生難。
欲把頭顱換太平，維新有例血流成。可憐禹域無多士，生死分明那抵卿。
君危豈復恤身危，一飲魚腸百不知。惟有乾坤留恨事，衡湘蘭芷古今悲。
漫薄今人重古人，乾坤英氣若爲新。百年以往看青史，一樣靈均哭楚臣。
清流鉤黨禍連天，季漢殘明謬種傳。荊棘銅駝無限事，紅爐鐵血亦當年。
徘徊菜市立斜陽，毅魄英姿酹國殤。嗚咽千秋唯禍水，又添遺恨盡滄桑。

秋感後八首戊戌稿　痛哭生（丘逢甲）

鶴書赴隴正紛紛，誰料空勞亮舉勤。菜市歐刀酬國士，蘆溝襆被散徵君。垂簾求革青苗法，入衛能添白茘軍。贏得老儒同賛歎，篝燈重理說經文。
浮雲西北望長安，轉綠回黃眼倦看。堂額競除新學字，門封重揭舊裁官。早知秦相能相壓，何有商君苦用鑽。孤負至尊憂社稷，千秋疑案說紅丸。
萬方憂旱待甘霖，駭說神龍痼疾深。孝惠自因高后病，叔文終誤順宗瘖。刊章畢反中朝汗，問鼎偏生敵國心。吟客哀時頻悵望，西風殘照滿秋林。

秋肅春溫總聖恩，不須公論白沈冤。荷戈竟歷新疆苦，得柄眞輸舊黨尊。荐士詩休誦韓愈，逋臣迹巳等張元。獨憐枉作無名死，中有文忠繼起孫。

膠東海警接遼西，何意南來道更迷。五虎門開集兵艦，九龍城近啟丸泥。攫金有士儕秦狗，戰水無車等越犀。數往愁聞康節語，天津橋上杜鵑啼。

悲秋有客臥江城，難遣蒼茫百感情。河決未消黃水勢，民飢易起黑山兵。石人敢信因謠出，金狄眞愁應讖生。時難年荒正無那，况堪江上鼓鼙聲。

滿城落葉晚蕭蕭，磊塊憑誰借酒澆。玫瑰禍胎張景敎，芙蓉毒燄煽花妖。悲歌燕市凄寒日，抉眼吳門欝怒潮。留作遺臣千古恨，神州亂本未能消。

不獨江南可賦哀，傷心聊復此登臺。徉狂伯虎全生命，改制公羊是黨魁。從古詩材兼史作，漫天秋色送愁來。廟堂且展安天手，莫把科塲鬧秀才。

光緒二十五年九月二十一日（公元一八九九年十月二十五日）

《清議報》第三十一冊

贈友人丁酉秋月[一]　更生（康有為）

友人生長澳洲，學問精深，喜言變法，以救中國自任，故書團扇贈之。

一《康有爲全集》前一首題作〈門人陳千秋禮吉德慧才博，窮理知命，卓然任道。寫付之，并書團扇寄梁任甫、曹著偉、徐君勉〉，後一首題作〈勉學者〉。

人與天通，有父有宗。孔子主仁，注心大同。養我神明，救我氓蒙。推極識界，諸天無窮。區區大地，豈有西東。先愛同類，無忘族邦。

大地飛來偶現春[一]，中原靈氣日華新。黃虞明冑百千億[二]，誓拯瘡痍救我人。

七言十章寄懷飲冰子兼呈更生先生[三]　獨立問麒麟者（宋恕）[四]

塊獨傷心阮嗣宗，竹林舊夢了無蹤。死生離合人間世，中散琴聲落海東。

少小談經宗禮運，春秋奧義未窮探。自從得見江都學，始信眞儒出嶺南。

湘中帝遺德星聚，屈子精魂或請之。絕大規模南學會，同康於此立初基。

誓行仁政作君師，千載神州此一時。痛絕囚堯城早就，無情風雨敗佳期。

宣尼發政先誅卯，義少仁多惜偃王。自古救民須用武，豈聞琴瑟化豺狼。

自從奇渥禁持兵，儒者稀聞學劍成。夜夜夢披隱娘傳，天涯何處訪空精。

無可奈何天地窄，甚深懷抱爲誰開。故人問我今何事，二六時中對綠苔。

瀏陽仁學足千古，表章幸有今潛夫。大苦大樂飲冰室，盖天蓋地自由書。

一　《康有爲全集》作「身」。

二　《康有爲全集》作「天心民命講堂在」。

三　胡珠生編：《宋恕集》（北京：中華書局，1993年）作〈寄懷飲冰子〉。

四　宋恕（1862-1910），原名存禮、衡，字平子，號六齋、不黨山人等，浙江平陽人，維新運動重要成員、教育家。早年曾上書張之洞，謁見李鴻章，請求變法。1891年著《六齋卑議》，作為變法綱領。後接觸譚嗣同、梁啟超等人，參與維新。晚年致力推展動山東文化教育。今有《宋恕集》行世。

六烈沈寃那得伸，大魔顛倒是非眞。千鈞一髮存清議，珍重同胞託命身。
直上太平最高頂，故鄉西對勝神州。悲情此際如何遣，四億奴軀未出幽。

六君子紀念會　鐵血子

六士沈寃已一年，誰將大獄訟于天。上方有劍朱雲在，誓斬奸頭祭墓前。
素車白馬弔忠魂，千古重憐黨籍寃。我有龍泉鳴匣裏，要將鐵血灑乾坤。

讀美洲祝　聖壽記　西樵樵子（康有為）

人心不死信非虛，海外郵傳祝嘏書。喜說我皇終復位，秋風蘆葉賣紅魚。

香港夜讀清議報　西樵樵子（康有為）

巃嵸崋崒太平山，碧海蒼波萬里環。靜對孤燈無限恨，喜留清議在人間。

光緒二十五年十一月十一日（公元一八九九年十二月十三日）
《清議報》第三十二冊

題星洲寓公看雲圖[一]　倉海君（丘逢甲）

[一]《嶺雲海日樓詩鈔》作〈題菽園看雲圖〉。

看雲不作狄梁公，屈身幾以牝朝終。看雲不作杜陵翁，許身稷契仍詩窮。男兒生果抱雄志，眼光到處古人避。我所思兮大海南，島上看雲有奇士。丹青貌形不貌神，茫茫雲海[一]誰寫眞。直取乾坤萬古眼，化作[二]一氣相氤氳。陽雲出冬陰雲夏，魯馬趙牛物交化。置身雲外看雲中，雲之君兮紛來下。眼前所見雲非雲，中有看者精神存。古今萬事雲變滅，嗟哉郁郁何紛紛。不見卿雲糺縵色，但見浮雲蔽西北。坐令下士懷百憂，高天無青日不白。平生長劍空倚天，未能劃斷雲連綿。亦知陰霾勢非久，其奈勃鬱當吾前。登高邱兮望遠海，八表停雲有人在。世間難得吉祥雲，望氣空憐成五采。九淵沈沈蟄者龍，雲兮雖起將誰從。雷霆收聲電收影，極目[三]閉塞將成冬。天地心留畫圖裡，雲生海山吸海水。淋漓元氣大九州，霖雨蒼生以龍起[四]。

題無懼居士獨立圖　倉海君（丘逢甲）

舉國睡中呼不起，先生高處畫能傳。黃人尚昧合群理，詩界差存自主權。胸有千秋哀古月，目窮九點哭齊烟。與君同此蒼茫意，隔海相看更惘然。余亦有《獨立圖》。

雜感　敬庵

自笑生平孟浪遊，長年三島作居留。太平人國無驚犬，最是神皐盜未收。
大盜盜國盜亦侯，飢民千萬渡荒邱。虎苛不避泰山側，猶道逃存不異求。

一　《嶺雲海日樓詩鈔》作「四海」。
二　《嶺雲海日樓詩鈔》作「寫入」。
三　《嶺雲海日樓詩鈔》作「眼見」。
四　《嶺雲海日樓詩鈔》作「臥龍起」。

碧眼紅髯霸氣新，開宗平等漫傳薪。張牙毒遍亞洲岸，未信黃人降白人。
歎惜中原事事非，依稀南望自由旗。東邦王氣消耶未，阿度風流忒耐思。

光緒二十五年十一月二十一日（公元一八九九年十二月二十三日）

《清議報》第三十三冊

寄懷梁任公先生　星洲寓公（丘煒萲）

周秦以後無新語，獨有斯人解重魂。以太同胞關痛癢，自由萬物競爭存。江天鴻雁飛猶苦，海國魚龍道豈尊。夜半鐘聲觀四大，不將棒喝讓禪門。

奉題星洲寓公風月琴尊圖　西鄉文治（鄭文治）[一]

太息神州不陸浮，浪從星海狎盟鷗。共和風月推君主，代表琴尊唱自由。物我平權皆偶國，天人團體一孤舟。此身歸納知何處，出世無機與化游。

觀世　因明子（蔣智由）[二]

[一] 鄭文治（?-?），字藻常，廣州府新安縣西鄉人，故又稱「鄭西鄉」。清末戶部官員，曾參與廣東維新運動。

[二] 蔣智由（1865?-1929），字心齋、觀雲，號因明子，浙江暨諸人，近代詩人、報人。早年支持維新。1902年與蔡元培、黃宗仰等發起中國教育會，參加光復會，旋赴日本，曾代梁啟超主編《新民叢報》，後擔任《浙江潮》、《政論》編輯。著有《居東集》、《蔣觀雲先生遺詩》。

一人制賢否，茲時宵小榮。積成奴僕性，諂諛競爲生。智種日摧抑，劣敗理亦平。中之邈載毒，末造丁吾萌。莽莽萬川谷，異族入經營。緜緜帝系姓，縶縛待宰烹。健者事痛哭，非時投禍程。銕血灑國門，黨籍罹棘荊。日暮求富貴，連軫來公卿。啜汁相驕貴，盲從何匍匐。醉聖醒爲狂，末俗諒難爭。所嗟急切勢，不忍送目瞠。黃霧塞衢畛，人海聊隱名。墨任義爲羣，聃守符易貞。辭爵魯連子，一言破秦盟。雲霄漢孔明，始之事躬畊。

殺鴞行　倉海君（丘逢甲）

城根潮嚙樹半枯，天陰月黑啼訓狐。飛瞰[一]屋山嚇黃小，徵凶[二]召眚聲嗚嗚。潮州老守行春政，一紙朝頒磔鴞令。萬戶無聲春柝嚴，夜伏空山依破鏡。嗟哉人中亦有鴞，東山風雨愁飄搖。人間惜少惡溪檄，畀出濁水公爲妖。丹山鳳去梧桐[三]老，海上[四]紛來九頭鳥。安得枉矢掛陰弓，風毛雨血滄溟東。

聞海客談澎湖事[五]　倉海君（丘逢甲）

絕嶋周星兩受兵，可憐蠻觸迭紛爭。春風血漲珊瑚[六]海，夜月燐飛牡蠣城。故帥拜泉留井記，孤臣

一　《全編》作「噉」，今從《嶺雲海日樓詩鈔》作「瞰」。
二　《全編》作「微凶」，今從《嶺雲海日樓詩鈔》作「徵凶」。
三　《全編》作「桐梧」，今從《清議報》及《嶺雲海日樓詩鈔》作「梧桐」。
四　《全編》作「海山」，今從《清議報》及《嶺雲海日樓詩鈔》作「海上」。
五　《嶺雲海日樓詩鈔》只收前一首。
六　《全編》作「瑚珊」，今從《清議報》及《嶺雲海日樓詩鈔》作「珊瑚」。

掀案哭雷聲。不堪重話平臺事，西嶼殘霞愴客情。

全臺門戶此雄礁，三載前仍隸大朝。斗絕勢成孤注立，交爭禍每彈丸招。尚書墓道蠻雲暗，大令文章刼火燒。我爲遺民重痛哭，東風吹泪溢春潮。

光緒二十六年正月一日（公元一九〇〇年一月三十一日）

《清議報》第三十四冊

步南海先生韵贈友人之作　璱庵（麥仲華）[1]

森森萬木聳樓臺，獨向危欄立幾回。鬼嘯幽巖熏白日，蛟騰滄海挾風雷。孔圖誰識演旡首，佛法何容着死灰。倚劍長號天外望，怒潮忽捲大江來。

步南海先生韵贈友人之作　檀公

劒光爍爍上靈臺，舒卷山河赤手回。境入炎天仍積雪，精騰巨闐慣奔雷。重開香國聞甘露，徧閱滄瀛起劫灰。我陟昆侖時一望，萬千哀樂衆生來。

秋日懷人並感國事[1]　南洋秋雲齋羅氏稿

---

[1] 麥仲華（1876-1956），字曼宣，號璱齋、璱庵，廣東順德人，維新運動成員，戲曲作家。康有為之婿，麥孟華之弟。1894年拜康有為為師，參與維新運動，「戊戌政變」後逃亡日本，後遊學英國。所著傳奇《血海花》刊於《新民叢報》。

序云：余讀潘大臨詩，至「滿城風雨近重陽」句，不禁憂從中來。正憶戊戌百日維新，奸黨燄熾，中用摧絕，死者已矣，生者或有後圖。然自是外侮益亟，國事愈危，能不令人憂心蹙首，對景傷情耶？故借此句爲興，用七陽韻次第插入詩中，未卜可與言詩否。

滿城風雨近重陽，時事吟來百感傷。經濟舊誰稱手段，文明新竟不眉揚。騰驤有自長鳴棧，岐鳳何難信宿岡。功敗垂成眞可惜，徒勞人笑鼠搬薑。

志士紛紛盡散場，滿城風雨近重陽。時鳴棧馬□因戀，日補牢羊未忍亡。演武昔曾揮寶劍，讀書今不尚文章。胡蘆依樣將圖畫，弗信才猷展布强。

幾年鞅掌事無常，改革維新極善良。一代經綸剛展采，滿城風雨近重陽。時非清晏當知策，事到艱難竟失防。回首可憐人去後，江山應亦訝頹唐。

天意不能全世界，臣才今既盡康梁。層層黨獄愁雲起，滾滾中原沸鼎揚。四海英豪多待命，滿城風雨近重陽。功名才子分明見，又熟黃粱夢一場。

攬持國柄大荒唐，以舊爲佳爛主章。老大依然安社稷，兒童也自話滄桑。世間知音無雙霸，天下窺秦第一强。怕聽楚歌韓魏策，滿城風雨近重陽。

光緒二十六年正月十一日（公元一九00年二月十日）
《清議報》第三十五冊

一 《全編》未收此詩。

時運　因明子（蔣智由）

鬱鬱思世理，多由無字書。初俗進農桑，震旦足菑畬。爾時號聖賢，倫理爲排梳。亦足致小康，井里安厥居。中間更衰亂，大致復相如。倏忽宙運變，茲理有乘除。昔者尚專制，今茲道猶醵。昔隆禮與法，今晝自由陆。孟晉足競存，墨守喪其車。賢豪已奮變，頑靈乃齟齬。由來新舊交，殺氣滿員輿。軯隱雷電已，霑野始靚虛。羣大身則小，此言不可鋤。洶淘朕時艱，攖救甯非予。吾有黨與徒，來者方徐徐。吾有日與月，萬古爲居諸。生民丁時異，四氣有慘舒。蒼然望六合，相要重瓊琚。兒痤不苦搉，何由燎瘍疽。皵皵不拆毀，何由築室廬。綢繆聖所云，不遑事拮据。毋吟雲漢詩，傷哉泣周餘。

東山感秋詩六絕句次汀州康步厓中翰詠癸巳題壁八月六日作[一]　倉海君（丘逢甲）

痛哭秋風又一年，觚稜[二]夢落楚江[三]天。拾遺冷作諸侯客，袍笏空教[四]拜杜鵑。
天涯心逐白雲飛，瑟瑟秋蘆點客衣。回首大宛山上月，更無緘札問當歸。
斜日江聲走急灘，殘棋別墅局方難。後堂那有殘絲竹[五]，陶寫東山老謝安。
寒蛟海上趁人來，漠漠秋塵掃不開。滿目桑田清淺水，五雲樓閣是蓬萊[六]。

一　《嶺雲海日樓詩鈔》作〈東山感秋詞次康步崖中翰題壁韻八月初六夜作〉，只收前五首。
二　《嶺雲海日樓詩鈔》作「觚棱」。
三　《嶺雲海日樓詩鈔》作「練江」。
四　《嶺雲海日樓詩鈔》作「空山」。
五　《嶺雲海日樓詩鈔》作「閒絲竹」。
六　《嶺雲海日樓詩鈔》作「失蓬萊」。

冷落山齋運甕身[一]，天門八翼夢無因。西風吹起神州恨，麈尾清談大有人。

老樹秋聲撼睡童，讀書情趣遜歐公。挑燈自寫紉蘭句，一卷離騷當國風。

和獨立山人論詩韵二律　倉海君（丘逢甲）

曠代元音未寂寥，羽毛重見起雲霄。幔亭絲管千峯月，珠海旌旂五夜潮。故國芙蓉頻入夢，小山叢桂儻相招。論詩自寫懷人句，風雨荒雞意更遙。

落落英雄並世難，中原旂鼓付詩壇。泰山在望吾終仰，滄海横流孰與安。鵾隱故巢留客拜，鶴歸華表話年寒。東風吹醒才人夢，銀燭清尊把劍看。

光緒二十六年二月一日（公元一九〇〇年三月一日）
《清議報》第三十七冊

己亥客鎌倉感懷　璱庵（麥仲華）

風塵莽莽黯關津，人海浮沈寄此身。荒店鼠饑狂似虎，孤鐙燄碧冷於燐。山河滿目新亭淚，身世依人弱草塵。無限天涯寥落感，更持肝膽向誰人。

弔西楚霸王三之一　璱庵（麥仲華）

一《嶺雲海日樓詩鈔》作「運甓身」。

繫狗如何不繫頸，大王失計劃鴻溝。名成豎子誇功狗，管見迂儒笑沐猴。日暮英雄騅不逝，天亡楚社鬼先謀。丈夫信有頭顱好，乞與韓彭萬戶侯。

眼底　璱庵（麥仲華）

眼底人豪盡，胸中塊壘多。新亭周顗淚，易水漸離歌。身手輕河朔，年華感逝波。女蘿山鬼語，惘惘向山阿。

感懷　直公

落日窮邊塞草枯，朔風前夜雪半鋪。漢唐遺壘模糊甚，還有陰山鐵騎無。回首東風淚滿巾，舊歡新夢各無因。醒時正下黃昏雨，車馬中原有暗塵。

任父夫子美洲壯行歌以送別[一]　遯庵（秦鼎彝）[二]

日麗旌旗色，仙槎泛斗牛。蛟龍齊起舞，虫鶴兩無愁。爲答雲霓望，先環海國遊。願言珍重再，馳

一　彭國興、劉晴波編：《秦力山集》（北京：中華書局，1987年）作〈送別梁啟超夫子赴美洲〉。

二　秦鼎彝（1877-1906），又名力山，號遯（遁）庵、力山遯庵等，湖南善化人，近代革命家。早年支持維新，加入南學會。「戊戌政變」後留學日本，參與《清議報》編務。1900年回國參加自立軍，任統領，失敗後赴星加坡，復歸日本，其間與康、梁反目，擁護孫中山，宣揚共和。次年創辦《國民報》，鼓吹排滿革命。1902年與章太炎等發起支那亡國紀念會，同年底返國參與《大陸報》編務，創辦《少年中國報》，並從事革命活動。後赴緬甸、雲南宣傳革命，1906年於雲南病逝。今人輯有《秦力山集》。

譽震全球。飄泊同黃鳥，緜蠻入後車。出国回獨後，救宋翟成虚。身世何其累，年華苦不居。劉章多感憤，非種未能鋤。

蠻觸彈丸上，微生亦可哀。盛衰雖世幻，悲憫詎成灰。陟岵悲千里，封防缺一杯。逃禪今有志，連夜泣瓊瑰。

蟹形水仙[一]

大有橫行意，青袍誤此生。却憐彫後柏，同勵歲寒盟。

光緒二十六年二月十一日（公元一九〇〇年三月十一日）《清議報》第三十八冊

金城工部書來述香海典籍和余懷星洲孝廉詩已至六疊韵抑何見愛之深也再疊前韵成五首奉寄　天壤王郎（王文濡）

半剩殘荷戰雨酣，斐亭無復築詩龕。牛羊水草荒臺北，鴻雁音書滯日南。蕉夢十年尋覆鹿，茅堂五柳繫征驂。海山石與枯臺爛，多少傍人贅筆談。

空山龍蟄睡聲酣，分得嶙峋結小龕。節俠未歸滄海曲，人才爭數大江南。星洲、香海俱馳聲大江南北。

一　此詩題下無注明作者。

六朝烟月吟雙鳥，萬里風雲駕兩驂。何日手提孤劍過，與君起舞一雄談。

哀歌砍地酒方酣，海畔愁思寄一龕。都護鐵衣空出塞，伏波銅柱罷征南。白狼射獵無飛將，黑水磨刀有去驂。晉代河山憐夕照，蒼生誤盡是清談。

蜀酒澆愁也自酣，角巾長嘯倚仙龕。形容佚麗矜城北，音節蒼凉過劍南。烟外一行遮去鳥，花前小隊出新驂。摩娑銅狄皆陳迹，燈火闌珊共夜談。

西風鼓角夜沈酣，舊事新懷滿石龕。白甲幾時屯隴右，國初多用白甲軍取勝。黑旗往日駐天南。虛堂樺燭看長劍，別路緇塵策短驂。未斬樓蘭空抱恨，莫將涕淚向人談。

再疊龕字韵五首奉寄星洲香海[一]　倉海君（丘逢甲）

窟室聞鐘酒正酣，將軍組練罷西龕。已憂朋黨適河北，更遣王庭度漠[二]南。急政誰求梅尉傳，禍萌何止霍侯驂。漢家未有登封日，留滯休嗟太史談。

軍中草檄筆空酣，神理虛存暴未龕。衹見螺舟來海外，未容馬柱表交南。瑤章競託三青鳥，羽衛翻勞二白驂。收拾衆言[三]注孫子，更無兵與[四]牧之談。

臺上歌聲起半酣，茫茫項定與劉龕。豈眞漢厄逢三七，曾[五]見堯封暨朔南。誓罷貓仍容武鼠，夢回

一 《嶺雲海日樓詩鈔》作〈寄蘭史曉滄菽園用曉滄韻〉。
二 《清議報》及《全編》均作「幕」，今從《嶺雲海日樓詩鈔》作「漠」。
三 《嶺雲海日樓詩鈔》作「罪言」。
四 《嶺雲海日樓詩鈔》作「許」。
五 《嶺雲海日樓詩鈔》作「終」。

虎已齧嬴驂。百王道在焚難盡，數典偏憐有籍談。

天漿傾漏[一]帝沈酣，西奈神來佛讓龕[二]。自轉雙輪刪合朔，別傳十誡貶和南。看山[三]久已迷靈鷲，問道眞疑到劇驂。至竟大同新運在，老生莫自厭常談。

喝月呵雲興正酣，頗聞海上有仙龕。置[四]身敢在中賢下，避地仍居北斗南。石室搜殘神禹簡，金天留駐蓐收驂。欲將虎鼠龍豬意，喚起東方與釋談。

二月初五日觀梅大森寄壽　南海先生　璱庵（麥仲華）

花發蓬瀛憶帝鄉，登臺臨睨海山蒼。百花頭上魁春色，萬木叢中鬱暗香。失鹿驚聞奔大陸，臥龍日本臥龍梅極有名。爭識起南陽。此心天地同千古，庾嶺春長祝一觴。

光緒二十六年二月二十一日（公元一九〇〇年三月二十一日）

《清議報》第三十九冊

李二張七返國無以贈別賦詩二章以壯其行　璱庵（麥仲華）

天地黃塵黯，平原白草枯。據鞍新髀肉，攬鏡好頭顱。文酒思江島，風帆指鏡湖。長亭揮手去，日

一　《嶺雲海日樓詩鈔》作「傾倒」。

二　《全編》作「龜」，今從《清議報》及《嶺雲海日樓詩鈔》作「龕」。

三　《嶺雲海日樓詩鈔》作「尋山」。

四　《清議報》及《全編》均作「單」，今從《嶺雲海日樓詩鈔》作「置」。

暮莫踟躕。

壯士行何畏，天涯別較難。風帆輕萬里，雲氣失三山。亦有河梁恨，羞爲兒女顏。高歌且擊筑，莫漫唱陽關。

寄少年中國之少年　同是少年

平生了了恩仇事，叱吒風雲氣不平。肘後印誰如斗大，壁間劒躍輒宵鳴。元龍豪氣猶湖海，小范羅胸有甲兵。鷙鳥盤空應一擊，未容狐兎便縱橫。

寄贈星洲寓公　被明月齋

雨打風吹餘子盡，似君豪俊更何人。論交肝膽明如月，經世文章筆有神。人海波瀾誰砥柱。中原車馬自風塵。鯤鵬變化南溟闊，休向蒿萊老此身。

食龍金翅決天門，虎豹猙獰據九閽。易水寒風思壯士，唐陵佳氣感王孫。憂時合有銅駝淚，填海應憐精衛寃。遙想過江劉越石，臨流擊檝望中原。

感事　被明月齋

五陵佳氣鬱葱葱，西望長安識帝宮。夢冷觚稜雲氣白，夜寒牛斗劒光紅。要將鐵騎橫河北，不信銅駝臥棘中。我有長戈能返日，未應髀肉誤英雄。

光緒二十六年三月一日（公元一九００年三月三十一日）

《清議報》第四十冊

與平山近藤二君及同志諸子飲香江酒樓兼寄大隈伯犬養先生　倉海君（丘逢甲）

誰挾强亞策，同洲大有人。願呼兄弟國，同抑虎狼秦。慷慨高山淚，縱橫大海塵。支那少年在，旦晚要維新。

歐冶子歌贈伊庵主人[一]　倉海君（丘逢甲）

噫嘻乎嗟哉！魔風夜扇大海水，妖鳥西飛金兩翅，飛啄凡龍[二]龍不死。神龍不死何時起，金仙鉛淚流不止。此刧茫茫古無似，不數漢家燕啄矢。誰爲鑄劍殲厥妖，當代吾思歐冶子。于時日蝕團黄月魄[三]紫，迺采天精抉地髓[四]。天帝下觀萬靈侍，雷公電母風伯雨師聽驅使。祥金晨躍[五]洪鑪裏，鑄成雙劍神無比。昆侖爲礪沃礁砥，山斬虎獅海剸兕[六]。妖鳥哀號張大觜，羣魔乞命[七]等羊豕。一揮再揮試神技，乃使五洋沈軍艦，六洲平戰壘。于時天地迺清寧，璧合兩輪[八]珠五緯。告太平者有太史，一統之朝古無此。神劍

一　《嶺雲海日樓詩鈔》作〈歐冶子歌〉。
二　《嶺雲海日樓詩鈔》作「羣龍」。
三　《嶺雲海日樓詩鈔》作「月華」。
四　《清議報》及《全編》均作「扶地髓」，今從《嶺雲海日樓詩鈔》作「抉地髓」。
五　《嶺雲海日樓詩鈔》作「躍出」。
六　《嶺雲海日樓詩鈔》作「陸斬虎獅水剸兕」。
七　《清議報》及《全編》均作「待命」，今從《嶺雲海日樓詩鈔》作「乞命」。
八　《嶺雲海日樓詩鈔》作「二儀」。

依然發刃始，老我不才稱劍士，布衣長揖歸田里。噫嚱乎嗟哉！當代吾思歐冶子。

歐冶子歌贈伊庵主人　天壤王郎（王文濡）

神劍出匣不可當，蛟鱷兕象遇之走且僵。長空萬里海天碧，縱橫變化誰能識。天蒼蒼，海茫茫，我願此劍先斬蛟鱷兕象，然後屠牛羊。噫吁乎！海上得逢歐冶子，眼中之人乃有此，擊劍長歌吾老矣。

光緒二十六年三月十一日（公元一九〇〇年四月十日）
《清議報》第四十一冊

忠愛歌　海外義民

我　皇在位廿四秋，國政由人不自由。洎乎客歲戊戌夏，稍獲權力志少酬。環顧强鄰日逼伺，忐忑悚懼挂心頭。亟思變法救中國，其奈廷臣難與謀。求賢詔下宣　聖意，六士諸賢應徵至。日夕顧問重維新，南海康君條奏備。擬將積弊盡刪除，中外聞風皆懽喜。百日明詔廿餘下，揆之唐虞堪媲美。海宇安恬波不揚，咸慶吾君大可恃。忽聞中輟歎嗚呼，庸臣因不利私圖。首倡廢立楊侍御，一倡百和頤和趨。終日環跪請訓政，誣謂　聖躬病且臞。西后素忌帝英敏，欲立少主可易愚。榮祿奸權覬大位，敢行篡廢不勝誅。黑雲翳日龍漦灑，陽光深恨晦天衢。況　帝從來無失德，仁孝聰明耽翰墨。旁及諸子泰西書，志切安民與保國。苟有一民未能安，于朕則爲有失職。聖哉我　皇愛我深，覽民上書至日昃。此君不與衆君同，四千年來今幸逢。彼蒼未許支那滅，　帝心簡在在聖躬。維新變政纔三月，遐邇翹首仰仁風。咸謂中國將强盛，窮極則變變則通。不期八月新政倒，　聖主瀛臺受苦惱。飲食起居若罪囚，爲救我民喪大寶。諸公袞袞立朝堂，苦諫廢立誰敢道。諫聞江督有劉公，洵哉天下之大老。烈士抗章請撤簾，六忠力竭還思保。明知冒險批逆鱗，舍生取義無逡巡。爲君爲國丹心盡，東市流血冤莫伸。此乃當世之傑士，聞者流涕心酸辛。壞汝長城干衆怒，從何更覓社稷臣。人生自古誰無死，死重泰山眞可取。失節偷生臭萬年。烈士芳名垂青史。吁嗟　帝黨內多賢，竄逐捕逮最堪憐。自古正邪難並立，辜負精誠欲補天。當此政變紛拏日，　皇上密詔衣帶出。望救之心若倒懸，行行血書指代筆。着汝康某速離京，徧呼忠義同設法。康君奉詔即便行，十死囟中幸逢吉。籌思國內力難施，航海奚敢憚奔馳。步武包胥求外助，哭向秦廷爲乞師。乞師無靈血淚盡，心如鐵石永不移。孰謂海外無傑士，晤對須臾若故知。與談　聖主被廢置，庸臣怕死戀祿位。主廢經年救無人，身受國恩殊可恥。傑士聞言怒目瞋，願隨海外呼同志。同志非貪利與名，捐貲出力惟仗義。仗義人多會已成，東南盡美費經營。聯合保我　皇復位，安內靖外四海寧。或有毀我爲匪會，所倡義舉非忠貞。保　皇之會既曰匪，然則匪首屬　聖明。衆官既食　皇上祿，保皇本是官所應。官既不保民乃保，保皇何得有罪名。但願官與紳民合，旋看朝野慶昇平。痛自我　皇遘陽九，外侮憑陵時聽有。羣臣束手喚奈何，割地棄民伊誰咎。日割日棄禍日深，將盡瓜分與豆剖。哀哉我民生此時，愁爲奴隸賤如狗。君不見大連旅順廣州灣，膠州九龍借不還。棄民備受網羅酷，聞覩不禁淚自潸。民窮海外謀生計，寄人廡下受苦艱。禁工逐客抽身稅，待我尤甚于野蠻。保我有官官不力，祇保祿位媚權奸。權奸有日勢傾敗，悔倚冰山作泰山。僑民四顧無保護，受屈呼籲從何訴。惟知誡我勿保皇，小民愚昧莫解故。小民略讀孔孟書，頗知忠君與孝父。忠君既非奸亦非，小民手足何所措。聞道康君性最公，滿腔熱血稽侍中。昔年曾見書頻上，變法無功却有功。我祖傳今十八代，受清厚恩三百載。豈期一旦忍棄之，泣看國旗當日改。上官慰我莫須憂，勉事新君勿與仇。鬻地賣民膺上賞，賴公當國有嘉猷。我民天良猶未失，共憤　聖主瀛臺屈。攘臂大呼矢力扶，臣庶億萬心惟一。心惟一兮何所求。　皇不復位誓不休。那拉若果能歸政，敬業旌旗一旦收。

贈別徐雪庵徵君返里　星洲寓公（丘煒萲）

南島荒蕪闢莽榛，投荒同作過來人。油油綠遍河邊艸，載咏驪歌欲絕塵。
茵飄溷墜界何空，君去儂留道不窮。獨有英雄造時世，相期猶記廿旬中。
飄然鶚鷲振霜翰，春入蠻雲未許寒。歸去豈眞同倦鳥，中原風逆布颿安。
白馬清流黨禍奇，頭顱一擲有君師。滔滔皆是吾徒與，堪笑楊朱躑路歧。
朝漢臺高霸氣新，風流猶及逮何眞。即今王室傷如燬，艸檄賓王大有人。
空中妖雉噓樓閣，海上飛鴻健羽毛。我欲贈君無別物，繞朝策共呂虔刀。

光緒二十六年三月二十一日（公元一九00年四月二十日）
《清議報》第四十二冊

讀志士箴言賦此自勵　鐵膽伯拉文

茫茫天地間，歲月如流水。曠觀古今人，自悲還自喜。甘陵南北部，黨禍所從起。范滂志澄清，李膺遭譖毀。曹鸞槐里獄，夏馥涅陽市。我亦一少年，高歌常拊髀。危危立山巔，深深行海裏。生者未可知，死者常已矣。既不愛其生，如何畏其死。偉哉眞丈夫，恥獨爲君子。

星洲贈姜君西行[一]　南武山人（丘逢甲）

吾國有爹亞，將爲歐美游。艱危天下局，慷慨老成謀。新運開三世，雄心滿[二]五洲。南華樓上話，一夕定千秋。

七十尚如此，吾徒愧壯年。排雲叩閶闔，救日出虞淵。異域扶公義，神州復主權。柬之原不[三]老，終仗力回天。

廿載知雄畧[四]，相逢大海[五]春。亞洲數先進[六]，嶺表有奇人。南出終張楚，西行更哭秦。風雲同此會[七]，萬里送飛輪。

星洲喜晤某君即贈西行　天壤王郎（王文濡）

聞道東西帝，曾游馬伏波。海頭逢烈士，去國有長歌。如畫鬚眉在，同時將相多。秦庭拚一哭，誓復楚山河。

一　《嶺雲海日樓詩鈔》作〈星洲喜晤容純甫副使閎即送西行〉。
二　《嶺雲海日樓詩鈔》作「遍」。
三　《嶺雲海日樓詩鈔》作「未」。
四　《嶺雲海日樓詩鈔》作「知名久」。
五　《嶺雲海日樓詩鈔》作「瘴海」。
六　《嶺雲海日樓詩鈔》作「先達」。
七　《嶺雲海日樓詩鈔》作「看勃鬱」。

疊韵贈姜君之行[一]　星洲寓公（丘煒萲）

乍慰識君願，又聞別我遊。通將文野界，似合鬼人謀。東下江頭浪，西征域外洲。王孫春水綠，落日氣橫秋。

皇圖廿世紀，新運四千年。獨擊中流楫，能迴落日淵。帝心遺此老，民氣望平權。風雨相離合，精誠欲問天。

亞歐非美澳，一室蔚生春。莫唱公无渡，須知國有人。統原存兩晉，帝不奉西秦。力起潛龍困，羲和重馭輪。

題駱賓王集　痛哭生（丘逢甲）

義師散後遯僧寮，老抱雄心托浙[二]潮。此筆江河流萬古，多因曾檄偽臨朝。

鳳閣鸞臺宰相忙，此才竟遣[三]落蠻荒。若將文字論知己，惟有當時武媚娘。

紀事　痛哭生（丘逢甲）

閶闔沈沈路不通，封章空自效愚忠。人間休詫[四]朝陽鳳，已落羅鉗罟網[五]中。

一 《全編》未收此詩。
二 《全編》作「淅」，《清議報》作「浙」，從後者。
三 《嶺雲海日樓詩鈔》作「令」。
四 《嶺雲海日樓詩鈔》作「漫詫」。
五 《清議報》及《全編》均作「吉網」，今從《嶺雲海日樓詩鈔》作「罟網」。

何止誅求在市租，上供祇道急軍需。相公南下紓[一]籌策，報國居然仗博徒。

光緒二十六年四月一日（公元一九〇〇年四月二十九日）

《清議報》第四十三冊

題星洲寓公風月琴尊圖[二]　青木森（康有爲）

天風浩浩引飛舸，海月茫茫照醉歌。別造清涼新世界，遙傷破碎舊山河。變聲浪吼靈鼉舞，汗漫天遊仙鶴過。我識鴟夷心寄遠，五湖早[三]擬泛烟波。

二月十六夜宴呈同席諸君　星洲寓公（丘煒萲）

星洲名士多於鯽，此是新亭善哭歌。風雨一春花事懶，十千沽酒奈愁何。
明燈錦幄按紅牙，纓絡莊嚴寶相花。島上風雲樓上月，三生緣法會龍華。
買天不曉擲黃金，對酒當歌賦子衿。我有龍泉鳴匣底，轉爲君故獨沈吟。
百壺如海復如泉，太白長鯨號謫仙。宮女開元猶在否，重談天寶亂離年。
英雄老去未能閒，鐵笛春風度玉關。殘月酒醒何處去，一聲聲破念家山。

一　《嶺雲海日樓詩鈔》作「紆」。
二　《康有爲全集》作〈題邱菽園《風月琴尊圖》〉。
三　《康有爲全集》作「預」。

廿二夜席上示同宴者　星洲寓公（丘煒萲）

樓臺天半起笙謌，島上風雲感慨多。儻遇德星書太史，廣寒宮闕託微波。
海外眞看有九洲，從軍王粲復登樓。可憐一片南溟月，雙炤盧家有莫愁。
銀屛記曲渺愁予，酒令驚看軍令如。同是江湖心魏闕，何時天上出朱虛。
羣花次第拂春風，十萬金鈴代化工。我愛信陵魏公子，由來兒女出英雄。

春日苦大風之作　籀盧子[一]

朔風起海下黃塵，撼地囂天昧嚮晨。帝醉熊羆威晱晱，山深魑魅詈申申。百昌新蕾無顏色，九鼎橫流泣鬼神。低鶡高鵬俱失所，蒼茫予亦獨何人。

海上偶歌[二]　三餘

覽滄海之橫流兮，慨失明之日月。顧漁父之返棹兮，聽浩歌而不絕。覩東瀛之興盛兮，何中州之衰劣。哀　聖主之幽廢兮，恨羣奸之猖獗。歎戊戌之維新兮，忽不成而中輟。社稷將分崩兮，强鄰亂奪。茫茫吾何之兮，蒼生苦說。仰豪傑之出山兮，寃讐得而昭雪。誓造成二十世紀之新世界兮，誰歟其先流血。

一　黃賓虹（1865-1955）室名一作「籀廬」，未知是否「籀廬子」。備考。
二　《全編》未收此詩。

光緒二十六年四月十一日（公元一九〇〇年五月九日）

《清議報》第四十四冊

余十年前侍　南海先生側誦杜工部詩誦至心肝奉至尊之句　先生即疾聲拊余背曰心肝奉至尊余不禁聳然頃　聖主幽廢余每誦斯言靦顏無地　未證果者

卻憶髫齡受法言，十年講席幾乾坤。未聞大道先驚棒，獨說心肝奉至尊。

送某君西行　擎天道生

拂雲劍氣少年鋩，碧海狂瀾心自傷。應識山河壯雲雨，回頭不忍立斜陽。黑海狂濤吼，天心竟若何。五洲餘劍俠，故國感銅駝。北闕堪橫涕，蒼生盡網羅。少年豪氣在，持戟斷鯨波。

感時　蓬頭子

漫天風雨漫天愁，萬甲齊飛入亞洲。獨立危崕頻躍馬，橫思滄海屢馴鷗。剖心一掬英雄淚，濺血千絲壯士頭。如此男兒好身手，大江漂蕩一扁舟。

壯志　鐵血少年

偶然現作少年身，歎惜中原障俗塵。絕好頭顱求善價，不知誰是鼓屠人。

讀科崙布傳有航海之思一　**鐵血少年**

絕世英雄冒險家，河山雲氣失天涯。扁舟一葉尋新地，不讓張騫八月槎。

建生祠二　**尼牟**

欝欝平居有所思，東林黨禍歎無期。萬齡不愧趨時客，特爲忠賢請建祠。

哀楊漣三　**無名之英雄**

楊漣以劾忠賢被戮，沈鵬以劾三凶受獄。偶讀《明史》，實傷我心，撫事懷人，古今一揆。

不畏強桀楊應山，二十四罪劾權姦。血衣裹尸無葬地，想見忠賢有靦顏。

定逆案四　**鐵面獼猴**

委鬼茄花萬曆年，拾將木子傍頭眠。豈知今日李大叔，非是前朝魏忠賢。

崇禎二年定逆案，天助聖君平大亂。磔死市曹魏與崔，東林始信英雄□。

光緒二十六年四月二十一日（公元一九〇〇年五月十九日）

一　《全編》未收此詩。
二　《全編》未收此詩。
三　《全編》未收此詩。
四　《全編》未收此詩。

《清議報》第四十五冊

友人歸國賦五律二章贈行　祓明月齋

飽看扶桑日，朝來忽掉頭。男兒重意氣，心事感恩仇。櫪驥思千里，燕雲更幾州。中原正多事，投筆好封侯。

嶺表人才藪，英英此二豪。文明開世界，破碎惜山河。蹈海羞秦帝，招魂賦楚騷。相看正年少，且莫怨蹉跎。

奉題邱星洲風月琴尊圖　張華威

雄風忽雌月成魄，天荒地老今何夕。改弦更張終不調，舉世皆醉酣臧獲。天南大俠哀支那，身欲回日揮天戈。黑風沈海浪花沸，滌瑕蕩穢將如何。長安雲密透殘月，一臥扁舟憂未歇。无絃猶自存正聲，每飲安能忘魏闕。廣陵散絕歌離騷，大同如夢傾松醪。維新萬死計不就，仰視白日蒼天高。淫風一扇牝朝惡，月姊游戲工讙謔。徒聞　聖主囚堯台，草檄誰是賓王駱。彝狄有君諸夏无，春秋大義淪榛蕪。寃獄沈沈黨禍烈，群盲不覩瓜分圖。先生撫絃獨長嘯，舉杯遙向湘纍弔。一琴一尊見天心，願代天工安九廟。天人相應當待時，虬髯海外稱雄師。勤王兵起救中國，清風明月原無私。留贊羲琴共興亞，北海開尊固多暇。民權國權要自强，變法雜用兼王霸。中外一氣通，此理此心同。鈞天聽廣樂，元酒味無窮。可憐星洲一厲公，壯志流露餘圖中。斯圖之意寗難測，擊楫蒼茫自悽惻。男兒有志終竟成，手排妖霧清君側。風月無邊天地春，與子同舟浮海國。

庚子初春于役吉隆戲柬羅氏姬人新嘉坡之作　星洲大島

驚聞四海無家日，我獨何心賦式微。春水初生桃葉渡，伯勞燕子自分飛。

路入南天南又南，蠻雲低逐浪花酣。春溫箐密蘆笙雜，避地何緣築佛龕。

田横孤島接天涯，霸氣能令百載思。有葉米者爲吉隆華人自殖之祖。東望文萊閭里俠，證盟猶共比邱尼。指國初台民林道乾，盡室偕隱南洋，文萊島事，余另有記。

周官廾氏久榛蕪，蓽路黄人效載驅。八駿虛傳三萬里，西池益地此新圖。吉隆華傭十餘萬，皆開採錫鑛，以供英國家歲入之利。

連朝別雨更淮風，鷊啄皇孫禍小龍。外間盛傳故國近訊有廢立之事。海外勤王遍呼籲，田疇賓客盛無終。去歲秋冬，余與林觀察倡請安歸政，摺吉隆義商屬而和者至千百衆也。

麗公妻子堪偕隱，絡秀聰明汝最嬌。軟語如聞雄略激，驛亭鐘動坐中宵。

八部天龍赴道場，鄉人厲此，多欲延余演說時務。打包行脚認行藏。義熙甲子編遊卷，到處桃源到處鄉。

光緒二十六年五月一日（公元一九〇〇年五月二十八日）

《清議報》第四十六冊

友人壯行賦此贈別　被明月齋

劃然一長嘯，出門天地寬。英雄鑄時世，談笑見心肝。廉頗思用趙，子房能報韓。封侯丈夫事，寗識別離難。

似聞輦轂下，當道有豺狼。髀肉感玄德，髑髏期子章。龍性誰能馴，驥足試騰驤。拔劍爲起舞，次公醒亦狂。

友人歸國賦贈　璱庵（麥仲華）

嫠婦憂時淚，男兒報國心。裹屍當馬革，拂劍輒龍吟。邊塞風塵合，關河霜雪深。黃龍會痛飲，暫莫惜分襟。

友人歸國賦贈　江島十郎

亂世青年福，聯邦黃種親。平權標目的，尚武喚精神。鑾固傾藩閥，犧牲爲國民。亞東廿世紀，大陸好維新。

大風　孥雲劍客

拔劍挽天河，披襟吹法螺。斷橋窺豫讓，易水憶荊軻。壯志鋤非種，雄心伏衆魔。四方多猛士，齊唱大風歌。

感時　孥雲劍客

維新百日成虛夢，板蕩中原不可居。王氣五洲埋瘴馬，河山一局走雷車。杜陵憂憤心難已，敬業功名志未舒。生死男兒等閑事，安排斧鉞好頭顱。

春暮遊香港公園感懷　商山老人

橫塘碧草爲誰春，花滿江南鶯燕馴。漢月琹尊那回首，新亭獨有涕零人。
擊劍何堪北望中，杜鵑花發上林紅。江山依舊帶春色，點染雲霞便不同。

光緒二十六年五月十一日（公元一九〇〇年六月七日）《清議報》第四十七冊

感懷十首即示飲冰子　振素庵主（蔣同超）[1]

諸黃危若卵，保種意云何。家國思平等，君民協共和。驩虞新世界，破碎舊山河。筮得明夷卦，愁吟麥秀歌。

共主追緣起，歐西拿破崙。文明光宇宙，功業蓋乾明。斯世平權貴，同胞獨立尊。即今人海裏，孰不競生存。

大仁華盛頓，十載想遺風。羈軛脫牛馬，蠻酋長閣龍。一身通以太，並世渺康同。努力造時勢，相期廿紀中。

老大非吾喻，支那正少年。資生黃種拙，宗教素王全。厄運丁陽九，華嚴演大千。風雲三島壯，明治着鞭先。

聲華翔宇內，崛起仰東瀛。地勢秦三輔，人文漢兩京。合羣聯社會，代表倩公卿。彼岸回頭是，慈航度衆生。

[1] 蔣同超（?-1929前），字士超、伯寅，號萬里、振素盦主等，江蘇無錫人，南社詩人。

吾徒思想好，發達在精神。革命先詩界，維新後國民。勤王師敬業，凌弱痛强秦。興亞紆籌策，神州大有人。

徽章躋一等，孰是指南鍼。震旦原燒點，烟雲實重心。雞荒難報曉，龍蟄易爲霖。誰灑元黃血，傾頹痛老陰。

至理參天演，窮愁痛國殤。野蠻據亂世，危局太平洋。國政難專制，中朝盍自强。榛苓今在望，令我憶西方。

亞東誰健者，秋水溯伊人。大地悲長夜，群生槁不春。蓮花粲妙舌，迦葉現金身。合證皈依願，齊州教主新。

忠厚詩人意，哀時孰起予。宗邦仍乃爾，歧路復何如。佛法三乘果，婆心五上書。重門今洞闢，無處混樵漁。

閔教　振素庵主（蔣同超）

闕里麟書肇啟祥，天開此局孔當陽。三綱淪斁悲黃種，一統春秋號秦王。陶育群倫仰模範，步趨萬仞溯宮牆。斯文未喪猶吾道，既濟何時得大光。

閔國　振素庵主（蔣同超）

泣讀鴟鴞王室篇，徹桑誰在未陰先。新洲鎖鑰大瀛海，方軌縱橫舊井田。肆彼凶殘圖禹甸，斯民耕鑿痛堯天。唐虞禪讓官天下，拭目中原早着鞭。

光緒二十六年五月二十一日（公元一九〇〇年六月十七日）

《清議報》第四十八冊

中國魂　鐵面獼猴

白雲悠悠，衡陽浦兮。鴻飛冲天，振翮羽兮。中流浩歌，思　聖主兮。捨位救民，我慈父兮。瀛臺幽廢，忿逆豎兮。誓言救之，誰敢侮兮。爰舉義旗，擊法鼓兮。國民精神，如猛虎兮。朱虛平勃，誠千古兮。凡我同胞，無自腐兮。勞心悁悁，懷故土兮。

人間世　蓬頭子

熱心直欲爐天地，落魄依然一國民。病裏觀人原幻境，夢中化蝶是前身。交論血肉天應淚，相到皮毛馬不眞。我亦三千年睡足，東方雄辯已驚神。

聞劉學恂中鎗未死　大錚

如君休矣獨何爲，自鑿凶門大覺奇。青史相公元不避，黃袍點檢亦難期。廉來奔走狐工媚，堯桀分明犬豈知。倉海何曾非妙手，祇憐一發麗其龜。

星嘉波餞客南清之行　大島翼次郎

眼前六千里風雷，粵海閩山取次回。終古笛聲含壯思，樓頭吹得島雲開。

脫劍長歌夜氣深，離筵月色滿風林。他時兩戒山河外，猶記蒼茫二島吟。

詩成後再書示同餞者　大島翼次郎

如此風波也送行，我儂試唱爾儂賡。座中同志无餘子，一例新詞愛渭城。

連番今雨散匆匆，大海浮萍認聚踪。未吼曉鯨猶惜別，干雲虎氣望宵中。

贈別律詩三首[一]　觀天演齋主（丘煒萲）

萬枝樺燭裏，酌酒送君行。相見知何地，權奇服友生。蛟鼉紛毒霧，醜虜繫長纓。落落乾坤事，男兒豈爲名。右武□君。

與我同浮海，經年感逝波。即今人外別，仍復世相磨。虎豹才能變，梟雄禮可羅。殷拳此時酒，振劍欲長歌。右□五君。

折柳大江濱，夫君意氣眞。同行三益友，獨立一完人。慷慨廻□手，艱虞入穴身。清時□物望，且晚要維新。右埃城君。

光緒二十六年六月一日（公元一九〇〇年六月二十七日）

《清議報》第四十九冊

月夜行　短褐皈樵

[一]《全編》未收此詩。

海風吹月逐雲飛，綠草王孫也未歸。弭節征途撫長劍，逍遙遊子芰荷衣。

遊術　無名之英雄

揚枹拊鼓朝看劍，緩節安歌夜誦詩。獨喜英雄猶未老，少年攬鏡好眉鬚。

喜雷[一]　鐵血頭陀

草澤英雄起項陳，楚雖三戶竟亡秦。雷師許我扶乾道，霹靂聲中斬逆臣。

望海　快快生

黑海鯨鯢逐浪横，乾坤萬象入秋聲。白雲愁瘴長安路，灑淚狂歌劍欲鳴。

弔倭疏[二]　毋暇[三]

波蘭京邑，名曰倭疏，西歷一千七百九十五年爲俄所滅，今則俄用之以爲整軍經武之地焉。

一　《全編》未收此詩。

二　《全編》未收此詩。

三　有論者以梁鼎芬號毋暇，而認為集中署名毋暇者為梁鼎芬。然署名毋暇者之作品，與梁氏詩歌風格差異甚大，是否同一人，未易定奪。備考。梁鼎芬（1859-約1919），字星海、心海，號節庵、毋暇等，謚號文忠，廣東番禺人，詩人、學者、藏書家。光緒六年進士，授編修。中法戰爭時，因彈劾李鴻章，被貶為太常寺司樂，遂辭歸讀書，後入張之洞幕。歷任惠州豐湖書院院長、肇慶端溪書院院長、廣雅書院院長。變法期間批評康、梁。入民國後，以遺老自居，曾任溥儀老師，後參與「張勳復辟」。有《節庵先生遺詩》、《節庵先生遺稿》等。

河山毗跨亞洲東，彼得陰符定霸功。波士銅駝荊棘裏，倭城鐵騎鼓旗中。長楊細柳開新壘，斜日荒烟賦小戎。旅順大連同一慨，救邢伐衛起英雄。

寄懷星洲寓公　伯嚴（陳三立）一

蒼茫大地起雷音，香象逍遙不可尋。壯論已轟奸相胆，偉詞能鑄國民心。紫薇帝座星終變，黃種神州氣未沈。屈指亞歐十年局，未應閒作臥龍吟。

男兒强半感君恩，螮蝀何傷直道存。元禮龍門今海外，班生虎穴在中原。聯盟共飲維新血，入獄重蘇震旦魂。嶺北江南望丰采，乘風何日渡昆崙。

讀任公上粵督李傅相書有感二　旅個郎羅璪雲

英豪筆舌最驚人，浩歎時艱警老臣。舉國豺狼爲鬼蜮，全球虎豹競風塵。中天氣運終於漢，南地旌旗捷若神。傅相幸無持逆命，文明世界一番新。

皤皤老叟復何求，祇恐身貽晚節羞。割地喪師憐汝拙，忠君愛國許相謀。縱橫結會成千古，慷慨勤

一 陳三立（1853-1937），字伯嚴，號散原、崝廬、神州袖手人等，江西義寧人，詩人。湖南巡府陳寶箴之子，「清末四公子」之一。光緒十五年進士，官吏部主事，變法期間協助其父於湖南推行新政。「戊戌政變」後父子同被革職，自此專心詩藝，入民國後以遺老自居。1937年日軍侵華，欲以利招致，陳三立為明志節，絕食五日，憂憤而死。陳氏為「同光體」巨擘，作品輯為《散原精舍詩文集》。（《清議報》「嚴」字上半部模糊不清，或令人以「伯嚴」為「伯巖」，然據橫濱新民社《全編》，此為「嚴」字。）

二 《全編》未收此詩。

王震九州。勿怕强鄰扶賊黨，望公急起滅同仇。

光緒二十六年六月十一日（公元一九〇〇年七月七日）

《清議報》第五十冊

春夜寄懷　闕名

籠燈深巷逐螢飛，依樣胡蘆畫諾歸。杜宇金門滿啼血，殷紅和淚點朝衣。
龍鐘雙袖退朝餘，蠟炬光寒照寫書。天曙飛鴻將去也，燕雲嶺樹兩茫如。

答某公書并示此詩即用某公原韵　闕名

一夢京華卅載餘，寒門喜得故人書。欲言强作癡鸚鵡，食粟人猶鳥不如。
燕子棲棲滿苑飛，悲啼原爲主人歸。簾垂惆悵花磚影，香裊御爐空惹衣。

此四絕京師某某二公寄某彊吏者也。寄稿錄登，其言悲憤，其志亦可哀矣。

夜宿環翠樓　心太平室主人（張一麐）[1]

[1] 張一麐（1867-1943），字仲仁，號公紱、心太平室主人等，江蘇吳縣人，近代政治人物。1903年中經濟特科，入袁世凱幕，1908年解職返鄉。辛亥革命後，再入袁世凱幕，先後任總統府秘書、政事堂機要局局長、教育總長。1916年不滿袁世凱稱帝，引退回鄉。1931年「9.18事變」爆發，張一麐欲成立老子軍，並積極從事抗日宣傳、後援和慈善工作，後任國民參政會參政員，1943年病逝。著有《心太平室詩文鈔》等。

十里夕陽明，登臨傍晚晴。湖山擁雲氣，風雨雜泉聲。檐花開自落，水禽時一鳴。沾衣涼露重，還待月華生。

樹影低依屋，山光平入樓。溪聲撼亂石，涼夢怯新秋。翠滴衣微潤，天空月倒流。中原正多事，容我臥滄洲。

夜宿環翠樓　乾坤一腐儒

萬籟忽俱寂，悠然渾太空。樹深時露月，涼重不關風。樓閣雲霞表，江湖魂夢中。武陵今在否，回首軟塵紅。

夜泊環翠樓坐禪書所見　行脚僧

生死有無裡，飲食男女間。遊觀心頓豁，情想界偏難。溪澗流何忽，山深石自閒。劃然一長嘯，空虛四大還。

環翠樓晚望　重田友介

久濶青山色，相逢環翠中。忘情無一語，溪水自淙淙。

由塔澤登蘆之湯　心太平室主人（張一麐）

踏遍蓬山路，登臨此獨奇。振衣雲滿袖，排闥岫當眉。山迴日沈晚，樓深月到遲。會心應不遠，摩詰畫中詩。

由塔澤登蘆之湯　乾坤一腐儒

地僻行人少，途迂老馬迷。嵐光界上下，雨氣劃東西。巖壑層松飾，鷓鴣深竹啼。會當凌絕頂，俯瞰萬山低。

光緒二十六年六月二十一日（公元一九〇〇年七月十七日）《清議報》第五十一冊

題宿園先生風月琴尊行看子[一]　力山遯庵（秦鼎彝）

齊州凜凜生悲風，皓月奪日曖當空。有人克奏廣陵散，一彈三歎招壺公。魂兮昔滯海頭東，拔劍仰斫[二]斫蒼穹。銅頭鐵額何其凶，興暴皇年勢洶洶。堯囚不復大王雄，姮娥遽妒雲從龍。阜財解慍難爲功，大醉怒詈天蒙蒙。撫膺忝列三千童，新從日本歸。披圖落落思大同。道人顧盼驚波中，先生自號酸道人。高山一曲屏蔽月融融。狂飈息兮天下公同通，吸取太平之洋酒一鍾。五洲鳥獸入樊籠，笑眡東璧訝天公。

宿園先生屬題選詩圖[三]　力山遯庵（秦鼎彝）

騷壇近出哥侖坡謂任甫師，刱爲新詩覓新地。緣瀛回首感師門，仲由之纓吾不棄。吁嗟哉！二十年內

一　《秦力山集》作〈題邱菽園《風月琴尊圖》〉。
二　《秦力山集》作「欲」。
三　《秦力山集》作〈邱菽園屬題選詩圖〉。

幾詩才，淚盡銅駝那在哉。詩哉一入通人手，詩魂夜夜歌聲哀。

蘆湖泛舟[一]　百忙一閒人

春漲綠漪漪，煙樹迷離。波光鏡影碧琉璃。照得翠鬟明黛靨，淡抹蛾眉。　雲水認依稀，莫寄相思。波間時有鷺鷥飛。好是扁舟行樂處，空憶西施。

蘆湖泛舟　重田友介

雨過新綠淨，波靜櫓聲微。一葉縱所適，閒鷗掠艇飛。

晚泊蘆湖　心太平室主人（張一麐）

步屧響迴廓，微風拂面凉。樓虛涵衆籟，湖淨受山光。嶺雪明雲表，煙嵐媚晚粧。鑑湖新乞得，狂殺賀知章。

晚泊蘆湖　乾坤一腐儒

山色湖光好，登臨意若何。倒搖富嶽影，疑撼洞庭波。排闥青千疊，和風綠一簑。平章風月事，容我醉顏多。

[一] 此詞缺詞牌，查爲〈浪淘沙〉。

函根道中　**重田擔雪**

山下水潺潺，嵐重翠欲滴。電車夕陽中，疎林明霽色。

光緒二十六年七月一日（公元一九〇〇年七月二十六日）
《清議報》第五十二冊

勤王軍歌　**鐵血頭陀**

遮雲金翅，群陰橫恣。廢我 聖君，忤我民志。果結無期，瓜分立至。君不見張東之，旗展義，討賊先勤王，勳名偉天地。

腸內熱，心如結，同生共死爲君決。八千子弟登龍門，五百童男入虎穴。切切，慷慨升壇齊歃血。

危哉行　**鐵血頭陀**

看看，支那帝國風雲寒。豺狼當道專兵政，狗彘成羣擁位餐。傾印度，勦波蘭，前車覆轍請君看。

感時　**三戶（楊毓麟）**[一]

俯首中原一涕零，冥冥酣睡幾時醒。茫茫山海騰兵氣，黯黯乾坤翳帝星。大地已成刀俎肉，偽朝方

一　楊毓麟（1872-1911），字篤生，號叔壬，筆名三戶、賣癡子、湖南之湖南人等，湖南長沙人，革命家。1902年留學日本，次年與黃興等人組暗殺團，暗殺慈禧失敗，後留學英國。1911年因憂心國事，致頭疾復發，蹈海卒於英國。

播虎狼羶。最憐寸土無乾淨，諸葛何山築草亭。

贈福之　楚客

中國未能救，其如五洲何。有才如福之，不信長坎軻。至道日已暝，大局日已危。無刀何能屠，悠悠我心悲。巍巍太平山，浩浩東海水。執酒送君行，涕淚不可止。千里求美人，國疾何時瘳。福之天下才，勉旃前路修。

烽警　寒山子

驚聞蝦蟆渡黃河，彈雨硝煙處處過。鐘到曉天聲有恨，劍寒牛斗血生波。東西世紀風潮異，朔漠人酋膂力多。却恨皇天不解事，偏教雲霧障支那。

讀旅日華商上日本政府書[一]　嚙鐵子

一礮能驚五大洲，帝星黯黯我心憂。英雄痛洒秦廷淚，千載包胥復楚謀。

光緒二十六年七月十一日（公元一九〇〇年八月五日）

《清議報》第五十三冊

[一]《全編》未收此詩。

與諸同志夜飲酒樓得湖海詩千首英雄酒一杯之句故皆用以賦詩　毋暇齋

倚劍共登臺，歌聲捲地來。胸中懷壯志，眼底盡奇才。湖海詩千首，英雄酒一杯。文明新世界，應向亞東開。

應毋暇齋詩約　元道人

湖海詩千首，英雄酒一杯。死者未已也，生乎徒哀哉。慷慨旌旗色，縱横騏驥才。冷冷千古調，焦尾尚桐材。

應毋暇齋詩約　克齋

神州若大夢，醉眼爲誰開。湖海詩千首，英雄酒一杯。旗亭翻舊恨，易水壯奇才。未信維新業，狂瀾竟莫廻。

偕同志飲于酒樓　獨立生

日落羣峯皆失色，滄洲滚滚逐蠻烟。山河破碎應誰屬，豪傑悲涼欲問天。聊將醇酒遣壯志，更無淨土樂餘年。高樓燈火江干笛，回首燕雲一愴然。

贈元道人　擎天道生

十年夢醒天南月，咄咄人間是與非。流水落花誰作主，道人終日盡忘機。

和擎天道生步韻　**元道人**

風驚一片菩提葉，明鏡全台面已非。多謝擎天高道士，亂流指點是危機。

讀旅日華商上日本政府書[1]　**毋暇**

閱上書志士姓名中多大同學生，有年未及冠者，有齒僅十齡者，余知而愛之，敬之畏之，爲其有忠君愛國心也，小子勉之。

痛哭陳書丱角郎，精神發達在勤王。執兵衛魯重汪□，賢俠椎秦張子房。馬革裹尸作民氣，虎頭食肉歸帝鄉。髫齡誓志救君國，徐福童男漢棟梁。

痛偽諭嘉獎團匪有感而作　**囉辣**

漫天雺霧起風塵，大地山河槁不春。東漢雖然興黨獄，未聞下詔獎黃巾。

光緒二十六年七月二十一日（公元一九〇〇年八月十五日）

《清議報》第五十四冊

太平洋遇雨　**任公（梁啟超）**

一雨縱橫亘二洲，浪淘天地入東流。卻餘人物淘難盡，又挾風雷作遠游。

---

[1]《全編》未收此詩。

東歸感懷　任公（梁啟超）

極目中原暮色深，蹉跎負盡百年心。那將涕淚三千斛，換得頭顱十萬金。鵑拜故林魂寂寞，鶴歸華表氣蕭森。恩仇稠疊盈懷抱，撫髀空吟梁父吟。

留別梁任南漢挪路盧　任公（梁啟超）

吾宗有俊傑，名義何淵醰。遠慕聖之任，近思吾道南。秋氣滿中原，衆醉方沈酣。志士在江海，鬱鬱多苦心。我昔乘槎來，求友曉其音。與君一夕話，把臂遂入林。華路闢蒿萊，事事同苦甘。豈直意氣交，每爲道義談。天下正多事，人才苦銷沈。萬里得一士，此行庶不慚。慨然望澄清，與君騁兩驂。

寃霜六月零，憤泉萬壑哀。蓼莪不可誦，游子肝腸摧。魑魅白晝行，囓人如草萊。勞勞生我恩，慘慘入泉臺。悠悠者蒼天，哀哀者誰子。人孰無天性，人孰無毛裏。孰無淚與血，孰無肺與腑。海枯山可移，此恨安可補。沈沈復沈沈，怨毒乃如此。

瀝血一杯酒，與君兄弟交。君母即我母，君仇即我仇。况我實君累，君更不我尤。我若不報君，狗彘之不猶。勸君且勿哭，今哭何所求。磨刀復磨刀，去去不暫留。上有天與日，鑒我即我謀。我行爲公義，亦復爲私讎。脚蹴舊山河，手提賊人頭。與君拜墓下，一慟爲君酬。萬一事不成，國殤亦足豪。雲霄六君子，來軫方且遒。誰能久鬱鬱，長爲儒冠羞。

半歲館君家，今夕行別離。居亦不言謝，行亦不言辭。君我既一體，安用區區爲。但恐江湖上，風波不可期。未知再相見，何地復何時。與君盡一杯，爲君進一詞。事苟心所安，死生吾以之。人事無盡涯，天道有推移。努力造世界，此責舍我誰。來日舒且長，大地坦且夷。與君一揮手，毋爲兒女悲。

劉荊州　照魑鏡臺道人

二千年後劉荊州，雄鎮江黃最上游。筆下高文彙魚矢，帳前飛將爛羊頭。湖北洋操統領夫己氏者，節度使所寵之僕也。忍將國難供談柄，敢與民權有夙仇。聞說魏公加九錫，似君詞賦更無儔。

光緒二十六年八月一日（公元一九〇〇年八月二十五日）

《清議報》第五十五冊

六月　萬壽望　闕叩祝恭紀[一]　更生（康有為）

聖躬歷險猶無恙，天意存華庶可知。兩載房州權帝在[二]，八荒壽域動民思。漫愁蛇豕門宮闕，夢想龍鱗落海湄。小臣已乏[三]朝衣拜，喜見黃龍徧地旗。

寓恆春園一月未免有情得四絕呈賢主人[四]　素庵（康有為）

一　《唐有爲全集》作〈皇上三十萬壽時大亂，京津消息多絕，幸聖躬無恙，小臣在星坡，與梁爾煦、湯睿設香案龍牌，望闕叩祝。時邱煒萲鼓舞星坡人，全市祝壽極鬧，前此未有也。恭記〉。

二　《唐有爲全集》作「書帝在」。

三　《唐有爲全集》作「雖乏」。

四　《唐有爲全集》作〈正月廿五日遷居恒春園，二月廿六日離去，凡居一月。樓亭花木，未免有情，得四絕句，寫付菽園主人〉，並有序云：「後十年庚戌，兩居星坡之憩園，在恒春旁，每過輒黯然。」

恆春樓閣最徘徊，捨宅周瑜亦俠哉。一月南華樓上夢，檳榔過雨記登臺。

飲氷池上樹陰陰，惻井泉清惻我心。浴髮日須三斛水，幾忘天地會飛沈。恒春園[一]有二池井，吾一名惻泉，一名爲飲氷。

幽欣亭上罥絲橫，擊劍飛拳更論兵。驚破如如心忽動，風吹高樹落椰聲。[二]

秋千飛上轉如輪，欲入青雲絕世塵。三丈[三]樹身花滿頂，飛花片片着吾身。

六月二十八夜挾伎赴黃力兩兄席偶成　星洲寓公（丘煒萲）

麻姑夜宴侍方平，酒脯行廚飫蔡經。語到桑田三變海，金仙鉛淚共縱橫。談及戊戌政變以來近事。

爾時大衆給孤園，八部天龍禮世尊。纓絡垂垂花雨散，阿難微笑佛無言。

飛閣明燈酒幾巡，娉婷雙倚掌中身。不分紅拂同紅綫，要識奇人斬佞臣。二伎聞談近事，眉目皆作飛揚之色。

野老麻鞋阻拜趨，年時天上寂笙竽。可憐孤島勤嵩祝，南內無人喚念奴。今日恭遇　今上皇帝三旬萬壽，□以拳匪之□京，電不通，二三逋臣羈棲海島，未感忘祝典也。

書感并寄田野民次力山遯庵諸君　星洲寓公（丘煒萲）

沈沈蛤利吾何適，歷歷星球夢可通。道力戰魔知定慧，民權奉　主界康同。湘江騷怨滋香畹，衡[一]浦

一　《唐有爲全集》無「恆春園」三字。

二　《唐有爲全集》詩後有注：「有亭吾名曰『幽欣』。鐵君神於拳技，辟易百人。」

三　《全編》作「大」，今從《唐有爲全集》作「丈」。

秋心逼斷鴻。爲語津梁疲侍者，潛淵還望起神龍。連日京電不通，今上聖躬存亡，實繫天下之安危、大局之分合，思之惶然，不復成寐。

光緒二十六年八月十一日（公元一九〇〇年九月四日）《清議報》第五十六冊

漢翟義　希盧

義旗颷舉表孤忠，慷慨勤王漢翟公。平勃終能誅逆賊，狄張畢竟復中宗。頭顱濺血男兒事，髀肉興愁壯士風。但使乾坤留正氣，莫將成敗論英雄。

感懷　菴羅子

數聲啼鴂黯然傷，慘慘招魂入帝鄉。血雨飛騰烏拉嶺，腥風吹滿太平洋。白黃種族經祇刦，歐亞人才付戰場。破碎山河空撫劍，臥龍誰復起南陽。

感懷　貴公（馬君武）[二]

一　《全編》作「衝」，《清議報》作「衡」，從後者。

二　馬君武（1881-1940），原名道凝，字貴公，後改名馬和，字君武，廣西桂林人，教育家、翻譯家、學者、政治人物。早年留學日本，加入同盟會，1907年赴德留學。1911年辛亥革命後，回國任臨時政府實業部次長，次年任國會議員。1913年再赴德，入讀柏林大學，1916年獲工學博士學位，回國復職。1917年任廣州軍政府交通部長。1921年

落拓羊城聞楚歌，悠悠身世復如何。優游鐘鼓吳宮鹿，涕泣荊榛晉國駝。獨有心肝奉社稷，欲將口舌挽江河。甲兵滿眼歸何處，印度波蘭舊恨多。

四萬萬頭刀礮中，神州今化戰塲紅。黃巾蠭起擾燕北，白種瓜分爭亞東。寶劍自磨生遠志，海天長嘯起悲風。書生誓樹勤王幟，鐵屋瀛臺救聖躬。

贈牖民二郎　貴公（馬君武）

國難今如此，望公合大羣。救亡黨人志，改制聖君恩。王氣中原黯，靈魂亘古存。維新有魁傑，辛苦牖黎元。

理道探諸教，興亡洞各邦。慈悲演新學，談笑解愁腸。把臂千秋話，伸眉廿紀塲。亂離公可恃，支那不全亡。

送友人壯行　毋暇庵

君歸不滿月，此去復如何。浩浩青年氣，蕭蕭易水歌。從軍新甲冑，話別舊山河。破浪乘風志，斜陽映綠波。

移舟諳水脉，舉櫂溯河源。鯨吼冰山碎，蛟騰海浪翻。壯心辭驥櫪，捷足躍龍門。誓復維新業，男兒肯食言。

任孫中山非常大總統總統府秘書長，並一度任廣西省省長。1925年出任北洋政府司法總長、教育總長。馬氏曾任上海大夏大學首任校長，中國公學等校長，又創辦省立廣西大學，並三任廣西大學校長，1940年病逝。作品編為《馬君武詩文集》，並譯有《物種原始》。

光緒二十六年八月二十一日（公元一九〇〇年九月十四日）

《清議報》第五十七冊

題星洲厲公風月琴尊圖　鐵林

一曲成連海上琴，天涯寥落慰知音。年來悟得無絃旨，殘荻蕭蕭風滿林。

七子風流數過江，與哭庵諸君稱南中七子。重摩酒壘氣難降。不妨名士多於鯽，海外吟侶及欲增余爲南中十了。百斛龍文鼎獨扛。

天外歸舟笑語歡，前繢《天外歸舟圖》。琴尊無恙月團欒。他年海國添圖記，萬里長風送子安。

觚棱舊夢憶天閶，瀛島仙班列首行。莫道斯人遂風月，祝釐書上夜焚香。去歲君率南洋商衆恭請　聖安及歸政。

洞天五百石玲瓏，秋水伊人宛在中。幾輩星槎傍南斗，五洲雲靄少微宮。星洲上書，五百餘賢首署舉人邱某，誠爲我輩科名盛事。

旌旗兩島鄭延平，鼓浪山頭誓請纓。鄉國相逢述耆舊，把杯猶記夜談兵。

奉懷宿園先生　濠鏡少年

滄海橫流日氣昏，陸沈滿目慨中原。欲瞻北斗星辰遠，尚喜南天砥柱存。筆挾氷霜嚴衮鉞，圖成風月托琴尊。先生有《風月琴尊圖》照。投荒張劍如相遇，掩涕夷門說報恩。

黨獄騰波刼燼沈，哀時詞客且清吟。一篇閱盡人間世，同調彈餘海上琴。復社文章攻馬阮，香山聲價動鷄林。江南信有邱希範，艸長鶯飛故國心。

留別星洲寓公　佗城熱血人（林箸籌）一

識君四百八十日，恨晚相逢氣誼親。石認三生疑舊約，刺投一帋遇奇人。余於星波投刺，請謁者獨公一人耳。談詩子夜兼師友，君詩杼柚予懷，大有甘居下風之慕。訂譜丁年孰主賓。余與公同庚，又承任甫有同盟之約。三日睽違生鄙吝，驪歌忍自動征塵。

塵海茫茫漫息肩，豪情願着祖生鞭。白蛇道塞橫劉劍，黑魅峯高試薛箭。九死終爭華界限，百年圖振兆民權。行行一別尋常事，怕向人前說俗緣。

緣深翻覺別情多，酒設瓊筵妙選歌。花好月圓同調集，波深草碧醉顏酡。舟車有恨催人急，家國關懷奈若何。名士新亭休對泣，與君拍手看山河。

干戈行見無家別，借用公句。每讀君詩輒悵然。黨獄未成名已掛，王師待動檄先傳。久拚生死分輕重，好把頭顱博聖賢。珍重一聲揮手去，維新王會會他年。

光緒二十六年閏八月一日（公元一九〇〇年九月二十四日）
《清議報》第五十八冊

疊天壤王郎韵五首并呈滄海星洲劍士諸君　然犀子

一 林箸籌（1874-?），號熱血人，新加坡華人，《天南新報》主筆。

廟堂龍戰血方酣，嶺海詩流築半龕。時事關心來日下，人才屈指數天南。座中不少論文客，門外時停問字驂。猶有塡胸餘壘塊，扶桑舊感發長談。

滄海横流浪影酣，他年無地着松龕。燕棲不復知堂上，魚戲時憐在葉南。獨寄情懷憂逐鹿，欲尋境界稅歸驂。風塵滿眼滔滔是，捫蝨奇才孰與談。

鄰州倡和缽聲酣，異地爭聞避世龕。四處郵筒通内外，一時壇坫遍東南。王郎斫地謌長劍，潘令看花滯舊驂。艷說邱遲分半錦，塤箎伯仲一家談。

華胥境地夢初酣，醒對詩書影一龕。杜老悲謌天寶上，庾公哀賦大江南。恨無健筆追前哲，喜有良師指去驂。沆瀣刀圭時可遇，詩人餘事任狂談。

滿林黃葉戰新酣，枯守空山彌勒龕。萬丈愁思瞻闕北，九疑哀怨弔湘南。孤忠未解天邊網，名世爭投海外驂。夜半聞雞起雄舞，上方請劍託空談。

懷人詩五首時寓杭州[一]　天壤王郎（王文濡）

西來魔師胡旋舞，走避倮虫震彈雨。倚劍夜坐枯槎語，乾坤此變轢前古。浩劫龍漢悲天人，海桑翻風無冬春。開壇說法誓宏願，支天欲化千億身。捲土雄心終一遇，沈鬱蒼涼託詩句。吹月倒行海波涌，碧空純作魚龍氣。右倉海君。

香雪撲翅鶴影舞，碧穹分點散疎雨。石泉幽人若相語，雲壑沈靜似太古。我亦哀歌失路人，銅狄摩抄五百春。金尊有酒且行樂，無能箸述誇等身。鹿裘高士何時遇，疊韵待來詫奇句。舞字韻君已九疊，倉海

一《清議報》作「川」，從《全編》作「州」。

君則十九疊。難遣登樓此夕情，璧月茫茫沈海氣。右鮀浦寄漁。

鸞鳥自歌鳳自舞，元圃繽紛雜花雨。瑤臺夜靜飛瓊語，今宵月色不似古。松醪展席觴眞人，玉顏如神知當春。帝閽九重守虎豹，逡巡欲進側其身。宮花迷路阻佳遇，流涕荃蓀發幽句。老我潛行澤畔吟，古鐵躍應犇賓氣。君在南洋率華商共請　聖安幷歸政。右星洲廣公。

雲腴石凍墨花舞，夜靜銅龍滴秋雨。芙蓉手把煙中語，似惜冰絃古調古。君屢和余酣字韻詩。山人衣白非常人，談兵欲廻天地春。綸羽風流薄軒冕，神仙龍虎兼君身。將軍結襪歡相遇，君曾在彭剛直公幕下。蠻女弓女繡佳句。弄珠坐嘯海珠頭，騰躍珠光交劍氣。右慈谿布衣。

華曼天高散花舞，珠汗淫淫濕香雨。倦倚雲屏嬌不語，鉛黃點出宮粧古。三生石上有情人，紅豆相思又一春。君爲洪校書作《紅豆詩冊》。銀漏金壺驚夜永，楚腰多瘦掌中身。校書入吳未返。未嫁雲英傷未遇，花葉流傳覔題句。地廻香海作瀟湘，香艸偏多美人氣。右獨立山人。

光緒二十六年閏八月十一日（公元一九〇〇年十月四日）
《清議報》第五十九冊

祭唐烈士佛塵等及六君子文[一]

維光緒二十六年八月十三日，　六烈士殉節之辰，某某等謹以清酒庶羞，祭於　徵士唐生佛塵等之靈，而配以　六烈士曰：撫茫茫之大地兮，惟我中國之凶鞠。瞻慘慘之昊天兮，胡我　聖主之遘毒。望

[一]《全編》未收此文；《清議報》所載題下缺作者名。

渺渺之鉅海兮，嗟神京之淪覆。灑滾滾之江流兮，痛仁人之遭戮。哀褒姒之滅周兮，恨廉來之黨惡。驚妖霧之蔽天兮，駭神州之收縮。神慟　九廟之靈，鬼爲曹社之哭。血濺鸚鵡之洲，骨折漢陽之陸。黑風怒號，白日慘黷。嗟爾國士，百身莫贖。惟汝孕秀於瀟湘兮，靈嫮嫮以英多。耿才節之峻揭兮，秀衡岳以嵯峨。窈學術之博深兮，呑雲夢之大波。欝文章之旋奇兮，衍俶詭於江河。耿慕予之演孔兮，殫春秋於厥家。發大同之幽夢兮，惜中國之阽瘥。撰湘報以□聱聾兮，襄南學之切磋。通中外之置郵兮，奏新學之凱歌。芬衡芷於澧沅兮，植杞梓於潛沱。匯萬流之仰鏡兮，魚鱗雜沓以相和。懷孤忠之耿耿，蟠大才之皤皤。吾比於楚材之先正，類胡潤之而靡它。方維新之旁求兮，徵經濟之特科。期拔茅以彙升兮，絜揭征以斧柯。忽玉座之崩折兮，酷　六烈士之流血。誓勤王以復友仇兮，頻眦裂以纓絕。東浮日本而謁余兮，商大局以咨決。大收荊楚之奇材劍客兮，苦心慘淡以營說。卒成中國獨立之大會兮，豪傑奔走而歸悅。蕩江漢之湯湯，乃誓師以勤王。髦頭指日，白刃照霜。秋風蕭蕭，氣壓武昌。忽中道而摧折，若崩山而壞梁。眷三十之志士，哀同日之喪亡。姓字未知，聞電搶攘。剖吾心腹，絕我肺肝。天何咒予，覆醢同殃。繞室行吟，淚盡神傷。行坐見之，夢寐倉皇。猶撫劍而疾視，尚挾經而趨蹌。悲兩年締搆之艱難，甫能創立而摧藏。未覩迎鑾之成功，不見維新之政章。省丹島之遺書，慘永訣於秋陽。惟毅魄之英靈，偕　六烈而益亢。助義兵之殺賊，除黨惡之逆張。麾神旗與靈馬，翩丹旐於雲光。救　聖主於河津，誅褒妲於佛堂。起中國於垂墜，赫大神於闢張。儷　六烈於在天，耀七星而寒芒。靈翩翩其同來，歆萄酒與椰漿。嗚呼哀哉！　尚饗。

光緒二十六年閏八月二十一日（公元一九〇〇年十月十四日）

《清議報》第六十冊

時事雜詠　天南俠子

傳粉侯門學舞歌，何如鸞鏡伺秋波。華嚴說法元平等，豔煞雛尼禮釋迦。
玉局殘棋著手難，幽燕王氣黯西川。斷腸煙柳斜陽處，獨倚危欄老淚潸。
英露軍聲動地哀，大江南北漫蒿萊。金甌破碎空流涕，鳳鳥麒麟付刼灰。
太息燕雲十六州，歐風亞雨漫天愁。黃人何日脫羈絆，擊劍狂歌唱自由。
隱隱共和孕戰機，河山半壁局難支。健兒身手雄南朔，佇看翻飛獨立旗。

弔漢口諸俠士　天南俠子

錚錚俠骨氣噓虹，覆幕尊王躡日東。楚澤芷蘭淪舊雨，漢城枷鎖吹香風。蔓瓜禍起抄民黨，叢草燐飛嘯鬼雄。成敗何堪論豪傑，瀟湘愁眺夕陽紅。

和天南俠子弔漢口諸俠士　怒目金剛

嶄然頭角氣吞虹，袒臂操戈返遠東。勦洗未酬辜漢月，駢誅先自泣湘風。湖山日落埋人堯，楚樹秋深弔鬼雄。恨煞權奸工媚莽，忠魂血洒岳陽紅。

刺時　怒目金剛

烽火中原熄幾時，輦車西指帝星移。匈奴不欲開邊釁，漢室無端啟戰機。直北朝廷飛羽檄，天南豪傑擁旌旗。頤園靜寂秋蕭瑟，無限京華故國思。

和怒目金剛剌時原韻　長眉羅漢

婢膝奴顏歷幾時，野蠻結習悪難移。當途狐兎鬥頑固，大陸龍蛇動殺機。蘭芷香供民主像，薔薇紅插聖軍旗。英雄革命從來事，歐美流風有所思。

菴羅子市上高歌聽之有感　毋暇

痛飲狂歌燕市中，清聲激楚動英雄。漸離擊筑荊卿酒，預濺秦廷俠血紅。

贈被明月齋主人　毋暇

少有澄清志，驚聞孟博風。疾聲呼保國，慧業恥談空。董筆開民智，商歌泣鬼雄。春蘭秋菊意，瀛島晚霞紅。

戊戌偕報館諸君往大津觀日皇閱操　天南俠子

喇叭吹徹凰營嵲，歐服倭刀耀柳旂。雷礮連環驍將隊，霞裳十字女郎醫。蒼天上帝鳴鑾肅，碧眼胡兒勒馬窺。儂爲采風隨珥筆，斜暉涼露立多時。

光緒二十六年九月一日（公元一九〇〇年十月二十三日）
《清議報》第六十一冊

雜感十首　奮翮生（蔡鍔）[一]

拳軍猛燄逼天高，滅祀由來不用刀。漢種無人刱新國，致將龐鹿向西逃。

前後譚唐殉公義，國民終古哭瀏陽。湖湘人傑銷沈未，敢謂吾華尚足匡。

聖躬西狩北廷傾，解骨忠臣解甲兵。忠孝國人奴隸籍，不堪迴首矚神京。

歸心蕩漾逐雲飛，怪石蒼涼草色肥。萬里鯨濤連碧落，杜鵑啼血鬧斜暉。

卌年舊劇今重演，千八百六十年英法聯合軍破天津，入北京，帝避難熱河，其情形與今無異。依樣星河拱北辰。千載湘波長此逝，秋風愁殺屈靈均。

哀電如蝗飛萬里，魯戈无力奈天何。中原生氣戕磨盡，愁殺江南曳落河。

天南煙月朦朧甚，東極風濤變幻中。三十六宮春去也，杜鵑啼血總成紅。

賊力何如民氣堅，斷頭臺上景愴然。法國革命，斷民賊之首於台，以快天下。可憐黃祖驕愚劇，鸚鵡洲前戮漢賢。

爛羊何事授兵符，鼠輩無能解好訣。馳電外强排復位，前某督曾致電駐某國君，言地可割款可賠，惟今上復位則萬不可，並令某君轉達之。其國之外務大臣，懇其先各國以倡此儀。逆心終古筆齊狐。

一　蔡鍔（1882-1916），原名艮寅，字松坡，筆名奮翮生，湖南邵陽人，政治家、軍事家。早年參與維新運動，1899年留學日本，1900年曾參加自立軍起義。1904年回國後歷任江西續備左軍隨營學堂總教習、廣西新軍總參謀官兼總教練官、新軍混成協協統等職。1911年任雲南新軍第十九鎮三十七協協統。武昌起義後，領導雲南宣佈獨立。後任雲南都督，協助川、貴兩省獨立。1914年獲授昭武將軍。袁世凱稱帝，蔡鍔與唐繼堯等宣佈雲南獨立，組織護國軍討袁，任護國軍第一軍總司令。討袁成功後，獲授益武將軍，並任四川督軍兼省長。1916年於日本病逝，次年國葬於湖南嶽麓山。有《蔡松坡先生遺集》。

而今國士盡書生，肩荷乾坤祖宋臣。流血救民吾輩事，千秋肝膽自輪囷。

贈星洲寓公[一]　更生（康有為）

庚子春避地到星坡，菽園爲東道主。二月廿六日遷出別宅，于架上乃讀菽園著《贅談》，錄余〈公車上書〉而加跋語，過承存歎，蓋與吾神交久矣。滄桑易感，亡人多傷，得三絕句呈菽園，當亦爲之愴然也。並以呈蟄仙。

憂時曾上萬言書，十死殘生億刧餘。海雨離居讀君作，淒涼舊恨集公車。

平生浪有回天志，憂患空餘避地身。最恨邱遲傷故國，題名記上少斯人。今日乃知菽園本聯名，龍華會上，恨少君矣。

聖主維新變法時，當年狂論頗行之。與君北灑堯臺涕，剩我南題孔廟碑。君跋有「綱舉目張，坐言起行」之要語。感念百日維新，不期舉行，今盡廢矣。君與仙根再三創孔廟學堂于南中，亦舊論也。[二]

六月　萬壽隨南海先生望　闕叩祝先生有詩幷屬和作　星洲寓公（丘煒萲）

翹首神京白日陰，謳歌猶繫旅民心。即今萬壽稱同慶，見說羣雄戴更深。各國聯軍共議抵京後，重扶　皇上親執大政。孝治官家傳浚井，風流臣庶自揮琴。諸黃託命中原主，願祝中天復旦臨。

光緒二十六年九月十一日（公元一九〇〇年十一月二日）

一 《康有爲全集》作〈正月二日避地到星坡，菽園爲東道主。二月廿六遷出之日，于架上乃讀菽園所著《贅談》，全錄余公車上書而加跋語。過承存歎，滄桑易感，亡人多傷，得三絕句，示菽園並邱仙根〉。

二 《康有爲全集》注作「君創孔廟學堂于南中，後余始書陸祐，卒成之，今爲尊孔學堂。」

《清議報》第六十二冊

題星洲寓公看雲圖[一]　更生（康有為）

黑雲壓城沒星斗，滿天如墨沙石走。陽日掩匿光曶黝，妖蟇[二]狂叫變蒼狗。邱生奇氣世無有，登高橫睨八荒久。看雲憤慨難袖手，被髮問天天聽否。誓呼大風掃羣醜，溟海蒼蒼頑霧厚，撫劍大躍[三]天宇剖。絕頂獨立無人從，邈邈雲霧向虛空，但見仙人綠髮翁。白雲黃雲翳滃滃，我與雲將盧敖若士游鴻濛。

己亥除夕七洲洋舟中感懷[四]　更生（康有為）

天荒地老哀龍戰，去國離家又歲終。起視北辰星闇闇，徙圖南溟夜濛濛。亂雲遙接中原氣，黑浪驚迴大海風。腸斷胡琴歌變徵，怒濤竟夕拍艨艟。

庚子開歲之三日喜晤南海先生承示除夕舟中詩疊韻賦呈[五]　星洲寓公（丘煒萲）

出亡久筮明夷晦，繫[六]易翻疑未濟終。正則[一]行吟天欲問，東山[二]避地雨其濛。觚稜夢斷江湖櫂[三]，島

一　《康有爲全集》作〈題邱菽園《看雲圖》〉。

二　《康有爲全集》作「蝦蟆」。

三　《康有爲全集》作「問天」。

四　《康有爲全集》作〈己亥十二月廿七日，偕梁鐵君、湯覺頓、同富侄赴星坡。海舟除夕，聽西女鼓琴。時有偽嗣之變，震盪余懷，君國身世，憂心慘慘，百感咸集〉。

五　《全編》未收此詩；《菽原詩集》作〈庚子開歲之三日喜晤康更生先生出示己亥除夕舟中作次韻奉和〉。

六　《菽原詩集》作「玩」。

國春歸草木風。回首　堯臺睽萬里[四]，義旗長盼集艨艟[五]。

書憤　克齋

妖氛無端霧北極，日月變色昏冥冥。呼號神州障賊氣，帝星披靡埋精靈。男兒不信天地覆，手不斬佞心休寧。八溟我持喝魑魅，大陸挽刦吾其丁。嗚呼！剩好頭顱兮，生無以對君國，死無以對六君。況復豺狼當大道，擾擾浩刦何時停。誓諸皇天兮，身非我有殉諸國，死不流血隱恨吞。沈沈大地寃橫橫，烈氣俠血邦人珍。嗚呼！君不見纍纍古墓草木腐，裂尸醢肉乃吾七尺之休徵。

遊日光　平等閣主人（狄葆賢）[六]

冒雨日光遊，策馬萬山中。樹色侵衣袂，雲氣盪心胸。怪石突深澗，奇峯摩蒼穹。轉身出世界，飄渺凌虛空。飛瀑競奔騰，入世心何急。白雲何閒閒，終隱此山澤。嗟余浮海來，撫心長太息。故國不可問，問之愴顏色。良友不可思，思之肝腸裂。觀瀑固皇皇，看雲益慼慼。努力涉山巔，投宿蔦蘿室。晃

一　《菽原詩集》作「辭託」。
二　《菽原詩集》作「歌傳」。
三　《菽原詩集》作「楫」。
四　《菽原詩集》作「萬里未須憐跋跗」。
五　《菽原詩集》作「中流自在放艨艟」。
六　狄葆賢（約1873-約1940），後更名平，字楚青，號平子、慈石、平等閣主人，江蘇溧陽人，維新運動成員、報人。維新變法前後拜康有為為師。1900年參加自立軍，起義失敗後避居日本。1904年於上海創辦《時報》。1908年任江蘇諮議局議員，後專研佛學，辦《佛學叢報》。著作有《平等閣筆記》、《平等閣詩話》等。

山環四面，湖光映几席。好景不易逢，負爾爾堪惜。勉意尋舊懽，烹茶話永夕。

光緒二十六年九月二十一日（公元一九〇〇年十一月十二日）

《清議報》第六十三冊

聞菽園欲爲政變小說詩以速之[一]　更生（康有為）

我遊上海考書肆，問書[二]何者銷流多。經史不如八股盛，八股無如小說何。鄭聲不倦雅樂睡，人情所好聖不呵。自從戊戌八月後，天昏霧黑曀山河[三]。房州廢閉[四]金輪覆，大鵬遮天眯雙目。天宮忽遇南風扇，蓮花留得六郎宿。呂家少帝豈劉氏，潘后童女爲魏續。天柱爾朱假大權，內總禁衛外旗綠。兵馬元帥都天下，坐觀玄黃聞鬼哭。姚宋才名甘作輔，何況無恥陳伯玉。頃者開科買士心，秀才得意羣呻吟。君國淪亡[五]彼豈識，科第偷竊衆所欽。舊黨獻諛狂一國，大周受命頌騤騤。是非顛倒人心變，哀哉神州其陸沈。頗欲移挽恨無術，緺耇搔首天雨陰。聞君董狐託小說[六]，以敵八股功最深。衿纓市井皆快覩，上達下達眞妙音。方今大地此學盛，欲爭六藝爲七岑。去年卓如欲述作，荏苒不成失靈藥。或託樂府或

一　《康有爲全集》作〈聞菽園居士欲爲政變說部，詩以速之〉。
二　《康有爲全集》作「羣書」。
三　《康有爲全集》作「暗山河」。
四　《康有爲全集》作「閉廢」。
五　《康有爲全集》作「淪忘」。
六　《康有爲全集》作「說小說」。

稗官，或述前事[一]或後覺。擬出一治更一亂，普問人心果何樂。庶俾四萬萬國民，茶餘睡醒用戲謔。以君妙筆爲寫生，海潮大聲起木鐸。乞放霞光照大千，五日[二]爲期連畫諾[三]。

輓汫澼子　星洲大島

世界本無生，仁者本無死。了了生死中，吾愛唐俠士。求死以存仁，救生惟達旨。逝者如斯夫，長流漢江水。

再輓汫澼子七律六首　星洲大島

驚雲定後有餘哀，不盡長江滾滾來。九地招魂悲宋玉，六卿專政疾韓隗。音書遠隔初疑信，志氣相期敢槁灰。望斷漢陽天外水，朝潮夕汐九腸廻。

公才公望衆皆欽，成敗今誰諒衆心。借箸昔關天下計，曾佐陳中丞新政。請囚猶作土風吟。臨刑口占一律，惜談者忘其全。義旗罣罣賓王擧，寃獄茫茫武穆沈。早識御屏題姓字，故京卿譚、林等荐君才可大用，上方欲召見而政變旋作。布衣原報主恩深。

顚冥鄉裏稱先覺，著《覺顚冥齋内言》若干篇。儒佛心源普大同。思運星球無界外，身酧國士衆生中。人豪有例皆流血，用譚京卿臨刑訣語。天象當時定化虹。不負生平學何事，文山衣帶表孤忠。

衡岳高高漢水長，瀏陽二士説譚唐。君王托體夢神女，騷怨陳詞哀國殤。賈誼有才偏賦鵬，屈原無

一 《康有爲全集》作「前聖」。

二 《康有爲全集》作「十日」。

三 《康有爲全集》作「速畫諾」。

計共沈湘。千秋呂雉危龍種，靳尚而今復太狂。

廿八雲臺將相姿，竟甘鼎鑊有如飴。同被戮者聞係二十八人。迹羞秦殿茅焦諫，志奮劉家翟義旗。復辟何年同賜爵，齊名一旦應騎箕。君看耿耿元精在，領袖英多亦足師。

走也神交憶早春，君今大節已成神。素車白馬靈長在，風虎雲龍願未伸。海上鯨鯢紛跋厲，朝端狐兎尚因陳。獨憐後死肩危局，說與泉台屑涕均。

光緒二十六年十月一日（公元一九〇〇年十一月二十二日）《清議報》第六十四冊

紀事二十四首　任公（梁啟超）

人天去住兩無期，啼鴃年芳每自疑。多少壯懷償未了，又添遺憾到蛾眉。

頗媿年來負盛名，天涯到處有逢迎。識荊說項尋常事，第一相知總讓卿。

目如流電口如河，睥睨時流振法螺。不論才華論胆略，鬚眉隊裏已無多。

青衫紅粉講筵新，言語科中第一人。座繞萬花聽說法，胡兒錯認是鄉親。

眼中直欲無男子，意氣居然我丈夫。二萬萬人齊下拜，女權先到火奴奴。

眼中既已無男子，獨有青睞到小生。如此深恩安可負，當筵我幾欲卿卿。

卿尚粗解中行頡，我慚不識左行佉。奇情豔福天難妬，紅袖添香對譯書。

惺惺含意惜惺惺，豈必圓時始有情。最是多歡復多惱，初相見即話來生。

甘隸西征領右軍，幾憑青鳥致殷勤。舌人不惜爲毛遂，半爲宗邦半爲君。

我非太上忘情者，天賜奇緣忍能謝。思量無福消此緣，片言乞與卿憐惜。

後顧茫茫虎穴身，忍將多難累紅裙。君看十萬頭顱價，遍地鉏麑欲噬人。

匈奴未滅敢言家，百里行猶九十賒。怕有旁人說長短，風雲氣盡愛春華。

一夫一妻世界會，我與瀏陽實創之。尊重公權割私愛，須將身作後人師。

含情慷慨謝嬋娟，江上芙蓉各自憐。別有法門彌闕陷，杜陵兄妹亦因緣。

憐余結習銷難盡，絮影禪心不自由。昨夜夢中禮天女，散花來去著心頭。

郤服權奇女丈夫，道心潭粹與人殊。波瀾起落無痕迹，似此奇情古所無。

華服盈盈拜阿兄，相從譚道復談兵。尊前恐累風雲氣，更譜軍歌作尾聲。

萬一維新事可望，相將攜手還故鄉。欲懸一席酬知己，領袖中原女學堂。

昨夜閨中遠寄詩，殷勤勸進問佳期。綠章爲報通明使，那有閑情似舊時。

珍重千金不字身，完全自主到釵裙。他年世界女權史，應識支那大有人。

匆匆羽檄引歸船，臨別更慳一握緣。今生知否能重見，一撫遺塵一惘然。

曩譯佳人奇遇成，每生游想涉空冥。從今不羨柴東海，枉被多情惹薄情。

鸞飄鳳泊總無家，慚愧西風兩鬢華。萬里海槎一知己，應無遺恨到天涯。

猛憶中原事可哀，蒼黃天地入蒿萊。何心更作喁喁語，起趁雞聲舞一回。

光緒二十六年十月十一日（公元一九〇〇年十二月二日）

《清議報》第六十五冊

星坡閉關贈星洲厲公[一]　素庵（康有為）

我與君居星架坡，日飽郇廚腹其皤。緬邈經月不相見，有如[二]牛女隔天河。重垣閉關絕賓客，竟日枯坐如禪和。捧花洗葉作功課，午鷄一鳴清睡過。翻思京華人事沓，忽得化[三]身坐維摩。太陰雷雨翳白日，光明大放鏡相磨。長天一月夜來隳，龍蛇鬥血海生波。鼠齧犬吠自搖杌，鳥鳴花放獨婆娑。更從多難得自[四]樂，觸處隨順履無跛。衆香合沓萬花舞，虛空音樂聞清歌。地獄天宮皆淨土，華嚴流轉現剎那。如是南華眞實境，浩浩天風吹大羅。哀此衆生來濁世，煩惱障礙無揀呵。八千往返亦何厭，與子靈會亦已多。海雲邈邈春雨暗，樓閣離離隔山阿。垂簾窣[五]地飛挐搓，魂夢從之路如[六]何。

感懷四章　平等閣主（狄葆賢）

急雨渡春江，狂風入秋海。辛苦總爲君，可憐君不解。
山被白雲封，水把青山繞。一樣是多情，郎心道誰好。
宵坐紉春衣，晨興刈秋草。十指豈辭勞，憂心終悄悄。
三更滿窓風，五更一樓雨。野渡斷人行，夢魂不知處。

一　《康有爲全集》作〈久不見菽園，以詩代書〉。
二　《康有爲全集》作「似」。
三　《清議報》及《全編》均作「收」，今從《康有爲全集》作「化」。
四　《康有爲全集》作「至」。
五　《康有爲全集》作「匝」。
六　《康有爲全集》作「若」。

絡緯　因明子（蔣智由）

間堦啼絡緯，隱隱識秋心。天地斜陽大，河山急雨侵。洞庭悲落葉，易水繞寒林。有客江南病，西風涙滿襟。

送人之日本游學　因明子（蔣智由）

大地文明運，推移到遠東。輸歐遲百歲，興亞仗羣雄。消息爭存理，艱難起廢功。眼中年少在，佳氣日葱蘢。

光緒二十六年十月二十一日（公元一九〇〇年十二月十二日）
《清議報》第六十六冊

哀樂衆生歌　因明子（蔣智由）

有衆生乃有哀樂，無哀樂亦無衆生。予衆生之一生兮，非衆生之哀樂與同，又烏乎用吾情。濟苦海吾爲其篙檝兮，當大難吾爲其犧牲。衆生哀樂，凹凸起滅其萬千兮，予生哀樂，亦凹凸起滅其萬千。豎而千古，橫而四周，有不平之事兮，非吾生平之而又誰氏之仔肩。小之以平一國一種界内之事兮，大之而推及蒼蒼之諸圜。不平而平，平而不平，循環紛挐以成此世界兮，皆自來英雄豪傑所留未了之緣。衆生方哀兮，吾獨何樂。衆生云樂兮，吾又何哀。淨土樂國，吾願之所造兮，烏白馬角，吾志其猶未灰。噫嘘嗟！哀樂通以太性海無量數而言兮，生死乃百年一己之分。吾知哀樂之眞之爲大兮，而又何生死之足云。

自題星洲上書稿後[一]　星洲寓公（丘煒萲）

慚愧人言鳳一鳴，補天志苦願難成。平章也把餐錢賜，幸未元公頌貴卿。
尊親大義日提倡，草野僑民共奉揚。遂使星洲通上國，島臣長愿戴君王。

題閩海逋客星洲上書記後[二]　星洲寓公（丘煒萲）

斯民三代存公道，此事千秋有定評。如我欲言能我補，茫茫大海聽同聲。
鐃舌何因及里閭，大臣聾啞小臣疏。可憐黨網連番密，此在中原是逆書。

留別諸君子　小纍仙

已分鴻飛逃弋慕，忽掀螳臂向車前。黃龍痛飲他年事，遺恨空嗟海不塡。
此生消受萬頭顱，何用芳名黨籍勾。恨不椎秦傳博浪，亡韓猶見索留侯。
半生膽識別離中，三折豪端尚一雄。家國許多悲感在，愁來心事北南東。
公義私仇君記取，行行我去哭秦庭。洪濤巨湧如山立，洗淨神州一抹青。

[一]《全編》未收此詩。
[二]《全編》未收此詩。

贈小纍仙　鐵血頭陀

衡湘特產出羣材，膽志驚人氣象恢。蘆葦蕭蕭秋夜月，扁舟一葉渡江來。小纍仙自言其出險□時櫂一小舟而渡。

崎崖峭壁歷千重，獨喜英雄絕世逢。詩酒因緣兵世界，看君他日飲黃龍。

夜夢唐俠等告余曰阻中國文明進步媚逆賊仇帝黨者張之洞也吾必殺之以復此仇醒而口占　埃仁伯

杜鵑夜夜還啼血，烈士肝腸逾火熱。稍待春雷震發時，逆臣身與名俱滅。

鬼雄藏血當成碧，請帝誅仇握虎符。試看寃魂爲厲日，夜深手劍覓頭顱。

光緒二十六年十一月一日（公元一九〇〇年十二月二十二日）

《清議報》第六十七冊

案頭雜陳時賢詩稿皆素識也舊雨不來秋風如訴用賦長古懷我八君[一]　星洲寓公（丘煒萲）

更生[二]先生倡維新，新詩偏與古豔親。龍蛇雷雨如有神[三]，舌粲蓮花花滿身[一]。南海康先生。[二]奇思壯采

一　《菽原詩集》作〈詩中八友歌幷序〉，序作「案頭雜陳時賢詩稿皆素識也舊雨不來秋風如訴因成長歌寫我懷人。」

二　《菽原詩集》作「南海」。

三　《菽原詩集》作「筆端行氣兼行神」。

黃京卿[三]，地球[四]九萬堪縱橫。門戶不屑前人爭，當關虎豹驅心兵[五]。嘉應黃京卿。[六]林四丰神成[七]一家，絕句高唱天半霞。詩成寄我南海涯，風弦水調銅琵琶。安溪林正郎。[八]樂天嫡派[九]唐灌陽，斐亭往迹凝清香[十]。白頭吟望懷帝鄉，荻花滿船明月光。[十一]灌陽唐中丞斐亭，在臺灣撫署中丞與都人士會詩于此。[十二]老蘭[十三]香江稱寓公，盡醉江頭杯不空。直從元始愁鴻濛，劍氣都化美人虹。番邑潘典簿嘗著有《說劍堂全集》，居香港日又自號香江厲公。[十四]吾家水部發浩詞[十五]，鐵騎突出指[十六]金戈。結廬近在東山阿[十七]，蒼生其奈不出何[一]。台灣邱工部自乙未

一　《菽原詩集》作「中心哀樂殊勝人」。
二　《菽原詩集》作「康更生有爲」。
三　《菽原詩集》作「公度恢奇足平生」。
四　《菽原詩集》作「員輿」。
五　《菽原詩集》作「獨箭萬緣息心兵」。
六　《菽原詩集》作「黃公度遵憲」。
七　《菽原詩集》作「自」。
八　《菽原詩集》作「林鶩雲鶴年」。
九　《菽原詩集》作「兵間轉徙」。
十　《菽原詩集》作「沉螺桑」。
十一　《菽原詩集》此兩句作「荻花滿船明月光，白頭吟望涕浪浪。」
十二　《菽原詩集》作「唐薇卿景崧」。
十三　《菽原詩集》作「蘭史」。
十四　《菽原詩集》作「潘蘭史飛聲」。
十五　《菽原詩集》作「吾家仙根工悲歌」。
十六　《菽原詩集》作「揮」。
十七　《菽原詩集》作「短衣日暮南山阿」。

內渡後即隱處於嘉應州之東山。[二]王廣文詩斫地哀[三]，一官儋耳歸去來[四]。輕身飛過洪濤堆[五]，島上講學開草萊[六]。嘉應王廣文司鐸儋耳俸滿作南洋之遊，現寓大霹靂埠，勸建孔廟堂。[七]神州俠士任公任，日對天地悲飛沈。傾四海水作潮音，廿世紀中誰知心[八]。新會梁孝廉[九]。

夢飛龍謠　因明子（蔣智由）

昨夜夢飛龍，今日誰與逢。昨夜夢飛虎，今日徒閒語。雲龍風虎會有時，眼中之人來者誰。念廿紀之悠悠，獨慨然而涕流。吁嗟乎！精衛魂，杜鵑血。山海有時移，肝膽不可斫。何限濯濯少年人，此意與之高輪囷。蹉跎復蹉跎，此恨無時磨。孟晉復孟晉，魯陽回天戈。古人已往後未來，朕獨當此逢百哀。時哉失其不可追，天地光明人所開。

雜感四首　因明子（蔣智由）

一　《菽原詩集》作「鬱勃誰當醉尉呵」。
二　《菽原詩集》作「丘仙根逢甲」。
三　《菽原詩集》作「王郎王郎爾莫哀」。
四　《菽原詩集》作「手拔鯨角滄溟開」。
五　《菽原詩集》作「津頭劍躍洪濤堆」。
六　《菽原詩集》作「詩中日鬭新蒿菜」，案：「菜」應為「萊」之誤。
七　《菽原詩集》作「王曉滄恩翔」。
八　《菽原詩集》作「舉世滔滔誰知心」。
九　《菽原詩集》作「梁任公啟超」。

休飲建業水，莫食武昌魚。太息中原事，斜陽畫不如。
黃鵠磯頭月，鸚鵡渡日雲。應逢山鬼笑，猶帶薛蘿芬。
西風唐殿宇，殘照漢樓臺。破碎山河盡，重看寶鼎來。
蜀人思望帝，杜鵑不勝悲。何限枝頭血，春風太覺遲。

秋日送友人壯行[一]　毋暇

南浦又秋煙，蒲帆薄暮天。穢途求淨土，亂世愛青年。思想週三界，乾坤負一肩。救時須努力，飛渡海雲邊。

滄海橫流日，英雄現世時。瓜分憂破碎，種滅痛瘡痍。獨立扶民氣，維新復國旗。艱貞君子志，大易笠明夷。

光緒二十六年十一月十一日（公元一九〇一年一月一日）《清議報》第六十八冊

題諸同志戎服影像　不空和尚

朔北多新鬼，中原有故人。英雄造時世，社會振精神。熱血龍泉灑，奇才虎穴伸。丈夫千里志，壁壘鼓旗新。

一　《全編》未收此詩。

菊花　因明子（蔣智由）

黃色來天地，秋容到眼深。美人遲暮態，放士側菲心。枝傲西風緊，香蘇夜月沈。精神看獨立，絕艷對蕭森。

人物　因明子（蔣智由）

眼中人物關心事，黨派差能辨是誰。大抵粵吳楚分鼎，不妨儒佛耶差池。先除奴性斯爲貴，但解方言未足奇。廿紀風濤來太惡，那堪羣力發生遲。

世境　因明子（蔣智由）

崑崙山下不逢春，積感沈沈寫鬱輪。道喪中興窮戊戌，力除大患少庚辰。維新詔竟違天子，尚武魂誰喚國民。今日龍蛇齊起陸，競存一綫在黃人。

雄思　因明子（蔣智由）

雄思橫歐米，微言述舜堯。百年心耿耿，廿紀事遙遙。地想同文軌，人應感熱潮。誰携華盛斧，投我黯魂銷。

弔漢口烈士　毋暇

薋菉盈廷吾豈服，豺狼當道自成羣。忽拋妻子酬知己，烈士唐君才常與譚君嗣同爲刎頸交。故作犧牲救聖君。揚子江頭流俠血，洞庭湖裏鎖愁雲。鼎烹體解英雄事，囉辣當年大火焚。英之維新領袖名威忌呢付，其子弟號囉辣士。西歷一千四百一十三年，有被火焚者，死亦慘矣。

壯志[一]　楚雄

杜鵑夜夜哭東風，宣武門前血尚紅。一夥頭顱何日斷，拔刀投筆問蒼穹。

感事[二]　寒山寺僧

盤螭鐫蚪樹豐碑，三傑遺馨占一枝。道是李牛興黨獄，冰魂粉砰爲瘡痍。

和寒山寺僧步韻[三]　慧巖和尚

參天突兀紀功碑，花發春深第一枝。湘水無情空灑淚，頭顱濺血救瘡痍。石傭恥篆黨人碑，老吏如何學折枝。日暮倒行仇烈士，靦顏高位愧瘡痍。

光緒二十六年十一月二十一日（公元一九〇一年一月十一日）《清議報》第六十九冊

一　《全編》未收此詩。
二　《全編》未收此詩。
三　《全編》未收此詩。

風月琴尊圖爲友人賦　季眞詩孫

嗚呼！今日之風凄以腥，今日之月慘欲缺。廣陵散冷絃外音，燕市醉瀝尊中血。梟陽罔象何飛揚，仰天寒噤困英傑。羨君飄然一葉舟，深宵擊楫海天秋。魚龍百怪寂無語，惟有清風明月隨中流。琴三弄，酒百盃，蹁躚起舞歌莫哀。盤桓居貞利牝馬，屯之初九占雲雷。邇聞漢家黨禍作，當道豺狼肆威虐。烈士能無廊廟憂，小臣敢戀江湖樂。嗚呼！南山大玃遙伺我，群吠狺狺測誠叵。荻花夜戰風雨摧，孤篷應怯驚濤簸。

蠻兵行　高野清雄[一]

今冬有客從北京，途歷列國諸屯營。歸來爲說所親睹，使人膽顫股栗涕泪横。俄兵白晝入人家，惡若哮虎誰敢譁。戮丈夫，辱子女，已辱即殺之，掠盡屋內傳以炬。血肉狼藉煙焰腥，四隣奔竄去他處。法兵雖兇虐，猶且不如俄。居民流涕言，王師過時尚安堵。指見千村萬落空，却從戰後成焦土。君不聞通州五百七十三人投水甕，是皆良家以身赴清波。不許濁流投，貞魂烈魄激幺麼。含垢隱忍知無數，青天高高向誰訴。楊花店，姦死童女九，更有百餘婦，覓死死不得，有得死者十二人脫虎口。此唯擧一二，傷心慘目休具陳。聞道黑龍江，虐殺七千人，擠河再殺五千人。暴秦坑[二]降卒，此乃爲良民。君不見揚州十日慘有餘，昔時滿兵今不如。會見春燕巢林木，恠事咄咄今古無。吁嗟乎！恠事咄咄今古無。

一　高野清雄（1862-1921），號竹隱、白馬山人，日本愛知縣人，漢詩人，伊勢神宮皇學館教授。

二　《清議報》及《全編》均作「抗」，應爲「坑」。

皎然　因明子（蔣智由）

皎皎心事一秋月，起讀離騷歌九歌。北極至今狐兎滿，南溟自古鯤鵬多。是非改易先詩筆，教哲分明判學科。舊國惟醫新腦性，看從蕭瑟換嵯峨。

奉題星洲寓公倚虎高臥攝影小像[一]八月十五日　聿亞拉飛

天南一偉人，鼾睡猛虎側。冒險唱自由，憂時長太息。瀛臺囚聖主，慘淡風雲色。草檄起英雄，遺恨在湖北。勤王志未成，寃酷遭挫抑。逆賊勢猖披，戒心當愴惻。惟公振臂呼，烈士奮羽翼。我本一儒夫，敢辭駑蹶力。星洲上書記，慷慨救君國。以太慼同胞，詩酒頌君德。

獄中作　唐才中[二]

唐才常[三]之弟才中，九月殉義于湖南，臨刑時激昂慷慨。今錄其湘中傳來獄中遺詩一首。

丈夫重義氣，生死何足奇。同志皆拋散，骨肉長別離。保民心未遂，忠君志豈移。身死魂不散，天地爲我遺。

一　《全編》未收此詩。
二　《清議報》及《全編》此詩題下缺作者名。按詩序所言，乃唐才中之作，今補上作者。
三　《全編》作「唐才之弟」，漏「常」字。
　　唐才中（1875-1900），字仲平、次丞、次塵，號慈塵，湖南瀏陽人，唐才常弟。1900年參與自立軍起義，失敗被殺。

光緒二十七年正月初一日（公元一九〇一年二月十九日）《清議報》第七十冊

吊漢難死友　遯公（秦鼎彝）

晨光始皓庭鴉哭，靈之來兮上神屋。五丈原頭日未曛，將星驚隕更奇酷。君不見漢家宮闕到殘秋，黍離麥秀禾油油。呂家女兒僭稱帝，絳侯老矣誰安劉。又不見漢朝黨禍雖淫虐，張儉傾家杜根活。無端博浪不成椎，天下紛紛來大索。吾聞故鬼中宵作人泣，三年不到長弘碧。九重城闕吊銅駝，天子西行足於邑。俄聞壯士起勤王，卜偃筮之對曰吉。嗚呼！清湘自古稱騷國，憔悴行吟屈正則。懷君慷慨有餘哀，後起之人更奇特。巍巍吾公忠烈最，交納江湖屠狗輩。爲有淮陰俠少年，雲龍八百盟津會。更有林田諸俠子，臨事好謀無悔死。虎村文近駱賓王，飛書曾貴洛陽紙。別有徐福三千童，曰歸曰歸扶桑東。西鄉月照光前烈，秋墳一隊魂應雄。於乎賦成向秀哀稽呂，伯牙無復調流水。最憐天意絕支那，中原殺氣今方多。才非朱家與郭解，魯陽安得此長戈。吁嗟乎！青青鸚鵡州邊樹，正平大罵泉臺去。沂洄漢水一尋君，見君招手呼故人。男兒死耳學南人，昌黎妙筆傳張巡。

感事　大勇

玉碎尋常事，英雄不瓦全。誓除頑固黨，痛失自由權。入夢還憂國，傷心欲問天。江干明月夜，孤憤不成眠。

宿神戶[一]　舊庵

紙窓木屋小如船，沉醉高謌月半天。酒意漸醒儂意懶，滿牀花影碍人眠。

吊唐烈士[二]　舊庵

賸水殘山不可支，豺狼當道問狐狸。賈生流涕空遺策，宗澤傷心未捷師。志士例湏供鼎鑊，國民終未起瘡痍。忠魂千古長遺烈，不減臨刑罵賊時。

光緒二十七年正月十一日（公元一九〇一年三月一日）《清議報》第七十一冊

四嗟　孳孳者

嗟爾驥足，神翻鬼縮。夸追駛步，王驅睅目。一夕失馭，棄而弗蓄。即欲眷豆，不齒麢鹿。
嗟爾玄郎，汗力田塲。夏犯暑雨，冬凌颼霜。纖滴未荅，縶于屠鄉。哀哉觳觫，愧我無羊。
嗟爾鶯哥，巧如懸河。風雲震采，羅綺生歌。旋近君王，妒于青蛾。寘樊逢徽，其奈伊何。
嗟爾嗷鴻，羽毛未豐。欲厲霄雲，躓于蒿蓬。稻粱希謀，丸激疊逢。遮莫高飛，天猶張弓。

一 《全編》未收此詩。
二 《全編》未收此詩。

和雲巔子張逆之洞鄂中黨獄步韻　孳孳者

西風木葉漢江波，涕哭長沙意若何。客臥草中窺進取，人疑李下問同和。不愁張奂戈前倒，但恨王孫劍枉磨。側聽楚歌猶望父，葉中人好畫龍多。

讀後漢書黨錮傳　孳孳者

東京氣烈黨人高，范傳多年禿穎毫。張奂只因名位重，暫時曲節爲侯曹。明後儒流論更狂，只今惟有宋歐陽。但將黨字疑輕重，心事分明護漢鐺。

痛哭　因明子（蔣智由）

痛哭中宵一夢回，萬夫心死事堪哀。論人曲學非湯武，欺世空文讕馬枚。京國風塵隋苑暮，謂頤和園。江山顏色漢家灰。可憐十萬横磨劍，塚骨來登拜將臺。

感懷[一]　毋暇

羣凶彌大地，四海盡秋聲。未遂平生志，休論身後名。松筠摧不動，薏苡謗頻興。鴻鵠冲天翮，羞儕燕雀鳴。

悲北清　毋暇

[一]《全編》未收此詩。

杜工部有〈悲陳陶〉之作，余感于北清生民慘狀，擬體步韻悲之。

北清漢滿良家子，肉骨爲山血成水。豺虎哮號天地秋，傷心老稚無辜死。俄兵飽掠腰萬錢，脫帽橫鎗醉燕市。　天子蒙塵走西安，都人日望　皇輿至。

絕句　毋暇

驚醒羣聾戌戌雷，維新隱隱孕胚胎。神州若覯文明日，始信英雄血購來。

光緒二十七年正月二十一日（公元一九〇一年三月十一日）
《清議報》第七十二冊

贈鄧之介文學即以送行三疊王郎元韵　星洲大島

七洲春色憶紅酣，倒屣人來鄧粹龕。龍節聲名原上國，虋帆風雨越扶南。哀鴻腹地纔輸粟，驛柳新秋又轉驂。我本津梁疲侍者，投荒心事耐君談。

送陳宜庵易勵懷兩君之行[一]　星州寓公（丘煒萲）

皆有可憐色，傷君復自傷。行行瞻馬首，故故歷羊腸。酒欲餘杯盡，言因屢別詳。風雲看後會，珍重此離觴。

一　《菽原詩集》作〈送別陳儀侃湯明水二首〉，只錄第二、三首。

皆有可憐色，他鄉送別中。交眞忘兒女[一]，淚亦到英雄。去國八千里，垂天九萬風。前程各自奮[二]，寧復問[三]西東。

皆有可憐色[四]，高樓酒未闌。慨談天下事[五]，力任古人難。歲月蹉跎感，朋儔聚合懽。明朝又分手，劒氣動芒寒。

皆有可憐色，知君感更多。南樓誰玩月，子野怕聞歌。蓬轉偏無着，勞飛又若何。秋槎浮海去，極日到天河。

瀏陽二傑行[六]　毋暇

瀏陽兩英雄，譚公與唐公。春秋演學大同說，刎頸論交先哲風。慷慨救國爲己任，高歌擊節氣如虹。譚君戊戌燕市血，亞澳美歐仰忠烈。草檄勤王唐丈夫，誓擒虎子入虎穴。文章俠義世驚絕，罵賊疾聲目皆裂。魂魄毅兮爲鬼雄，國民千載頌二傑。

車管足[七]　因明子（蔣智由）

一 《菽原詩集》作「爾汝」。
二 《菽原詩集》作「努力」。
三 《菽原詩集》作「向」。
四 《菽原詩集》作「相送情無限」。
五 《菽原詩集》作「誤」。
六 《全編》未收此詩。
七 《全編》未收此詩。

轆轆轆轆，車輪笮足。將入泰山，羣山之麓。人顧余言，足下流血。夫吾之流血兮，不過數指。北方之流血兮，乃千百族。吾惜吾負吾痛兮，世之罪又末由贖。茫茫燕雲，蒼蒼津月。化爲戰場，鬼聲晝哭。誰實爲此兮，羣小人之所謀，一婦人之所欲。

夜坐[一]　因明子（蔣智由）

夏海廟前風似剪，提籃橋畔月生煙。挑鐙正讀離騷罷，重讀陰符第一篇。

黨禍　袒臂跋陀羅

逆臣竟效崔呈秀，禍水橫流歎晚明。秋夜靜看天鑒錄，一朝豪士黨人名。
廿紀英雄屬少年，莫愁黨禍慘彌天。橫戈躍馬皆飛將，腰繫奸頭帶血鮮。

過菜市口弔六君子　飛虎

百年身世等飛蓬，塊壘登場夢幻中。死不足憂生不喜，頭顱濺血是英雄。

光緒二十七年二月一日（公元一九〇一年三月二十日）《清議報》第七十三冊

一　《全編》未收此詩。

星洲對酒懷伊東宜庵　星洲寓公（丘煒萲）

我狂便欲狂上天，星洲酒價日萬錢。開樽忽倒瑤光綠，思我故人孟浩然。相去日遠秋草芊，臨卭道上正高眠。即今慷慨邯鄲市，更有何人和變徵。

憂國　最惡守舊者

五洲興廢一圍棋，歌舞樓臺喜亦悲。西北鐵成戎馬路，東南旗動蟄龍時。金行電氣天河近，車走雷聲風雨遲。世事那堪回首問，等閒不解動秋思。

戊戌政變　最惡守舊者

菜市誰收烈士頭，凄凉碧血灑千秋。漢唐女禍乾坤闇，關塞兵戎草木愁。龍馭至今覊老馬，烏羅從此網沙鷗。紅塵託足應無地，落葉飄零冷九洲。

歸詠　因明子（蔣智由）

載愁浪對風華好，歸憶吟搜景物難。花有爭心歲變色，月將回影夜謂月假日光。仍寒。初冬南極方新夏，袞海東洋是大盤。瀛笛一聲丸去也，遙牽孤想落雲端。

夏海浦　因明子（蔣智由）

郊路緣淞北，驅車時復尋。白雲生遠渚，黃葉識秋心。風寫炊煙影，江廻瀛笛音。長吟歸未晚，燈火滿寒林。

月夜懷諸同志　短褐皈樵

舊遊如夢憶花朝，無限深情寄一簫。相見最難雲雨夜，何時杯酒爲君邀。
長安久絕故人書，夜禱皇天衛乘輿。努力造成新世界，痛鋤非種望朱虛。

秋陰晚望[一]　毋暇

清秋黯黯起層陰，望悵中原傷我心。熱血一腔何地灑，暮鴉還認舊棲林。

明蘇州知府姚善[二]　毋暇

區區郡守敢勤王，葛屨猶堪履肅霜。落日琴川橋下渡，沈屍起立認黃郎。

登嶽[三]　毋暇

獨足深崖萬仞峯，短衣撫劍走羣龍。火坑忽覩蓮花現，香滿須彌頂上松。

感事[四]　鐵羅漢

一　《全編》未收此詩。
二　《全編》未收此詩。
三　《全編》未收此詩。
四　《全編》未收此詩。

危危高立崑崙巔，俯視羣峯氣惘然。賴有詩兵千百壘，秦風齊詠小戎篇。

前車既覆鬼神驚，後軌方道川嶽鳴。努力造成廿世紀，英雄頸血澤蒼生。

光緒二十七年二月十一日（公元一九〇一年三月三十日）

《清議報》第七十四冊

輓洴澼子六律用星洲寓公原韵　浪公

虎口餘生百事哀，江南秋雨客重來。故鄉人物悲雙伍，異國河山滯二隗。春盡蠶絲猶作繭，夜深蠟炬敢成灰。西風獨向潮頭望，歇浦濤聲白馬迴。

法螺宣講萬人欽，地老天荒古柏心。龍戰未曾玄血灑，蟬聲空對白頭吟。天堂歷歷靈魂在，星軌茫茫正氣沈。熱血一腔何處哭，友讐難報主恩深。

三字獄成莫須有，董夫手段古今同。文明血積萬人海，痛哭身投大陸中。李賀酒酣喝妖月，荊軻劍斷化長虹。紫光閣上他年事，遺像先圖報國忠。

燈前草檄萬言長，狐媚臨朝記李唐。周勃但爲劉氏袒，汪踦不受魯人殤。西山薇蕨憐孤竹，南國椒蘭痛碧湘。寄語端門赤鳥使，鳳詞猶是接輿狂。

當年颯爽想英姿，苦海千尋甘似飴。冷月凄凉平等閣，陰風慘淡自由旗。東西宿列分張角，南北星騎比尾箕。覆幕尊王前古事，東鄰浮浪是吾師。

吞聲空哭曲江春，素旐翩翩夜賽神。通義千秋民約在，中原何日主權伸。金人涕淚將辞漢，銅雀荒唐尚憶陳。回首四年交際事，沅蘭愁絕屈靈均。

題萬石巖　鄭鵬雲[1]

謹按：萬石巖在福建厦門島，巖之東有太平巖，爲鄭成功讀書處。

苜蓿頻年謝冷官，孤松吟倚自盤桓。荒涼古刹間雲地，流水斜陽石骨寒。

前題　鄭養齋[2]

萬笏雲根壯大觀，何年此地著蒲團。斜陽一抹疏鐘外，寂寞僧樓石氣寒。

感時七絕　鄭養齋

鯤身片壤已無存，又見燕雲釀禍根。何處青山乾淨土，他年贏得葬詩魂。

題東京後樂園得仁堂　鄭鵬雲

亮節高風仰首陽，古祠遺像感凄涼。夕陽荒草橋邊路，消受騷人一瓣香。

---

[1] 鄭鵬雲（1862-1915），字毓臣、毓丞，號鳥虖子、北園後人，臺灣新竹人，詩人。1865年隨父由福建永春赴臺，遂卜居新竹。1883年取進臺北府學。1901年赴北京謁肅親王，上陳改革意見，未果，後返臺參加詩社活動。曾編撰《師友風義錄》。

[2] 鄭以庠（1869-1937），譜名安國，號養齋，臺灣新竹人，鄭鵬雲堂弟，詩人。曾任臺灣文社理事，竹社社長。1939年邀集全臺詩人，主辦「五州聯吟會」。

馬關書感　鄭鵬雲

十里波光一鏡平，當年名宿駐行旌。輕航急櫓空傳句，不見題詩賴子成。謹按：賴襄子成〈馬關竹枝十首〉，膾炙人口，中有「輕航急櫓翦波堆」之句。

江島石洞即事　鄭鵬雲

洞天福地渺無塵，路入仙源認不眞。千樹桃花半江水，此中應有避秦人。

光緒二十七年二月二十一日（公元一九〇一年四月九日）《清議報》第七十五冊

縱橫行　亞洲詩三郎

地乃空中之一粒，惟憑日力呼與吸。身爲地中之一塵，有何分別物與人。卑哉一身在地內，不若高山與大海。微哉身在斗室中，何異螻蟻在空峒。渺軀不過七尺耳，大地圓周九萬里。眼光望不外百丈，動言格致與思想。雖然有涯無涯各不同，一魂一魄無相鎔。魄是糟粕魂是神，有涯爲魄無涯魂。吾魂可通諸天界，吾魄可歷寰球外。有涯限以百十年，無涯直破界三千。嘗登高山最高處，俯仰縱橫目不住。仰觀天上行恒星，行星轉動恒星停。日吸地球地吸月，雲雷雨露與霜雪。俯察地下十二層，火成水成由土生。太陽爆出之一點，飛潛動植出而斂。東望日韓西歐美，南望馬來澳大利。回頭忽見俄羅斯，形容如此可思疑。看盡五洲大世界，文明野蠻是否泰。紛紛爭種爭國爲，坐看神州何所歸。行回室中仰而臥，四千餘年水流過。唐虞三代春秋嬴，漢唐南北宋元明。治亂興亡甚瑣瑣，如架積薪傳滅火。復回案前檢羣書，遍觀四教及流餘。孔教至矣主乎仁，大同平等君與民。六經七緯莫不盡，包括諸天無遺燼。釋迦牟尼主空虛，普度衆生仁不殊。千百化身進面壁，首空五蘊與十色。耶蘇頗能貫大同，日以救世爲奇功。只有天父無生父，此是耶教一箸負。謨罕默德稱大成，知天敬事爲準繩。回回世系出天方，專尚刑名爲教王。復觀經史子與理，下及九流並諸子。六經總匯在春秋，詩書禮樂有源流。經兮緯兮法萬世，三統三世興改制。作史首推司馬遷，廿四史中千餘年。史記法經餘法史，不若史公存大義。諸子百家流派多，儒與老墨發枝柯。託古創制爭立教，後世紛紜尤而效。高平廬陵理學宗，朱陸兩派互相攻。明儒良知與心學，四無四有各相角。流及詞章並八股，詩詞考據兼訓詁。窮年累月不能通，縱然博極豈爲工。不知天文與地理，不聞外情與國事。中國之亡何故哉，言念及此心無哀。我所思言止此矣，於是默然不復語。

光緒二十七年三月初一日（公元一九〇一年四月十九日）

《清議報》第七十六冊

贈雪庵君壯行　毋暇

志士重肝膽，河梁話別詩。君今從此去，吾意欲何之。熱血能塗國，長鞭急救時。毀家楚令尹，高義古人思。君爲國事蕩棄家產，親故多以爲非，余特義之。

一超脫羈縛，故作南山牛。勇猛行難事，慈悲解衆憂。寶蓮隨地現，慧果應時修。法鼓驚羣夢，聲聞五大洲。

寄懷梁任公詩社題限支微韻[1]　　星洲寓公（丘煒萲）

驪留瑣尾滿邦畿，去國君何賦曰歸。魯史尊王哀蝕日，秦風仝澤告無衣。浮萍大澥秋深合，余自八月始識任公。神驥長途歲晏饑。一自乘槎空碧落，暮雲遙認壯心飛。

飆輪踏浪稗□澥，鈔舌生蓮萬億師。跡遍三洲亞美澳，道存黃種伏軒羲。每從政教通權界，合得龍天共護持。爲有潮音來水上，故山灰刦使人悲。

夜宴即席次友人韵　　星洲寓公（丘煒萲）

寒雲孤月正當天，六曲屏開坐畫筵。古佛化身來百億，羣龍作騎遍三千。江關辞賦蘭成感，島國扶餘李靖緣。仙雨淋漓渾酒氣，餘歡隔座共陶然。

登山感　　孳孳者

一日不登山，臨高望煙嶼。心似繫羈猿，渺不知其故。野人怪相問，時見山中去。居山還求山，問彼周天數。無亦訪神仙，遭逢在蹞步。海劫幾更世，詎有炊丹竈。双双屐齒平，塗襪霜泥涸。嶒嶝不辞勞，豈無狐狸懼。山中多狐狸，人多畏之。素情人豈知，笑謂從吾好。拂袖別磎行，漸入深雲處。落松滿三尺，積歲無人掃。丸丸守寒岩，抱石根頑固。狸孤却不見，疑在斯中住。但見冬松心，搖情似江樹。遠峯時見骨，數點孤村聚。一片白沙廻，風吹捲裙布。平臨明鏡開，俯視低禽度。浮丘小如船，岑木棲帆素。連岡湧波濤，蒼茫接神戶。昔時撈魚州，日日金銀庫。神戶市原有金庫通、銀庫通二丁，去年始合海岸通。

---

[1] 《全編》未收此詩；而《清議報》於七十八期重複刊出，題為〈寄懷梁任甫先生二首限支微韵〉。

玉壘積層雲，齊欲天梯造。躡足升九霞，高明神鬼惡。霎然陰飈起，北嶂嵐如塑。蕭蕭萬竅號，似向蒼穹訴。藍山此最高，凌絕乃西顧。空聞巨靈掌，欲借夸娥負。鳴條雨飛飛，催我指歸路。班斕濕衣塵，襞似霜魚蠹。支遁非無情，禆淇有所慕。徘徊未欲歸，其奈傾如注。欲尋五大夫，祗畏秦皇暴。童男避東來，韓衆去不報。寒煙獨自下，還引斜陽駐。天心何翻覆，屢把行人誤。思復登山來，西山愁入暮。登山非謂難，如何下山道。

光緒二十七年三月十一日（公元一九〇一年四月二十九日）
《清議報》第七十七冊

哲人性　因明子（蔣智由）

哲人抱獨性，於世殊未諧。循是探奧理，所得獨爲佳。洞觀古今界，遠通星宿涯。思力成宗教，佛氏冠其儕。鍥之事不舍，神鬼通於懷。冥冥弱艸性，靈感妙能皆。范鑄衆腦坯，摶人同女媧。色堅無定程，光力爲差排。不有我意眞，何由窮物堦。晚近文明進，哲學爲滋荄。一語任萬辨，千載祛風霾。英雄古不學，此義與今乖。蒼蒼獲於野，止止慮於齋。聞之腦慣用，如鏡時復揩。炯炯湛精神，其樂非形骸。賦性同一漚，分投異麟豺。吹萬本則同，遙念思與偕。大哉覺海源，豈遂別江淮。

冬歸舟中覽眺書感[一]　清流

一 《全編》未收此詩。

遠山近水兩茫然，兀兀滔滔幾變遷。萬里幅員悲豆剖，漫天妖霧作雲連。柏松終可耐寒歲，舟楫誰爲濟巨川。纍纍郊原多少塚，幾曾報國作犧牲。

弔烈士唐君才常　玄圭十億郎

丈夫一死乃千古，烈士芳名玉汝成。絕好頭顱逢賞鑒，一盆熱血救蒼生。甯殺南皮莫殺剛，支那民智短中長。請觀今後一世紀，孰是孰非孰主張。聞說佛塵天下才，無緣一面到泉臺。君王猶抱廬陵痛，不放胡牝魂不回。不論是非論成敗，寃沉三字莫余悲。哀哉震旦人心死，一寸相思一寸灰。

華人苦况讀之愴惻凡我國人作紀念[一]　毋暇

天地不仁物芻狗，哭聲直上干雲霄。江流湛湛沈寃獄，惟恨秋魂尚未招。殘葉疏林晚照紅，爲持種界劍騰空。黃人未必無豪傑，抵拒豺狼蹂遠東。

讀揚州十日記[二]　孳孳者

民命由來似戲兒，驅除漂鹵鬥雄雌。揚州十日誠何事，應有鄒人孟子疑。

一《全編》未收此詩。
二《全編》未收此詩。

遠眺[一]　孳孳者

望關常陟嶺，探日獨登臺。忍垢鄰無恥，遭時慨不才。愁心逢落草，別恨寫平苔。戚戚鳥啼樹，間雲自去來。

有感[二]　孳孳者

烏雲歸樹入山城，獨有滄波萬里行。人祇未驚雞舌在，吾今獨畏鼠牙生。字雖不識心難死，酒豈無功眼獨醒。管鮑不知膠漆契，晚舟猶問楚南征。

光緒二十七年三月二十一日（公元一九〇一年五月九日）

《清議報》第七十八冊

寄懷梁任甫先生二首限支微韵[三]　星洲寓公（丘煒萲）

鸝留瑣尾滿邦畿，去國君何賦日歸。魯史尊王哀蝕日[四]，秦風同澤告無衣。浮萍大海秋深合，余於今年仲秋任甫來星洲時，始得相識。[五]神驥長途歲晏[一]饑。一自乘槎空碧落，暮雲遙認壯心飛。

一　《全編》未收此詩。
二　《全編》未收此詩。
三　《全編》未收此詩；《菽原詩集》作〈寄懷梁任公二首〉。
四　《菽原詩集》作「魯史哀周書蝕日」。
五　《菽原詩集》無此注。

颷輪蹴浪犤瀛澥，訬舌翻蓮萬億師。跡遍三洲亞美澳，道存黃種伏[二]軒羲。每從政教通權界[三]，合付龍天共護持[四]。爲有潮音來水上，故山灰刦使人悲。

和島主寄懷任師二首次原韻[五]　力山遯庵（秦鼎彝）

新秋警報陷京畿，壯士風蕭去不歸。有客騎鯨來海島，無縫寃獄似天衣。亞歐各國耽和逐，禹稷頻年溺與饑。一自師門離別後，不堪南北亂飛飛。

講堂說法更吾腦，廿歲浮生不二師。怎奈年華驚電火，那堪世族數軒羲。自由平等經開鑿，獨立新民任主持。函丈規模手中線，書來萬里總慈悲。先生自別後屢與人言，以爲由也死矣，有書與同志，頻頻問之。

次韵酬星洲寓公見懷二首幷示遯庵　任公（梁啟超）

萬里投荒何日見，九原不作誰與歸。酬君駝淚和鵑血，老我蓉裳與芰衣。漫有揮戈迴夕照，故應嘗胆療朝饑。人間惜別徒多事，洴澼於今遇壯飛。

我所思兮在何處，盧盧梭。孟孟德斯鳩。高文我本師。鐵血買權慙米佛，崑崙傳種泣黃羲。寗關才大難爲用，卻悔情多不自持。來者未來古人往，非君誰矣喻余悲。

《菽原詩集》作「宴」。
二《菽原詩集》作「燧」。
三《菽原詩集》作「觀風政教區同異」。
四《菽原詩集》作「入世龍天善護持」。
五《泰力山集》作〈和邱菽園寄懷梁啟超夫子二首次原韻〉。

寄呈任公先生三首用先生贈星洲寓公韻錄一[一]　馬貴公（馬君武）

黃河以北飛燐血，赤道之南繞夢魂。先生時在澳洲。中國少年公所造，末人千刦我何存。據鞍顧□無餘子，說法殷勤憶世尊。飛去帝旁與帝語，大同條段大乘門。

贈星洲大島君[二]　陳雲鶴

少壯欝奇氣，拔劍來南洲。縱横隘四海，杯酒結盛游。翳昔慕尚友，著書懷古愁。况迺濁亂世，時事攖其憂。賈生洛陽少，絳灌恥同流。終軍幼年時，請纓馳壯猷。丈夫意氣重，論說豪九州。虬髯扶餘走，力士倉海求。不羡四公子，任俠相與儔。

題星洲寓公風月琴尊行看子調賀新涼　宜庵（陳儀侃）[三]

人海波濤惡。莽乾坤、風吹寒月，月寒風虐。十丈軟紅塵似許，畢竟知音寥落。待故把、琴心偷托。還怕廣陵高和寡，醉嵇生、散髮狂如昨。尊酒話，誰商畧。　側身天地素衣薄。夜沉沉、風清月白，故人有約。更鼓大風歌一曲，對影三人同酌。只依舊、隨緣行樂。一葉扁舟滄海去，看圖成、詎便長無

一　《全編》未收此詩。

二　《全編》未收此詩。

三　陳儀侃（?-?），又名宜侃，字繼儼，號宜庵，廣東南海人。康有為弟子，曾任澳門《知新報》撰述、檀香山《新中國報》主筆，宣傳變法。1903年任檀香山明倫學校校長。次年倡議爭取廢除美國華工禁令，呼籲抵制美貨，鼓動十多萬華僑上書北京，引起國內響應。

着。五濁世，任飄泊。

光緒二十七年四月十一日（公元一九〇一年五月二十八日）

《清議報》第八十冊

愛國自强歌　秀水董壽

吾今試言國家義，譬猶一身與一家。血氣聯絡謂之身，骨肉團聚謂之家。君爲元首臣腹心，民爲元氣猶魂靈。所以宋儒言理學，民胞物與猶一身。國非朝廷所獨有，人人皆有國一分。人當忠君先愛國，愛國自强朝廷尊。愛國無異愛自身，自强無非强朝廷。所以顧氏言興亡，匹夫與有責任存。人人皆有自强力，開智興學濬心靈。講求羣學明公理，互相切磋勵其群。只因吾民不愛國，因循固陋不自新。民不合義不開智，中華衰弱此其根。歐洲民强百年矣，以大智力通大地。彼以群智角强人，與我蠢然野蠻遇。智力懸絕相天壤，何怪中華失權利。彼族弄我國人愚，均沾利益各分肥。通商開埠極親睦，賠款割地無窮期。昏然朝野夢不醒，優游太平宴然嬉。敝政不變萬事壞，民智不開一無知。二三通人議變法，世人不信譏爲夷。君民隔絕如胡越，大局顛危漸不支。甲午戰後時愈危，列强皆有瓜分意。狡謀叵測欺我愚，攘我國權據我地。鐵路是爲瓜分綫，關稅釐金代我管。練兵權與用人權，盡皆奪我爲其攬。無形瓜分已有年，彼族虐我何慘然。華人旅居外洋者，每遭虐侮太可憐。鞭撻屈辱無人理，聞之令人髮衝冠。我聞天南新報說，法人虐我極顛連。手足葢印及度骨，囚犯娼妓待一般。又聞金州旅大處，俄人苛稅如熬煎。房產牲畜皆有稅，男女童穉皆有捐。民有請命從寬者，一概槍斃無生全。華民何辜受慘毒，哀哉愚蠢枉呼天。受侮異族至此極，聞之不痛無心肝。國必自伐人乃伐，家必自毀人乃毀。民不愛國國不强，野蠻待我原非刻。聯軍既平義和團，奪我全國自主權。北方已入俄人甕，四海盡爲各國共。聖君圖治苦無權，俊傑竄流莫能用。可憐吾民罔知覺，晏然嬉然待奴僇。自由公理素不明，合羣大義未思索。一朝大局永沈淪，從此黃人任摧辱。我今普向萬民說，人人自强共興國。試觀政治及藝能，中西强弱相懸絕。如彼團匪肇釁端，害於國家有何益。愚民鬧教仇洋人，不是愛國反害國。蠻逞其强成匪徒，大局因之屢决裂。惟開智學求富强，國勢能興列强敵。此是吾民分內事，義當爲國共奮力。開智亟宜興學堂，大小學堂隨地設。教育先宜定本原，政治哲學爲準則。西文格致輔助之，廣招秀彥勤講習。女學堂與蒙學堂，爲婦孺計亦最急。民間興學由衆擎，城鄉鎮市量力設。莫道學堂經費繁，民間鉅欵難成集。試觀各處城鄉鎮，不乏有財有力人。捐助善舉夙踴躍，布施寺廟頗殷勤。解囊慨然毫不吝，原有善根在性眞。要知興學大善擧，可救萬萬同胞人。奢華之家耗費廣，宴游服飾歲千金。何妨節省無益費，共興學校振國民。地方各處積公欵，年年生息紳商管。何妨提用幾何成，到處振興育才館。學堂廣設民智開，人才輩出相繼來。萬端敝政自然革，大局淪胥可挽回。學堂而外聯學會，互相切磋求進步。士人合羣講政學，商人合羣攷商務。百工庶民皆圖强，攷求新理明法度。人人開智近文明，自由權力漸漸生。縱被列强奴隸我，一朝自立何難成。我勸豪富宜輕財，培植人才尚俠義。我勸當今賢能官，速爲地方開風氣。我勸講席老師儒，課上亟宜講經濟。我勸城鄉訓蒙師，廣求新書發蒙慧。文人務讀有用書，時文帖括休戀意。庶民凡通文義者，講求時務莫自棄。一念愛國功無量，即爲自謀亦生利。吾民今若不鬪强，瓜分以後永不昌。妻孥財產誰能保，西文西學一無長。惟有身充賤隸役，爲人奴隸立夷場。非洲波蘭與印度，往事可鑒眞心傷。人人不顧國家事，國勢雖盛忽焉亡。人人共興國家業，國勢極弱亦能强。揭明此義告天下，願人愛國輔吾皇。共解倒懸收塗炭，合羣興國震西方。

祓三厲文　菿漢閣主（章炳麟）

重光赤奮若之歲，三月甲戌，餘杭章炳麟謹以戈彗桃茢，祓故尚書徐公、故侍郎許公、故太常卿袁公之櫬曰：烏虖哀哉！曲突徙薪，六烈峨峨。焦頭爛額，曾不足多。尚書蕘言，廢帝立哥。侍郎太常，或寢或吪。首施觀望，唯之與阿。退則孌卷，進則婞婀。昌言剿寇，陰市于俄。金繒在前，遑恤菹醢。烏虖哀哉！南山剖竹，不足書罪。斃之蕭斧，孰云天醉。跖蹻自戕，焚身誰懟。繄古義烈，賢勞盡瘁。或盪彊胡，顱糜頂瓻。尸祝鬼雄，是曰無媿。今也不然，薰蕕易類。華袞所褒，汪黃與檜。烏虖哀哉！王甫之屍，陽球是磔。趙倫之墓，閻纘是轢。聞爾櫬至，鮑魚一石。吳淞潑潑，餘臭上徹。我無金椎，椎爾血顙。斫以赤刀，黃腸拱柏。願爾國殤，靈旗搏格。訟我天閶，來取我魄。嗚虖哀哉！

光緒二十七年四月二十一日（公元一九〇一年六月七日）

《清議報》第八十一冊

庚子除夕檳嶼口占[一]　更生（康有為）

黃屋西巡尚未安，勤王事業但汍瀾。龍蛇起陸地機發，虎豹守關天步難。沈沈往事風雲慘，邈邈予懷年運闌。甚矣吾衰頭半白，爲羈歲晏路[二]漫漫。

一　《康有為全集》作〈檳嶼庚子除夕〉。

二　《康有為全集》作「夜」。

東山尋秋圖爲邱仙根進士題　星洲觀齋

圖爲謁宋忠臣文山先生祠堂而作，祠兼祀唐忠臣張中丞。

披圖元氣想淋漓，秋影空山蘸酒巵。唐宋興亡皆往迹，東南半壁有荒祠。誰從異代追前代，須信今時似昔時。出日岧嶢吟望遠，帝旁儻復降靈旗。

讀任公壯別詩　白狼小隱

深鐙飽讀任公句，開卷嶄然筆有神。羈鬼寃沈成大厲，中原瓦解泣逋臣。空餘清議衡梟獍，誰剖丹心佐　聖仁。故國河山莫相憶，敢將文字限君身。

庚子五月避天津之亂南歸七月三日渡揚子江作　因明子（蔣智由）

我行郤曲困齊魯，喜見江南翠黛橫。秋水方生揚子渡，晚雲欲捲潤州城。懷人天末望鴻雁，憂國洲邊采杜蘅。烽火津門黯回首，金甌大陸是誰傾。

苦閒　因明子（蔣智由）

大抵英雄性，由來衹苦閒。雞鳴驚歲月，龍鬭念家山。成敗歸天幸，是非任世間。不堪飛動意，枯局日孱頑。

有感　因明子（蔣智由）

落落何人報大仇，沈沈往事淚長流。凄涼讀盡支那史，幾箇男兒非馬牛。

湖州道中　因明子（蔣智由）

碧波芳草吳興路，船入空明罨畫行。無限黃鸝與紫燕，一揩淚眼聽春聲。

庚子重九鐘山哭唐弗人　乘光

倚劍登高望八荒，無邊秋色正茫茫。天刑猛志固常在，知有精魂反帝鄉。
自昔商容執羽籥，躊躇興事復躊躇。聖賢本異江湖俠，只在恢恢游刃餘。商容事見《韓詩外傳》。
橫目蚩蚩一冶陶，衆雌無健孰英豪。一雄獨向寥天去，風日淒淒殺羽毛。
追亡者趨拯溺濡，試問八表同昏無。白刃在前遑顧矢，烏虖此意有誰喻。

贈清池女史[一]　亞洲詩三郎

女流壓制二千年，誰放光明照大千。好唱平權培國脈，免令二百兆顛連。
抑陰主義却嫌私，參透坤乾說繫辭。歐美文明猶有憾，公民權不遞娥眉。
報章清議維風化，議院高談繫國君。巾幗英雄寧有種，且聆人義自由文。
却喜躬逢廿世紀，陰陽平等自今始。嶺表端推清池君，我當續撰女權史。

答[一]　清池女史（杜清池）[二]

[一]《全編》未收此詩。

滿腔熱血從何灑，時局如斯實可悲。世界昌明賴君等，轉旋竊願附鬚眉。
造物無私秉至公，陰陽二教本相同。快聆偉論翻顏汗，愧不能爲草上風。
中原不乏奇女子，誰唱平權痼習更。他日自由跨歐美，全球還我大文明。
深閨寂處等盲聾，忽荷薪傳慰寸衷。二萬萬人齊受教，豈徒私淑到愚蒙。

贈薛景英女士[三]　復庵

絕世聰明絕世文，自由言論自由身。女權他日編新史，莽莽神州賴有君。
聞說支那正少年，先知先覺到嬋娟。拚將萬斛哀時淚，自寫殷勤演說篇。
賤女尊男不平等，塵塵中古至於今。凴君解脫羈韁苦，起點文明第一人。

東漢黨人十二絕句[四]　毋暇

有間即可入，屠刀新發硎。奈何牛未解，梟首洛陽亭。竇武。
素懷清世志，不畏中常侍。拔劍叱甫兵，雷霆動天地。陳蕃。
不隸龍門籍，鯨鯢價未高。顯陰荀氏子，執御敢辭勞。李膺。

一　《全編》未收此詩。
二　杜清池（?-?），又名杜清持，署名清池女史、青持女士，廣東人，女權運動家，同盟會成員。曾參與創辦廣東女子學堂，常於《女報》、《女子世界》撰文，批評時政，鼓吹女學。
三　《全編》未收此詩。
四　《全編》未收此詩。

丈夫無氣餒，甘自步寒蟬。李杜聲稱重，行人數潁川。杜密。
白日報兄讐，春秋重微旨。月明牛渚圻，一片寒江水。魏朗。
閱徧人間世，聊爲市井藏。搬柴兼運水，斜日竈煙香。夏馥。
攬轡志澄清，捐軀救衆生。歧途別賢母，李杜竟齊名。范滂。
偉矣張元節，高平一黨魁。望門皆接納，豈爲素餐來。張儉。
世本良家子，無名一少年。不知幹國器，數日立門前。岑晊。
少年有奇氣，豈屈斗□微。桃葉歌同渡，蒲帆帶夕暉。郭泰。
領袖三萬徒，青衿太學士。西行救黨人，冒險終不死。賈彪。
爲友復父讐，襄鄉何伯求。佩刀猶帶血，祭墓一人頭。何顒。

光緒二十七年五月初一日（公元一九〇一年六月十六日）

《清議報》第八十二冊

瀏陽唐烈士遺詩[一]　唐才常

坤輿跌宕何其神，紛綸億兆京垓人。中有健者宅扶桑，雄心俠骨輕根塵。讀書不讀陰符經，百萬[二]甲兵羅君身。洪瀾會翻世界海，何用行吟江之濆。嗟我神州黑暗獄，奇愁坌湧詩小旻。東南膏血西北燼，

一　按《唐才常集》，此詩題為〈次深山獨嘯荒井昌頓韻〉。
二　《唐才常集》作「百卷」。

利盡錐刀竊絲緡。爾來二百五十載，蚩蚩牛馬劬且貧。嗜愚甘鴆波綿毒，胡人竊取如醪醇。文明新運疇籥之，寧靳中土寒生春。使我羞見數君子，欲吐旋茹多酸辛。蘭埃[一]覆轍斯須耳，哀哀天道無屈伸。君不聞輔車相依虞虢勢，奈何坐令黠虜驕絕倫[二]。

偶繙日本報紙，見有〈唐烈士傳〉一首，傳中附載此詩，蓋己亥、庚子間與日人山根立菴倡和之作也。讀畢泫然，亟錄報中以廣其傳　本館識。

鐵血澳洲作　任公（梁啟超）

鐵血無靈龍苦戰，鈞天如夢帝沈酣。故人新鬼北邙北，萬里一身南斗南。漢月有情來絕域，楚歌何意到江潭。憑高著望中原氣，昨夜西風已不堪。

澳亞歸舟雜興　任公（梁啟超）

長途短髮兩蕭森，獨自憑欄獨自吟。日出見鷗知島近，宵分聞雨感秋深。歸時三、四月之交，實南半球之秋末也。乘桴豈是先生志，銜石應憐後死心。姹女不知家國恨，更彈漢曲入胡琴。

拍拍羣鷗相送迎，珊瑚灣港夕陽明。澳洲沿南太平洋岸，珊瑚島最多，亦名珊瑚海。遠波淡似裏湖水，列島繁於初夜星。盪胃海風和露吸，洗心天樂帶濤聽。此游也算人間福，敢道潮平意未平。

蠻歌曲終錦瑟長，兎魄欲墮潮頭黃。微雲遠連海明滅，稀星故逐船低昂。繩牀簸魂夢耶覺，氷酒

一 《唐才常集》作「波蘭」。

二 《清議報》及《全編》均作「黠虜黠絕倫」，《唐才常集》作「黠虜驕絕倫」，從後者。

沁骨清以涼。如此閑福不消受，一宵何苦為詩忙。

苦吟兀兀成何事，永夜迢迢無限情。萬壑魚龍風在下，一天雲錦月初生。人歌人哭興亡感，潮長潮平日夜聲。大願未酬時易逝，撫膺危坐涕縱橫。

自厲二首　任公（梁啟超）

平生最惡牢騷語，作態呻吟苦恨誰。萬事禍為福所倚，百年力與命相持。立身豈患無餘地，報國惟憂或後時。未學英雄先學道，肯將榮瘁校羣兒。

獻身甘作萬矢的，著論求爲百世師。誓[一]起民權移舊俗，更攀哲理牖新知。十年以後當思我，舉國猶狂欲語誰。世界無窮願無盡，海天寥廓立多時。

喚國魂　江南快劍稿[二]（高旭）[三]

燕巢幕上危飄搖，四萬萬人憐同胞。天子蒙塵不援手，枉教踐土空食毛。內憂魚爛爛已極，外禍瓜分狼入室。要存種類須合羣，匹夫之賤與有責。吁嗟乎！喚國魂兮豺虎狂，亞東風雲兮鬱蒼茫。熱血

[一]《梁啟超全集》作「四」。

[二]《全編》誤植為「江快南劍」，從《清議報》作「江南快劍稿」。

[三]高旭（1877-1925），原名垕，又名堪，字天梅、劍公、慧雲，號江南快劍、秦陰熱血生等，江蘇金山人，詩人、南社創始人之一。早年支持維新變法，1903、1904年前後轉為支持民主革命。1904年留學日本，次年編輯《覺民》、《江蘇》、《醒獅》等刊物，宣揚革命，並加入同盟會。1909年與陳去病、柳亞子創立南社。1912年當選眾議院議員。1923年捲入曹錕賄選案，被南社開除社籍，鬱鬱而終。詩詞編為《高旭集》。

[一]一斗兮歌慨慷，雙龍吟嘯兮夜騰光。

男兒回天機屢失，岌地轟天死亦活。不忍坐視牛馬辱，甯碎厥身粉厥骨。亞刺[二]飛壓埃及戈，波蘭俠氣哥士孤。橫加亂民倒黑白，義士義士痛若何。吁嗟乎！喚國魂兮聲嗚咽，漢水無情兮東流急。苦[三]心耿耿兮人不識，鬼雄不屑兮啾啾泣。

漏舟鐘鼓鳴治安，舉國噤[四]若寒蟬寒。進化興邦籌一策，上下男女平其權。白種磨牙大可懼，愛力大漲基礎樹。揮斥雺霧民智開，時勢全賴英雄鑄。吁嗟乎！喚國魂兮難為功，大聲劃破兮天濛濛。文明運啟兮日當中，扼腕發憤兮思大同。

終南謠　因明子（蔣智由）

業業終南，湯湯渭水。河山四塞，是宅天子。嗚呼！彼堡露遷兮，江戶日徙。彼擇津要以制人兮，豈險阻之足恃。周姬秦嬴，漢劉唐李，往事塵塵，不足跂兮。海與陸其異權兮，農與商其又殊軌。營業居四方之中兮，吾偉識時之陶朱。老死不相往來兮，吾獨何取尊古之李耳。知交通競爭以存立兮，而後能定夫國是。彼昏不知而自用兮，曾何足以語此。燕雲慘津月淡兮，事已易室已毀兮，率彼曠野而猶不知返兮。夫惟從狡童之故兮，嗟吾民其曷有豸兮。

一　郭長海、金菊貞編：《高旭集》（北京：社會科學文獻出版社，2003年）作「心」。
二　《高旭集》作「剌」。
三　《高旭集》作「若」。
四　《高旭集》作「寒」。

讀漢書游俠列傳　毋暇

天下好游俠，四方多死士。魯人漢朱家，高義聞鄉里。朱家。
少年喜報仇，兄子斷楊頭。大俠不可殺，殺之使人愁。郭解。
城西萬子夏，俠義聞長安。百萬辭不受，論交千古難。萬章。
不屈胡虜廷，蠻酋奇大義。異方寧久安，空灑孤臣淚。陳遵。
家世二千石，如何學墨徒。祗因愛任俠，豈復惜頭顱。原涉。

一剪梅與友人談兵　毋暇

飛鳶跕跕海天中。雲也橫空，霧也橫空。征鞍髀肉戰衣紅。生亦英雄，死亦英雄。

國民尚武氣如虹。朝詠秦風，莫詠秦風。沙場桴鼓樹奇功。袍與君同，澤與君同。

光緒二十七年五月十一日（公元一九〇一年六月二十六日）《清議報》第八十三冊

留別澳洲諸同志六首　任公（梁啟超）

擾擾陰陽戰，蒼生苦未蘇。民權初發軔，王會已成圖。狐兎中原惡，干戈舊歲徂。回天猶有待，責任在吾徒。
田橫棲海島，敬仲隱闤闠。夙有澄清志，咸明自主權。負風能萬里，零雨已三年。幾度聞鷄舞，摩挲祖逖鞭。

危矣前年事，堯臺一髮懸。攀髯回浩刼，瀝血賴羣賢。豈謂黃巾禍，更移白帝權。天津橋畔路，腸斷聽啼鵑。

歷歷漢陽樹，轟轟楚客魂。剖心儕六烈，流血為黎元。既痛桐宮禍，逾憐精衛寃。凄涼後死者，何處訴天閽。

頗聞天下事，無易亦無難。常溜能穿石，危崖獨挽瀾。文明原有價，責任豈容寬。欲話興亡事，高樓夜色寒。

我來亦半歲，惜別猶匆匆。驪唱公無渡，鴻飛吾欲東。有盟齊海石，無淚到英雄。何物相持贈，民權演大同。

將去澳洲留別陳壽　任公（梁啟超）

結客瀛寰兩載餘，似君肝膽幾人俱。酒魂劍魄世無敵，君以豪飲名，且善劍術。熱血寒威我不如。天下苦秦誰逐鹿，宗邦微禹吾其魚。他年燕市相逢道，應識高陽舊酒徒。

鸚鵡洲頭碧血滋，黃金臺下草離離。憂時合有維摩病，君時方臥病。許國甯求燕雀知。何日雲雷起潛蟄，幾回風雨誤佳期。匹夫例有興亡責，歸去來兮尚未遲。君亦有歸志。

贈菽園子以刼後楞伽經　更生（康有為）

書三百篋被秦焚，此是焚餘敝帚珍。一卷楞伽經歷刼，付君心印一時聞。

楞伽即錫蘭也星洲去彼岸不遠再題一詩　更生（康有為）

此爲南海說心書，我住南洋挾與居。大海波濤渺旡住，聞獅子吼證如如。

以拙著三種寄潮州金山書院中途被竊其一及得友人續信始覺之偶成一詩[一]　星洲大島

鄰架琳瑯許共登，□院者將余著□入時務函中。故人情重啟緘縢。余寄由某水部處代收。不貪夜氣金銀識，纔認龍門羽角騰。刼賊有詩憐李涉，渡江留拙媿徐陵。如何不學豐城劍，兩兩津頭躍可能。

呈星洲庽公[二]　芬陀利室（劉鶚）[三]

撥霧排雲叩九閽，星洲一疏懾奸魂。庽公於己亥九月首倡電請　聖安歸政，聯名者五百餘人，附和者四十六埠，遍亞、歐、美、澳四洲。從知骨月聯同志，共把心肝奉至尊。庽公善得豪傑心，滿座高朋，惟日講救國救　皇之大義。八代起衰文筆健，庽公餘事長於詞章，尤喜散文，嘗謂桐城派不足學。三唐遺響雅音存。扶輪巨手今誰屬，萬里大南道菽原。采菽中原本六朝人，□庽公即以自號。八閩百粵游踪徧，海外輶軒得句新。庽公有《選詩樓近輯詩話》數十卷，多錄閩粵人。鐵板銅琶雄入渾，曉

一 《全編》未收此詩。

二 《全編》未收此詩。

三 清人以芬陀利為室名，可考者有夏寶晉（嘉慶、道光朝人）、蔣敦復（1808-1867）、潘祖蔭（1830-1890）和劉鶚，唯劉鶚此時仍在世，故芬陀利室應為劉鶚。劉鶚（1857-1909），譜名震遠，字雲臣、鐵雲，署名洪都百練生、老殘，室名芬陀利室，江蘇丹徒人，作家。早年所學博雜，1887年任河圖局提調官，治理黃河，官至候補知府。後任職英國公司，赴山西從事礦業，又籌辦過多項實業。1900年聯軍攻入北京時，因向俄軍購買掠奪的太倉粟，賑濟災害民，被彈劾私購官糧，1908年又被誣為外人買地，遭發配新疆。著有《老殘遊記》、《鐵雲藏龜》、《芬陀利室詩稿》等。

風殘月秀無倫。身丁喪亂腸偏熱，詩到溫柔氣秉春。寓公自謂其詩多窮怨，近秋氣，其實藴釀醇厚，踵武香山。聞覆大裘同白傳，「一瓣心香祀樂天」，亦寓公稿中語也。星洲偶爾暫垂綸。

題星洲寓公花叢榲帖後[一]　熱血人（林箸籌）

天女維摩總悟禪，荒唐楚雨幾人傳。一花一佛芳名記，恰共離騷廿五篇。魏闕江湖入夢思，感甄成賦至今疑。峯青水上彈靈瑟，按遍氷絃日落時。

懷星洲寓公[二]　天壤王郎（王文濡）

擲筆高樓酒正酣，九天霞綵護詩庵。唐音響出中華外，粵客思深大海南。鯨島相時猶看劍，鱷溪懷古且停驂。時方以籌賑事行次潮州。支那儻倚神山望，近局多君不忍談。

光緒二十七年五月二十一日（公元一九〇一年七月六日）《清議報》第八十四冊

桃公南行有詩留別即次元韵率成一章　敝齋

恨事椎秦郤未諧，留矦贏得尚生回。男兒意氣歌當哭，故國心頭樂與哀。白馬清流興大獄，黃龍痛

一《全編》未收此詩。
二《全編》未收此詩。

飲話將來。圖南且漫淹遲甚，廿紀風潮大撼摧。

贈別鄭秋蕃兼謝惠畫辛丑三月澳洲作　任公（梁啟超）

魯孱漆室泣，周蠢嫠緯悲。謀國自有肉食輩，干卿甚事胡乃長歎而累欷。覆巢之下無完卵，智者怵惕愚者嬉。天下興亡各有責，今我不任誰貸之。吾友滎陽鄭，志節卓犖神嶔崎。熱心直欲爐天地，視溺己溺飢己飢。少年學書更學劍，顧盼中原生雄姿。此才不學萬人敵，大隱於市良自嗤。一槎渡海將廿載，縱橫商戰何淋漓。眼底駢羅世界政俗之同異，腦中孕含廿紀思想之瑰奇。青山一髮望故國，每一念至魂弗怡。不信如此江山竟斷送，四百兆中無一是男兒。去年堯臺頒衣帶，血淚下感人肝脾。義會不脛走天下，日所出入咸聞知。君時奮臂南天隅，毀家紓難今其時。悲歌不盡銅駝淚，魂夢從依敬業旗。誓拯同胞苦海苦，誓答至尊慈母慈。不願金高北斗壽東海，但願得見黃人捧日崛起大地而與彼族齊騁馳。我渡赤道南，識君在雪梨。貌交淡於水，魂交濃如飴。風雲滿地我行矣，壯別寧作兒女悲。知君有絕技，餘事猶稱老畫師。君畫家法兼中外，蹊徑未許前賢窺。我昔倡議詩界當革命，狂論頗頷作者頤。吾舌有神筆有鬼，道遠莫致徒自嗤。君今革命先畫界，術無與並功不訾。我聞西方學藝盛希臘，實以繪事為本支，爾來蔚起成大國，方家如鯽來施施。君持何術得有此，方駕士蔑凌頗離，英人阿利華士蔑Oliver Smith，近世最著名畫師也，希臘人頗離奴特Polygnotus，上古最著名畫師也。一縑脫稿列梳會，君嘗以所畫寄陳博覽會，評賞列第一云。博覽會西名曰益士彼純Exhibition，又名曰梳Show。萬歐謂歐羅巴人也。嘖嘖驚且咍。乃信支那人士智力不讓白皙種，一事如此他可知。我不識畫卻嗜畫，悉索無饜良貪癡。五日一水十日石，君之惠我無乃私。棱棱神鷹兮歷歷港嶼，君所贈余畫，一為《飛鷹搏鴉圖》，一為《雪港歸舟圖》，皆君得志之作也。雪梨港口稱世界第一，畫家喜畫之，而佳本頗難。繚以科葛米訥兮藉以蘆絲。西人有一種花名曰科葛米納Forget menot，意言勿忘我也，吾譯之為長毋相忘花。蘆絲Rose即玫瑰花。君所贈畫，雜花烘繚，穠艷獨絕。畫中之理吾不解，畫外之意吾領之。君不見鷙鳥一擊大地肅，復見天日掃雰翳。山河錦繡永無極，爛花繁錦明如斯。又不見今日長風送我歸，欲別不別還依依。桃花潭水兮情深千尺，長毋相忘兮攀此繁枝。君遺我兮君畫，我報君兮我詩。畫體維新詩半舊，五雀六燕慚轉滋。賸君一語君聽取，人生離別尋常耳。桑田滄海有時移，男兒肝胆長如此。國民責任在少年，君其勉旃吾行矣。

錄何鐵笛烈士來保遺詩[一]　何來保[二]

世南死後言猶讜，韋孟歸來夢亦爭。操莽笑人龍比哭，微生物裏歎微生。

此先友何烈士之遺作也。烈士因勤王事被禍死，生平著作等身，未行於世，曾主筆《湘報》，畧見一斑。時尚多忌諱微言大義，未能襮白其萬一也。今也碧血長埋，青簡將墜，家貧子幼，楹書誰傳？心焉傷之，私痛曷極。虎口餘生，尚能默誦此首，亟錄之以示同志，區區之二十八字，未足以見其一鱗一爪也。然烈士之志，豈僅以文字傳乎？　後死友屯庵泣識。

書感　莽眇鳥

賦性可爲情萬死，立身從不困三綱。五倫廢棄惟存友，洗盡吾奴立國防。

公仇公義偏吾逼，庸行庸言乃爾離。謝絕奇騷發奇悶，洗盡千萬被奴皮。

一 《全編》題為〈世南〉。

二 何來保（1873-1900），字頌九，號鐵笛，湖南武陵人，維新派成員。維新運動期間，加入南學會，在《湘報》撰文，鼓吹變法。1900年，加入自立軍起義，事泄被捕，從容就義。詩詞遺作收入《自立會史料》。

雜詩　孳孳者

乘染秋紅葉半飄，玉樓香散日蕭條。浮雲未會天涯意，但有青山慰寂寥。
彈鋏休來飽肆過，眼枯我奈其魚何。欲使波臣東決海，君卿能辨不懸河。
魅雨魑雲溢四滂，華胥如夢舉成狂。語言道斷惟摩劍，不斬祅邪日不光。
胡樹瓊柯碧府寬，漫驕金翅躍天門。飛翔自化紅蓮夢，不羨鮫人餂餌恩。
微波環影麴塵吹，萬態星雲一瞬移。著地不嫌磎徑少，葱山時見四龍飛。
亞斯遙望獨長吟，亂雅參黃變古今。一姓興亡何足道，刼灰誰起九洲沈。
楚衣冠素已非儒，許氏微言絕學虛。欲向七篇尋廢墜，不傳秦後並耕書。
木槿朝華松栢彫，勞生如夢入蕭條。春風好及花時發，九日寒霜雪雨飄。
壯遊不必怨飄蓬，一片秋霞落漢中。水亦有心魚不見，花雖無語鳥能通。
異同鶩鹿湧滔瀾，未惜如河口舌乾。第一等人滿星斗，阿須不讓起爭端。
衆毀銷金蠆有毒，弩在舟中劍在腹。國人安識唇齒交，臨風但向西河哭。
孤山月落鳥空啼，爲見青蘿憶舊磎。石縱不言還有骨，捫塗誤作踏花泥。以上〈述懷〉十二首。
密密垂雲逼漢陰，八幡村祭獨登臨。孤芳不埘淵明傳，自看天涯陌路心。登山采野菊。
群虎張牙肆噬肥，何思豢飼戀羈徽。漢家不念爲牛恥，一任滄波白鷺飛。讀西十一月六日《大坂朝日新聞》白鷺生論，慼□我支那人無發達思想，何哉？
櫻花代謝菊花新，海上空秋寂寂春。領府人間無一事，送迎好爲拜夫人。現駐日李木齋公使夫人衆多，中東往還無虛，日領府員，行李往來，送迎疲於奔命，此固神戶領事府中人語也。李使夫人舟船到港，私貯鴉片種種等物，及諸多野蠻之事。吁！身持使節，辱忝國命，尸處高位，等于贅疣，哀哉！

十國旌旗動帝京，秋闈寂寂草長生。蒼袍百萬堪垂哭，齊下孫山落姓名。擬〈秋闈怨〉聯軍、拳匪蹂躪無狀，秋闈皆罷，恩科徒作怨科，部院衙前，掩面而逸。

時哀河似待清難，白首光方淚不乾。夢裏分明跨金馬，不知何路到長安。擬〈春闈怨〉神京委於敵塵，西狩秦關，熱中孝廉于何不慟一摺，光方終身辜負。

光緒二十七年六月初一日（公元一九〇一年七月十六日）

《清議報》第八十五冊

金陵聽說法　譚瀏陽遺詩（譚嗣同）

而為上首普觀察，承佛威[一]神說偈[二]言。一任法[三]田賣人子，獨從性海救靈魂。綱倫慘[四]以喀私德，法會盛[五]於巴力門。大地山河今領取，菴摩羅果掌中論。

感舊詩四首佚一　譚瀏陽遺詩（譚嗣同）

無端過去生中事，兜上朦朧業眼來。燈下髑髏誰一劍，尊前屍塚夢三槐。金裘噴血和天鬭，雲竹聞

一　《清議報》及《全編》均作「成」，今從《譚嗣同全集》作「威」。
二　《譚嗣同全集》作「頌」。
三　《譚嗣同全集》作「血」。
四　《譚嗣同全集》作「梏」。
五　《譚嗣同全集》作「極」。

歌匝地哀。徐甲儻容心懺悔，願身成骨骨成灰。

死生流轉不相值，天地翻時忽一逢。且喜無情成解脫，欲追前事已冥濛。[一]桐花院落烏頭白，芳草汀洲雁淚紅。再世[二]金鐶彈指過，結空爲色又俄空。

柳花夙有何冤業，萍末相遭乃爾奇。直到化泥方是聚，只今墮水尚成離。焉能忍此而終古，亦與之爲無町畦。我佛天親魔眷屬，一時撒手刼僧祇。

蝶戀花　任公（梁啟超）

法界光明毛孔吐。樓閣譚譚，帝網無重數。渺渺化身何所住，百千萬刼尋來路。　蹴踏金輪披垢膩。除卻泥犂，那有莊嚴土。熱血一腔誰可語，哀哀赤子吾同與。

澳亞歸舟贈小畔四郎　任公（梁啟超）

海行三十日，端居了無事。賴有素心人，晨夕相晤語。借經叩法門，觀海契圓理。本覺何湛然，大地一止水。緣以境界風，遂有波濤起。風亦不暫息，波亦何時已。勞勞器世間，衆生蓋云苦。吾儕乘願來，學道貴達旨。自度與度他，斯事一非二。投身救五濁，且勿憚生死。廻心向佛陀，明鏡淨無滓。與君證此偈，知君定歡喜。今日入蓬海，風日逾清美。如送復如迎，山川識游子。游子歸不歸，彼岸咫尺是。

一　《譚嗣同全集》作「乾笑東風真解脫，春詞殘月已冥濛。」

二　《譚嗣同全集》作「隔世」。

讀譚壯飛先生傳感賦　劍公（高旭）

斫頭便斫頭，男兒保國休。無魂人盡死，有血我須流。偉略華盛頓，通譚黃黎[一]洲。春秋在隣境，名姓麗千秋。

縛虎何太急，公心那得平。斬姦惜短劍，笑爾壞長城。謬種鋤民氣[二]，鴻圖梗　帝誠。一編仁學在，精氣尚如生。

弔烈士唐才常　自由齋主人（高旭）

瀏陽鐘偉人，山川靈氣溢。譚君既成仁，唐君脫穎出。天虐抑人虐，機事惜不密。張之洞無君，五字血如漆。臨刑時，血灑于地，成「張之洞無君」五字，隱約可辨。丹心照汗青，奇節文山匹。光緒廿六年，七月廿八日。保　皇謀復權，心事一朝畢。大書而特書，堂堂春秋筆。

爭存少年責，赤手挽[三]天河。同志念八人，磊落而英多。快哉好身首，短劍銕血磨。黃祖殺禰衡，鸚洲[四]芳草枯。上官逐三閭，湘江水無波。怨恨一至此，萬世涕滂沱。七尺不足惜，其奈蒼生何。

孰殺泮澼子，我爲同胞痛。不生復不滅，終古託帡幪。出身五濁世，排難救大衆。甚矣吾道衰，刀劍戕麟鳳。先覺覺顛冥，著有《覺顛冥齋內言》四卷。謬種困痴夢。勤王義旗舉，慷慨萬聲慟。丈夫死即死，

一　《高旭集》作「梨」。
二　《高旭集》作「恨鋤民」。
三　《高旭集》作「換」。
四　《高旭集》作「鸚鵡」。

俠骨香風送。忠烈轟五洲，區區一拔貢。

自來大英雄，必具大經綸。自來眞仙佛，定卵眞精神。公字佛塵。佛法本無邊，證果三千春。欲造大同世，共作太平人。嗟公志不遂，何人知苦辛。舉世學術僞，那個情性眞。震旦淆是非，羣口囂亂民。天良果安在，念之膽輪囷。

讀支那歷史書後　曰公（趙必振）一

二十四家傳代譜，四千餘歲等微塵。高皇太祖都無賴，豎子英雄孰有成。幾輩縱橫爭赤籙，何人歌哭爲蒼生。廢書不爲興亡事，我獨傷心弔國民。

避地濠鏡八閱月矣又復東渡舟中賦此　曰公（趙必振）

曾經萬刦身猶在，又向扶桑作壯遊。留得頭顱終待斫，尚存肝膽莫輕投。簫聲嗚咽能亡楚，箕服離奇竟滅周。聞道東方君子國，秦衣誰與賦同仇。

南宋　毋暇

元祐諸賢罹黨籍，千秋公論表貞忠。朋姦枉爾龔頤正，耗煞燈前輯纂功。龔頤正著《元祐黨籍譜系》一

一 趙必振（1872-1956），又名震，字曰生、粵生，號廷猷，湖南常德人，翻譯家、教育家。早年參與維新運動，與何來保加入自立軍起義，失敗後逃亡日本，協助《清議報》、《新民叢報》編務，並翻譯日本書籍。民國成立後，任熱河都統署財政廳長兼國稅廳長，又陸續在財政部任職十餘年，後積極從事教育、慈善工作。著有《自立會史料紀實》，譯有《二十世紀之怪物：帝國主義》、《近世社會主義》等。

百卷，又著《續晉古錄》，美韓侂冑功。侂冑死，詔臨安毀其書。

高叟獻詩諛佞逆，韓侂冑生日，高似孫獻詩九章，每章用一錫字，以寓九錫。華公抗疏勵風聲。寧宗時，武學生華岳，池州人，上書極論侂冑之惡。書奏侂冑，大怒，下之大理，貶建寧圜土中，死於獄。賤儒漫詡通經術，不及池州武學生。

英雄未必竟虛生，擊劍哦詩復論兵。漢宋兩朝眞將種，劉章鎡預早知名。鎡預、史彌遠議誅韓侂冑，史以韓爲大臣，且近□未有以處。鎡曰：「殺之足矣。」史退謂錢象祖衛涇曰：「眞將種也！」

光緒二十七年六月十一日（公元一九０一年七月二十六日）

《清議報》第八十六冊

和逋仙哭六君子詩原韻　唐瀏陽遺詩（唐才常）

欲策飛霆入九閽，狂呼帝子訴沈冤。蒼天豈為童謠死，白晝何堪妖氣昏。凍雀山頭空屑涕，爛羊關內競承恩。燕雲十六無男子，遂使狐狸踞地尊。

一朝尸六士，蒼帝失其仁。市上相驚魅，蘆中猶有人。銅刀辭世運，鐵血洗儒巾。霄漢迢迢路，憂[一]魂擁玉宸。

和逋仙韻　唐瀏陽遺詩（唐才常）

[一]《唐才常集》作「夢」。

林泉身世足囂囂，不爲蒼生不早朝。香案春溫仙亦吏，鏡湖人去槳空搖。憂時華髮短長縷，□日塵絲千萬條。彭澤未應歸去早，一聲杜宇更魂銷。

蕭蕭風雨逼城陰，獨有高人倚劍吟。憩院王孫迎月色，纍秋帝子隱山林[一]。人天惘惘空中相，物我憧憧世外心。無那泥犁囚子在，三千刦裏懷沈沈。

雜感四首　自由齋主人（高旭）

數椽歌哭酒爲年，醉指頭顱絕可憐[二]。水沸魚龍遊大澤，風高鴻鵠擊寥天。淮陰胯下無雙士，長樂人間第一仙。恨煞雕蟲錐[三]故紙，談兵請讀十三篇。

草草帡幪比屋封，中興作頌運難逢。百年夜祭娑娑髮，六烈撐天耿耿胸。充敵人奴甘犬馬，非池中物豢蛟龍。佞人萬死頭空戴，一劍青霜百鍊鋒。

燕雲十六壯心違，刀筆猶堪效一揮。入世相羊紛老淚[四]，履霜占象失先機。摘瓜抱蔓傷零落，彈雀捕蟬渺是非。蜀道崎嶇行不得，聲聲杜宇似催歸。

責躬詔下瘡痍痛，聖主聲靈徹九寰。尺地可開新世界指日本。，丈夫好洗舊河山。倉皇去國人思蜀，多少參軍語學蠻。一策治安憂賈誼，挑燈夜讀淚潸潸。

一　《清議報》及《全编》均作「靈」。然此詩押十二侵韻，「靈」乃九青韻，「靈」應為「林」之誤。
二　《高旭集》作「鄰」，誤。
三　《高旭集》作「堆」。
四　《清議報》及《全编》均誤作「派」。

可惜歌　突飛之少年

吁嗟乎！可惜可惜復可惜，完好金甌破碎伊誰責。及今好好爲之詎無益，倘甘祖宗鐵血山河供一擲，舊政儘教勿更革。若欲官家私家安樂享太平，只須新法刻日行。此係震旦黃裔四百千萬之種類，更關二帝三王周公仲尼之命根。奈之何，塵霾雺塞日不曉，夜郎自誇大，朝廷日以小，使我抑塞悲歌或笑或罵何時了。忍說持酒盃，踞胡牀，時大叫，天軒昂。拔劒繫柱望風涼，風吹熱血灑八荒。斯時胷中塊壘一萬斗，模糊張眼看滄桑。不如便作魯連蹈海死，長此山蒼蒼兮水茫茫。何物男兒作牛馬，要令歐美各洲知我中國尚有鐵心腸。我詩不顛，我言不狂，我心不願千秋萬歲之人空悲傷。

奴才好　因明子（蔣智由）

奴才好，奴才好，勿管內政與外交，大家鼓裏且睡覺。古來有句常言道：臣當忠，子當孝，大家切勿胡亂鬧。滿洲入關二百年，我的奴才做慣了。他的江山他的財，他要分人聽他好。轉瞬洋人來，依舊要奴才。他開礦產我做工，他開洋行我細崽。他要招兵我去當，他要通事我也會。內地還有甲必丹，收賦治獄榮巍巍。滿奴作了作洋奴，奴性相傳入腦胚。父詔兄勉說忠孝，此是忠孝他莫爲。什麼流血與革命，什麼自由與均財。狂悖都能害性命，倔強那肯就範圍。我輩奴僕當戒之，福澤所關慎所歸。大金大元大清朝，主人國號已屢改。何况大英大法大日本，換箇國號任便戴。奴才好，奴才樂，世有強者我便服。三分刁黠七分媚，世事何者爲齷齪。料理乾坤世有人，坐閱風雲世反覆。滅種覆族事遙遙，此事解人幾難索。堪笑維新諸少年，甘蹈湯火赴鼎鑊。達官震怒外人愁，身死名敗相繼仆。但識爭回自主權，豈知已非求己學。張香濤云：「求己之學，是謂自主。」奴才好，奴才樂，奴才到處皆爲家，何必保種與保國。

此作者反言以諷世也。嗚呼！世有甘爲奴才之種人乎？可以興矣！

贈薛錦琴女士　紫髯客

支那有畸女，錦琴與孟班。宅心既高朗，抽思復精研。奇論驚凡庸，聖或莫之先。鄒魯彼何人，得魚未忘筌。莊叟去害馬，誓不啄腥羶。黔黔四千載，疾苦相糾纏。慘慘藥叉界，枉死甯非冤。羅此憂患叢，疇則使之然。一語洞癥結，聖網難解懸。非堯與薄湯，叔夜遂喪元。娥娥薛女士，敷衽舞文宣。高山日痛哭，路索張民權。二子骨已朽，此道存嬋娟。嗟我聞斯語，涕淚空漣漣。湯湯東海波，誰爲精衛填。沈沈沛育期，難令媧皇摶。願君且勿道，世外今何年。

贈吳孟班女士　紫髯客

孟班奇女子，不幸生支那。支那四千載，男女終殊科。古聖墨無言，君獨明其訛。奮志解倒懸，赤手廻頹波。何期百六間，女中見盧梭。鴻聲振聾俗，靈石起沈痾。惟悼衆芳萎，遑問末俗訶。邱子人中傑，鸞鳳鏘鳴和。玉佩導先路，瑤臺偕良娿。嗟我百無似，鍵戶空吟哦。皇輿恐敗績，憂國心成痗。藐然姑射仙，陋巷頻經過。悲哉禹域內，彼蒼方薦瘥。願君崇明德，努力毋蹉跎。

詠史　孳孳者

喜鵲迎歡鳩怨哀，河山一姓幾興頹。披香不欲終殘卷，十豔花時在半開。

又隨歌舞起新宮，珠淚垂垂掩袖紅。可憐萬死殉臣妾，不在傾城顧盼中。

光緒二十七年六月二十一日（公元一九〇一年八月五日）

《清議報》第八十七冊

揮麈拾遺自序[1]　星洲寓公（丘煒萲）

《揮麈拾遺》者，繼《五百石洞天揮麈》而作，即所以拾《五百石洞天揮麈》之遺也。憶戊戌小除《五百石洞天揮麈》書成，自跋其後，畧謂學識進退，與天道人事相爲感觸，或一時一月而其異逕庭。此中之非非是是，未必後果勝前，然而閱歷不同之數，足以勉吾向學求益者，可得而湲云云。蓋吾爲此言時，不已早定一拾遺之作耶。雖然，海島之居，忽有今日，又逾二年，荒服塵塵，不異昔者。望衡□□，既乏可惜之□；極目江雲，惟有相思之月。故茲所紀，闕其遠者，詳其近者，畧其見者，切其聞者，其志猶《五百石洞天揮麈》之志，而體例尤少變矣。吾聞君子學無常師，三人仝行，擇善不善，聖門立教。日心唐虞三代之上，而考其坐論，又皆當時朝野間事。及與素識之友士爲多，不諱臧否如此。吾雖無似，而隨時隨地爲學，日知月无忘爲心，宜不敢不勉也。世有得觀此稿者，謂其語好傷時，不識忌諱，而且侈述讌遊之樂、友朋之雅，亦近于標榜放逸者爲，吾復受過无詞焉。綜厥命稿，自庚子十一月至十二月，凡五十九日，丹鉛在手，倖成九萬餘言，分編六卷，擬寄滬上印之，因撮序其大畧如右。同歲所成者，有《讀黃帝本紀》一書，已寄東瀛別刋單行本問世。然其體例與此全沒交涉也。海澄邱煒萲菽園甫自叙于觀天演之齋。

奉題宿園先生五百石洞天選詩圖　鮀浦寄漁

[1]《全編》未收此文。

三十六天頂上清微天，清微天外澒洞但雲烟。渾渾噩噩大撓甲子未造前，不知幾千千萬年，乃有五百石洞天之神仙。神仙者爲誰，烏程從事今英賢。手持夷甫白玉麈，揮斥八極成山川。日餐石髓三百斗，要與王烈爭眞詮。洞天可望不可即，我欲從之心茫然。從來神仙即才子，三更步虛哦詩耳。君何愛詩一至此，直使嫏嬛卷帙無餘帋。君不見輶軒飛過四海水，陳詩已無古太史。戰國荊榛滿道塗，王風蔓草應已矣。百年敎兵不敎將，用兵無人空養士。君能選詩若選將，變化孫吳聽驅使。豈惟選詩若選將，蒿目時艱義所恥。頃聽危言公法跛，令我田文亡國之人似。誰能知詩復知兵，使智使愚使勇同一指。吁嗟洞天隔世塵，世上謠引盡渣滓。邇來囊括亦到我，天下材豈無杞梓。我本風人牛馬走，濫竽大雅眞媿死。於越斯文天未喪，變風變雅從今始。

論詩　海山詞客

正宗奇氣久寥寥，江上珠光燭九霄。仲閼邱長戈揮魯日，伯瑤蕭健筆攪韓潮。京華冠盖偏無侶，故國柴桑儻見招。我自空山吟落木，白雲天際望迢遙。

盧后王前位置難，南邱菽園北李芷汀競詩壇。三家雄直凌江左，七子風流例建安。易實甫、王曉滄、冒鶴亭。正則騷愁天可問，杜陵胡騎夢都寒。江河萬古誰能廢，各掣鯨魚洗劍看。

辛丑雜感四首　因明子（蔣智由）

碧眼黃鬚兒，飲馬滹沱水。水寒咽不流，凜凜俠風起。聯軍西。

黃鵠一舉首，徘徊雲海外。海外不得歸，網絡山野大。捕黨人。

華嶽不可平，終南不可鑱。不然山谷間，胡爲歲月晏。阻回鑾。

十里一供張，卅里一止宿。回首去年時，素衣將豆粥。蹕路差。

夢起　因明子（蔣智由）

夢中呼奪地，驚醒坐起舞。殺機啟重闈，世上爭龍虎。血赤北河水，落日死金鼓。國殤雜驕虜，白骨同成莽。幽燕氣固豪，東南甘囚虜。哀哀吾漢民，爭種非不武。惜哉失智算，從彼前導瞽。物競世益烈，智力貴兼取。交通互爭雄，獨立養自主。恬淡活劇場，興亡疾如雨。風波一失所，□隳無涯滸。憂世欝雄心，憫俗發悲語。吾聞生有羣，羣失吾何伍。所以肝腸間，坐此百慮苦。亞塵雨氣腥，歐海風潮怒。來者事如何，蒼茫覽天宇。

舟泊洞庭聞政變感賦戊戌舊作　曰公（趙必振）

平湖秋色望茫茫，萬里煙雲色慘傷。會見中原爭逐鹿，可憐歧路覓亡羊。蛙聲紫色無清議，貙目黃衫孰俠腸。欲赴湘流葬魚腹，幾回揮淚問穹蒼。

萇宏寃血千年碧，化作青燐萬古哀。殺氣湘南猶未已，殘魂薊北不歸來。誰憐直道遭三黜，空自愁腸日九迴。賈誼夭亡屈原死，沅湘從古忌奇才。

維新守舊究何如，效步扶桑竟子虛。燕薊傷心王氣盡，觚稜回首帝星孤。籠中誰蓄三年艾，海外空傳十上書。東望蒼茫欲飛渡，九夷原是聖人居。

哀哀澤畔獨行吟，秋士何堪百感侵。已見妖氛環北極，早知黨禍出東林。哀蟬抱樹無生氣，枯葉辭林有死心。未必神州竟淪沒，五陵佳氣自蕭森。

光緒二十七年七月初一日（公元一九〇一年八月十四日）

《清議報》第八十八冊

錄何鐵笛烈士遺作[1]　何鐵笛（何來保）

周監謗言，秦禁偶語。奇憂孤憤，匪可言詮。屈託嬋娟，張思窈窕。感甄之賦，子建憂君。定情之篇，繁欽戀闕。義山無題之作，文昌節婦之吟。皆屬寓言，聊爲綺語。此體既肇，踵者實繁。烈士之作，此□此志也。用誌□言，以告讀者，勿眞認爲□豔之詞耳。至其意之所注，不必注明。世有解人，當于言外索之。錄者識。

江城梅花引　何鐵笛（何來保）

鶯鶯燕燕與蟲蟲。畫樓東，桂堂東。四百琵琶，記得鬧春風。歌又寂寥人又散，空留得，鳳頭鞋，踏落紅。　落紅，落紅。夕陽中，翩若鴻，矯若龍。算也算也，算不到，色相皆空。無那良宵偏短正愁濃。一夜替花憔悴甚，聽曉箭，一聲聲，來貫胸。

浪淘沙　何鐵笛（何來保）

明月在簾櫳，人在簾中。桂堂消息記曾通。君夢便來儂夢去，夢也難逢。　往事太無蹤，一任匆匆。由他言語付東風。些子恩情償不了，難道千重。

---

[1]《全編》未收此詩。

晝夜樂與日生聯句　何鐵笛（何來保）

故園寒社多時散，又何期，他鄉見。鐵可憐無限豪情，都付怨簫哀管。日酒入愁腸腸欲斷，便化作、淚珠難串。鐵莫賦比紅詩，那人兒天遠。日　猩紅點點宵來濺，算空留，桃花扇。鐵怕看扇底桃花，恰似阿儂嬌臉。日片刻歡娛些子樂，渾不似、電光夢幻。鐵天外囑東風，把香魂吹轉。日

鳳凰臺上憶吹簫　何鐵笛（何來保）

琵琶去絃哀，空侯聲咽，從前影事休提。日看罘罳已裂，簾幙空垂。鐵尋到雕闌那角，生怕見、蝶印依稀。日空留得，狸奴閒睡，燕子梁棲。鐵　悽悽，便銷萬劫，也難破情關，死別生離。日把留仙裙展，貰酒琴携。鐵回首北邙南浦，應寄我、一掬相思。日花陰寂，是耶非耶，欵欵來遲。鉄

望湘人　何鐵笛（何來保）

接青鸞消息，聞說玉人，碧城丹闕初返。鐵釧響微聞，珮聲未遠，彷彿魂兒相見。日眉黛應顰，眼波應溢，鬢雲應亂。鐵怕看他、憔悴形骸，累我柔腸先斷。日　稽首慈雲座畔，乞楊枝灑露，大千都遍。鐵再休學今生，好事未成先散。日西方淨土，月明花粲，底事人間留戀。鐵看下界、億兆恒沙，一任他風吹雲捲。日

菖蒲綠　何鐵笛（何來保）

六曲屏風雲母繞，曾捉迷藏曾鬥草。鐵也知春夢本來空，如何夢忒驚回早。日剩得憑據好，背人偷

展傷心稿。鐵幸虧他、蠻箋一寸，往事記多少。曰　幽憾頑愁齊淨掃，石爛海枯容易到。鐵待他石爛海枯時，情天也恐隨人老。曰往事君莫惱，便相廝守終難了。鐵望長天、碧雲黯黯，目斷倩魂小。曰

辛丑六月　因明子（蔣智由）

去年六月時，登高一繭泰山屣。今年六月時，門掩蓬蒿臥閭里。去年顚頓苦不知，今年歌嘯吾憊矣。乃知苦樂在意氣，鵬徙鷽搶各有以。忍把縱橫逸蕩心，壓制抑伏風塵裏。洒淚千古一同悲，冉冉行年空撫髀。

奉題酸道人風月琴樽圖　突飛之少年

海天漠漠月溶溶，破浪萬里乘長風。一夢鈞天奏廣樂，把酒臨風思大同。喜君救種急于電，桑田萬變心不變。翱遊海外觀國光，御風而行冷然善。悲歌擊楫鳴不平，揮斥毒霧天地清。子力行之新我國，風清月白趨文明。喝住雌風射妖月，少年責任原非輕。誰料開新遭人罵，經畫空教管籥亞。安得醉倒太平春，明月清風買無價。元酒味淡素琴張，渢渢遺音追陶唐。白虹貫日精氣出，旗鼓獨立平等鄉。手操南音懷故國，廣陵不散春風香。銕血男兒意良苦，寧死不臣僞政府。萬里呼號請歸政，宛若陰霾月新吐。人人精衛海可填，人人女媧天可補。順風一呼應者千，司馬昭心緣此阻。名士襟懷月在天，丈夫際會風從虎。古月不照古風墮，何時方慶救　明主。襄贊虞琴頌羲畢，萬方歡悅爭蹈舞。一琴一樽一道人，後無來者前無古。以茲得免道人酸，相期洗却儒生腐。吁嗟乎！蝦蟆蝕月眞可哀，廓清八極閶闔開。團團明月愼勿碎，健兒當上歌風臺。

光緒二十七年七月十一日（公元一九〇一年八月二十四日）

《清議報》第八十九冊

傷時事　自由齋主人（高旭）

鴻濛闢闔[一]五千年，一幅新圖落我前。白日嬉遊太平域，黃人放棄自由權。突飛手段誰提劍，學問農商好著鞭。偏是庸醫方泥古，六經儘許當蹄筌。

赫赫宗周大可傷，到頭時事太凄涼。遨翔季世災麟鳳，寥落居民畏虎狼。局創競爭兼弱國，軍稱自立爲勤王。傷心白骨撐山岳，赤縣他年一戰場。

壓力崢嶸衆志頹，合羣保種勿徘徊。野蠻例應文明換，進化原從冒險來。彼得雷轟真出類，松陰電掣不凡才。倘敎一代勤更革，虞夏于今未刼灰。

東亞荊榛壯士憂，自強回首看歐洲。腦筋發達人難阻，法律精神我自由。澒洞風塵秦失鹿，艱難軍國魯無鳩。問題世界瓜分急，未識支那免得不。

書南海先生與張之洞書後即步其贈佐佐友房君韻　自由齋主人（高旭）

三等野蠻國，滅種了無恥。轟轟鄂州督，甘爲武曌死。此書當霆擊，彼定不歡喜。風雲供吐納，斯爲英雄耳。赤心謀保　皇，萬姓環一己。夸父不量力，贔屭排公理。佛塵流銕血，忠憤激大地。無乃中國魂，撐天賴有此。南海真我師，張賊最可鄙。燒刼勸學篇，平權講自主。誰立黨錮碑，漫天毒霧

[一]《高旭集》作「開闢」。

起。一錢亦不值，何苦作媚子。

勵志歌十首　突飛之少年

諸君聽我歌，一歌悲風鳴。大聲疾呼竟何意，使爾四座心神驚。胡廣喪節不知恥，假托中庸心已死。瓏瓏撞碎自由鐘，世界大同從此始。噫吁嘻！世界大同從此始。

諸君聽我歌，二歌狂起舞。大聲疾呼竟何意，笑爾四座淚如雨。黑紅兩種衰可悲，白種日興黃種危。合羣保種爭一刻，過此更無中興期。噫吁嘻！過此更無中興期。

諸君聽我歌，三歌雲慘黑。大聲疾呼竟何意，怪爾四座無顏色。挺身冒險橫當熊，俠骨撐天銕血紅。少年未死肩膀重，尊王大義印腦中。噫吁嘻！尊王大義印腦中。

諸君聽我歌，四歌鬼夜哭。大聲疾呼竟何意，憐爾四座盡瑟縮。亞東大陸烽火舉，慘劇彈烟雜硝雨。弭兵向戍徒空談，狼吞虎嚙毛骨竪。噫吁嘻！狼吞虎嚙毛骨竪。

諸君聽我歌，五歌天蒼涼。大聲疾呼竟何意，壯爾四座都激昂。雌威橫厲雄風抑，敬業勃興討國賊。千秋湘水本無情，毅魄忠魂恨豈極。噫吁嘻！毅魄忠魂恨豈極。

諸君聽我歌，六歌肝膽裂。大聲疾呼竟何意，恐爾四座壯心折。二十世紀大戰場，梯山航海邦家光。戰勝者虎敗者鼠，不戰已兵戰已商。噫吁嘻！不戰已兵戰已商。

諸君聽我歌，七歌歌愈痛。大聲疾呼竟何意，醒爾四座閉關夢。僞學爲我楊氏逃，不惜天下惜一毛。欲行新法殺司馬，好磨七尺王雱刀。噫吁嘻！好磨七尺王雱刀。

諸君聽我歌，八歌萬木愁。大聲疾呼竟何意，祈爾四座進一籌。爲國犧牲腸要熱，文明有例購以血。競爭世界逆水船，國不富强即摧滅。噫吁嘻！國不富强即摧滅。

諸君聽我歌，九歌日華煥。大聲疾呼竟何意，喜爾四座各拍案。千年幕府片刻傾，浮浪處士功崢嶸。子力行之立新國，赤手力量青史名。噫吁嘻！赤手力量青史名。

諸君聽我歌，十歌卿雲爛。大聲疾呼竟何意，勉爾四座爲銕漢。興德建意勳業奇，俾士麥克瑪志尼。英雄去人正不遠，國民國民休謙辞。噫吁嘻！國民國民休謙辭。

自上饒回河口直大風雷雨　釘鉸詩孫

半日行過百里程，客中作客倍多情。雨師風伯排雲出，電母雷公撥霧迎。隔岸山峯刀劍肅，滿江波浪鼓鼙驚。壯游素願小天下，郤好扁舟一葉輕。

覽史　釘鉸詩孫

瀏覽前朝史策新，漢唐往事劇傷神。賓王討武文千古，周勃安劉祖幾人。鸚鵡夢中空折翼，野雞鳴處遽司晨。天心國運知何似，欲問當年臣與民。

和秋農從叔二十初度述懷元韻四首錄一　釘鉸詩孫

四萬萬人有若無，可憐方趾與員顱。自由鐘竟流聲響，記念詩誰咏畫圖。功利難誇齊一變，衣冠深愧魯皆儒。當知己任在天下，綠鬢青衫未可娛。

明月行己亥中秋月作　釘鉸詩孫

我有一首明月詩，大聲誦與素娥知。一年三百六十日，祇十二夜是圓時。況復陰晴不能定，月望之夜常懵懵。不堪千里共清光，漫説秋來有佳興。陰陽二氣不相蒙，十日日光八九紅。陽氣遠被黃棉襖，陰氣重鎖廣寒宮。奈何隱思與陽敵，光掩白榆何歷歷。當思此月與衆星，反受日光乃騰焱。我請素娥無所求，吾葆吾陰心悠悠。夜夜歛光生虛白，免對淒清起萬愁。

光緒二十七年七月二十一日（公元一九〇一年九月三日）《清議報》第九十冊

戊戌政變感賦　擷芬女郎（陳擷芬）[一]

維新百日詔通行，朝野驩呼慶再生。電閃雷奔宮闕變，雲翻雨覆棟梁傾。瀛台秋月孤桐冷，長樂春風蔓艸縈。天下臣民四萬萬，嗚寃剖腹竟無名。

題桃谿雪傳奇　擷芬女郎（陳擷芬）

三十里坑花落處，比將桃雪更何如。衣冠多少和戎輩，可有閒情讀此書。

讀史二律　擷芬女郎（陳擷芬）

一　陳擷芬（1883-1923），署名楚南女子、擷芬女郎，江蘇陽湖人，報人、女權運動者。《蘇報》創辦人陳範長女，1899年在其父支持下辦《女報》，任主筆，不久停刊。1902年續出《女報》月刊，仍任主編，次年改名《女學報》，同時任上海愛國女校校長，鼓吹女學、女權。1903年發生「《蘇報》案」後，隨父赴日本，結識秋瑾，與留日女學生組共愛會，被推為會長，後赴美留學。著作主要見《女學報》。

除秦滅楚博侯封，儒者勳名百代宗。決策縱橫揮走狗，報仇終始屬眞龍。傳來秘本逢黃石，得保殘軀便赤松。畢竟神仙都幻託，羨君退就兩從容。張子房。

白衣長史是眞靈，衡岳棲遲幾度經。兩个功臣歸保護，三朝家事賴調停。山中宰輔元賓友，榻上君王伴客星。底事神仙輸慧眼，敬輿終始未蒙青。李鄴侯。

大業　星洲寓公（丘煒萲）

大業原無業，逃名轉得名。人心能不死，山水永留馨。

非竹讀蘇軾詩，翻其意以非其謬，爲賦五言八十韻。　孳孳者

不可居無竹，豈可食無肉。有肉天下肥，無苗蒼生惄。馬遷傳貨殖，渭川萬戶綠。富媪九井耕，豐預三年蓄。七賢負俊望，猖狂躭糟麴。桃枝扇風流，談玄挺枵腹。子猷慕脩名，樊須訾齷齪。豈知北斗漿，原爲西疇穀。夷齊爲君誤，采蕨西山曲。簫聲一何來，閭門悲風肅。勞勞道平安，管盡秋毫禿。班超奮然起，羞作傭書僕。食客歌豪門，歸來胡不足。天公畏霜寒，落籜妻兒縮。幽篁發浩歌，淡名徵士菊。月來寫鳴琴，坦懷抱空谷。隔波訊伊人，白露蒼葭宿。生平號素交，猗猗和淇澳。孑孑動高旌，青霄卑白屋。不念出污泥，炎涼何飜覆。東橋渺浮沈，少陵悲厚祿。齊竿冒廷班，清音變嶰谷。辟彊罕親臣，黃鳥嚶喬木。禁籞資籬籓，忍視羝羊觸。鄧析變周刑，豈避公孫戮。道爲君子消，乃賦長沙鵩。趨向玉階生，薰風柔輦轂。欲借張良謀，坐安曹劌辱。即作穿楊矢，未足威夷服。彎爲越人弓，反以彈其族。篁籥縱多材，提竿誣慘獄。靈均信有筠，騷魂哀景玉。顛危杖不扶，迎逢指馬鹿。勁草號陰風，愧汝簾前伏。敗箄救鹹池，斷筏攖狂瀆。縱葺黃岡棲，彌縫朽將速。有實不可食，粉飾豐年

穀。不爲桑林犧，但禁屠門鬻。既爲諸侯憂，頞怨湘蛾蹙。饕餮苦難厭，孝兒淚滿掬。纖纖出翠袖，左右美如浴。徒以長子孫，不管蹊田犢。玉版飽蒼囊，參禪佞西竺。金身但微笑，拈花會心目。南山紀不窮，可以此身續。亦有梁園賓，烟霞託前躅。鯁節謂凌霜，拜下腰何鞠。虛聲何足論，蒲樗況碌碌。我欲開長林，破斧如椽斸。棟雲垂四鄰，衆歸無清濁。仲尼簣不煖，汗青削篇牘。無年不絕書，坡公試一讀。詎徒潔其身，重瘼傷煢獨。四方荷笠來，焉用移民粟。商君闢草萊，秦地連城沃。遂以資豪雄，蓆卷諸侯六。細儒非阡陌，不赦膏轘酷。玉栝同廢墜，緐露高閣束。妙義乖枝離，瑣碎箋藍菉。一字云吾師，私諸其人淑。滎陽稱司農，膏肓不辨菽。如聞孔壁音，濟南何不錄。周官信民誤，瓷醬三百六。爼庖不相代，籌盡疲更僕。腐臭積如陵，餕餞薰難馥。赤倉飛爲蟲，繞舍生籚簏。飾箸箕子憂，象賢不如叔。未聞執簡爭，禍種千年毒。德傳夏至衰，箕陰去不復。胝胼烈山勞，□盡脂□□。冢書漆猶青，未收廷尉爆。公身斐有文，天籟暄簀柷。新意出青苗，浥彼滋民俗。拳石妒崢嶸，摧排何剛愎。蠹反戕其心，蔑裂肝腸暴。妃子買懽笑，望塵眷南逐。秀色如可餐，青青醞醽醁。胡乃咨無殺，魚亦民所欲。無肉令人瘦，瘦盡填溝瀆。居竹一人清，如何萬家哭。

贈別復庵　聘庵[1]

丈夫有壯別，身世正倥偬。家貧終非吉，出門交有功。六朝王氣黯，九派浪聲洪。莫漫供危眺，精神此擴充。

丈夫有壯別，奚用黯消魂。世界一團體，生人貴大羣。論交磁銕合，着論鉑金純。聞道休嫌晚，

---

[1]《全編》此詩缺詩題及作者名。

時哉廿紀新。

丈夫有壯別，鄭重復殷勤。負笈資游學，求書治國聞。人文吳楚盛，言語亞歐紛。擇術憑公理，何區舊與新。

丈夫有壯別，此別意何深。感向江湖積，愁因歲月侵。連琴移海上，靈瑟杳湘潯。回首西州路，羊曇痛不禁。君與余均心儀某公，今歸道山已半年矣。

丈夫有壯別，吾術果何操。大地愁傾折，旻天欲泣號。占巢鳩豈拙，鑽角鼠徒勞。文學能興國，扶持賴此曹。

丈夫有壯別，幾輩著鞭先。仁學相人偶，治功天演觀。詩從革新命，書號自由篇。緬彼二三子，支那尚少年。

丈夫有壯別，吾子勉乎哉。湖海元龍氣，江關庾信才。世亂文逾治，器巧道尤賅。浩劫中原起，風雲颯爽來。

丈夫有壯別，豈必為飢驅。揚子文明水，春申繁盛區。多聞求益友，努力讀奇書。我愧株空守，箴規盼理魚。西人謂吾中國人才以東南數省為通達，因目揚子江為文明水。

光緒二十七年八月初一日（公元一九〇一年九月十三日）

《清議報》第九十一冊

天壇災後夜坐晉陽寺舊稿[一]　素庵（康有為）

古佛無靈，僮僕無聲。先生獨坐，長夜五更。轉大地于寸竅，噫萬籟于碎瓊。滄海飛波黑山横，帝坐炯炯接長庚，鼻孔噴火滅日星。羲娥轡走爲之停，囚蹙百怪踏萬靈。天龍血戰鬼神驚，神鼠推倒雙玉瓶。金輪忽放大光明，萬千世界蓮花生。先生開眼，但見秋蟲唧唧，佛殿燈焰青。

留題華首台[二]　延香館主（康有為）

石徑犖确鬱萬木，密纏棕櫚盤龍竹[三]。桄榔倒挂依岩壁，菖蒲則[四]生出澗谷。洞門幽閟瀝霜雪，華首高台踞其麓。飛雲廣長瀉飛瀑，夜夜說法龍虎伏。山僧採藥鋤附子，鋤得寶塔供尊宿。景泰宗風猶可希，頑石合掌受戒囑。蝙蝠不來蝴蝶飛，諸天花雨長霏霏。華鬘會上散珠璣，半月龕中[五]孤坐微，夢入梅花一笑歸。

風暴　因明子（蔣智由）

春申浦上天文臺，昨報東南風暴起。萬里狂飈氣軸翻，吼攪蕩空勢未已。吹送潮音挾海來，倒灌江河溢江水。大風數日，長江水皆逆流。斬纜拔木捲蓬沙，榜人奪魄行人止。禾稼方青棉葉秀，胎折花損如棄

一　《康有爲全集》作〈戊子秋夜坐晉陽寺，驚聞祈年殿災，今五百年矣，始議明年歸政〉。

二　《康有爲全集》作〈與幼博弟再游羅浮，先至華首台〉。

三　《康有爲全集》作「盤松竹」。

四　《康有爲全集》作「横」。

五　《清議報》及《全編》均作「岩中」，《康有爲全集》作「龕中」，於理較妥，從後者。

屣。已歎北方擾烽煙，更愁南方呼庚癸。兵食水風一切劫，帝閽何由叩溟滓。嗚呼！五行之說夙聞之，天人理通是耶非。年來荼毒遍清流，網羅刀鋸恣所爲。上帝蒼蒼果有無，有示帝罰正帝慈。不然天時人事適相值，亦當以人事治之。人治進步避天虐，此理昭昭無可違。嗟哉亞陸昏墊地，何自得見文明時。

簾懷人也　因明子（蔣智由）

朱窗映綠竹，一抹煙痕薄。蕩漾瑠璃海，瀲波銜滑笏。天涯遠迷離，芳草固未歇。獨有素心人，玲瓏望秋月。

世間　因明子（蔣智由）

哀樂多乘現著身，太平懸想未來因。蒼生自造恒河業，赤手爲援彼岸人。其奈何時資嘯傲，終無可已見精神。百千成壞世間劫，願力持之轉法輪。

讀日本國志感賦　熱齋主人

蕞爾扶桑土，休哉聚偉人。尊王傾幕府，流血兆維新。差壯半球色，能開東亞春。神州猶夢夢，何日氣方振。

雜感　熱齋主人

玉露春風秋氣清，登山臨水盡傷情。江南佳麗烟花夢，直北關山艸木兵。蟣蝨小臣紛雨泣，蝦蟇大蝕蔽天明。九重自是中興主，可有皐夔應運生。

完好金甌無缺憾，誰知滄海竟揚塵。高駢老去遷延甚，舒翰驅來局促頻。託義春秋誅亂賊，偷安旦夕望和親。中流砥柱將誰屬，艸澤之間任萬鈞。

六龍西走擁千官，眯目神皇也鼻酸。詔下興元悲泣易，將無郭李挽回難。去邠漫借成周例，返洛還同炎漢看。蹂躪中原紛異族，不堪月夜望長安。

禍連種類足魂驚，和戰紛紜尚未明。絕大事來皆酒醉，不平人各以詩鳴。瀟瀟秋雨勞人夢，滾滾飛雲孤憤情。慚愧因循無寸補，埋頭故紙太痴生。

五洲大局動全身，默運潛移合有因。仁傑未醒鸚鵡墨，包胥空哭虎狼秦。已難奇渥雄沙漠，惟有句踐鍊膽薪。還我聖君殲鼠輩，自能鼓舞輯人神。

坐鎮東南獨護持，巋然二老儘鬚眉。卅年勳業千鈞弩，一紙文書十萬師。人混鳴狐紛黑白，勢成騎虎太艱危。可憐鸚鵡洲邊月，碧血橫飛爾未知。

秋懷　熱齋主人

秋風吹徹廣寒宮，此恨深深與海同。搗麝成灰香不滅，剉花為屑泪逾紅。碧天東轉無人問，弱水西流有夢通。寂寞汀洲蘭芷老，三更哀響一驚鴻。

題美人愁坐圖　熱齋主人

美人深坐顰蛾眉，雲鬟霧鬢理不時。豈是閨中勞綺夢，非嗔枝上啼鶯兒。美人情緒奇人節，貌如桃李心如鐵。無端敲斷玉搔頭，痛說金甌一朝缺。况復胡兵覆上京，蟲沙猿鶴淚堪傾。弱質寧將支大局，雄心直欲斬長鯨。江南三月烟花繞，深鎖紅閨不覺曉。天驚地岌撼風濤，誰是眼中明了了。莫歎紅閨少軼倫，鬚眉七尺亦猶人。痛飲漏舟神已醉，酣歌焚星氣方振。獨居深念肝膽裂，子規啼盡聲聲血。漫言兒女不英雄，挽回厄運須激烈。

寄懷友人　曰公（趙必振）

我甘誅逐悲君國，君獨凄涼念友朋。叶音讀若旁。異姓弟昆踰骨肉，貧交患難見肝腸。青林黑塞人千里。少陵〈夢隴西〉詩，時隴西尚生存也，今人必謂「青林黑塞」爲弔死友，謬甚。白露蒼葭水一方。南望桂林天樣遠，憑欄極目海茫茫。

光緒二十七年八月十一日（公元一九〇一年九月二十三日）《清議報》第九十二冊

見恒河望吾種之合新羣也　因明子（蔣智由）

君不見恒河沙，君不見支那人之人如此多。沙散不可聚，人散其奈何。遂令崑崙山下土，供彼白人所啖鹽。貪如狼，狠如虎，黑種夷，紅種虜。轉瞬及我神明之子孫，我之世系自黃軒。歷禹更湯四千載，文化每足長四藩。閉關鎖國限山海，專制壹教窮朝昏。漢宋醯鷄論綱常，如繭自縛縛後昆。秦後事如一邱貉，愈趨愈下何足論。晳顏隆準眞天驕，飛雲蓋海來迢遙。開關失策閉關愚，瀛笛聲殷魂魄消。奪我土地，削我自主，秏我財源，擠我種類。噫嘘嚱！嗟彼已吞啖，我猶鼾睡，蔀其識見，封其智慧。一二錚錚，或風或譏，以爲妖言，殺戮詬詈。血如河，淚如海，骨可糜，志未改。身是大願雲，法作大悲雨。我有極樂國，我有莊嚴土。一人或未度，翳藐躬之故。天地長久有時盡，此願大橫天地外。亟詔吾民夢醒之，絀己念羣猶可爲。不然乃眞牛馬奴隸百千劫，忍念親見印度波蘭時，愼毋自屠毒，愼毋相乖離。蒼茫塡海海可塡，突兀移山山可移。墨翟願摩頂，耶穌甘爲犧。情乃志之始，勇本出於慈。吾聞歐洲學者不言仁，仁爲閏位救世危。吾黨丁此倉皇反覆時，嗟哉不任任者誰。願各哀樂爲同胞，眼見吾種團結獨立世上以爲期。

感事庚子舊稿　熱齋主人

北風雨雪陣雲深，炙鳳脯麟爨玉琴。猶有春秋在隣國，空聞霹靂震餘音。神州鑄錯年年血，烈士撐天耿耿心。一盞書燈寒不寐，愁來重唱短長吟。

城號囚堯即帝鄉，齊烟九點黯無光。夢中了了文明局，世上蚩蚩燕雀堂。雖有賈生難哭漢，更誰仁傑解興唐。夜來燈火繁如許，近因聖壽各城鎭燈綵甚盛。四海謳歌德不忘。

連雞鬩鼠塞乾坤，莽莽風雲日月昏。世亂文章如土賤，時危盜賊比官尊。達人自放烟霞癖，智士都無桃李言。何日山河看錦綉，高歌金石掃愁怨。

題六烈士傳　秦隂熱血生（高旭）

黃土忍教埋碧血，青苗原不誤蒼生。全身一髮能牽動，兩字千秋是定評。兩字謂烈士也。國我五洲□位置，局看餘子敗澄清。諸公知否瓜分急，携手西風哭九京。

聞漢口近事感賦一長句　秦隂熱血生（高旭）

力轉乾坤氣未降，頂天立地士無雙。留皮豹死名何用，保種鴻文筆可扛。百怪星芒射牛斗，是何痴物笑龍逢。楚弓不願秦人得，熱血橫飛恨滿腔。

贈愛國女傑薛錦琴　佑公[一]

尚武　毋暇

爭戰文明母，雄強踵美歐。枕戈酬壯志，擊楫渡中流。杯飲奸豪血，旗梟逆豎頭。丈夫身許國，抗節復君仇。

鐵樹[二]　毋暇

□□[三]　毋暇

讀史偶述[四]　毋暇

歌舞侯門地，由來愧厚顏。毛公藏博眾，朱亥隱屠間。鬼哭驚奇氣，塵揚掃野蠻。柴車駕駑馬，撫拭佩刀鐶。

一　《清議報》所載模糊不清，《全编》亦未收此詩。
二　《清議報》所載模糊不清，《全编》亦未收此詩。
三　《清議報》所載模糊不清，《全编》亦未收此詩。
四　《全编》未收此詩。

法成去後之第三夜隱几若有所思[一]　遯公（秦鼎彝）

噓天一何補，鬼友盡稱雄。懶說恩仇事，驪歌滿亞東。故交者既數十百人，其存者則無論新相知、舊相知，三月以來悉風流雲散矣！

一年常作別，兩度送君行。今年凡與法成作別者再。聚散事云小，難安獨坐城。

八星倘能通，我輩應探險。所悲升斗需，跋涉一何遠。

願君歸來日，不爲亡國民。收拾舊山河，漢族慶再生。

光緒二十七年八月二十一日（公元一九〇一年十月三日）

《清議報》第九十三冊

贈馮君紫珊東行　毋暇

愛國歌同調，尊　皇合大羣。八厨光漢月，三傑日本維新三傑。仰瀛雲。內熱冰難凍，豪懷酒未醺。揮巾從此別，西人贈別，以巾相揮。詩贐饋吾君。君相見時即問余曰：「何以久不見君詩？」今君瀕行，無以爲贈，賦詩作贐。

觀地圖　毋暇

[一]《全編》未收此詩。《秦力山集》將一、二首併為一首，三、四首併為一首，誤。

阿洲剖割無餘域，虎視眈眈肉國中。列强皆以中國爲一大肉，垂涎久矣！甚慮支那易顏色，各分界線屬群雄。

勵志[1]　毋暇

歐美人才有所思，堅誠勇猛是吾師。支那獨立國民責，行坐難忘喀務兒。喀務兒云：「我爲民死。就令名譽墜地，但使意大利得以獨立，則我亦何所□□。」。

感懷　詩盃第三

中興未覩求賢詔，空使昏庸擁重臣。閹宦漢明留禍種，傷心莫問故宮春。

未成和議思安枕，歌舞湖山說太平。歎我終宵夢難熟，聞雞擊劍到天明。

讀書雜詠　補牢匠

刺客屠夫藏市井，義聲俠氣動人間。小圖一幅摹烏賊，多少奸邪供奉班。韓侂胄用事，多引用非類。有市井小人以弓紙摹印烏賊出沒于潮，一錢一本，以售兒童，且誦言云：「滿潮都是賊，滿潮都是賊。」。

蓬門茅屋賣漿家，一擔盤盂壯語譁。冷盞聲聲喚不盡，韓侂胄時有賣漿者，敲其盞以喚人，曰：「冷底喫一盞，冷底喫一盞。」冷謂韓，盞謂斬也。不三月而韓爲鄭發所刺。塚邊蕭瑟認蘆花。韓侂胄母魏國夫人塚旁，有蘆束淺土半露，問之，乃韓之屍，其首已送之金矣！

一　《全編》未收此詩。

門前冷落靈芝寺，去國依然一道人。生死交情師友義，翻雲覆雨總何因。慶元元年韓侂冑欲逐趙忠定，因以盡除天下之不附己者，名以僞學。朱文公去國，寓西湖靈芝寺，送者漸少，惟平江本川李君杞，獨從容叩請，得窮理之學，有《紫陽傳授》行於世。

煩惱倍催鬢鬢白，生菱墮地歎誰人。事見《四朝聞見錄》。放翁誤撰南園記，枉卻詩家黨逆臣。陸游爲韓侂冑作《南園記》。

讀累卵東洋[一]　鐵血子

六君子紀念祭[二]　鐵血子

國民紀念六君子，清酒狄花祭鬼雄。勿使同胞四百兆，爲猿爲鶴爲沙蟲。

鐵血三年宿草滋，白□□木使人悲。他年此日重來祭，持□□□作酒巵。

闍禍[三]　鐵血子

支那人性質　因明子（蔣智由）

萬事沈沈啖蛤蜊，雲飛海立是耶非。似聞一姓垂垂盡，未識兆人跕跕危。歌舞湖山戲朝露，農桑巖

[一] 《清議報》所載模糊不清，《全編》亦未收此詩。

[二] 《全編》未收此詩。

[三] 《清議報》所載模糊不清，《全編》亦未收此詩。

谷送斜暉。投膠河水知何用，太息維新報力微。

時事　因明子（蔣智由）

看花揩淚眼，飲酒長愁心。此意渾難解，情深不自禁。

晨坐齋中　因明子（蔣智由）

颯颯清飈入檻來，天雲淡蕩日徘徊。可憐風景無邊好，難解勞人百感哀。

北方騾思鐵路之行也　因明子（蔣智由）

北方騾，日不支。道詰屈，山險巇。僕夫怒，横鞭箠。鞭箠未已騾力絕，臥死道旁折車軸。安得往來飛轡車，不用牲力用瀛力。乃知人羣貴用器，器改良兮增幸福。幸福增兮利於人，非獨利人兼及物。

彼何人　先憂後樂生

法人窺南部，俄人掠北方。普人據東岸，英人領中央。四百餘州天日墨，虎視眈眈列強國。中原分割勢已成，大厦欲傾支不得。草莽豪傑多愛身，未見奮起救斯民。手提三尺定天下，木强劉季彼何人。

和先憂後樂生　鐵血子

伯兮結邪枉，仲兮隨俯仰。叔兮媚牝朝，季兮仇帝黨。四萬萬人淪奴隸，大江浩浩無舟濟。舉頭火焰燃鬚眉，後顧虎狼逞搏噬。七尺昂昂待死身，誓清君側救其民。義聲動地風雷咤，陳平周勃彼何人。

光緒二十七年九月初一日（公元一九〇一年十月十二日）

《清議報》第九十四冊

京津大亂　乘輿出狩北望感懷十三首[一]　更生（康有為）

戰鼓津沽急，烟塵京輦頻。傳聞圍客館，無故戮行人。召怨[二]西鄰責，興兵萬國屯。驚聞燒炮壘，烽火上星辰。

其二

聞說初宣戰，廷爭亦有人。裂麻經　聖主，折檻有良臣。竟作茅焦戮，偏從延廣倫。豈聞十常侍，攘外用黃巾。

其三

太陰黑霾日，大角氣纏兵。玉柱驚天折，金甌碎地輕。弋[三]船橫渤海，蛇豕鬬幽幷。不忍看沽水，血流千里平。

其四

鐵道聞燒斷，神京最擾攘。大臣鞭血泣，都統闔門殃。公府焚成燼，郎官餓倚牆。禁軍稱武衛，盜賊更倡狂。

[一]《康有爲全集》作〈自星坡移居檳榔嶼。京師大亂，乘輿出狩，起師勤王，北望感懷十三首〉。

[二]《康有爲全集》作「怒」。

[三]《康有爲全集》作「戈」。

其五

藩鎮蒙恩澤，旄旌[一]久寵榮。南彊託保境，北闕孰稱兵。討賊無單騎，勤王不好名。但聞興黨獄，何以對王明。

其六

中旨紛紛下，紅巾獎義民。兜鍪戒胡服，槍炮復華人。白簡慘遭戮，黃天詡有神。眞成一敵八，舊黨計何新。

其七

國土同孤注，君王類置棋。金輪篡唐日，叔帶亂周時。弧服哀褒姒，衣冠孰柬之。人謀雖欲盜，天命豈能違。

其八

驪山笑烽火，廟社泣灰塵。黃屋傳西幸，蕭關又北巡。珊鞭遣[二]御馬，紅袖泣宮嬪。腸斷淋漓[三]雨，淒涼夜走秦。

其九

五臺山縹緲，七佛地清涼。雲豁金銀闕，天開安樂鄉。壯圖思　聖祖，巡狩痛　今皇。行在無消息，看雲但黯傷。

其十

一　《康有爲全集》作「旌旄」。
二　《康有爲全集》作「遺」。
三　《康有爲全集》作「鈴」。

龍樓旋繫馬，鸞掖且觀兵。金鳳成灰燼，銅駝臥棘荊。飄零周雅樂，蕪沒漢公卿。文物千年盛，繁華一旦傾。

十一

上相和戎出，聯軍過闕[一]雄。首應函侘胄，師合質蕭同。帝座星同戴，神州日再中。人心繫天意，號泣訴蒼穹。

十二

兩年奉衣帶，萬里走寰瀛。攬鬢空驚白[二]，勤王恨未成。喪元泣先軫，迎駕出麻城。日盼[三]紅旗報，盈盈老淚橫。

十三

綠實[四]檳榔樹，紅花[五]皂角枝。山雲飛浩浩，海雨聽離離。絕島悲魚鼈，秋風怨鼓鼙。夜深故國夢，兩載月明時。

居丹將敦島[六]　更生（康有為）

一　《康有爲全集》作「壓境」。
二　《康有爲全集》作「空傷老」。
三　《清議報》及《全編》均作「日盻」，《康有爲全集》作「日盼」，於意較妥，從後者。
四　《康有爲全集》作「綠遍」。
五　《康有爲全集》作「紅開」。
六　此組詩首三首於《康有爲全集》中題爲〈七月偕鐵君及家人從者居丹將敦島燈塔〉；第四首題爲〈攜婉絡坐石上口占〉；第五、六首題爲〈丹島多奇石，拾得百餘枚以壓歸裝，鐵老亦相與拾石自遣〉；第七首題爲〈七月朔

燃燈夜夜放光明，打浪朝朝起大聲。碧海青[一]天無盡也，教人怎不了無生。
大海蒼蒼一塔高，秋深絕島樹周遭。我來隱几無言語，但聽天風與海濤。
北京蛇豕亂縱橫，南海風濤日夜驚。衣帶小臣投萬里，秋來絕島聽潮聲。
漭瀁乾坤起大風，青茫海氣接鴻濛。塔燈照我光無睡，斗大明珠墮[二]夜中。
袖中滄海帶歸來，割取雲霞錦一堆。丹島壓舟無異物，行裝怪石百餘枚。
皚皚白塔壓丹霄，大海濤頭起怒潮。日日崖濱來拾石，秋風吹浪聽蕭蕭。
丹將敦島住半月，弄水聽潮憶舊蹤。海浪碧藍分五色，天雲樓塔聳高峯。風號萬木驚吟狖，濤湧崩崖嘯臥龍。隱几愁看征艦過，中原一綫隔芙蓉。

光緒二十七年九月十一日（公元一九〇一年十月二十二日）
《清議報》第九十五冊

歲暮送友人往桂林　覺庵

一別灕江二十年，桂林山水夢中懸。何堪千里傷離別，况藉中洲事變遷。豪傑紛紛羅黨禍，亞歐莽莽積烽烟。丈夫許國頭顱在，長嘯潛龍出九淵。
落魄江湖只自憐，何堪送客又殘年。五洲巨國誰連結，萬里歸途慎著鞭。支厦應爲求木計，憂時怕

人丹將敦島，居半月而行，愛其風景，與鐵君臨行，回望不忍去。然聯軍鐵艦日繞島入中國，見之憂驚，示鐵老〉。
一　《康有爲全集》作「蒼」。
二　《康有爲全集》作「隳」。

誦采薇篇。長安舉目浮雲滿，拔劒狂歌欲斫天。

送更生老鐵往日本　覺庵

萬里采風快壯遊，向天橫劍氣凌秋。五洲莽莽傳烽火，百職雍雍頌冕旒。同甫懷才難伏闕，余擬〈救時二十策〉，方欲上，聞變不果。仲宣去國怕登樓。丈夫素抱澄清志，生不封侯誓不休。

讀近人新政書題後　覺庵

孔佛耶回無我相，紛紛世界鬬諸天。黨同伐異成何事，可惜凡夫未了然。

雜詠　覺庵

大道終須歸寂滅，此身未必定輪廻。卻憐袁李偏多事，強把興亡子細推。

何君與同門諸友遙祭幼弟感義傷懷賦此　覺庵

徐孺生芻感，山陽舊笛哀。弟兄無復見，君國尚遺才。被難諸公皆加卿銜而弟猶無。毅魄留天壤，餘風動婦孩。招魂何處所，應有夢歸來。

歸骨五千里，某君某某、某君某某，走尋歸櫬。窮居三十年。弟卒年三十一。如何天不弔，幸有世能憐。夙論驚神鬼，生身悟佛禪。頭顱同許國，不愧六臣賢。

己亥冬十二月先友蔡樹珊烈士自日本遊學歸出其所和鄭席儒先生狂俠溫文詩見示余曾和

之亡命之餘不復記憶日昨遇席儒先生於　任公先生家悵然有觸歸而默錄之哀念逝者墓草已宿腹痛三日情何能已　曰公（趙必振）

儒冠峨峨愧工商，仗義猶存俠士腸。心血已枯神已死，死灰槁木不能狂。

超海誰能泰山挾，豪情空擊腰間鋏。何時斫得仇人頭，五洲合掌稱仁俠。

雙袖斕斑血淚溫，不堪回首望天門。燕雲舊是興王地，但恐闌珊萬騎犇。未幾果有庚子之禍，不幸多言而偶中矣。

樹珊示我驚天文，令我讀罷心如焚。遊魂一夜不歸去，化作狂飆逐海雲。

蘭軒將游滇索詩贈行口占以應之時余亦有浮海之志也庚子正月作　曰公（趙必振）

慘霧四塞愁雲橫，茫茫大地生荊榛。悲歌慷慨出門去，仰天長嘯天爲傾。布衣徒步走萬里，君赤貧，身爲萬里之行，囊無積資，亦可悲矣！空囊倒掛難爲情。男兒各有四方志，同是東西南北人。君將入山射猛虎，我亦跨海駕長鯨。相去掉頭不復顧，明朝溝水分西東。右韻叶若丁。

弔梁女史瑞蓉[一]　毋暇

有靈精衛燐難滅，女史喜維新，解□讀書。暫別人間問紫芝。渺渺香魂歸不得，女史葬于西人公墳，素車玄馬，芳草斜陽，觸影愓懷，幽塋腐骨。傷心怕讀楚騷辭。

廿紀英雄男女會，一朝生死別離情。白楊他日牽愁縷，淚灑乾坤恨未平。賦此詩時，六君子紀念祭前二

一　《全編》未收此詩。

夕也。

再題六君子紀念祭[一]　毋暇

三年不見東山歎，況復泉臺別一天。後死有人羅酒醴，神其來饗來格旃。
當年若不翻新政，三載規模樂小成。異日中興有期會，峨峨銅像鑄羣卿。

士節　毋暇

脣焦口燥舌猶存，高立崑崙喚國魂。豈味十年施主果，難忘一飯故人恩。錦衣擊血酬襄怨，竹笥盛頭白晏寃。晏子見疑於齊君，出奔，北郭騷託其友盛其頭於笥中以白晏子，退而自刎，其友亦退而自刎。莫謂經師家法絕，復讎大義重微言。

絕句四首　毋暇

寒蛩鳴唧唧，風急雨聲密。輟織起投梭，妾心傷王室。織女。
明月照擣衣，君征猶未歸。丈夫從軍樂，楊柳認依依。戍婦。
寒重怯衾單，窗前燭影殘。起來眉懶畫，拭淚望長安。寒閨。
途路修且阻，客行春復秋。無情匣中鏡，照向少年頭。遊人。

[一] 《全編》未收此詩。

生疏〉。

程頤　不空和尚

峭壁孤峯驚道貌，嚴風冷雪認程門。青蠅積毀汙君子，豈玷氷清玉潔魂。《道命錄》有孔文仲〈劾伊川先生疏〉。

朱熹　不空和尚

法堂一棒大宗師，鹿洞鵝湖碧蘚滋。獨惜先生受奇謗，沙門空度比丘尼。當時沈繼祖劾晦庵先生，羅織罪言，至誣其誘尼姑二人以爲寵妾，每之官，則必與之偕行。

光緒二十七年九月二十一日（公元一九〇一年十一月一日）

《清議報》第九十六冊

聞蟋蟀有感　因明子（蔣智由）

蟋蟀鳴，秋風驚，丈夫入世當爲兵。支那男子二百兆，墜地皆喜儒之名。儒冠儒行儒氣象，坐令種族失崢嶸。秦皇漢武雄而黠，獨取儒術保君榮。儒墨名法本平等，信教自由難重輕。後世以儒爲末昌，思黜諸家皆合并。嗚呼！吾尋漢種之弱根，漢種自古多儒生。君不見晚周時代齊秦晉楚皆崛起，魯日夜獨遭割烹。又不見南宋時代儒者議論空復多，坐視江山半壁傾。

奉題酸道人風月琴樽圖　江海浮浪

九州八柱渺無極，東南之陬海天碧。珊瑚玉樹光陸離，朱霞萬道蛟龍窟。斯時雌風偃雄風，斯時小月承大月。《春秋運斗樞》：「羣妃之靈，橫僭則月盈競出，小月承大月。」山矸石爛夜漫漫，欲眠不眠熱血溢。月兮風兮道人酬爾一操琴，澆爾一尊酒。不問左舒者高，右闢者厚。坐吸西江，獨依南斗。孔子何須悲鳳麟，董龍本不值鷄狗。客投田文當三千，氣吞雲夢已八九。我雖不見酸道人，欲往從之南海濱。鯨魚跋浪天黃昏，長人千仞索予魂。中山夢夢一千年，黑鵠折翅號煩寃，酸風苦月盈大千。王母歡喜靈旗翻，玉女投壺紫電奔，布鼓砰訇震雷門。精誠誰移愚公山，跼蹐空憂杞人天。青山不語青天泣，東缶西琴兩蕭瑟。男兒長嘯聲摩空，酒酣拔劍氣如虹。絕臏刳腸不足論，髮披十丈叩蒼穹。勸君莫學安期生，醉向東海乘長鯨。勸君莫上謌風臺，山水知音安在哉。君不見寶刀揮斷紫雲根，要見嫦娥體態妍。又不見朱旛深護百花叢，桃李無言笑苑東。噫吁嘻！濁世英雄本無主，長劍支頤請公舞。琴中暗形前卻螳，酒後醉踏膩脂虎。劉郎還上謌風臺，吳質獨誇修月斧。我來乘風捉月長嘆惜，擲筆四顧宇宙窄。有琴當碎陳子昂，有酒惟酹虬髯客。飲碧筒，張古桐。皎然月，冷然風。道人與我，謌舞融融。抒我抑塞磊落之懷抱，放我淋漓酣暢之孤衷。還將風月琴尊像，圖入凌烟畫閣中。弗然大地茫茫盡泥塗，批抹風月胡爲乎。

丁酉遊鏡湖馬蛟石作　　覺庵

馬蛟石上倚高臺，萬里海波天上來。樓閣玲瓏有仙氣，江山破碎爲時哀。欲尋海外逃秦亂，莫識寰中用楚材。極目烽烟滿歐亞，臨流何事幾低徊。

感懷和日本人韻　　覺庵

滄海桑田幾變遷，丈夫時有受人憐。將軍未盡明三略，宰相唯知食萬錢。學佛傳燈參語錄，憂時通鑑續長編。夜看處士星何晦，歲月空過又一年。

戊戌八月擬北上陳書在上海聞變南還　覺庵

歎息南還萬事非，淒淒江上對斜暉。頭顱未得酬君國，身世空憐老布衣。海內人才成黨錮，歐西燐燧達京畿。攀龍附鳳吾何敢，指點西山欲採薇。

讀賈生傳書後　沛伯

有遇無時痛賈生，萬言陳策氣縱橫。少年眼底空平勃，未免才高器識輕。長沙小謫不須哀，護惜儒生出聖裁。晁錯他年猶被禍，可知文帝愛高才。老才大用豈無因，宣室何妨問鬼神。天運茫茫遲有待，陰陽調燮待斯人。今古奇才遇合難，尼山低首事三桓。夷吾器小吾其歎，畢竟髯蘇論不刊。

己亥元旦登太平山作　沛伯

萬端造化寸心通，放眼扶桑浴日紅。五渡香江人不識，太平山頂獨吟風。

留別鏡湖諸友　沛伯

壯士行何畏，出門無奈何。側身憐宙合，冷眼渡山河。返日心彌切，因風感易多。明朝湖海隔，努力魯陽戈。

一唱驪駒曲，西風生暮寒。離憂騷共寫，別恨雪中看。壯志英雄老，多愁歲月寬。披裘思理釣，何處覓嚴灘。

大江西上曲薄暮觀漁望七洲洋有懷素庵　沛伯

海天縹渺，這離愁都似千重波起。走徧天涯回首望，雲鎖君門萬里。崖樹燃紅，霜風染血，盡是游人淚。行吟江上，楚騷無此憔悴。　指點故國河山，說英遊日，痛哭忘身世。我亦思尋濠鏡地，聊把釣竿重理。日覓滄鼇，夜覘星象，志氣凌天際。高歌提劍，眼雙青望吾子。

光緒二十七年十月初一日（公元一九〇一年十一月十一日）

《清議報》第九十七冊

贈任公[一]戊戌春　碎佛（夏曾佑）[二]

壬辰在京師，廣座見吾子。草草致一揖，僅足記姓氏。暨[三]乎癸甲間，衡宇望尺咫[四]。春騎醉鶯花，

一　夏曾佑著，夏麗蓮整理：《夏曾佑穗卿先生詩集》（臺北：文景書局，1997年）作〈贈任公二首〉，「壬辰在京師」至「視此為泰否」為第一首，「衣食困庸材」到「無爲疾所怖」為第二首。

二　夏曾佑（1863-1924），字穗卿，號碎佛、別士，浙江錢塘人，學者。光緒十六年進士，授禮部主事。1895年與嚴復等創辦《國聞報》。戊戌變法失敗後任安徽祁門知縣，其間著《中國古代史》。1905年隨五大臣出國考察，回國後任泗州知州。民國建立後歷任教育部社會教育司司長、北京圖書館館長。著作有《中國古代史》、《夏曾佑穗卿先生詩集》等。

三　《夏曾佑穗卿先生詩集》作「洎」。

四　《夏曾佑穗卿先生詩集》作「相居望衡宇」。

秋燈狎圖史。青霄與黃泉，上下窮其旨[一]。冥冥蘭陵門，萬鬼頭如蟻。質多[二]攀隻手，陽烏爲之死。袒裼[三]往暴之，一擊類執豕。酒酣拔劍起，跌宕笑相視。頗謂宙合間，只此足歡喜。[四]夕烽從東來，孤帆共南指。再別再相遭，便已十年矣。吾子尚青春，英聲乃如此。嗟嗟吾黨人，視此為泰否。衣食困庸材，遂[五]老關山路。對人詡流畧，清夜知其誤。滄海正橫流，空侯唱無渡。所望我佳人，宏濟[六]匡大[七]步。長嘯覽太空，國土恒沙布。而子都不游，乃樂生此土[八]。此土六千[九]年，又與此時遇。嗟哉天所戮，那得知其故。[十]爲子陳圖書，治亂棼如霧。一治一亂間，鐵血爲其具[十一]。盈盈[十二]一滴水，微蟲逞威怒。既生微蟲間，此怒詎可措。雪恥酬百王，無爲疾所怖。

送友人南行即次其韻　文卿

一　《清議報》及《全編》均作「指」，今從《夏曾佑穗卿先生詩集》作「旨」。
二　《夏曾佑穗卿先生詩集》作「修羅」。
三　《清議報》及《全編》均作「褐」，今從《夏曾佑穗卿先生詩集》作「裼」。
四　《夏曾佑穗卿先生詩集》作「頗謂天地間，差足快吾意。」
五　《夏曾佑穗卿先生詩集》作「逐」。
六　《夏曾佑穗卿先生詩集》作「崛起」。
七　《夏曾佑穗卿先生詩集》作「天」。
八　《夏曾佑穗卿先生詩集》作「乃獨游此土」。
九　《夏曾佑穗卿先生詩集》作「億萬」。
十　《夏曾佑穗卿先生詩集》作「發」。
十一　《清議報》及《全編》均作「臭」，今從《夏曾佑穗卿先生詩集》作「具」。
十二　《夏曾佑穗卿先生詩集》作「譬如」。

誰料擎天事不諧，沙場試問幾人回。天旋地轉龍蛇戰，廟震京淪神鬼哀。痛哭漢廷憐涙盡，奔馳東國乞師來。書生再樹勤王幟，始信雄心猶未摧。

性入世吟六首　因明子（蔣智由）

雨打風飄悲世事，海枯石爛見精神。大横天地更何物，未了心期萬古春。
世上春秋衹百歲，心期歷劫數無量。恩仇了了關家國，留此人天獨未忘。
今古人天誰補恨，生民無奈感情多。分來覺海鎔哀樂，哀樂鎔成性不磨。
鬼哭傳聞自太古，問天天亦獨何言。衹憐腦印多深入，此是沈沈百感門。
無端歌哭自中來，屢欲剷除總未灰。沈欝飛揚百千態，宥情情獨據靈臺。
玄黃血泪紛爭日，我亦生依忍土中。方識年來哀樂易，是非心史獨玲瓏。

不得浪公消息經年矣於前報讀其舊作悵然有懷　曰公（趙必振）

朋輩紛紛登鬼籙，中原猶幸剩斯人。早除門戶通羣教，欲入泥犁救衆生。新理新機闢思想，自由自立富精神。名山著述今何似，莫負同胞寄託身。

光緒二十七年十月十一日（公元一九〇一年十一月二十一日）
《清議報》第九十八冊

九月九日登某烈士墓[一]　佑公

烈士沈埋千古寃，白楊青塚啼哀猿。生生世世誰多事，種種芸芸君獨尊。濁酒三杯醉俠骨，好花一瓣供忠魂。男兒身首將安置，絕處風流是宿根。

滿庭芳　過吳淞感賦　璱齋（麥仲華）

浪接天浮，風廻雲捲，河山依舊金甌。江分南北，清麗豁雙眸。不奈凭高徙倚，空惆悵、滄海横流。長空外、煙波萬頃，容我臥扁舟。　悠悠。天莫問，星横銀漢，煙點齊州。只迷漫不見，玉宇瓊樓。剗却胸中塊壘，誰爲我、沽酒澆愁。傷心處，孤鴻夜月，風露壓清秋。

金縷曲　舟中遣懷　璱齋（麥仲華）

一霎秋前雨。料故園、紗厨錦簟，消盡殘暑。棖觸前塵如夢裏，只見風飄去去。過幾許、雪關風渡。試問漂流知甚處，莽煙波漠漠無重數。悵天末，久延佇。　殘山賸水知誰主。儘何時、美人携手，蘭舟容與。芳草何曾遮客路，爭奈愁思千縷。說不盡、暮雲春樹。風打夜潮雲北向，倩歸鴻爲訴離情苦。空有恨，耿無語。

奉酬毋暇君　璱齋（麥仲華）

別亦銷魂事，河梁又送行。新知寧老友，公理薄私情。大野演龍血，長天聞鶴聲。何時風雨夜，剪

[一]《全編》未收此詩。

燭話平生。

重贈璱齋次韻　毋暇

聚散天人理，行行復行行。依依君惜別，草草我懷情。風雨雞鳴夜，林間虎嘯聲。惠詩申篤好，駑蹇愧吾生。

光緒二十七年十月二十一日（公元一九〇一年十二月一日）《清議報》第九十九冊

齊天樂　雁　璱齋（麥仲華）

荻花楓葉衡皋暮，秋江晚天疎雨。月滿南樓，霜橫朔漠，也算離人淒苦。相思幾字，更寫出雲箋，一番秋思。不管人愁，高飛又過瀟湘去。　天涯悵望何處，羨雙雙飛去，沙暖煙浦。野店寒砧，孤城畫角，記否來時洲渚。暗驚倦羽，甚客路年年，韶光空誤。不道西風，換華鬘幾許。

鷓鴣天　鷗　璱齋（麥仲華）

逐隊橫斜貼水飛，晚風秋雨鱖魚肥。塡河有恨同烏鵲，逐浪無心似鷺鷥。　頻照影，却忘機，幽閑性情識天隨。年年送盡征帆去，舊恨新愁兩不知。

別友人　惺庵（丁惠康）一

客裏難爲別，情親況似君。不應橫流日，猶有在山雲。充國屯田策，羲之誓墓文。人生異出處，暫莫惜離羣。

雜詠　詩盉

俄約羣爭挽陸沈，憂勞多少國民心。支那莫謂無豪傑，女史居然講席臨。

幾番浩劫古今籍，兩紀文明歐亞篇。重譯年來多善本，行囊料理買書錢。

湖光倒影雁低飛，十里荷花色相非。獵獵秋風海天闊，欲裁敗葉補寒衣。

敗中求勝死中生，隋宇文忻云：「大丈夫當死中求生，敗中取勝。今者破竹，其勢已成，我奈何棄之而去。」不枉胸羅十萬兵。倚劍臨江思猛士，怒濤聽作鼓鼙聲。

張良二　詩盉

假手漢劉季，爲韓復重仇。功成不欲仕，僞託赤松遊。

旅順口　毋暇

君不見旅順口，港灣墮入强俄手。搆營礮壘控險虞，飛聚軍艦嚴衛守。訟理不直支那人，珠簾十里

一 丁惠康（1868-1909），字叔雅，號惺庵，廣東豐順人，詩人。福建巡撫丁日昌之子，「清末四公子」之一。早年赴京讀書，結識譚嗣同、嚴復。曾赴日考察，後在廣州主辦學堂事務。有《丁徵君遺集》。

二 《全編》未收此詩。

良家婦。自由平等安在哉，驅策華奴如走狗。况復搖尾犬羊羣，哀乞虎狼結死友。旅順口，旅順口，今日非爲中國有。肉食者鄙無遠謀，國民豈盡顏皮厚，愧忸國民豈盡顏皮厚。

梁園客　希盧

昔日梁園客，勁節傲松柏。今朝梁園客，大名布方册。師道尊崇屈下僚，謁見不用拘成格。君不見東漢范汝南，手執公儀詣仲舉。陳蕃自矜光祿勳，孟博棄官色不沮。幸甚天下中庸老尚書，擁帚側席郊迎汝。交情千古人所難，獨羨梁園舊詩侶。

光緒二十七年十一月十一日（公元一九〇一年十二月二十一日）

《清議報》第一百册

志未酬　任公（梁啟超）

志未酬，志未酬，問君之志幾時酬。志亦無盡量，酬亦無盡時。世界進步靡有止期，吾之希望亦靡有止期。衆生苦惱不斷如亂絲，吾之悲憫亦不斷如亂絲。登高山復有高山，出瀛海更有瀛海。任龍騰虎躍以度此百年兮，所成就其能幾許。雖成少許，不敢自輕。不有少許兮，多許奚自生。但望前途之宏廓而寥遠兮，其孰能無感於余情。吁嗟乎！男兒志兮天下事，但有進兮不有止，言志已酬便無志。

舉國皆我敵　任公（梁啟超）

舉國皆我敵，吾能勿悲。吾雖吾悲而不改吾度兮，吾有所自信而不辭[一]。世非混濁兮，不必改革。衆安混濁而我獨否兮，是我先與衆敵。闡哲理指爲非聖兮，倡民權謂曰畔道。積千年舊腦之習慣兮，豈曰暮而可易。先知有責，覺後是任。後者終必覺，但其覺匪今。十年以前之大敵，十年以後皆知音。君不見蘇格拉底瘐死兮，基督釘架，犧牲一身覺天下。以此發心度衆生，得大無畏兮自在游行。渺軀獨立世界上，挑戰四萬萬羣盲。一役罷戰復他役。文明無盡兮，競爭無時停。百年四面楚歌裏，寸心炯炯何所攖。

贈友人遊學日本　懺庵[二]

揮巾臨江干，引領望崇巘。西風凄以壯，御之冷然善。孤鴻豐毛羽，奮飛逐鵬遠。一聲撼天地，寥廓獨睇眄。君行猛着鞭，廿紀風濤險。携手無限意，任重同强勉。水逝不可住，况乃多幻變。我今處樊籠，倚劍泪空泫。行矣乘桴東，豪情起遙羨。

贈任公二首[三]丙申夏　碎佛（夏曾佑）

滔滔孟夏逝如斯，亹亹文王鑒在茲。帝殺黑龍才士隱，書蜚[四]赤鳥太平遲。民皇備矣三重信，人鬼同謀百姓知。天且不違何況物，望先萬物出於機。

一　《全編》誤植作「亂」。
二　《飲冰室詩話》曾載錄廖恩燾（1864-1954）署名「懺庵」之作，未知與此詩作者是否同一人。備考。
三　《夏曾佑穗卿先生詩集》前一首題爲〈贈梁任公〉，後一首題爲〈滬上贈梁任公〉。
四　《清議報》及《全編》均作「非」，今從《夏曾佑穗卿先生詩集》作「蜚」。

有人雄起琉璃海，獸魄蛙魂龍所徙。天發殺機蛇起陸，羔方婚禮鬼盈車。南朝文酒滔乾戰，西婉山川失寶書。公自為繁我為簡，白雲歸去帝之居。[一]

留別塾中同志次任公自勵二首之韵　天囚（但燾）[二]

如今最怕談天演，劣滅優興敢恨誰。萬事果憑因作主，同胞漢莫滿相持。豈無盧孟生斯日，珍重元黃過渡時。遙指風雲三島壯，着鞭趨步賴男兒。

倩誰吸取文明種，月照西鄉是我師。誓救衆生超濁世，敢將電火炫新知。英雄造世先求己，學道探微肯讓誰。匹馬短衣揮劍去，舞臺開演是歸時。

嗚嗚嗚嗚歌　因明子（蔣智由）

嗚嗚嗚嗚輪船路，萬夫驚異走相顧。雲飛鳥度霎時間，怪底江山生頹霧。莽蒼城廓夢中遊，驀走神駿坡下注。卻愁眩搖生視差，翻求佳趣或少駐。想當米人初製時，世人亦頗相疑懼。邇來五洲食其福，亞雨歐雲忙奔赴。文明度高競亦烈，强者生存弱者仆。吁嗟嗚嗚瀛笛嗚，穿電裂石天爲驚。何限虎鬥龍

一　「天發殺機蛇起陸，羔方婚禮鬼盈車。南朝文酒滔乾戰，西婉山川失寶書。」句，《清議報》及《全編》均作「天發殺機當起陸，軌非乾戰且懸車。□□□□□□□，東岱大微不可舒。」，今從《夏曾佑穗卿先生詩集》改。

二　但燾（1881-1970），字植之，號天囚，湖北蒲圻人，革命家。1903年留學日本，1905年入同盟會，辛亥革命後任總統府秘書。1917年任國會非常會議秘書長和軍政府秘書長。1927年後歷任湖北省黨部任候補監察委員、省政府委員、武漢市市政委員會委員、國民政府秘書等。1946年任國史館副館長。1948年赴臺，後任總統府資政。詩作有《觀物化齋詩集》，譯有《清朝全史》等。

爭事，中有沈沈變徵聲。丈夫當此湧血性，蒼茫獨立覽河山，不覺英雄壯志生。

避津門之亂一歲餘矣追憶賦此　因明子（蔣智由）

平生一閱滄桑事，舊感年來時暗侵。文酒歡游春寂寂，河山破碎夜沈沈。即今烽火翻成夢，不改江湖有素心。南部偏安空對泣，卻慙走也祇微吟。

庚子袁許死　因明子（蔣智由）

徙薪曲突三年事，孰者雍容孰敢死。焦頭爛額爾何爲，一例橫尸塗菜市。

古今愁　因明子（蔣智由）

古愁層層疊山嶽，今愁層層黯日月。古愁今愁盪心胸，人易白頭花易落。

世間愁　因明子（蔣智由）

一哭空由頂上頭，人間莽莽百千愁。何時恨海填靈石，尋得婆娑天外秋。

聞客話澳門山勢雄壯有感　因明子（蔣智由）

中原時事不可說，剩水殘山都蕭瑟。聞客一話濠鏡山，使我意態雄且傑。

飲酒　因明子（蔣智由）

人間合有遣愁鄉，一醉陶然送夕陽。無限均騷和賈哭，暫收清淚不相將。

答問題　因明子（蔣智由）

中國興亡一問題，煙雲咫尺便離迷。即今年少多才俊，未必前途是麥西。

反前答　因明子（蔣智由）

年少大都流質性，羌難堅定總堪虞。翻雲覆雨尋常事，能勝前流頑固無。

香港[一]　人境廬主人（黃遵憲）[二]

水是堯時日夏時，衣冠又是漢官儀。登樓四望眞吾土，不見黃龍上大旗。

題名學會同人圖　獨泣問麒麟（宋恕）

一　黃遵憲著，錢仲聯箋注：《人境廬詩草箋注》（上海：上海古籍出版社，2007年）作〈到香港〉。

二　黃遵憲（1848-1905），字公度，號人境廬主人，廣東嘉應人，詩人，外交家。光緒二年中舉，1877年任駐日本參贊。四年間與日本知名人士多有交往，了解日本國情，寫成《日本國志》、《日本雜事詩》。1882年調任駐美國舊金山總領事，1885年回國奔母喪。1890年出使英國，未久又調往新加坡任總領事，1894年回國任江寧洋務局總辦。次年加入上海強學會，與梁啟超、譚嗣同等創辦《時務報》，參與變法，協助陳寶箴在湖南推行改革。戊戌政變後，黃遵憲南歸，晚年專注詩歌創作，推動家鄉教育事業。黃遵憲的「新體詩」影響到梁啟超發起「詩界革命」，亦被梁啟超推為「詩界革命」的典範。著有《人境廬詩草》、《日本雜事詩》、《日本國志》等，今人輯為《黃遵憲全集》。

流汗羊頭愧黑辛，趙家薰腐足亡秦。江湖滿地嗚呼派，祇逐山膏善詈人。
天南餘燼思皇會，江左清談哲學家。地發殺機終暴裂，昭蘇萬蟄起龍蛇。

得剛公手書悵然有懷相去萬餘里各在天一涯夢魂不識路其何以慰相思也　曰公（趙必振）

瀛海茫茫萬里餘，九天飛下故人書。河山破碎哀同種，風雨迷離歎索居。無數機輪刦不復，大千煩惱懺難除。莊嚴淨土知何處，不識人間究有無。書中有「無上法」、「無上醫王莊嚴淨土」等語。

紛紛　曰公（趙必振）

紛紛時事朱成碧，擾擾塵寰鶩作雞。頑鐵鑄成家國錯，茫茫今古不堪提。

寄新球　曰公（趙必振）

嬉笑怒罵固可喜，痛哭流涕亦足佳。不笑不哭最難遣，與子相隔天之涯。

口占　穎初（王浚中）[一]

浩氣盤空一混淪，聖人不出不須論。空懷不被俗情擾，花木鳥禽時與言。

[一] 王浚中（?-?），又作王濬中，字穎初，康有為弟子。曾為奉議州學正，參加桂林「聖學會」，參與創辦廣仁學堂和《廣仁報》，鼓吹變法。

贈松山曼君東行[一]　佑公

鬱鬱長亭艸，悠悠故人思。突飛少年志，進步國民師。我愧缺迎送，君今輕別離。時哉廿世紀，此任豈伊誰。

丈夫愛游俠，振翮扶桑中。大地成團體，遺䕩禍聖躬。竭誠報君國，發願結豪雄。隻手披雲霧，明星耀遠東。

贈江島諸君東行[二]　毋暇

吾子東言邁，寒風蕩晚林。瀛洲多俠氣，江島有知音。㶿性天山峻，離情海水深。願君倍薪炭，煨熱國民心。

一別隔河山，長風渡馬關。寄言同舊故，學道振瀛寰。輸入新文敎，革除老野蠻。遠東雲霧重，愧煞少年顏。

古俠　毋暇

匪石心難轉，平生刎頸交。敢翻雲雨手，留作後人嘲。青荓。

圖國求神勇，知人有法門。英雄垂暮日，生死安足論。田光。

[一]《全編》未收此詩。
[二]《全編》未收此詩。

義重死爲輕，將軍一劍橫。頭函帶俠血，瞋目面如生。樊於期。

魏韓有奇節，燕趙多悲歌。變徵聲聲淚，筑兮奈若何。高漸離。

輓李文忠公　鐵血子

名盛遭天妬，聯俄少一人。商於六百里，還恐入强秦。

絕世外交策，聲稱溢路途。輓公無別物，一幅滿洲圖。

中宗三載房州恨，敬業空馳討曌文。地下若逢狄仁傑，豈宜重問佐唐勳。

羡公籌國有良法，一老猶龍百世師。聞道越南蒲博子，欲爲丞相建專祠。

羅敷豔歌　春寒乙未春　任公（梁啟超）

沈沈一枕扶頭睡，直到黃昏。猶掩重門，門外梨花有溼痕。　熏籠蕭瑟爐烟少，不道衣單。卻道春寒，細雨濛濛獨倚闌。

鬲谿梅令乙未春　任公（梁啟超）

凄涼花事一春遲，苦尋思。袖口香寒摘得最繁枝，江南持與誰。　溶溶黃[一]月浸愁漪，夜寒時。一例夢烟愁雨我憐伊，春闌花未知。

[一]《梁啟超全集》作「微」。

金縷曲　偶作呈同志　奇齒生

歧路渾何似。儘驊騮、馳驅高駕，南針先指。西抹東塗爭耳目，至竟霧迷千里。問我輩、誠求誰恃。江漢有源能自達，看滔滔不舍東流水。萬物備，斯言旨。　星星石火徒爲耳。猛回頭、念年窺竊，日新渺矣。半世亡羊牢待補，差幸寸心未死。斬荊棘、於焉更始。領挈頗聞條不紊，怕一絲力弱千鈞弛。輔我者，諸君子。

詩界潮音集

光緒二十八年正月初一日（公元一九〇二年二月八日）

《新民叢報》第一號

二十世紀太平洋歌　任公（梁啟超）

亞洲大陸有一士，自名任公其姓梁。盡瘁國事[一]不得志，斷髮胡服走扶桑。扶桑之居讀書尚友既一載，耳目神氣頗發皇。少年懸弧四方志，未敢久戀蓬萊鄉。誓將適彼世界共和政體之祖國，問政求學觀其光。乃於西歷一千八百九十九年臘月晦日之夜半，扁舟橫渡太平洋。其時人靜月黑夜悄悄，怒波碎打寒星芒。海底蛟龍睡初起，欲噓未噓欲舞未舞深潛藏。其時彼士兀然坐，澄心攝慮游窅茫。正住華嚴法界第三觀，帝網深處無數鏡影涵其旁。驀然忽想今夕何夕地何地，乃是新舊二世紀之界線，東西兩半球

[一]《梁啟超全集》作「情」。

之中央。不自我先不我後，置身世界第一關鍵之津梁。胸中萬千塊壘突兀起，斗酒傾盡盪氣廻中腸。獨飲獨語苦無賴，曼聲浩歌歌我二十世紀太平洋。巨靈擘地鑱鴻荒，飛鼉碎影神螺僵。上有摶土頑蒼蒼，下有積水橫泱泱。摶土爲六積水五，位置錯落如參商。爾來千刼千紀又千歲，倮蟲緣蝨爲其鄉。此蟲他蟲相鬩天演界中復幾刼，優勝劣敗吾莫强。主宰造物役物物，莊嚴此土無盡藏。初爲據亂次小康，四土先達爰濫觴。支那印度邈以隔，埃及安息侯官嚴氏考定小亞細亞即漢之安息，今從之。鄰相望地球上古文明祖國有四：中國、印度、埃及、小亞細亞是也。厥名河流文明時代第一紀，始脱行國成建邦。衣食衎衎鄭白沃，貿遷僕僕浮茶梁。恒河鬱壯身毒[一]長，揚子水碧黄河黄。尼羅埃及河名一歲一泛溉，姚臺姚弗里士河、台格里士河皆安息大河名。蜿蜿雙龍翔。水哉水哉厥利乃爾溥，浸濯暗黑揚晶光。此後四千數百載，羣族内力逾擴張。乘風每駕一葦渡，摶浪乃持三歲糧。《漢書・西域傳》言渡西海不得風，或三歲乃達。西海即地中海也。就中北辰星拱地中海，葱葱鬱鬱騰光鋩。岸環大小都會數百計，積氣淼淼盤中央。自餘各土亦爾爾，海若凱奏河伯降。波羅的與阿剌伯二海名。西域兩極遙相望。亞東黄渤謂黄海、渤海。壯以闊，亞西尾閭身毒洋。謂印度洋。斯名内海文明時代第二紀，五洲寥邈殊未央。蟄雷一聲百靈忙，翼輪降空神鳥翔哥侖布初到美洲，土人以爲天神，見其船之帆謂爲翼也。咄哉世界之外復有新世界，造化乃爾神祕藏。閣龍日本譯哥侖布以此二字。歸去舉國狂，帝者挾幟民贏糧。談瀛海客多于鯽，莽土倏變華嚴場。朅來大洋文明時代始萌蘖，亘五世紀堂哉皇。其時西洋謂大西洋。權力漸奪西海謂地中海，用漢名也。席，兩岸新市星羅棋布氣燄長虹長。世界風潮至此忽大變，天地異色神鬼瞠。輪船鐵路電綫瞬千里，縮地疑有鴻祕方。四大自由謂思想自由、言論自由、行爲自由、出版自由。塞宙合，奴性銷爲日月光。懸崖轉石欲止不得止，愈競愈劇愈接愈厲卒使五洲

一 《梁啟超全集》作「殑伽」。

同一堂。流血我敬伋頓曲覔得檀香山、澳大利亞洲者，後爲檀島土民所殺。衝鋒我愛麥寨郎。一[一]千五百十九年始繞地球一周者。鼎鼎數子隻手挈大地，電光一掣劍氣磅礴太平洋。太平洋，太平洋，大風泱泱，大潮滂滂。張肺歙地地出沒，噴沫衝天天低昂。氣吞歐墨者八九，况乃區區列國誰界疆。異哉！似此大物隱匿萬千載，禹經亥步無能詳。毋乃吾曹軀殼太小君太大，棄我不屑齊較量。君兮今落我族手，游刃當盡君所長。吁嗟乎！今日民族帝國主義正跋扈，俎肉者弱食者强。英獅俄鷲東西帝，兩虎不鬥羣獸殃。後起人種日耳曼，國有餘口無餘糧。欲求尾閭今未得，拚命大索殊皇皇。亦有門羅主義北美合衆國，潛龍起蟄神采揚。西縣古巴東菲島，中有夏威八點烟微茫。太平洋變裏湖水，遂取武庫廉奚傷。蕞爾日本亦出定，座容卿否費商量。我尋風潮所自起，有主之者吾弗詳。物競天擇勢必至，不優則劣兮不興則亡。水銀鑽地孔乃入，物不自腐蟲焉藏。爾來環球九萬里[二]，一砂一草皆有主。旗鼓相匹强權强。惟餘東亞老大帝國一塊肉，可取不取毋乃殃。五更肅肅天雨霜，鼾聲如雷臥榻傍。詩靈罷歌鬼罷哭，問天不語徒蒼蒼。噫嚱吁！太平洋，太平洋，君之面兮錦繡壤，君之背兮修羅場。海電兮既設[三]，艦隊兮愈張。西伯利亞兮鐵道卒業，巴拿馬峽兮運河通航。爾時太平洋中二十世紀之天地，悲劇喜劇壯劇慘劇齊鞈鞺。吾曹生此豈非福，飽看世界一度兩度兮滄桑。滄桑兮滄桑，轉綠兮迴黃。我有同胞兮四萬五千萬，豈其束手兮待殭。招國魂兮何方，大風泱泱兮大潮滂滂。吾聞海國民族思想高尚以活潑，吾欲我同胞兮御風以翔，吾欲我同胞兮破浪以颺。海雲極目何茫茫，濤聲徹耳逾激昂。鼉腥龍血玄以黄，天黑水黑長夜長，滿船沈睡我徬徨，濁酒一斗神飛揚。漁陽三疊魂憯傷，欲語不語懷故鄉。緯度東指天盡處，一線微紅出扶桑，

一 馮紫珊編輯：《新民叢報1902-1907》（臺北：藝文印書館，1966年）作「以」，今從《梁啟超全集》作「一」。
二 《梁啟超全集》作「爾來環球九萬里上」，多出「上」字。
三 《梁啟超全集》作「海電兮既沒」，誤。

酒罷詩罷但見寥天一鳥鳴朝陽。

光緒二十八年正月十五日（公元一九〇二年二月二十三日）《新民叢報》第二號

棒喝集

張茂先〈厲志詩〉、崔子玉〈座右銘〉、蕭《選》錄之取諷勸焉。今師其意，譯錄中外哲人愛國之歌、進德之篇，俾國民諷之如晨鐘暮鼓，發深省焉，名曰：《棒喝集》。但其所裒集者，或由重譯，或採語錄，其詞句或畊于拙樸焉。買珠者不必惟其櫝也。

日耳曼祖國歌　德國格拿活

德意志未建國以前，諸邦散漫無所統一，爲强鄰所凌蹴，於是愛國之士特提倡日耳曼祖國以激厲其民。當時文豪以此意被之詩歌者最多，此亦其一篇也。

吁嗟美哉神聖國，萊江西横東海碧。葡萄滿原鬱相殖，有實如金爛其色。糾結恰是同氣脉，日耳曼兮我祖國。

吁嗟美哉神聖國，萊江西横東海碧。小川悅流不肯逆，大川似驕勢湍湱。大川小川爭相懌，日耳曼兮我祖國。

吁嗟美哉神聖國，萊江西横東海碧。愛此山林氣秀特，岩爲城兮鐵爲壁。雄風凜凜敵可嚇，日耳曼兮我祖國。

吁嗟美哉神聖國，萊江西橫東海碧。孤鷲翔空垂雲翼，被覆州郡幾十百。天家徽章視歷歷，日耳曼兮我祖國。

吁嗟美哉神聖國，萊江西橫東海碧。鷲翼鳴處下天敕，同胞額手歌且拍。忠愛相結永弗斁，日耳曼兮我祖國。

題進步圖　日本中村正直

中村正直，字敬宇，日本維新大儒也，嘗譯《西國立志編》。其他著述甚多，皆以激厲國民進取之氣、堅忍不拔之志者也。今錄此篇，見其一斑。

兩山夾帶路偪仄，如往而回轉折百。忽見老牛駕車來，運輸米粟載充積。進步難兮進步遲，終不退兮終不息。不問千里更萬里，能自極南達極北。人生進步亦如此，任重道遠耐艱戹。有時快馬行平地，常恐中途或顛踣。不如觳觫任脚行，得寸則寸尺則尺。君不見泰西開化非速成，累世勤苦臻此域？

日本少年歌　日本志賀重昂

志賀氏爲日本地理學大家，政客中之錚錚者也。此篇殆其少作，不免有叫囂之語，然亦可爲發揚志氣之一助也，故錄之。

君不見地底火力億萬斤，勃乎爆發海之隅？北半球之大陸四瀆裂，東方刱造別寰區。高者秀爲富士嶽，屹然出海如斧斲。低者没爲琵琶湖，合沓中州乘斗樞。東西南北三千里，河維流兮山維峙。天公一擎斯山河，賦與日本快男子。六氣和調五穀蕃，家給人足如桃源。桃源春深厭喧囂，一睡避世二千年。天雨粟，大鬼小鬼相踵哭。蒸氣吐烟電氣激，開明大勢日逼促。霹靂墜地忽一聲，桃源之人夢魂驚。曹騰睡眼百磨擦，初認西方有光明。須臾光明如霞電，燭天蔽空眼欲眩。驀也迸來東洋天，焚盡日本全局面。老人狼狽望影奔，少年抵掌咲欣欣。天荒破得舊天地，鮮血染出新乾坤。新日本，新日本，滔滔大勢如決堰。新日本來兮舊日本去，少年起兮老人遯。吁嗟少年風雲正逢遭，活天活地屬吾曹。歌成昂然仰天望，富士山頭旭日高。

德國男兒歌隔句互韻用原詩體　日本內田周平譯

膂力强兮心志雄，阿爹盍賜一口劍？誰言乳臭不奏功？滿腔已蓄丈夫念。丈夫偉論進取可，寧與小兒事細娛？榮光吾亦如阿爹，誓爲祖國効此軀。少小志念自不群，生平所弄唯介冑。昨夜夢中赴敵軍，身負大傷益奮鬬。咄喊枕上自驚覺，正自南土戰場來。此朝試技又不惡，打拳擬仇叫快哉。近日國軍廻此鄉，各隊威風何整暇。就中輕騎意特揚，疾驅如飛過我舍。當時群童凝望久，一行無不伸雙眉。吾獨幽鬱君知否？斯膂未得揮霍期。膂力强兮心志雄，阿爹盍賜一口劍？誰言乳臭不奏功？滿腔已蓄丈夫念。

光緒二十八年二月一日（公元一九〇二年三月十日）
《新民叢報》第三號

廣詩中八賢歌　任公（梁啟超）

詩界革命誰歟豪，因明鉅子天所驕。驅役教典庖丁刀，何况歐學皮與毛。諸暨蔣智由觀雲。君邃於佛學，尤好慈恩宗，因自號因明子。東甌布衣識絕倫，梨洲以後一天民。我非狂生生自云，詩成獨泣問麒麟。平陽宋恕平子。枚叔理文涵九流，五言直逼漢魏遒。蹈海歸來天地秋，西狩吾道其悠悠。餘杭章炳麟太炎。義甯公子壯且醇，每翻陳語逾清新。嚙墨噍淚常苦辛，竟作神州袖手人。義寧陳三立伯嚴。君昔贈余詩有「憑欄一片風雲氣，來作神州袖手人。」之句。哲學初祖天演嚴，遠販歐鉛攙亞槧。合與莎米謂莎士比亞及米兒頓，皆歐洲近世大詩人也。爲鰈鶼，奪我曹席太不廉。侯官嚴復幾道。放言玩世曾般庵，造物無計逃鐫鑱。曼歌花叢酒正醰，說經何時詩道南。湘鄉曾廣鈞重伯。君昔爲余畫扇，作《齊詩圖》，跋語云：「任公好余所治齊詩，以圖予之，詩道南矣。」其狂率類此。[一]絕世少年丁令威，選字穠俊文深微。佯狂海上胡不歸，故山猿鶴故飛飛。豐順丁惠康叔雅。君遂之節如其才，呼天不應歸去來。海枯石爛詩魂哀，吁嗟吾國其無雷。淮南吳保初彥復。君抗疏憂國事，不得達，棄官歸，且凍餓，厚祿故人書招之，不出山也。

燕京庚子俚詞　平等閣（狄葆賢）

撐雲樓閣送斜陽，天外孤鴻枉斷腸。帝子不歸秋又去，萬鴉如葉撲宮墻。辛丑秋末過長安門，即景一首。

一家禁苑無人到，十國爭馳劇可哀。徹耳軍歌聲不斷，兵車夜半出宮來。
醉歸無限意茫茫，幾處燈光出苑墻。依舊晚風澄碧水，玉橋明月白如霜。
霧袂雲鞋不染塵，簇鬟垂鬢鬭盈盈。鈿車寶馬爭馳掣，認是誰家紫禁城。
匾聯照耀張金屋，衣傘蹁躚映彩旗。處處壺漿低首拜，原來十國盡王師。
排外尚非歷史恥，勞師無乃國民羞。郎君熱血儂清淚，枉作無情江水流。

一　《梁啟超全集》作「君昔為余畫扇，作〈齊詩圖跋〉，語云：『任公好余所治《齊詩圖》，予詩道南矣。』其狂率類此。」然《新民叢報》作「君昔為余畫扇作齊詩圖跋語云任公好余所治齊詩以圖予之詩道南矣其狂率類此」。如以《新民叢報》為準，應斷句如右。

太平謌舞尋常事，幾處風颭幾色旗。國自興亡誰管得，滿城爭說叫天兒。叫天兒，名優也。

雜詩　平等閣（狄葆賢）

甘爲游俠流離子，孺婦無顏長者憂。何不掃除公義盡，讓他富貴到心頭。
每因意憤言愈憤，自覺心平氣未平。依舊片帆蒼莽去，風濤如此那堪行。
平生不作牢騷語，我讀斯言氣一王。不幸離羣墮塵海，聞聲觸色總堪傷。京師殘破後，外人之無理橫虐及華人之甘心奴賤，憤無可憤，救無可救，能不悲乎？
年來最苦團圞節，懷友思親總愴神。一樣亞洲好明月，瀛車碾夢過西京。辛丑中秋夜作，蓋憶去秋此時，正過西京。

壬寅正月二日宴日本豐陽館　觀雲（蔣智由）

海山風景纖塵絕，入室清幽想見之。一斗小臣先醉矣，夢中天樂坐張時。
當筵鐵撥動琵琶，觸念河山感慨多。別有迴腸絲竹外，獨尋水石看梅花。

弔吳孟班女學士　觀雲（蔣智由）

年來歷歷英才盡，人虐天饕兩若何。女史傷心編往事，神州蘭蕙已無多。
謙吉里邊夕照黃，中虹橋畔柳絲長。女權撒手心猶熱，一樣銷魂是國殤。

壬寅正月二日自題小影　觀雲（蔣智由）

濁濁誰能知總因，但憑願力入風塵。江湖形狀喪家犬，自作人間補憾人。

朝吟　觀雲（蔣智由）

牆外蹏聲鼠齧聲，朝來耳管不分明。虛空放我渾無著，萬物泬寥天地清。

讀史　觀雲（蔣智由）

白骨塡黃河，清流飲恨多。可憐唐社稷，一樣付流波。

盧騷　觀雲（蔣智由）

世人皆欲殺，法國一盧騷。民約昌新義，君威埽舊驕。力塡平等路，血灌自由苗。文字收功日，全球革命潮。

感事二首　有情子

昨夜飛翻夢鬼雄，荊卿劍氣壓長虹。却憐滄海馳商蚷，豈有寒冰語夏蟲。失計始知徒覔彈，損心誰悟早存蓬。何時得飲玄黃血，一洗塵埃日再東。

住心暫宿範形地，一悟無端又墮空。狗子自然非佛性，蜂雄強半委天工。十年舊友多成夢，一紙虛名徧效忠。我欲尋春多少語，豈知春去已難逢。

光緒二十八年三月一日（公元一九〇二年四月八日）

《新民叢報》第五號

東瀛輶軒集

枯坐無聊適得五律　藤波千溪

見性本難得，嘔心何敢休。風塵獨覺佛，天地一詩囚。靜坐看雲起，吟行聽水流。人間百年事，吾欲問沙鷗。

一冬暖風日，霜霽四圍山。枯木夜叉骨，好花迦葉顏。馬銜紅果去，僧蹈白雲還。極目豁無礙，夕陽詩思閒。

傾盡碧筒酒，佛前詩味多。逃禪情灑灑，得句笑呵呵。片月浮千水，微風起萬波。寒山彼何物，畢竟一頭陀。

禪不依文字，詞唯見性靈。梅花孤帳白，竹院一燈青。悟道無僧過，吟詩有鬼聽。夜深天籟寂，寒月照空庭。

南無賈島佛，千載是吾師。滿爵先拚飲，孤龕例祭詩。寒驢身獨蹇，瘦鶴骨同奇。醉臥簷梅下，林逋夢見之。

鳳雛歌并序　西村柊園

羽後大館中學，在鳳凰山下，因名宿舍之舍曰「鳳鳴堂」，諸生在學堂者二百許人，余乃作〈鳳雛歌〉以勗諸生云。

鳳雛群兮鳳山之隈，鳳山崔巍不易攀，巔有天日赫灼輝。鳳山之下有原，芳艸滋鳳晨出遊，厥音喈喈。鳳山之下有堂，瓊樹開。鳳暮來歸，厥樂熙熙。鳳之雛二百，五彩陸離。倘俾逢魯叟，何發已矣悲。倘俾楚狂過，何謠德之衰。生遭聖世，已憂唐虞時。身備七德，爰招凡鳥譏。睹彼雀鷃翱翔藩籬，顧此雞鶩蟻螻之追。鳳亢翼兮九千仞，竹實食兮梧桐棲。鳳雛鳳雛，養爾之翼與德，上彼高岡，鳴彼朝曦。

南普陀　結城蓄堂

莫是江湖杜牧之，普陀巖上去題詩。僧無我相微微笑，客有禪心默默知。漱石臥雲秋水淨，焚香掃地夕陽遲。鐘聲敲斷揚州夢，半榻茶烟捲鬢絲。

自廈門至福州舟中　結城蓄堂

萬頃烟波醮夕曛，寒潮欲落水生紋。風流有罪餘香夢，骯髒無懷剩綺文。白鹿洞中秋臥月，碧泉巖下曉烹雲。十旬詩酒渾陳迹，多少江山醉眼分。留別鷺江諸子。

孤帆一片度滄溟，十月潮寒龍氣腥。殘日分愁天莽莽，亂濤驚夢夜冥冥。雲連吳越多奇險，海扼臺澎剩勝形。擬寫南荒多少異，知吾詞筆已通靈。

萬里乘槎膽氣豪，萍蹤唯托一孤刀。七閩瘴氣侵詩卷，百粵蠻颷掩客袍。蒼鶻盤空雲欲裂，老鯨橫海月方高。孤舟半夜睨河漢，渤澥無邊莽怒濤。

新年招同天颰洪洲中洲山陰易水諸賢過飲松風亭用白樂天正月三日閒行韻　五峰阪口恭

笑撿酒衫星尚在，休嘆詩鬢雪難消。梅花深巷接深巷，楊柳一橋多一橋。春水碧皴羅幅幅，畫簾紅逗燭條條。東風從此須行樂，纔入新年未數朝。

行年四十又加四，酒解消寒愁不消。已被春風吹白髮，誰先畫舫過紅橋。枇杷門掛新蟾影，翡翠簾遮嫩柳條。邀得諸公同一醉，野人生日是今朝。

陂口五峰有次白樂天正月三日閒行韻似云一月三日開詩筵于新潟松風亭乃次其韻遙寄　裳川岩溪音

十歲揚州如夢覺，三生杜牧欲魂消。樓樓酒旆魚鱗瓦，處處歌船鴈齒橋。浴鴨水猶翻雪浪，藏鶯柳欲引烟條。酒邊韻事賭詩後，定養春醒過幾朝。

雪朝東江木冷灰博士　裳川岩溪音

昨夜枕頭攤卷看，雪聲急灑小欄干。室催虛白天三尺，爐宿微紅火一團。早起有詩將問訊，先生與竹定平安。迎賓復見王仁裕，高會風流追煖寒。

光緒二十八年三月十五日（公元一九〇二年四月二十二日）
《新民叢報》第六號

辛丑冬日登山望雪感賦　平等閣（狄葆賢）

千論紛馳萬象繁，舉頭抬眼更何言。到心哀樂原平等，此近日体味所得。入世愛憎也法門。宙合彌綸此以太，古今遞嬗我靈魂。日星整滌皆吾事，且上崑崙掃雪痕。

偶翻殘稿拉雜盈尺矣悵然賦此　曰生（趙必振）

二十世紀競爭世，豈是揚風扢雅時。聊託音聲寫懷抱，不妨寓重任差池。《莊子・天下篇》：「寓言十九，重言十七。」多哀怨者聊復爾，折芳馨兮遺所思。孔佛耶回千萬語，何曾文字果然離。

緣裳招飲席上共譚北事感賦八首　默士

舊地新交此再來，主賓俱是劫餘灰。豺狼自古橫當道，麋鹿於今又上臺。易水風寒三尺勁，蜀山天遣五丁開。蒼穹終古傾西北，誰是人間種禍胎。

夜深跳舞影婆娑，金鼓鼕鼕鬼唱歌。豔說神師精地遁，不逢壯士挽天河。九重粟帛貽窮寇，十八阿羅共伏魔。從此狂瀾難砥柱，海鰍無水亦生波。

羽衣一曲舞裳霓，不道漁陽動鼓鼙。涇渭地中分畛域，昆侖天險隔東西。將軍跋扈皆梁冀，相國逃名愧范蠡。夜夜忠魂咽江水，錢塘一道冷悽悽。

妖星閃爍煽天閶，逼近薇垣入上方。莫怨長官都憒憒，可憐大劫本茫茫。白蓮龍鳳重司令，黑夜狐狸坐御床。歎息貔貅過十萬，任他蛇豕發猖狂。

毒霧迷茫白日昏，圍城犇突竟無門。紅燈綠酒迷人陣，碧血青燐怨鬼魂。一隊笙歌嬌女子，昔時文繡舊王孫。軍前行酒强歡笑，浣到青衣有淚痕。

劍履朝班儼帝容，人臣勳位極墉封。長城塞外招回鶻，滄海波深走孽龍。雲雨全憑翻覆手，恩仇大快老奸胸。至今貸死歸沙漠，憶否君恩倍萬重。

降旗夜豎石頭城，頃刻通衢盡敵兵。崔立一家先戮辱，李綱百計苦經營。天心未悔干戈禍，海面重驚鼓角聲。燕雀處堂猶夢夢，不知何日報昇平。

軍書午夜引杯天，回首燕雲益惘然。河北不關辛棄疾，江南重見李龜年。傷心隋苑題新柳，灑淚吳宮看採蓮。底事六朝亡國恨，秦淮簫管總嬋娟。

中興四賢詠　蒲生天漢

湘鄉創局儲船械，從此民權震墜泥。何似祖龍鑄鐘鐻，去兵明訓鑒宣尼。曾文正。

鄂江流血成紅海，軍府催租事未央。曾泊鸚洲問漁父，聲聲陳涉勝秦皇。胡文忠。

提軍萬騎爲牛後，稾項封矦亦大癡。爭説南陽有新亮，依然文若飲鴆時。左文翼。

舒桐豪氣小天下，願棄前旒掉勝鬘。至竟圍棊難賭墅，白頭愁對八公山。李文忠。

和因明子即席口占原韻　楚囚

大地不堪重駐足，此身惆悵欲何之。可憐一掬傷心淚，白紵筵前醉酒時。

和因明子即席口占原韻　泗澄

頭顱尚託微軀戴，痛念殘生何所之。當道豺狼貪利祿，碧天猶是血濺時。

和因明子即席口占原韻　曰生（趙必振）

罪言空有書三篋，贏得清狂似牧之。且自尋春且消遣，綠陰莫待已成時。

再成一首　楚囚

滿腔哀怨託銅琶，樂府當年重漢家。別具幽懷人不識，嚴寒應有遲開花。

懷尊儒　復腦

漫漫長夜一鷄鳴，此是東南希有聲。八百魔龍窮阻力，人天漸放大光明。
猛聞南嶽一聲雷，顛倒傷心劇自哀。神未返眞吾死我，佛恩指點再輪廻。

懷天囚　復腦

華嚴國土恒沙數，流轉相遭作弟兄。而又現身病夫國，嗟哉天僇佛何言。
金剛身戰玄黃血，智慧眼清惡濁塵。精進益加勇猛大，共肩責任救金人。

水調歌頭　述意寄華威子　惺庵（丁惠康）

卓犖觀書史，所志在春秋。未知肝膽誰是。中夜舞吳鉤。天下英雄餘幾，只有使君與我，敵愾切同仇。記取祖生語，擊楫誓江流。　指揮定，談笑頃，掃貔貅。莫圖斗大金印，都只爲身謀。須有千年勛業，震動寰球耳目，慘澹佛貍愁。直抵黃龍府，恢復舊神州。

光緒二十八年四月一日（公元一九〇二年五月八日）

《新民叢報》第七號

遊印度舍衛城訪佛迹　明夷（康有爲）

十一月廿日，于舍衛城外三十八里，得佛舊祇樹林[一]須菩提[二]布金地遺址。殿基猶存，三角樓尚完，遺柱三百有四，其西南則半圮矣。環廊尚有三面，皆純石，半完半坍，西門五石龕最完好。其西南一堂，崇牆三重巋然。餘皆爲回教所毀。登塔四望，羣岡自鷲嶺走來，數重環裹，其氣象爲印度所無，宜佛産其間也。頹垣斷礎，無佛無僧，大教如斯，浩劫難免，其他國土，一切可推。携次女同璧來遊，感愴無垠，車中得九詩記之。支那人之來此者，自法顯、三藏而後，千年而至吾矣。

印度萬里無一山，舍衛大城鷲嶺環。粗石怒奔走平皐，抱廻佛窟營中間。印度自須彌山以南，萬里平原無一山。惟舍衛城中[三]鷲嶺獨起，雖高數十丈而石氣莽蒼，爲印度所無，餘山皆土平，亦異境也，宜佛産于是矣，實為印度之中。故一成佛土，四營帝都，人居百里，氣象萬千，過于金陵及燕京焉。

未登闕里撫遺檜，先來祇樹訪布金。地上三千年教主，頹垣壞殿愴余心。

堂構經營須長者，鐵表摩挲阿育王。殿廊遺柱三百四，此是瞿曇說法堂。殿中有鐵柱，高二丈餘，大合抱，是阿育大王所立，刻梵字。

布金舊址周七里，結石精廬餘五間。想見當年妙嚴相，回環舍衛六重山。

法顯最先記佛國，玄奘以後無西遊。支那次我第四客，白馬馱登二石樓。金殿皆壞，惟二角石樓尚完，登臨惘然。吾車用白馬，想見秦景馱經，今象教[四]東行，而西方反寂滅。我來爲支那第四人矣。

一 《康有為全集》作「祇林」。
二 《康有為全集》作「須善提」，誤。
三 《康有為全集》無「中」字。
四 《康有為全集》作「佛教」。

可憐蒙古第一帝，長瘞原陵依講堂。可蘭文字徧壞[一]壁，七百年來同蕪荒。蒙古第一帝心捽顛巴盧打馬士營葬佛殿旁，崇門屹然，皆刻《可蘭經》文，今亦同廢。第一帝疑燕帖木兒之子也。

高塔摩霄三百級，俛看舍衛四遷城。霸圖佛跡俱零落，指點山河落日明。千七百年爲印度大王他話丫（泥痕）巴盧建都，及蒙古第二帝都加盧勒河，再遷呵馬有河，三遷厄忌巴路遷丫，忌喇即古之摩竭提也，沙之汗四遷于今城。此塔亦心捽帝所建，今亦七百年矣。

世界本來有成壞，化城無礙現華嚴。天龍神鬼圍千億，似有雷音震塔尖。

夕陽驅馬重徘徊，再上臺階認劫灰。迦葉曼殊膜拜處，更無香火首頻回。

游春雜感　任公（梁啟超）

故鄉春色今若何，佳人天末怨微波。洛橋灞橋楊柳死，江戶長條空復多。

繁櫻壓城鶯亂飛，妬風剗地蠻雪霏。東園一夜顏色盡，無復倭孃鬥舞衣。

出郛淩雨馬無力，睹墅看花人未歸。一春流潦苦妨轂，自由車含秋扇悲。自由車俗名腳踏車，本約二、三子鬥車，為竟日游，屢次阻雨，行不得也哥哥。

雨餘塍塍薺麥滋，上有三五黃栗離。飛飛愼勿啄金屋，吾與爾曹俱苦飢。

秋感八首　美權（周今覺）[二]

一 《康有為全集》作「刻」。

二 周今覺（1879-1949），初名美權，又名達，字梅泉、覺盦等，安徽建德人，集郵家。兩廣總督周馥之孫，辛亥革命後於上海從事房地產行業，嗜集郵。1925年任中華郵票會會長，1931年任英國皇家集郵學會會士，1935年任中國

黃沙烈烈吹南風，燕啄皇孫將毋同。洛陽門前銅駝泣，會見汝在荊棘中。
新亭名士泣霑衣，風景不殊江河非。金狄已去冬青死，猶有寒蝶東園飛。
河南河北桃李花，飛來飛去落誰家。六宮粉黛一夕老，樂遊原上空寒鴉。
嫋嫋西風吹繐幃，石馬嘶烟金蠶飛。宮中柳樹已能老，塞上王孫猶未歸。
寒星閃閃芒角青，黃蘆白草天四沉。骷髏深夜作人語，恨血入土飛碧燐。
羊燈無焰冷玉缸，酸風微撲青瑣窗。棠梨花開芙蓉死，三十六宮秋月黃。
去年太液采蘭苕，今年零落生蘆蒿。靈和殿前千絲柳，更無宮人鬭舞腰。
宜春苑中飛螢過，建章宮裏張雀羅。美人衣薄秋露冷，驚沙窸窣吹女蘿。

春日感懷　荷庵（湯睿）[一]

五載風霜飄泊身，飽經苦樂未尤人。春光浩蕩三山國，奇氣消磨十丈塵。儘有干戈悲弟妹，難將愁思付江濱。當街柳色新如許，惆悵無端悟後因。

和有情子感事詩次章步韵　荷庵（湯睿）

黃塵澒洞悲無着，萬慮飛揚恨未空。撇眼看雲終是夢，苦心憂國計難工。銅駝那識荊榛慘，麥秀

數學會董事，有中國「郵王」之稱。著有《今覺庵詩》。

[一] 湯睿（1878-1916），又作湯叡，字覺頓，號荷庵，廣東番禺人，政治人物。早年拜入康有為門下，參與維新運動。戊戌政變政變失敗後避走日本，曾參與唐才常自立軍起義。辛亥革命後任政府財政部顧問、中國銀行總裁。袁世凱稱帝，與梁啟超等共謀討袁，參與貴州、廣西獨立活動。1916年策動廣東獨立時，為廣東將軍部下鎗殺。

誰憐烈士忠。橫枂問天應厭亂，奇才何事不重逢。

光緒二十八年四月十五日（公元一九〇二年五月二十二日）
《新民叢報》第八號

天竺山居雜詩[一]　明夷（康有為）

入春忽忽已三月[二]，去國迢迢又四年。花樹怯寒尚含蕾，峯巒近暮總籠煙[三]。中原萬里無消息，大壑十尋獨醉眠。且喜林園有餘地，更饒狂放繫秋千。

雪峯天際正當門，曉望崑崙山最尊。孤臥柴床臨絕壑，頻穿竹徑過鄰園。垂籐礙帽時低首，落葉盈衣故不言。避地偏宜閑靜性，倦聽山市鬧聲喧。

憂患　有情子

冷眼癡心兩反成，千絲血縷劍無聲。非經憂患安能死，愧向優閒自討生。鬼國飄揚風變黑，人波吹起恨難平。區區小技非吾願，踏碎陰山萬馬橫。

[一]《康有為全集》作〈壬寅入春三日，山館林中繫秋千〉。
[二]《康有為全集》作「三日」。
[三]《康有為全集》作「含煙」。

國恥兩首　困齋（籍忠寅）[一]

國恥當思王戰北，人才方駕一航東。孤身性命懸天外，萬族瘡痍在眼中。詩入滄溟搴地險，文窮山海鑿天空。他年興國知何恃，載筆乘槎爲采風。

朅來更亂三年別，當日論詩百尺樓。虎臥龍跳陵谷變，魚沈雁斷海天秋。東西文字俱千古，新舊人才各一邱。爲據扶桑導先路，便從渤海下扁舟。

崝廬雨坐聊短述[二]　神州袖手人（陳三立）

昨夜千山明月寒，晨起一椽過疏雨。牆頭綠竹青松林，猶覺風吟落蟲語。鄰舍炊煙雞犬鄉，鄰舍豎子鑱柄長。高樓了了讀書眼，死生獨坐涕淋浪。

蟻鬭　忘山居士（孫寶瑄）[三]

獨立閒階觀蟻鬭，忽傳雲海動旌旗。九州狼虎雄風在，一局樗蒲冷眼窺。國勢縱橫難豫測，天心

一　籍忠寅（1877-1930），字亮儕，自署困齋，直隸任邱人，政治人物。1903年赴日留學，回國後任北洋法政專門學堂教務長、順直諮議局議員、資政院議員，參與成立憲友會。入民國後歷任北京臨時參議院議員、國會參議院議員、天津中國銀行副行長、直隸巡按使署顧問等職。曾參與倒袁，參與成立共和黨、憲法研究會。有《困齋詩集》、《困齋文集》。

二　陳三立著，李開軍點校：《散原精舍詩文集》（上海：上海古籍出版社，2003年）作〈崝廬雨坐〉。

三　孫寶瑄（1874-1924），字仲璵、仲愚，號忘山居士，浙江錢塘人，書法家。生於顯宦之家，先後任職工部、郵傳部、大理院。曾上書李鴻章，遊說變法。1900年加入中國國會，任幹事。民國初年，任寧波海關監督。有《忘山廬日記》、《忘山廬詩存》。

殘酷不勝悲。請看用九羣龍日，便是人權戰勝時。

讀陸放翁集　任公（梁啟超）

詩界千年靡靡風，兵魂銷盡國魂空。集中什九從軍樂，亘古男兒一放翁。中國詩家無不言從軍苦者，惟放翁則慕為國殤，至老不衰。

辜負胸中十萬兵，百無聊賴以詩鳴。誰憐愛國千行淚，說到胡塵意不平。放翁集中胡塵等字凡數十見，蓋南渡之音也。

歎老嗟卑却未曾，用放翁原句。轉因貧病氣崚嶒。英雄學道當如此，笑爾儒冠怨杜陵。放翁集中只有誇老頌卑，未嘗一歎嗟，誠不愧其言也。

朝朝起作桐江釣，昔昔夢隨遼海塵。恨煞南朝道學盛，縛將奇士作詩人。宋南渡後，愛國之士欲以功名心提倡一世者亦不少，如陳龍川、葉水心等，亦其人也。然道學盛行，掩襲天下，士皆奄奄無生氣矣，一二人豈足以振之？

余作新壽命說一作至長久之壽命，保險家人羣也　觀雲（蔣智由）

未暇高言出世，蓋爲入世諸人破生死網也，篇後系詩數首。

目極寥天際，千秋事若何。與君期華嶽，慰予定風波。四海神靈合，雙丸日月多。香雲花雨裏，法界幾經過。

脫却皮囊臭，神奇信有之。招魂來帝子，養氣若嬰兒。魑魅何能祟，天龍亦自隨。華嚴諸世界，人境不須離。

相逐寥天去，而無塵世緣。大星明處處，華鬘自年年。不信顏回死，從知太白仙。男兒無別事，怎莫著先鞭。

何人不入死生海，無法能離纏縛門。我爲衆生新說法，解人迷惑鬼煩寃。

漫爲高智說眞如，指點人羣足啟予。我所莊嚴我所往，露地駕得白牛車。

髓腦肝腸爲國牲，不須萬派動哀鳴。崔巍銅像祇塵相，芥子金身偌大橫。

入世我由乘願力，非關惑業墜人間。光明現相尋常事，祇馭天風一往還。

歷史　觀雲（蔣智由）

煌煌歷史間，祇有成敗倫。成者雖碌碌，尊之若鳳麟。敗者雖英雄，賤之若蠅蝨。最奇支那事，奇士多不春。影響及社會，民愚斯蠢蠢。俊傑遭挫傷，得意類謹馴。緬想哥倫波，航海覘西坤。設令中道阻，亦爲歐俗瞋。有幸有不幸，天乎人乎弁。吁嗟儒老墨，惆悵唐漢秦。敎主與時君，思之動疑眕。奴界累千載，而不敢置論。偉哉成敗力，若雷霆萬鈞。吾儕持平等，尚論抉素因。一埽前民言，稱心自爲衡。思欲翻史案，汗牛作秦焚。嗚呼吾史成，朝市尸其身。觵觵此鴻業，耿耿感于心。研鍊數千年，天葩紾逸芬。一卷奇人傳，持以福吾民。

光緒二十八年五月十五日（公元一九〇二年六月二十日）

《新民叢報》第十號

次明夷遊印度舍衛城訪佛蹟原韵　烏目山僧（黃宗仰）一

王舍城中靈鷲山，珠宮貝闕昔周環。凄凉阿耨池頭月，猶照菩提古樹間。
支那有士倡流血，印度無僧守布金。亞海風潮正澎湃，竺天密證涅槃心。
露柱鐵遺三百四，骷髏金葬一蒙王。可蘭經篆繡苔蝕，斷碣橫陳夕照堂。
伽耶聖蹟遭回虐，華實競生詎有間。大教凌遲殫智種，鐵輪風轉浪翻山。
顯奘希法東歸後，千載無儔西竺遊。第四今爲麗父女，吟詩感愴石層樓。
須彌萬里悲風起，塗毒聲沈獅吼堂。塔上一鈴斜照外，喃喃猶自語天荒。
仰昔世尊龍象地，撫今奴僕兎狐城。可憐晦昧無時覺，願碎虛空牖厥明。
成住壞空原幻相，懸譚奧義示華嚴。恒河性水如如在，一鏡澄涵印塔尖。
帝王基業一坯土，佛祖門庭千刼灰。法海頹波無計遏，洪濤堆裏首頻回。

送日本金城子東歸詩序　鄧何負二

庚子以來，日本人士踵來京師，其賢豪傑彥，余輙識之，而好學多通，篤愛其隣者，金城子實弟一。金城子，西氏名

一 黃宗仰（1865-1921），俗名浩舜，釋名宗仰，號烏目山僧，江蘇常熟人，革命家、僧人。1884年出家為僧，1901年應猶太商人哈同妻羅迦陵之聘，設計愛儷園，並講授佛學。1902年聯同章太炎、蔡元培等發起中國教育會，成立愛國學社。1903年「《蘇報》案」後，避居日本，結識孫中山。1904年回國，專事刻經，1914年任江天寺首座。1920年募巨款重修南京棲霞寺並任主持。著作輯為《宗仰上人集》。

二 《新民叢報》作「鄧向負」，然查無此人；而《飲冰室詩話》則有錄「鄧何負」之詩，故「向」應為「何」之誤。

師意，以《大阪每日新聞》特派員來京師，善余友廉郎中惠卿，主其家。會余客京師，獲與過從，繼與常籍生、廉惠卿用吳先生命，設局所譯書，得金城子來同居，相得益懽。今年春，惠卿以憂世至疾，棲息西山中，金城子則下帳謝酬應，曰：「中國民智稚耳！誓掘腎肝著書二十種以開之。」日英同盟後，日本士流方植氣揚采，唾中國若不屑。金城子乃撰述益奮，思爲蘇絕學，納新理。無論其所就，顧力之篤，已使我心折焉矣！書成《大學義疏》等僅四種，忽若有不自得，謂成就不副所期，畸行亦不見許於其曹，鬱鬱處此，終不可則。於陽曆某日，道天津東歸，留之不聽。金城子狷介，居京師，簡交游，王公大人之筵飲無所與，故於其去也，僅余與籍生以尊酒餞，又以金城子喜文學，各贐之以詩。嗟夫！兩歲以來，上自宮廷，下之士庶，警於排拒之覆轍，欵洽外人遠異。疇昨酒醴之會，玉帛之饋遺，比日而相望，盛哉盛哉！夫豈意有篤愛吾國之金城子，其歸國乃寂然無祖餞之繁乎？有之，亦僅一二書生以數言片紙爲投贈乎！此亦事之奇而可紀者已。籍生詩無副不及錄，錄余詩，題曰：〈蹉跎行〉。

蹉跎復蹉跎，我生亞洲陸，君生黃海阿。風潮鞺鞈若有意，迫君跨海來相過。君愛支那似愛我，箸書誓爲蘇沉疴。我才不比志亦爾，時將封垤追岷嶓。一朝謝我道歸去，自云壯想成銷磨。我聞太息惜同病，舉國欲殺眞盧梭。不挈妻孥閿鄉去，飄搖京雒終如何。此語雖然意未恝，狂辭更進君休呵。邇來龍曹意向頗，西海不競東海波。黃人冥睡一開眼，孤舟絕纜乘盤渦。吾生際此要麤猛，不然一擲肥魚鼉。直須放膽捩天命，輩流夸毀寧足科。聽我狂言意應解，餞君有酒顏須酡。齊烟欲疏日蕭颯，蓬島不見雲嵯峨。它日太平洋上更相値，共飽鯨膾嘗蟇皤。

聞吾鄉太守得官喜而成此某學使亦同時被薦而榮瘁各殊有命也　癭公[一]

[一] 羅惇曧（1872-1924），號癭公；吳保初（1869-1913），號癭公。未知孰是，備考。

少年藉甚蓬山譽，海內爭傳有諫書。起廢幾人誇異數，求伸終竟荷眞除。抗顏尚憶經師貴，屈膝常寬禮節疏。十載主賓懷舊念，也應重食武昌魚。

王粲才名亦絕塵，荊州薦剡墨猶新。使槎落日長浮漢，匹馬西風更入秦。衡鑒舊看持玉尺，馳驅今見返征輪。却憐悃悃依劉歎，不及梁園實要津。

感事　庚子舊作[一]　蛻庵（麥孟華）[二]

曀曀[三]三年陰翳日，密雲不雨自西郊。聖軍未決薔薇戰，黨禍驚聞瓜蔓抄。天動殺機龍戰野，春殘阿閣鳳辭巢。美新文字人傳誦，郤有揚雄善解嘲。

壓城雲黑未全消，觱篥悲鳴多寂寥。天子並雄稱日出，匈奴自古倚天驕。微聞黃禍鋤非種，且爲蒼生賦大招。棄郤珠崖罷西域，茂陵風雨夜蕭蕭。

柬蔣觀雲先生　楚青（金嗣芬）[四]

一 馬以君主編：《麥孟華集》（順德：順德縣志辦公室，1990年）作〈庚子感事〉。

二 麥孟華（1875，一作1874-1915），字孺博，號蛻庵（盦）、曼殊、先憂子等，廣東順德人，維新派重要成員。舉人，康有為弟子，少與梁啟超齊名，人稱「梁麥」，同為維新事業奔走。1895年參加「公車上書」，1897為《時務報》撰文，1898年參加保國會。戊戌政變後逃亡日本，協助創辦《清議報》，曾代梁啟超主持報務，代理日本大同高等學校校長。1907年任政聞社常委，1913年任《不忍》雜誌編輯，後參與倒袁，1915年病逝。著有《蛻盦詩詞》，收入《粵兩生集》，詩文詞輯為《麥孟華集》。

三 《麥孟華集》作「噎噎」，今從《新民叢報》作「曀曀」。

四 金嗣芬（1877-?），字楚青，別署想靈、謇靈脩館主人，江蘇南京人。江西候補知縣。著有《謇靈脩館詩存》。

與君一樣滄桑感，世事艱虞祇黯傷。東亞風潮千丈落，北溟烟瘴八荒囊。虎狼一任揄腸胃，燕雀依然覓稻粱。大陸愁雲哀慘淡，況聞禍變起蕭牆。

弔袁太常　楚青（金嗣芬）

欲排閶闔奪天門，剖取丹心奉至尊。縱使斷頭難再續，試看吾舌固猶存。批鱗竟觸權臣忌，流血空酬國士恩。地下願從龍比去，留將公罪後人論。

刼灰夢傳奇題詞　楚青（金嗣芬）

沈沈大陸三千載，黯黯愁雲一萬重。無量恒河無量刼，是誰先到妙高峯。我公慧舌吐金蓮，信手拈來盡妙詮。議種菩提參結果，願身普度出人天。

久思　觀雲（蔣智由）

久思詞筆換兜鍪，浩蕩雄姿不可收。地覆天翻文字海，可能歌哭挽神州。

光緒二十八年七月初一日（公元一九〇二年八月四日）

《新民叢報》第十三號

辛丑歲暮雜感[一]　蜺庵（麥孟華）

黃金虛牝苦蹉跎，人海浮沈感逝波。並世頗憐才士少，傷心應比古人多。鵬摶暫息培風翼，駒過[二]原無返日戈。休歎盛年處房室，明朝晞髮向陽阿。

猛憶西歐前世紀，民權勃崒欝雲雷。風潮東簸羣雄出，河嶽中原兩界開。戎禍早聞江統論，漢廷空老賈生才。昆明池裏多餘燼，應有胡僧話刼灰。

紛紛幾輩自清流，竪子英雄貉一邱。壯志未忘陶侃甓，他鄉怕上仲宣樓。故應蹈海羞秦帝，似說中朝泣楚囚。滿目山河風景異，浮雲西北望神州。

興亡與有匹夫責，溫飽原非志士心。鷹未下韝思一擊，駿雖市骨值千金。劇憐座上焦頭客，誰識隆中抱膝唫。三十功名應未老，黑頭不受二毛侵。

霜華壓瓦怯嚴寒，百草披離歲向闌。萬里江關羈庾信，漫天風雪臥袁安。繞枝自笑南飛鵲，對鏡還悲獨舞鸞。最是少陵懷弟妹，故鄉鐙火夢團圞[三]。

某君得官感賦　六榕客

草草斜斜墨未乾，向隅今得滿堂歡。喧傳文字美新頌，頗識威儀舊漢官。飽死侏儒才斗粟，登場優孟好衣冠。羊頭羊胃君休笑，難得將軍禮數寬。

一　《麥孟華集》作〈辛丑歲暮雜詠〉。

二　《麥孟華集》與麥孟華撰：《蜺盦詩　蜺庵詞》，收入《清代詩文集彙編》編纂委員會編：《清代詩文集彙編793》（上海：上海古籍出版社，2010年）均作「隙」，然「隙」為名詞，如與出句作名詞之「摶」對仗，作「過」較妥。

三　《新民叢報》作「欒」，今從《麥孟華集》作「圞」。

酬蔣觀雲[一]　劍公（高旭）

一佛居然出世來，現身說法講堂開。阮狂賈哭歸憂國，虎跳龍拏識異才。惠我札書[二]珍白璧，感君琴劍[三]老黃埃。風濤廿紀蒼生厄，援手齊登大舞臺。

蟪蛄著耳太嘈嘈，風雨雞鳴氣自豪。變舊姓名脫張祿，君屢易其名號。創新哲學偉[四]盧騷。乾坤浩氣期撐住，滄海橫流誓挽牢。他日相逢無物贈，風塵擬解慕容刀。

白雪陽春和者稀，茫茫我道竟安歸。元黃血戰黑龍死，魑魅窺人[五]白日微。蒿目衆[六]魚游釜泣[七]，驚心一鶚背[八]天飛。蛙居井底私憐惜，無限飛揚願屢違。

總緣腸熱痛聯俄，淚濕眞丹破畫圖。敢說度人先度己，生當爲俠不爲儒。犧牲覺世書千冊[九]，湖海論交酒百壺。特發狂言煩記取，男兒要鍊鐵頭顱[十]。

一　《高旭集》作〈寄蔣觀雲〉。
二　《高旭集》作「片言」。
三　《高旭集》作「長鋏」。
四　《高旭集》作「即」。
五　《高旭集》誤植作「入」。
六　《高旭集》作「群」。
七　《高旭集》作「底」。按：律詩對仗須上下句同位置詞性相對，故此處以動詞「泣」字對下句動詞「飛」字為宜。
八　《高旭集》作「刺」。
九　《高旭集》作「卷」。
十　《高旭集》作「男兒珍重好頭顱」。

暮春襍咏　劍公（高旭）

十日不出戶，落花一尺深。笛聲何處來，妙哉此雅音。頓然澹我慮，白雲空古今。一切無礙法，一切無礙心。

柳絮急飛雪，十萬狂風散。最怕斷人腸，遠望登樓懶。爲憂衆生苦，衣帶日以緩。區區方寸地，佛子已充滿。

無思亦無慮，無著亦無住。爾許大自在，不自知其故。世界外世界，一朝神若遇。笑對青燈說，汝即菩提樹。

人生非木石，當作世光明。以太塞兩間，念念能出生。蛺蝶飛入室，繚繞若有情。捲簾放渠去，憐愛[一]交相幷。

細讀華嚴經，始覺昔年誤。面壁參平等，焚香消外懼。虛室夜生白，明月窺我坐。圓鏡妙莊嚴，至理可以悟。

慈悲是淨土，忍辱即道場。三界惟一心，是非本無常。靜言天下事，淚下何淋浪。我蝨濕熱中，憂患安可忘。

臨池觀遊魚，水深魚涵泳。魚游水因緣，水流魚究竟。心垢衆生垢，心淨衆生淨。欲知此中意，須具菩提性。[二]

一　《高旭集》作「憂」。

二　《高旭集》後有注云：「傅鈍根曰：『甲辰年，余始從報端讀此作，數年以來未嘗去目，且屢為人書作箋帖。嘗謂：『盛怒幽憂之下，取此詩低徊誦之，能令心境清爽。』丙午，始識作者，為題其集有云：『兩年前讀劍公詩』，

贈任公　劍門病俠（龐樹柏）[一]

國命今番逢不辰，交鄰變法兩無因。他年天地看新造，億兆同胞待此人。

贈觀雲　劍門病俠（龐樹柏）

奔走江湖一客寒，苦心常愛濟時艱。願君漲此大願力，莫但區區文字間。

贈君遂　劍門病俠（龐樹柏）

耿耿忠懷莫見明，封章不達拂衣行。欲將痛哭回天地，千古同心有賈生。

遠遊哀志士之去國也　楚青（金嗣芬）

若有人兮海之濱，朝嘗膽兮昔臥薪。大宛之馬九眞麟，肉眼不識反生瞋。橫絕地維迄天垠，愈知吾國尚有人。滄海波飜血淚新，風雨如晦雞嚮晨。吁嗟同胞無病呻，震雷驚破萬刧塵。海枯石爛磨精神，天生偉人自有眞。歸來歸來海外身，旋乾轉坤雲雷屯。沈沈大陸一朝伸，仁人澤流被千春。

文采風流想見之者，蓋即指此。後移書屢索，手寫付余，僅得四首，自謂少作不足觀。為語天悔，幸勿絕此廣陵散也。黃履平曰：『至理名言，未經人道。』」

[一] 龐樹柏（1884-1916），字檗子，號芑庵、劍門病俠等，江蘇常熟人，詩人。早年加入同盟會，曾任《國粹學報》編輯，1909年參與發起南社。武昌起義和二次革命期間，策動群眾參與失敗，險遭毒手，後無心政治。詩詞編為《龐檗子遺集》。

光緒二十八年八月十五日（公元一九〇二年九月十六日）

《新民叢報》第十六號

讀新民叢報感而作歌　在宥民

甌濱一士空山居，朝朝局促困書帷。忽從海外得鴻秘，腦球意界頗發舒。有時徘徊起立疾拔扉，驀然狂走周旋數十圍。思想自由入非非，忽躍九天忽蟄九淵腦電飛。有時放眼碧海窮尾閭，潮來潮去洪鈞大氣相吸噓。曉日初出夜月湧，丈夫對此生雄圖。嗚呼！丈夫對此生雄圖，安得適彼扶桑之帝都，觀政求學出其途。嗟余之生燥髮即受書，至今八千六百四十日有餘。讀書何爲思之每汗雨，未能跳出學界奴隸之範圍。往者已矣來可追，誓將改良兮易轍而驅。況值二十新紀世界文明進一級，全球變動風靡潮湧雲奔馳，自歐而墨而亞九萬里，大地之運一躍再躍乃東迤。起點崑崙極禹域，招國魂兮渡太平洋而來歸。文明膨脹塞宙合，輸入我華國漸蘇。東方頑夢大棒喝，老大已轉少年時。吾生幸福大且奇，不先不後恰置身二十世紀之初期，文明母國支那東南之海湄，既自喜又自疑。喜我腦筋之中日日湧新知，開闢心球理想古無之。生平讀書枉千卷，何如一篇餉我魂魄飛。乃想古來學界之士如煙海，紛紛孔見不足供胡盧。陸王黃顏亦傑出，鳳毛麟角無乃稀。其餘漢學宋學清學書充棟，盤旋奴界寸步不敢踰。世界思潮至此忽大變，衝突網羅決籓籬。犁庭掃穴爭倡大革命，打破學界奴性獨立而不羈。疑我腦筋之漿已漸漓，輸入文明思想微乎微。童年腦力初發達，誤疲神經斲文詞。生平所學亦何事，璧陰虛擲悔已遲。又況世界文明愈進學愈演，一切專門科學之多如鯽魚。我披其書瞠目視，腦印迷離歧路歧。措大之家青氈更何物，年年承乏此席殊可嗤。橫經北面擁皋比，張頤欲語忽囁嚅。嗟乎普通學之未窺，豫備科之弗知，而乃靦然抗顏高坐爲人師。失之東隅收桑榆，吾將舍此兮悵悵而何之。嗚呼！安得適彼扶桑之帝都。扶桑之都大好一廛居，乘風破浪士爭趨。談瀛海客興不淺，紛紛東渡有如赴壑魚。吾聞海東帝國崛興方卅載，驤首天空獨立雄亞輿。吸取歐西文明食而化，豈徒區區形質相規摩。帝國黃民此特立，奴性銷爲日月輝。組織教育有特色，學校如錦士如荼。又聞留東諸公皆血士，數千里外客星聚一隅。咄哉桃源避地別有新世界，文明海國古所無。鐵血未寒心不死，自由獨立喚起國民奴。我讀其篇語咽絕，血淚盈簡兩糢糊。徘徊出戶東望長欷歔，何時置身三島相追隨。胸中萬千塊壘突兀起，濁酒一斗不足以澆之。吾欲如宗元幹兮破浪，吾欲如溫太眞兮絕裾。思之思之計已熟，及今圖之猶可爲。不行萬里非丈夫，鬱鬱居此胡爲乎。海雲極目東渺渺，潮聲到耳如相呼。嗚呼！安得適彼扶桑之帝都。

物我吟八首　慧雲（高旭）

自由思想出天天，水灑楊枝遍大千。驂駕春虹被明月，人生何處不神仙。

萬山原仗五丁開，智勇雙修地獄來。色即是空空是色，眞光烱烱現靈臺。

酒酣起舞寶刀橫，航海誰同萬里行。鸞鳥鳳凰日以遠，獨居無樂哀吾生。

恒河沙數可憐蟲，鼓鑄齊歸大冶中。絕去惡根培善本，重仁襲義最從容。

腦筋發達即奇兵，東亞全圖繪不成。誰與芳洲搴杜若，悠悠白日太無情。

夫君天末渺難望，恨水沈沈似帶長。荃蕙化茅蘭芷變，枉稱香草了無香。

寸心神妙孕乾坤，濯茁靈苗剗鈍根。夢裡忽然生六翮，扶搖任意上崑崙。

水中花月鏡中春，入世緣同出世因。獨救衆生排一切，無眞非幻幻非眞。

辛丑中元羈泊海上望月有懷南中諸君子　金楚青（金嗣芬）

望美人兮天一方，長相思兮不能忘，欲往從之道阻長，擧頭望月思故鄉。雲漢迢迢遙相望，恨不乘雲任翺翔，側身四顧何蒼茫，百端交集我心傷。愧彼鴻鵠摩穹蒼，乃爾燕雀謀稻粱，願飛無翼渡無梁，夜光朗朗照乘黃。按劍疾視叱不祥，彳亍歧路嗟亡羊，古今哀樂夢一場，酣睡沈沈夜未央。蕭艾不臭蘭不芳，鴟鴞矯翼逐鸞凰，九天閶闔試引吭，請與濁世掃粃糠。手挽銀河洗欃槍，沐日浴月慶重光，此心耿耿何時償。

北行感興五首之一　鄺齋

淮陰古名郡，長堤如蜿蜒。漂母不可見，遺塚留荒阡。頗聞今太守，仁愛民稱賢。風好泊不得，榜人爭向前。豈知十里外，關吏呼停船。船空百無有，有無皆索錢。橫征乃如此，商旅殊可憐。何不去關吏，太守嗟無權。

晚思　鄺齋

翩翩飛鳥過，日暮投深林。繽紛浮雲流，隨風歸故岑。遠遊在天末，感此傷我心。還家杳無日，骨肉如商參。徘徊不能語，泣下沾衣襟。

庚子秋興八首之二　鄺齋

鑾輅蒙塵虎節斜，不堪回首望京華。坐令韋粲拋忠骨，猶許張騫返漢槎。海內紛紛傳羽檄，城頭歷歷作胡笳。長門寂寞宮人去，秋雨秋風長薛花。
登高忍看舊河山，趙漢旌旗一瞬間。乍報乘輿過隴水，忽傳敵騎下秦關。相公議欵眞能手，諸將蒙恩亦厚顏。寥落從臣三五輩，傷心猶自序朝班。

春日信步過陶文毅公祠偶題　鄺齋

東風吹不到，海國得春遲。二月無芳草，何時見柳枝。長堤宜散步，曲水護崇祠。各有千秋業，欣看鬢未絲。

贈明夷　烏目山僧（黃宗仰）

于飛垂股哲人夷，正法爭傳有大師。一移寶相祇樹下，大乘獅吼中興時。
衛城清磬送斜陽，曾剖心肝奉素王。身毒烟雲通震旦，鷲峯頭上涕淋浪。

贈任公　烏目山僧（黃宗仰）

洗刷乾坤字字新，携來霹靂剖微塵。九幽故國生魂死，一放光明賴有人。
筆退須彌一塚攢，海波爲墨血磨乾。歐風墨雨隨君手，洗盡文明衆腦肝。

贈觀雲　烏目山僧（黃宗仰）

怪雲幻雨渺無涯，夜剎羅叉鬥角牙。獨住無生法忍地，自耽芳逸弄天葩。

贈太炎　烏目山僧（黃宗仰）

神州莽莽事堪傷，浪藉家私贓客王。斷髮著書黃歇浦，哭麟歌鳳豈佯狂。

贈君遂　烏目山僧（黃宗仰）

朱雲血棒韓公喝，震觸天庭鐵石人。簾影沈垂風雨晦，青門瓜事老淞濱。

光緒二十八年九月一日（公元一九〇二年十月二日）

《新民叢報》第十七號

六哀詩　更生（康有為）

戊戌之秋，維新啟難，堯臺幽囚，鉤黨起獄。四新參楊銳叔嶠、劉光第裴村、譚嗣同復生、林旭暾谷，禦史楊深秀漪川及季弟廣仁幼博，不讞遂戮，天下寃之。海外志士，至歲為設祭，停工持服。蓋中國新舊存亡所關也。六烈士者，非亡人之友生弟子，則亡人之肺腑骨肉。流離絕域，嘔血痛心；兩年執筆，哀不成文。辛丑八月十三日，奠酒于檳榔嶼絕頂，成〈五烈士詩〉。海波沸起，愁風颼來，哀紀亡弟，卒不成聲。蓋三年矣，須[一]後補成之。

山西楊夫子，霜毛整羽鶴，神童擢早秀，大師領晉鐸。琨玉照蒼旻，勁翮刷秋鶚。嗜痂癖鄙言，論學起嶽嶽。瑣碎蒼雅奧，繁蕪傳注博。山經與地志，佛典共史略。繁徵舉其詞，一字無遺落。吾能張其軍，見公生畏卻。尤能舉大義，行已無愧怍。清絕冠臺官，子病無醫葯。趨朝輒賃車，賣文乃欵客。時

一《康有為全集》無「須」字。

經膠旅警，慘憂同痁瘧。旦夕論維新，密勿頻論駁。首請聯英日，次請拒俄約。繼言廢八股，譯書遣遊學。涕泣請下詔，大變決一躍。御門警羣臣，開局議制作。聖主感誠切，大號昭渙若。四月變法詔，永永新中國。大旱沛甘霖，羣生起忭樂。奇功動日月，衢尊共斟酌。大蛇臥當道，神鷹擊一攫。憂甚武曌禍，惜無束之略。忽驚[一]神堯囚，赫矣金輪虐。黨禍結愁雲，盈廷瘖若縛。抗章請撤簾，碧血飛噴薄。董軍密入京，蕭蕭八月朔。吾時奉詔行，公來告氛惡。揮手作死別，吾擬委溝壑。豈知痛稽生，凄絕山陽笛。昔謁椒山宅，遺像瞻瓜削。見公適適驚，骨鯁貌何若。故知是化人，來為救世託。雖慘柴市刑，能褫權奸魄。大鳥還故鄉，剛毅死猶嚇。

右楊公深秀

峨岷氣悽愴，精英起肅肅。楊君抱粹姿，溫溫潤如玉。學問窈淵懿，神體窺渾穆。史學尤精研，晉書手注錄。久遊諸公間，京華推名宿。謹密無少洩，謙讓似不足。平生憂國意，慨歎眉蹙蹙。代草諸公疏，補救强蹉跼。與我志意同，過從議論熟。公車始上書，號召君鞠鞠。繼乃會强學，君肯同開局。豺虎磨牙食，羣士皆退縮。君首爭署名，抗章聽誅戮。膠事吾去國，君走為推轂。後開保國會，被劾君猶睦。始疑謹厚姿，頗慮弱不足。豈知百煉金，光芒深韜蓄。學術本少殊，行事乃相服。益知君子心，憂國至誠篤。聖心善鑒拔，大器備令僕。參政十七日，玄黃遘痛毒。帝座竟傾闇，衣帶密傳讀。上言憂中國，變法救危辱。下言觸慈怒，大位將傾覆。設法籌營救，焦灼企望速。君密傳同志，失聲咸痛哭。顛危竟不救，萬死罪莫贖。董承以反誅，千秋傷寃獄。

右楊君銳

〔一〕《新民叢報》作「警」，今從《康有為全集》作「驚」。

我不識裴村，裴村能救我。署奏拒鷹鸇，心感報無所。昔開保國會，千丈松磊砢。模糊一握手，未得親右左。君言讀我書，傾倒亦已頗。故人多石交，下石一何夥。故知交在神，面交多坎阻。京華聲利海，十年潛默坐。謝華學獨劬，寡交足頻裹。閉門陳正字，直節無揜婀。小字作顏書，剛健少婀娜。研精舊史學，維新乃最果。聖上切旁求，陳撫薦自楚。新參一朝拔，得人四海賀。王相客盈門，不投一刺過。密勿贊新猷，氣象皆駊騀。改元設參謀，明堂燦藻火。訏謨善畫策，君莫不畫可。奪門忽聞變，投獄無少嚲。竟從龍比遊，哀哉呂武禍。人才付一燼，邦國嗟長鎖。吁嗟孔融子，覆巢卵同挫。側望蜀川雲，灑涕風悲楚。

右劉光第

復生奇男子，神劍吐光瑩。長虹亘白日，紫瀾捲[一]蒼溟。足跡徧西域，抵掌好談兵。橫厲志無前，虛公心能平。才明挺峻特，涉獵得其榮[二]。于學無不窺，海涵而淵渟。文詞發瑰怪，火齊雜水晶。孤孽既備嘗，德慧更耀靈。徧探異氏奧，遽徙篋頻傾。歸心服大雄，悲智能長惺。聞吾談春秋，三世志太平。其道終于仁，乃服孔教精。貫串中外學，開通治教程。奇闢破宧奧，華妙啟化城。大哉仁學書，勃窣天為驚。金翅來[三]大鵬，溟海掣長鯨。巨力擎燭龍，雷霆吼大聲。吾道有譚生，大地放光明。師師陳義寧，撫楚救黎蒸，變法與民權，新政百務興。湘楚多奇材，君實主其盟。大開南學會，千萬萃才英。新法丕矯變，舊俗滌以清。聖主發維新，賢哲應求徵。奉詔來京師，翔鳳集紫庭。宣室前席問，帝心特簡膺。有命參新政，超階列羣卿。向以天下任，益爲救國楨。旅吾南海館，緯繣夜不寧。首商尊君權，次商救

一 《康有為全集》作「青鋒拂蒼溟」。
二 《康有為全集》作「精」。
三 《新民叢報》誤植作「未」，今從《康有為全集》改。

民萌。條理皆闔合，次第擬推行。煌煌十七日，新政煥庚庚。大猷未及告，奇變怒已形。衣帶忽飛傳，痛哭發精誠。大床方臥疾，揮涕起結纓。自任救聖主，揮吾出神京。橫刀說袁紹，慷慨氣塡膺，奇計仗義俠，惜哉皆不成。神堯遂幽囚，王母宴飛瓊。緹騎捕黨人，黑雲散冥冥。吾時將蹈海，欲救無可營。東國哀良臣，援拯與東征。上言念聖主，下言念先生。兩者皆已矣，誓死延待刑。慷慨厲氣猛，從容就義輕。竟無三字獄，遂以誅董承。毅魄請于天，神旗化長星。

右譚君嗣同

暾谷挺天秀，髫年富文史。波瀾盡老成，清妙紓練綺。文辭有漢聲，詩詞得宋體。下筆壓耆宿，十八冠鄉舉。弱冠游京師，名聲飈鵲起。王粲詣蔡邕，陸機入洛汭。一時譽奇材，公卿為倒屣。折節不自足，來問春秋旨。商榷三世義，講求維新理。論才薦大科，交章用處士。奏對稱師說，變法陳古始。前席承宣室，參政贊彤几。經綸謨密勿，夥頤難述紀。頗聞罪己詔，敬輿筆所擬。至今感人心，普天思聖主。蕭牆難既作，堯臺囚莫弭。宸衷顧從容，眷惜微臣死。密詔促出行，緣汝籍弟子。造膝近御座，衣帶傳密旨。捧詔相抱泣，報國同誓死。惆悵吾去國，綢繆汝救主。倉黃解玉璽，蕭颯走緹騎。非無西人哀，援手爲救止。慷慨乃捐軀，投身赴大理。嗚呼萇宏血，三年碧不止。娟嫮沈公孫，令德儷才壻。竟作墜樓人，長咽秦淮水。晚翠自名軒，完節無愧此。每見青琅玕，傷心淚瀰瀰。人間廿四年，英名滿天地。

右林君旭

遊中印度訪佛迹至迦維衛大城印音名爹利當是迦維衛之轉音也，爲印度至中，前臨恆河。徧訪無之守博物院人曰佛是支那來者登山頂塔而望東西南北人家各三十里氣象可驚等于倫敦

感愴舊教激刺深矣　明夷（康有為）

靈鷲峰高王舍城，塔樓百里樹烟橫。迦維行徧無佛跡，但見恒河落日明。
舍維城中問浮屠，人言東來自支那。而今象法眞寂滅，世界億刼到婆娑。
成住原知皆幻相，頗驚大教壞而空。區區國土更何物，得失眞如電夢中。

光緒二十八年十月十五日（公元一九〇二年十一月十四日）
《新民叢報》第二十號

度遼將軍歌　人境廬主人（黃遵憲）

聞雞夜半投袂起，檄告東人我來矣。此行領取萬戶侯，豈謂區區不余畀。將軍慷慨來度遼，飛鞭[一]躍馬誇人豪。平時蒐集得漢印，今作將印懸在腰。將軍鄉者曾乘傳，高下句驪蹤迹徧。銅柱銘功白馬盟，鄰國傳聞猶膽顫。自從弭節駐雞林，所部精兵皆百鍊。人言骨相應封侯，恨不遇時逢一戰。雄關巍峨高插天，雪花如掌春風顛。歲朝大會召諸將，銅爐銀燭圍紅氈。酒酣舉白再行酒，拔刀親割生彘肩。自言平生習鎗法，鍊目鍊臂十五年。目光紫電閃不動，袒臂示客如鐵堅。淮河將帥巾幗耳，蕭娘呂姥[二]殊可憐。看余上馬快殺賊，左盤右辟誰當前。鴨綠之江碧蹄館，坐令萬里銷鋒烟。坐中黃曾大手筆，爲我勒碑銘燕然。么麼鼠子乃敢爾，是何雞狗何蟲豸。會逢天幸遽貪功，它它籍籍來赴死。能降免死跪此牌，

一　《人境廬詩草箋注》作「揮鞭」。

二　《新民叢報》作「李姥」，錢仲聯考《南史・臨川靜惠王宏傳》應作「呂姥」，從後者。

敢抗顏行聊一試。待彼三戰三北餘，試我七縱七擒計。兩軍相接戰甫交，紛紛鳥散空營逃。棄冠脫劍無人惜，只幸腰間印未失。將軍終是察吏才，湘中一官復歸來。八千子弟半摧折，白衣迎拜悲風哀。幕僚部卒[一]皆雲散，將軍歸來猶善飯。平章古玉圖鼎鐘，搜篋價猶值千萬。聞道銅山東向傾，願以區區當芹獻。藉充歲幣少補償，毀家報國臣所願。燕雲北望憂憤多，時出漢印三摩抄。忽憶遼東浪死歌，印兮印兮奈汝何。

長江　觀雲（蔣智由）

出水艨艟萬斛來，露英德法費疑猜。我來旗問黃龍影，寥闊江天颭幾回。
密士失必與尼羅，比較安流兩若何。天賜黃民功德水，神州失用悔蹉跎。
莊嚴兩岸好青山，渾黃日夜流其間。一盩一屋皆都會，戰伐千秋未肯閑。
快蟹長龍舊有名，魚雷水雷戰魂驚。金甌大陸無纖缺，天塹先須十萬兵。
一隊貔貅水上雄，直控南北鎖西東。黃民鬪敗白民入，夢醒河山破碎中。
長天一縷繞蒼煙，初過前山汽笛船。篷背櫓聲眞太古，眼中風物幾千年。
黃河虓猛江流靜，南國風華北國粗。兩戒文明相代謝，瀰漫一水是醍醐。
輪舶一鐘三十里，飛度金焦赤壁秋。漫說瞿唐是天險，下游城郭動邊愁。
晚風西樂出兵輪，灰白船身水色混。自是兵謀翻主客，不關兩岸有風塵。
航路牽連若網絲，覬覦碧眼賈胡兒。佛蘭金仙長酣臥，起舞張牙可有時。

一 《人境廬詩草箋注》作「步卒」。

壬寅八月往遊金陵書懷　觀雲（蔣智由）

大塹兵輪萬國來，長江鎖鑰已全灰。蜀煤楚冶通新道，俄鷲英獅儼舞臺。戰伐遺民習奴性，衰殘大帥豈長才。東南我欲論形勢，腦部可能傍蔣畡。

秋感四律　烏目山僧（黃宗仰）

霜點頭顱鬢漸疏，衲雲歇浦慰窮居。懷人風雨三洲外，小病肝腸九月初。每對江山悲壞劫，長憐島國著新書。昨宵暗度文明海，元化悠悠夢裏舒。

安禪人世亦天堂，悲智無由遣熱腸。慘劇沈沈枯萬骨，大雄耿耿剜千瘡。人才終古遺麟鳳，民教於今鬭虎狼。太息倚天無利劍，削平造化鑄蒼蒼。

潮喧大陸浪花騰，未許譚空演上乘。絕頂吳山誰立馬，秋高漢水且呼鷹。雲黃日落瞑煙積，地赤人稠海氣蒸。解道滄桑身外劫，不應腦界有山僧。

瓊宇高寒問太清，風潮廿紀陣雲橫。盟鷗水冷心猶熱，捫蝨山空氣未平。四戰中原誰上將，五洲鼙鼓孰弭兵。劇憐瘦骨嶙峋況，照眼黃花淚點盈。

庚子圍城中雜感[一]　鄒崖逋者（何藻翔）[二]

一 何藻翔撰：《鄒崖詩集》（香港：大利文具圖書印刷公司，1958）作〈庚子六七月間圍城中雜感〉。

二 何藻翔（1865-1930），原名國炎，號浦亭，後更名藻翔，字翽高，號鄒崖逋者。光緒十八年進士，歷任總理各國事務衙門章京、外務部考工司主事、外務部員外郎、資政院議員。入民國後任廣東通志局總纂、廣東全省保衛團

六甲玄符下紫清，宣和北伐太無名。蠻煙瘴雨臨江府，傷許、袁也。落日青燐五國城。七月十七日議西狩，徐桐、董福祥伏青蒲死諫，乃止，幾陷君父以大難。八月西安諭旨，猶有「死社稷」語，何擬旨廷臣之懵懵也！不正其謬，恐他日復沿其說以誤國。船山《通鑑論》，不可不讀。海外文章成黨錮，思戊戌黨禍也。淮南方伎好談兵。玉津園外刀如雪，碧血涔涔入敵營。

諓諓祆廟委煨塵，景教西行記大秦。兩戒河山仍黑刼，一朝忠義屬黃巾。翠微遺句悲誅錯，史墨名言憶降莘。不爲旱荒寧有此，燕雲赤地盡飢民。己亥八月不雨至今。

翠華聞道出居庸，河嶽風雲護六龍。苜蓿萬家燕市馬，觚棱一點薊門烽。凄涼夜半滹沱粥，寥落秋深景運鐘。宰相新充祈請使，都堂談笑酒千鍾。

三輔纏妖氣，焚香夜數驚。九門夜呼燒香滅鬼子，陰氣森森畏人。早知銅狄淚，況有杜鵑聲。四月十三上海白晝晦不見人，西山四月初六大雪三日，妙華山燒香凍死數十人。旄葛知它白，苕華歎鮮生。十齡黃口小，寄食固安城。死，吾分也。不可使先人無後，乃命舊僕寄兩子於固安。[一]

十萬橫磨劍，神鋒恨倒持。竟成鸜鵒讖，應誦鵜鴂詩。帝子洲何許，[二]王孫哀已遲。開元太平日，樂譜讀龜茲。諷某邱也。[三]

作事使人疑，將軍乃死之。時謗聶士成爲漢奸。罪臣同馬謖，朝論比劉豨。但使心如水，終當革裹屍。

總局長、廣州醫學學習館館長，1920年赴香港執教。著有《鄒崖詩稿》、《嶺南詩存》等。

一 《鄒崖詩集》作「畿輔纏妖氣，焚香夜數驚。義和拳夜呼燒香。刻桃能厭鬼，撒豆笑成兵。斗米天魔奉，篝狐夜火鳴。此身非我有，寄子固安城。曝儀寄固安友家，自爲死計。」

二 《鄒崖詩集》作「天將呼難到」。

三 《鄒崖詩集》注作「端王、莊王流言今上爲耶教主。拳匪入宮借搜教謀逆，事幸不成。」

健兒分水嶺，舊壘颯秋颸。[一]

武庫晨飛雉，津軍械局燬。南漕又斷粮。聯軍佔楊柳青。犒師三寸舌，袁、許犒使館。籌國半間堂。頗憶東瀛戰，五月二十一、廿三日詔六部九卿集議，上曰：「甲午之役，一國不能戰，何况九國？朕一人不足惜，如宗社何？如蒼生何？」頻煩北斗禳。諫果仍不悟，哀袁、許、徐聯。六月苦飛霜。[二]

昔時樽俎地，夜夜起風雷。枉殺回圖使，中興宿羽臺。三河風鶴警，八月斗楂回。[三]止戰唯宸斷，文華瑣殿開。

軍中鈔大學，賊前誦孝經。尊攘尚悻悻，徐桐云：「以此亡國猶榮。」妖孽寧冥冥。信盜事容有，交鄰理無徵。五洲夸誕耳，鄒衍無稽聽。徐崇之罪浮於剛啟。[四]

亦有棄官逃，攔街禽二毛。時稱漢奸爲二毛。衣冠牛馬賤，風雨鼠狐號。梵戍南飛鵲，回空下瀨漕。翰林六部逃竄殆盡，朝署幾空，或由十八站，或由運艚南下。笑儂阮囊盡，一命等蠐螬。[五]

一 《鄒崖詩集》作「作事使人疑，將軍乃死之。聶士成率軍護鐵路，拳匪誣通敵，朝旨切責，憤甚，飲大醉，策馬赴敵死，母子被拳匪縛去。傷心白頭母，乞命黃口兒。督戰煩朝旨，橫馳入敵師。大沽臺昨失，只見聶軍旗。」。

二 《鄒崖詩集》作「噀血畫門牆，壇焚黃表颺。橫刀三輔市，籌國半閒堂。覆轍東瀛戰，御前會議上曰：「中日之役，一國且不能戰，何況九國？」許景澄汝在外洋，多年何無一語？」因以手牽許袖，許畧言兵端宜審慎。端王怒斥許攀上膝，聒絮無禮，立山曰：「洋人雖暴，亦講理。」端曰：「立山謂洋人講理，請派立山去。」袁衵欲有啟奏，溥頲起立，村語嚷罵，閧散。梵香北斗禳。皇后夜禳諫梁仍不悟，六月苦飛霜。

三 《鄒崖詩集》作「覊囚蘇武節，排難魯連才。徐用儀聯芳奉命赴津欵議，阻不能行。」

四 《鄒崖詩集》作「一卷兎園冊，日鈔東西銘。尊攘尚絮絮，妖孽豈冥冥。徐桐崇綺言：「以此亡國，亡得光明磊落。」信盜事竟有，交隣理無徵。五洲夸誕耳，鄒衍無稽聽。瀾公詢袁爽秋，津滬外西洋尚有多少人。」

五 《鄒崖詩集》作「亦有棄官逃，攔街禽二毛。時謂教民爲二毛子。衣冠牛馬賤，風雨鼠狐嗥。禹步揮神劍，橫行舞人刀。笑儂阮囊盡，一命等蠐螬。奉家君諭，不許出國門一步。」

落葉臙脂井，秋心似轆轤。風鈴驚露索，月影吠猖[一]奴。聯軍封鎖乾清門，約不得擅入，然宮人惶恐，自盡者不尠矣。[二]噩夢猜鸚鵡，芳思訴鶻鴣。啼妝倭髻亂，心事託樗蒲。[三]

螫手荓[四]蜂毒，流言起懿親。浮言洶洶，幾焚慶邸。[五]燒城唯赤舌，保國有金輪。白馬歸藩第，八月初七聯軍派兵迎慶邸入城。[六]青鸞問使臣。荃蓀芳可佩，未敢怨靈均。[七]

變姓神仙尉，京朝官皆撤官銜門牌。[八]秋風犢鼻褌。翰林院某被擄充苦工。鞭笞同皂隸，搜索到雞豚。花木荒裴墅，文章惜謝塾。[九]西華珠玉盡，動舊幾家存。

支頤疑夢幻，竹屋漏秋鐙。[十]胆破新亡鬼，魘纏入定僧。[十一]朔風吹倦羽，落月曬枯藤。欲睡不成醉，銀壺酒已冰。[十二]

一　《鄒崖詩集》作「猧」。
二　《鄒崖詩集》無此注。
三　《鄒崖詩集》有注作「聯軍派兵守景運門，不許出入，宮人有懼禍自盡者。」
四　《鄒崖詩集》作「(艸絣)」。
五　《鄒崖詩集》無此注。
六　《鄒崖詩集》無此注。
七　《鄒崖詩集》有注作「親貴謠言慶王通敵，至是奉命入京議和。」
八　《鄒崖詩集》作「京官變名姓，撤銜牌懸白旗。」
九　《鄒崖詩集》作「馬糞荒裴墅，氈廬占謝塾。」
十　《鄒崖詩集》作「天半照神燈」。
十一　《鄒崖詩集》作「國事眞兒戲，官衙占惡僧。」
十二　《鄒崖詩集》有注作「義和團娘子軍名紅燈照，即廣東中秋節兒戲之孔明燈。」

三百年天下，安危在此行。聞合肥到滬。〔一〕有懷唯國難，未敢惜身名。倉卒開邊釁，艱虞屬老成。一生和戰事〔二〕，功罪後人評。〔三〕

歷歷圓明刼，滄桑四十年。黃楊逢厄閏，或言閏八月不利。土木化雲煙。尚憶開皇寺，俄成主客筵。圓明之役三日而宴使臣于禮部。西園今宿草，思恭御。瞻望益潛然。〔四〕

光緒二十八年十一月十五日（公元一九〇二年十二月十四日）

《新民叢報》第二十二號

番客篇　人境廬主人（黃遵憲）

山雞愛舞鏡，海燕貪棲梁。衆鳥各自飛，無處無鴛鴦。今日大富人，新賦新婚行。插門桃柳枝，葉葉何相當。垂紅結綵毬，緋緋數尺長。上書大夫第，照曜門楣光。中庭壽星相，新筦供中央。隱囊班絲細，坐褥棋局方。兩旁螺鈿椅，有如兩翼張。丹楹綴錦聯，掩映螭粉牆。某某再拜賀，其語多吉祥。中懸剝風板，動搖時低昂。徧地紅藤簟，潑眼先生涼。地隔襯蔥白，水紋鋪流黃。深深〔五〕竹絲簾，內藏合

一　《鄒崖詩集》無此注。

二　《鄒崖詩集》作「史」。

三　《鄒崖詩集》有注作「李相奉命入京議和，遲遲未到。」

四　《鄒崖詩集》作「歷歷圓明刼，滄桑四十年。黃楊逢厄閏，土木化雲煙。尚憶開皇寺，俄成主客筵。咸豐庚申之役十日和議成。西園今宿草，恭邸於甲午後罷軍機，閒廢十年，至去歲復出，數月薨於位。瞻望益潸然。」

五　《新民叢報》作「淶淶」，今從《人境廬詩草箋注》作「深深」。

懽牀。鏤花[1]福壽字，點畫皆銀鑲。蚊幬挂碧綃，犀毘堆紅箱。旁室銅澡盆，滿儲七香湯。四壁垂流蘇，碎鏡隨風颺。華燈千百枝，偏繞曲曲廊。庭下衆樂人，西樂尤鏗鏘。高張梵字譜，指揮抑復揚。弇口銅洞簫，蘆哨吹如簧。此乃故鄉音，過耳音難忘。蕃樂細腰鼓，手拍聲鏜鏜。喇叭與觱栗，驟聽似無腔。諸樂雜沓作，引客來登堂。白人挈婦來，手携花盈筐。鼻端撑眼鏡，碧眼深汪汪。裹頭波斯胡，貪飲如渴羌。蚩蚩巫來由，肉袒親牽羊。餘皆閩越人，到此均同鄉。嘻嘻婦女笑，入門道勝常。蕃身與漢身，均學時世妝。塗身百花露，影過壁亦香。洗面去丹粉，露足非白霜。當胸黃亞姑，作作騰光芒。沓沓靸履聲，偕來每雙雙。紅男幷綠女，个个明月璫。單衫[2]纏白疊，尖履拖紅幫。垂垂赤靈符，灎灎緋交璫[3]。一冠攢百寶，論價難爲償。簇新好裝束，爭來看新郎。頭上珊瑚頂，碎片將玉瓖。背後紅絲條，交辮成文章。新製紺綾緁，衣補亦寶裝。平頭鵞頂靴，學步工趨蹌。今行親迎禮，吉日復辰良[4]。前導青羅繖，後引絳節幢。駕車四騮馬，一色紫絲繮。薄紗宮燈樣[5]，白晝照路旁。海笛和雲鑼，八鸞鳴瑲瑲。帕首立候人，白鷺遙相望。到門爆竹聲，群童喜欲狂。兩三戴花媪，捧出新嫁娘。擧手露約指，如棗眞金剛。一環五百萬，兩環千萬强。腰懸同心鏡，襯以紫荷囊。盤金作緄帶，旋繞九迴腸。上下籠統衫，强分名衣裳。平生不著韈，今段破天荒。明珠編成屨，千緋當絲纕[6]。車輪曳踵行，蠻婢相扶將。丹書懸紅紙，

一 《人境廬詩草箋注》作「局脚」。
二 《新民叢報》作「卑衫」，今從《人境廬詩草箋注》作「單衫」。
三 《新民叢報》作「襠」，今從《人境廬詩草箋注》作「璫」。
四 《新民叢報》作「良辰」，今從《人境廬詩草箋注》作「辰良」。
五 《新民叢報》作「樣燈」，今從《人境廬詩草箋注》作「燈樣」。
六 《新民叢報》作「鑲」，今從《人境廬詩草箋注》作「纕」。

麒麟與鳳皇。一雙龍紋燭，華燄光煌煌。第一拜天地，第二禮尊嫜。後復交互拜，于飛燕頡頏。其他學撿袵，事事容儀莊。拍手齊懽呼，相送入洞房。此時簫鼓聲，已聞歌鰷鱨。點心嚼月餅，飣座堆冰糖。啖蔗過蔗尾，剖瓜餘瓜瓤。流連與波羅，爭以果爲糧。赤足絡繹來，大盤薦膻薌。穿花串魚鮓，薄紙批牛肪。今日良宴會，使我攢眉嘗。食物十八品，强半和椒薑。引手各摶飯，有秔有黃粱。蒲桃百瓶酒，破碎用斗量。呼么復喝六，拇戰聲琅琅。頗黎小海鷗，擧白累十觴。既醉又飽腹，出看戲舞場。影戲紛牽絲，幻人巧尋橦。藍衫調鮑老[一]，玉瞳輝文康。蹋鞠肩背飛，迅若驚鳧翔。白打唱迴波，引杖相擊撞。金吾今弛禁，賭錢亦無妨。初投陞官圖，意取富貴昌。意錢十數人，相聚捉迷藏。到手十貫索，罔利各籌防。名爲葉子戲，均爲錢神忙。醉呼解酲酒，渴取冰齒漿。飲酪揀灌頂，烹茶試頭綱。吹烟出菸葉，消食分檳榔。舊藏淡巴菰，其味如詹唐。傾壺挑鼻烟，來自大西洋。一燈阿芙蓉，吹氣何芬芳。分光然石油，次第輝銀缸。入夜有火戲，語客留徜徉。行坐紛聚散，笑譚呼汝卬。中一蒜髮叟，就我深淺商。指問座上客，脚色能具詳。上頭衣白人，漁海業打槳[二]。大風吹南來，布帆幸無恙。初操牛頭船，傍岸走近港。今有數十輪，大海恣來往。銀多恐飛去，龍圜束萬繦。多年甲必丹，早推蠻夷長。左邊黑色兒，乃翁久開礦。寶山空手回，失得不足償。忽然見斗錫，眞乃無盡藏。有如窮秀才，得意挂金榜。沈沈積青曾，未知若干丈。百萬一紫標，多少聚錢缿。曷鼻土色人，此乃吾鄉黨。南方宜艸木，所種盡沃壤。椰子樹千行，丁香花四放。豆蔻與胡椒，歲歲收豐穰。一畝值十鍾，往往過所望。擔糞縱餘臭，牛馬用谷量。利市得三倍，何異承天貺。右坐團團面，實具富者相。初來錐也無，此地甫草創。海旁占一席，

一 《新民叢報》作「鮀老」，今從《人境廬詩草箋注》作「鮑老」。

二 《新民叢報》作「漿」，今從《人境廬詩草箋注》作「槳」。

露處闢榛莽。蜃氣噓樓臺，漸次鑵疊嶂。黃金准土價，今竟成閭巷。有如千戶侯，裂地稱霸王。善知服食方，百味作供養。聞有小妻三，輪流搔背癢。長頸獼猴面，此物信巨駔。自從縛馬足，到處設魚網。夥頤典衣庫，值十不一當。一飲生訟獄，誰敢傾家釀。自煎罌粟膏，載土從芒碭。鷄泊竊更鶩，顛倒多奇想。[一]搜索徧筐篋，推敲到盆盎。龍斷兼雁鼎，巧奪等刼掠。積錢千百萬，適足供送葬。君看末座客，揮扇氣抗爽。此人巧心計，自負如葛亮。千里封鮓羹，絕域通枸醬。積着與均輸，洞悉萬物狀。錦繡離雲爵，妙能揣時尚。長袖善新舞，胡蘆棄舊樣。千帆復萬箱，百貨來交廣。遂與西域賈，逐利爭衰旺。即今論家貲，問富過中上。凡我化外人，從來奉正朔。披衣襟在胸，剃髮辮垂索。是皆滿洲裝，何曾變服着。初生設湯餅，及死備棺槨。祀神燭四照，宴賓酒三酌。凡百喪祭禮，高曾傳矩矱。風水講龍砂，卦卜用龜灼。相法學麻衣，推命本硌碌。禮俗概從同，口述僅大略。千金中人產，咸欲得封爵。今年燕晉饑，捐輸頗踴躍。溯從華海來，大抵出閩駱。當我鼻祖初，無異五丁鑿。傳世五六葉，略如華覆萼。富貴歸故鄉，比騎揚州鶴。豈不念家山，無奈鄉人薄。一聞番客歸，探囊直啟鑰。西鄰方責言，東市又相斮。親戚恣欺淩，鬼神助咀嚼。曾有和蘭客，携歸百囊橐。眈眈虎視者，伸手不能攫。誣以通番罪，公然論首惡。國初海禁嚴，立意比驅鱷。借端累無辜，此事實大錯。事隔百餘年，聞之尚駭愕。誰肯跨海歸，走就烹人鑊。言此[二]袂掩面，淚點已雨落。滿堂雜悲懽，環聽咸唯諾。到此氣慘傷，笳鼓歇不作。槖槖拍板聲，猶如痛呼謈。道咸通商來，雖有分明約。流轉四方人，何曾一字著。堂堂天朝語，祇以供戲謔。譬彼猶太人，無國足安託。鼴鼠苦無能，槖駝苦無角。同族敢異心，頗奈國勢弱。雖則有室家，

一 「自煎罌粟膏，……顛倒多奇想。」句，《人境廬詩草箋注》置於「推敲到盆盎」句之後。

二 《人境廬詩草箋注》作「言者袂掩面」。

一家付飄泊。倉頡鳥獸迹，竟似畏海若。一丁亦不識，況復操筆削。若論佉盧字，此方實莊嶽。能通左行文，千人僅一鶚。此外回回經，等諸古渾噩。西人習南音，有譜比合樂。孩童亦能識，識則誇學博。識字亦安用，蓄漢兩棄卻。愚公傳子孫，癡絕誰能藥。不如無目人，引手善捫摸。[一]近來出洋衆，更如水赴壑。南洋數十島，到處便插脚。他人殖民地，日見版圖廓。華民三百萬，反爲叢毆雀。螟蛉不撫子，犬羊且無鞹。比聞歐澳美，日將黃種虐。向來寄生民，注籍今各各。周官說保富，蓄地應設學。誰能招島民，回來就城郭。群携妻子歸，共唱太平樂。

光緒二十八年十二月一日（公元一九〇二年十二月三十日）
《新民叢報》第二十三號

詠西史　鄒崖逋者（何藻翔）

巴黎獅吼女英雄，英后馬加勒法女。牀第干戈報國功。獨有年年黃鵠怨，漢唐公主可憐蟲。傷女權也。
救世金人獨祭天，殺仇禳鬼英舊俗。劇堪憐。腥風血雨耶穌墓，十字軍興百八年。傷教禍也。
北兵眯目雪飛陰，蘭伽斯黨。乞食荒山獨抱琴。紅白薔薇花落盡，宮門風雨晝沈沈。慨宮庭黨禍也。
苦是鴉眠大教徒，露頭赤脚布衣粗。跨驢踏破東球路，十字縱橫磔殺圖。慨彼教堅苦沈毅，以厲吾黨也。
英蘭教典一家言，鑾語何如國語尊。英北藍大日奈朝法佈郎西斯。蚊脚蟹行粗解識，籐竿手杖託輶軒。諷尊國語譯普通學書也。

一「不如無目人，引手善捫摸。」句，《人境廬詩草箋注》置於「西人習南音」前。

鴻都曾有入羊郎，海外聞開鬻吏場。英理查第一法。手版脚靴頭半白，腰纏欲渡大西洋。諷鬻官也。

舊俗金牛摩西在猶太。膜拜虔，周妻何肉不妨禪。馬槽悟得空鸞旨，日本僧空海、親鸞。十戒還將遍大千。諷不拜偶像也。

魯華宮闕刼灰殘，石柱雲眈。蟠蚪大可汗。血肉橫飛油畫院，至今流涕憶師丹。諷忘讐也。

旗槍茶百萬付東流，病渴盧仝死不休。英重徵茶稅，美人禁飲茶。花債白門鶯粟索，教人羞殺十三州。慨償煙債也。

江山秀弱文章好，士女粗豪血稅多。希臘詩詞妙天下，至今故國黍離歌。諷右文也。

布衣東海雪肝腸，拔劍椎膺憤自戕。馬其頓老儒伊索克提拉斯。血性男兒曾幾箇，黃金世界腓立一悲場。黑拉克利底。

祭壇十二鬱嵯峨，亞歷山大。折鏃沉沙瘞馬坡。不色哈祿。醇酒美人豪氣盡，驪山烽火照笙歌。弔霸業之不終也。

懸軍深入亞尼河，雪窖天荒馬斃多。二十萬軍齊覆沒，更無人睨墨斯科。憂北顧也。

將軍傅粉態苗條，綳標。面頮桃花泊雨消。若遇錦帆銀櫓隊，埃及女王姑婁巴多拉。英雄兒女各魂銷。傷羅馬、埃及兵氣不揚也。

葡萄販酒淡巴菇，雙槳蘭橈夜盪湖。十五垂髫充間諜，美娃莫爾治。月明毳幕有啼烏。激同仇也。

紅雲大柱照迦南，亞倫。甘露鵪鶉卓錫潭。摩西。到底不離神鬼事，天堂地獄日喃喃。不拜土偶而神道設教，無中外一也。

黑衣太子白衣王，南北單于本一彊。英諾爾曼朝。四百年來婚媾禍，風潮海峽血玄黃。婚媾猶寇，何有于我？倚外援之不足恃也。

天草當年起義師，馬關覊島悔攘夷。燕雲十萬橫磨劍，此是神州鎖港期。想望中粵也。

壬寅冬蔣觀雲先生徃遊日本海上同志公餞江樓珍重贈言余乃作詩以誌別

烏目山僧（黃宗仰）

洪霾逼乾坤，刳割慘日窄。房州帝子愁，禹穴羣矢的。巨海渺洪波，扁舟當衝突。萬派競潮洶，地籟天風䎶。亞陸沈盤渦，舞臺演天擇。百年過渡期，四戰正壞刼。銅駝萎荊榛，金碧成瓦礫。東林遭斧斤，梁木摧前哲。呂武僞臨朝，莽卓私僭竊。易水起悲歌，造物困豪傑。因明無上士，調御起巖穴。一劍隨天風，飄飄辭故國。願以肝腦傾，神運拯手足。津濟駕蓮航，彼岸發偉業。蒲牢吼自由，支解梅特涅。震雷吹法螺，穢土卜重闢。前旌發問題，諸賢起而答。南洲倡尊王，福澤冀敎育。維廉馬志尼，吭聲勉鼎革。培根笛卡兒，格蘭斯康德。依次互討論，相規盡天職。嗟余浮屠民，無物壯行色。附驥趁遠圖，夢想空組織。因戀南山雲，遲瞻東海日。今夕餞君行，希望難言說。拜手頌雲興，擧頭覩明月。爰感月照師，扶桑澍新澤。巍峨光明幢，莊嚴紫金宅。又思明月光，與君照不隔。兩間有別離，以太未曾別。

辛丑秋感四首用漁洋〈秋柳〉詩韻　養眞

閒居何事最銷魂，獨立衡山望薊門。四鎮蟲沙空雨泣，二陵檜柏着霜痕。西平謁駕饒深策，北塞流民賸幾村。王樸又聞新拜將，賈莊前事莫重論。

蒹葭水冷露爲霜，一抹浮雲蔽玉塘。海上孫恩喧草澤，朝中呂祿富倉箱。將軍耀武空思岳，相國臨邊又姓王。日暮觚棱冠蓋寂，蒼涼莫問舊鷹坊。

十載承明侍袞衣，金臺氣象逐年非。和戎廣武封侯晚，愛客平原國士稀。九塞愁聞千騎擁，三橋又見六龍飛。蕭王未忘蕪亭粥，正位鄗南志莫違。

盧龍北望最堪憐，寂寞關河障晚煙。上堵有吟空涕淚，平陵無曲記纏綿。名流白社譏前事，大獄黃門憶隔年。郤恠奇峯七十二，峯峯含恨到眉邊。

光緒二十九年一月十四日（公元一九〇三年二月十一日）
《新民叢報》第二十五號

醒獅歌祝今年以後之中國也[一]　觀雲（蔣智由）

獅兮獅兮，爾乃阿母之產，百獸之王，胡為沈沈一睡千年長，世界反覆玄為黃。虎豹叫嗥凌天闕，龍蛇上陸恣強梁，杜鵑血盡精衛喪。爾乃葑目戢耳，斂牙縮爪，一任衆獸戲弄相拍張。堂堂金鼓震山谷，黃黃日月發光芒。爾鬣一振懾萬怪，爾足一步周四方。丁甲待汝司號令，僊靈待汝參翱翔。獅兮獅兮，爾乃上帝至愛，首出之驕子。供汝東海之上，崑崙之下，三幹兩戒，嶽色河聲，煒煌博麗之大地，恣汝洪水而後石器。以降南征北伐，東漸西化，數千年歷史有文化，有武烈之榮光。爾胡爲乎不管山理海，濯日浴月，掌汝地下天上之鎖鑰。而乃山螯水屋，草棲木食，偃蹇抑塞而深藏。獅兮獅兮，爾獨不見佃夫獵師，網山絡野，銛刀利刃，眈眈篴篴，將以爾之皮爲衣，而以爾之肉爲糧。而乃夢夢眼影，隆隆鼾聲，不自知其死期，而受一朝之夭亡。獅兮獅兮，爾之神靈，爾之材力，豈待一鞭再鞭，頑鈍駑僿若牛

[一] 此詩刊於第二十五號之封面內頁。

羊。爾不見圜圜大物，若橘若球，待汝縱送蹴逐，拏爪伸腭而舞將。獅兮獅兮，爾前程兮萬里，爾後福兮穰穰。吾不惜敝萬舌，繭千指，爲汝一歌而再歌兮，願見爾之一日復威名，揚志氣兮，慰余百年之望，眼消余九結之愁腸。

聶將軍歌　人境廬主人（黃遵憲）

聶將軍，名高天下聞。虬髯虎眉面色赭，河朔將帥無人不愛君。燕南忽報妖民起，白晝橫刀走都市，欲殺一龍二虎三百羊，是何鼠子乃敢爾。將軍令解大小圍，公然張拳出相抵。空拳冒刃口喃喃，礮聲一到駢頭死。忽來總督文，戒汝貪功勳。復傳親王令，責汝何暴橫。明晨太后詔[一]，不許無理鬧。夕得相公書，問訊事何如。皆言此團忠義民，志滅番鬼扶清人。復言神拳斫不死，自天下降天之神。國人爭道天魔舞，將軍墨墨淚如雨。呼天欲訴天不聞，此身未知死誰手，又復死何所。大沽昨報礮臺失，詔令前軍作前敵。不聞他軍來，但見聶字軍旗入復出。雷聲耾耾起，起處無處覔。一礮空中來，敵人對案不能食。一礮足底轟，敵人繞牀不得息。朝飛彈雨紅，暮捲槍雲黑，百馬橫衝刀雪色，周旋進退來夾擊。黃龍旗下有此軍，西人東人驚動色。敵軍方詫督戰誰，中旨翻疑戰不力。此時衆團民，方與將軍讐。阿師黃馬絓，車前鳴八騶。大兄翠雀翎，衣冠如沐猴。亦有紅燈照，巾幗贏兜鍪。昨日拜賜金，滿車高甌窶。京中大官來，神前同叩頭。懿旨[二]五六行，許我爲同仇。獎我興甲兵，勉我修戈矛。將軍顧輕我，將軍知此不。軍中流言各嘩譟，作官不如作賊好。諸將竊語心膽寒，從賊容易從軍難。人人趨叩將軍轅，不

一　《新民叢報》「太后詔」三字留空作□□□。

二　《新民叢報》「懿旨」二字留空作□□。

願操兵願打拳。將軍氣湧徧傳檄，從此殺敵先殺賊。將軍日午罷戰歸，紅塵一騎乘風馳。跪稱將軍出戰時，闔門衆多僂羅兒，排牆擊案拖旌旗，嘈嘈雜雜紛指揮。將軍之母將軍妻，芒籠繩縛兼鞭笞，驅迫泥行如犬雞，此時生死未可知。恐遭毒手不可遲，將軍將軍宜急追。將軍追賊疋馳電，道逢一軍路橫貫，齊聲大呼轟軍反，火光已射將軍面。將軍左足方中箭，將軍右臂幾化彈。是兵是賊紛莫辨，黃塵滾滾酣野戰。將軍麾軍方寸亂，將軍部曲已雲散。將軍仰天泣數行，衆狂仇我謂我狂。十年訓練求自强，連珠之礮後門鎗。禿襟小袖氍毹裝，藩身漢心庸何傷。執此誣我讒口張，通天之罪死難償，我何面目對我皇。外有虎豹內豺狼，謷謷犬吠牙强梁，一身衆敵何可當。今日除死無可望，非戰之罪乃天亡。天蒼蒼，野茫茫，八里台，作戰場。赤日行空飛沙黃，今日被髮歸大[一]荒。左右攙扶出裹瘡，一彈掠肩血滂滂，一彈洞胸胸流腸，將軍危坐死不僵。白衣素冠黑裲襠，幾人泣送將軍喪，從此津城無人防。將軍母，年八十，白髮蕭騷何處泣。將軍妻，是封君，其存其沒家莫聞。麻衣草屨色憔悴，路人道是將軍子。欲將馬革裹父屍，萬骨如山堆戰壘。

壬寅十一月東游日本渡舟中之作　觀雲（蔣智由）

大陸烟餘一髮青，遠山斜日入冥冥。天風快引胷襟朗，夜浪喧春夢枕醒。去國方生懷舊念，同舟初見合羣心。故鄉第二吾何有，蘭桂長懷漢土馨。

長崎　觀雲（蔣智由）

一《人境廬詩草箋注》作「太」，應為「大」之誤。

射大魚還。山色疑雲幻，雲開竟是山。怪松半天翠，初日一峰殷。浪說求仙去，何愁出稼艱。秦皇空不世，祇

富士山　觀雲（蔣智由）

天際搖白影，積雪何嵯峨。云是富士山，聞名驚大和。一峰獨無侶，羣山皆么麼。太古噴火迹，岩石鎔紛拏。焰熄堆礴磅，方頂平不頗。上切恒雪線，寒溫度殊差。碧波紅日間，高擁銀髻髽。我欲事測量，積高算幾何。惜哉行李間，不得置格架。矚以瞭遠鏡，眼簾閃銀波。記昔齊魯遊，泰山曾經過。巖巖半青霄，胷襟與盪摩。渡海復見此，靈奇足怪嗟。地球寒皺時，巨力施盤磋。荒怪不足陳，陋哉說女媧。昨道從神戶，急行發汽車。奔騰宵達旦，景物供刹那。揭來山顏前，半徑擲飛梭。突影驚皚皚，遠勢長皤皤。東京望西方，巖庵仍未遮。山脈高中央，旁麓龍與蛇。島嶼落海際，零星競角牙。落機盤美洲，高脊隔雲霞。崑崙天之柱，俯影瞰中華。茲山東海中，亞美兩平睋。奇景一照眼，腦印深難磨。怪底繪其形，衢廛懸家家。地理洵天驕，人文緣萌芽。突兀著現象，鐫入民性多。此邦矜國粹，風物舉誰誇。巍哉此山高，麗哉櫻之花。

朝朝吟在日本東京作　觀雲（蔣智由）

朝朝國事非，日日塵流擾。蕉萃越關山，顏色依然好。丈夫富意氣，百年非艸艸。山嶽指華年，蹉跎補壽考。秋波萬頃鏡，摩挲日對照。非爲照容顏，用以明懷抱。桃李競春光，蘭桂媚秋昊。持此自愛心，芬芳永爲寶。

光緒二十九年十二月十四日（公元一九〇三年三月十二日）《新民叢報》第二十七號

海行雜感壬午　人境廬主人（黃遵憲）

正月十八日，由橫濱展輪往美利堅，二月十二日到。舟中無事，拉雜成此。

東流西日奈愁何，蕩以天風浩浩歌。九點煙微三島小，人間世要縱婆娑。

稗瀛大海喜[一]譚天，丱女童男遠學仙。倘遂乘桴更東去，地球早闢二千年。

疊牀恰受兩三人，奩鏡盂巾位置勻。寸地尺天雖局蹐，儘容稊米一微身。

青李黃甘爛熳堆，蒲萄濃綠潑新醅。怪他一白清如許，水亦輪迴變化來。食果皆購自歐、美二洲，儲錫罐，封固，出之若新摘者。水皆用蒸氣，一經變化，無復海鹹矣。

中年歲月苦風飄，强半光陰客裏拋。今日破愁編日記，一年卻得兩花朝。船迎日東行，見日遞速，於半途中必增[二]一日方能合歷。此次重日，爲二月初二，故云。

打窗壓屋雨風聲，起看滄波一掌平。我自冒風衝雨過，原來風雨不曾晴。

一氣蒼茫混渺冥，下惟水黑上天青。妄言戲造驚人語，龍母蛇神走百靈。[三]

星星世界徧諸天，不計三千與大千。倘亦乘槎中有客，回頭望我地球圓。

寥寥曠曠浩無邊，一縷濛濛蕩黑煙。驚喜舵樓齊拍手，滿船同看兩來船。[一]

一《人境廬詩草箋注》作「善」。
二《人境廬詩草箋注》作「加」。
三《人境廬詩草箋注》缺此首。

每每鴛鴦逐隊行，春風相對坐調箏。纔聞兒女呢呢語，又作胡雛戀母聲。同舟西人，多携眷屬，有俄羅斯公使夫婦，每夕對坐，彈琴和樂，其聲動心。

偶然合眼便家鄉，夜二三更母在牀。促織入門蛛掛壁，一燈絮絮話家常。

是耶非耶其夢耶，風乘我我乘風耶。藤牀簸魂睡新覺，此身飄飄天之涯。

一日明明十二時，中分大半睡迷離。黃公卻喜携黃嬭，遮眼文書一卷詩。余居東時，戲[2]刊一印章曰「東海黃公」[1]。

家書瑣屑寫從頭，身在茫茫一葉舟。紙尾只塡某日發，計程難說到何州。

拍拍羣鷗逐我飛，不曾相識各天涯。欲憑鳥語時通訊，又恐華言汝未知。

葢海旌旗鬬道來，巨輪擘浪礮鳴雷。西人柄酌東人酒，長記通盟第一回。日本與泰西立約，實自嘉永癸丑，美將披理以兵刼盟始，所率軍艦七艘始由太平洋東來。同舟日本人有讀《披理紀行》者，將到時，猶能指其出師處也。

漫興憶故國也　美權（周今覺）

倚樓悄無語，目送斜陽去。芳草遠離天，家山在何處。
朝爲黃鵠操，暮作白頭吟。恨我翻憐我，離君長憶君。
寂寞復寂寞，蹉跎復蹉跎。盈盈衹一水，何處託微波。
今日種種生，昨日種種死。衹此一寸心，波瀾日夜起。

一　《人境廬詩草箋注》缺此首。
二　《人境廬詩草箋注》作「戲刋」。

有感示同人　亢虎（江紹銓）[1]

緇海十萬丈，素心三兩人。交游有新趣，哀樂總前塵。雲在白日速，山高流水深。撫髀同太息，□與話生平。

事理本如此，塗窮道豈非。引盃宜食肉，舞劍不聞鷄。風雨重樓閟，烟雲滿眼飛。美人頭未白，猶在浣沙溪。

之子邈山河，秋深萬水波。曙光從我照，老魅喜人過。桂景不堪折，荃心將若何。便須買漁棹，怕唱打魚歌。

同是傷心者，論交苦不豪。鶯花輸客子，歌哭屬吾曹。末世誰三窟，秋風各二毛。男兒爭一息，前路海天高。

東京除夕　觀雲（蔣智由）

凄斷無家者，今宵又一年。江湖隨地濶，鄉物動人憐。夜雨家山夢，東風海國先。春光何限事，已及艷陽天。

---

[1] 江紹銓（1883-1954），號亢盧、洪水，筆名亢虎，江西弋陽人，中國初期社會主義傳播者。早年赴日及歐洲各國宣揚無政府主義及社會主義，1911年成立中國社會黨。1920年參加共產國際第三次代表大會。1922年創辦南方大學，自任校長，後因醜聞被迫卸任。後投靠汪偽政權，任汪偽政府考試院院長。光復後被國民政府以漢奸罪起訴，被判無期徒刑，1954年病逝。著有《江亢虎文存初稿》、《社會問題演講集》等。

東京元旦　觀雲（蔣智由）

雄鷄一喔榑桑白，晞髮朝窗日射紅。到眼河山開氣象，橫胷盃酒數英雄。幾回雁罫題新字，何處龍旗望好風。强學瀛洲賀年語，衣塵驚落海雲東。

光緒二十九年三月二十九日（公元一九〇三年四月二十六日）

《新民叢報》第三十號

降將軍歌　人境廬主人（黃遵憲）

銜圍一舸來如飛，衆軍屬目停鼓鼙。船頭立者持降旗，都護[一]遣我來致詞。我軍力竭勢不支，零丁絕島危乎危。龜鱉小豎何能爲，島中殘卒皆瘡痍。其餘鬼妻兵家兒，鍋底無飯枷無衣。紇干凍雀寒復饑，六千人命懸如絲。我今死戰彼安歸，此島如城海如池。橫排各艦珠纍纍。有礮百尊鎗千枝，亦有彈藥如山齊。全軍旗鼓我所司，本願兩軍爭雄雌。化爲沙蟲爲肉糜，與船存亡死不辭。今日悉索供指麾，乃爲生命求恩慈。指天爲正天鑒之，中將許諾信不欺。詰朝便爲受降期，兩軍雷動懽聲馳。燐青月黑陰風吹，鬼伯催促不得遲。濃薰芙蓉傾深卮，前者闔棺後輿屍。一將兩翼三參隨，兩軍雨泣咸驚疑。已降復死死爲誰，可憐將軍歸骨時。白幡飄揚[二]丹旐垂，中一丁字懸高桅。迴視龍旗無孑遺，海波索索悲風悲。悲復悲，噫噫噫！

一《新民叢報》作「都獲」，「獲」應為「護」之誤。

二《人境廬詩草箋注》作「飄飄」。

挽古今之敢死者　觀雲（蔣智由）

俗人重富貴，君子不偷生。一笑看屠刀，屠刀芒且平。轉瞬塗路間，血肉醃泥塵。終勝困床褥，酸吟多苦辛。

磨刀復磨刀，持以殺豕羊。磨刀復磨刀，英雄多此亡。羊豕與英雄，豈不兩分將。羊豕供啖食，人間足蒸嘗。英雄爲犧牲，衆生福穰穰。

男兒抱熱血，百年待一洒。一洒夫何處，青山與青史。青山生光彩，煌煌前朝事。青史生光彩，飛揚令人起。後日馨香人，當日屠醢子。屠醢時一笑，一笑寧計此。

鳶亦飽我肉，蟻亦飽我脂。犬亦舐我血，蟲亦穿我骴。吾聞佛家言，以身爲布施。於物苟有益，狼藉奚足辭。

藁薦爲斂衾，斧鉞爲含玉。人生貴英靈，不足寶軀殼。君看英雄人，意氣猶在目。多少厚葬者，歲久化石骨。石骨有時盡，英名無時落。

獄吏與屠卒，對我意何尊。逡巡視含目，有若繞兒孫。爾輩亦何爲，未足置一言。是非與功罪，付與萬古論。

牛有時伏軛，螂有時當車。牛身非不大，泥淖徒軒渠。螂身非不小，氣若吞有餘。爲國重民氣，強弱從此殊。彼爭自由死，寧肯生爲奴。

病死最不幸，吾昔爲此語。瞀儒列五福，考終世所與。儒者重明哲，後人若晝鼠。君子養浩然，明神依大宇。强釋生死名，生死去來爾。

癸卯三月過漢陽感事用康南海〈己丑出都〉原韻　晉昌十四郎

霍嶽之巔雲氣橫，大江之水波濤驚。黃民有血朝官狠，碧眼無情鬼隸獰。黠虜未平悲去病，功名自古妬匡衡。風潮已急時將逝，怎得同胞共死生。

波濤滄海蟹初橫，雷火奔馳世界驚。曾見深林來燕喙，何堪當路盡狼獰。安劉今更思周勃，頌漢昔頻苦士衡。學劍未成江海濶，問天何日聖人生。

二十世紀之梁父吟　劍公（高旭）

匹夫當有濟時心，閉戶高吟梁父吟。秋菊落英木蘭露，夕餐朝飲滌塵襟。
夢裡春風滿袖嘉，新機頃刻盡萌芽。十方一切菩提樹，觸鼻奇香吐豔花。
祖生愧煞著先鞭，冒險精神七札穿。爲語塵中諸佛子，能離恐怖即生天。
神州盧孟化身多，壓力千鈞一笑呵。可奈民心終不察，靈修浩蕩怨如何。
百端交集病淹淹，默坐焚香月一簾。種種衆生種種佛，云何平等爲壯嚴。
髯蘇雅不合時宜，惡鬼揶揄一聽之。邑犬狺狺吠所怪，笑余衣服太離奇。
墨花歐錦色鮮妍，盡把凡夫腦殿鐫。發起大悲精進力，儘教法雨遍三千。
平原絲繡我情痴，絕世雄才絕世姿。九死此心猶未悔，澧蘭沅芷最相思。
房州廢置痛含寃，竟遣朝端雀鼠喧。一夕誰知魂九逝，高邱無女涕潺湲。
形骸久矣類俘囚，惟有靈魂許自由。替以蕙纕申攬茝[一]，蜿蜿時駕八龍遊。

[一]《高旭集》作「茝」。

人生容易髩星星，天演驚心演不停。頓觸美人遲暮慼，微霜初降草先零。
黃鐘毁棄釜鳴雷，蠟炬燒殘恨未灰。結得幽蘭復延佇，芙蓉憔悴孰爲媒。
盤腸騷鬼送愁來，怨悱[一]端推小雅才。懷瑾抱瑜無處示，衆芳蕪穢絶堪哀。
自由鐘響意飛馳，鑄舜陶堯慰所思。從此修治方便慧，衆生一切涅槃之。

送高山孝入都　蛻庵（麥孟華）

旭日曈曈[二]大道開，爭看天馬絶塵來。似聞絳帳宜傳學，可有黃金爲築臺。捫蝨且譚天下事，紅羊休話刼餘灰。素衣不怕緇塵染，新向扶桑濯足回。

胡雛驕倚東門嘯，黯黯黃塵欲蔽天。羅馬解綱憂祖國，士龍入洛正華年。横行鐵騎天無塹，泣到銅駝海已田。莫過市中屠狗肆，健兒多半已華顛。

中原車馬正風塵，一着儒冠便誤身。世界羣龍方見首，國門桀犬解驕人。金仙有淚悲辭漢，漁父無源說避秦。莫夢櫻雲更回首，洛陽桃李豔初春。

横覽燕雲十六州，處堂燕雀自啾啁。眼中所見皆餘子，才氣如君弟幾流。休作參軍蠻地語，應多嫠婦杞天憂。湖山聞道酣歌舞，漫向新亭泣楚囚。

光緒二十九年四月十四日（公元一九〇三年五月十日）

一　《新民叢報》作「誹」，今從《高旭集》作「悱」。
二　《新民叢報》作「瞳瞳」，今從《麥孟華集》作「曈曈」。

《新民叢報》第三十一號

讀學界風潮有感　烏目山僧（黃宗仰）

大塊噫氣久蟠鬱，神州萬古蛟龍撐。濁浪喧天地柱折，雲霧海立天不平。忽爾中宵飛獄瓦，突出黑暗覩光明。墨水傾翻南洋學，潯溪雷動又匉訇。風潮鼓蕩接再厲，氣作星斗志成城[一]。夜夢跌翻莫斯科，朝從禹穴樹紅旗。粵南燕北相繼起，楚[二]尾吳頭亦喧轟。鍾山奔瀑激飛雨，泉唐鼉鼓隨潮鳴。狐兎夜嗥鷹犬泣，帝網不得羅長鯨。遂見旌幢翻獨立，不換自由寧不生。革除奴才製造廠，建築新民軍國營。起排閶闔叩天帝，一醉夢夢鞭宿酲[三]。

讀史三首　醒獅

秦皇昔馭宇，壓力恣暴亢。爰有張子房，發憤首與抗。搜求力士錐，長嘯赴博浪。一擊雖不中，心膽自沮喪。十日不可得，義聲益鼓盪。鬧動自由權，激起獨立狀。勝廣始發揚，劉項愈膨脹。奴隸終慨慷，獨夫卒流放。嗟哉驪山宮，一炬付炎煬。

何來老□子，生性佞妖狐。外戚極隆寵，兼之奄與巫。呂雉爲作倆，唐鵡踵其車。憂患不足懷，游觀且樂娛。靈魂亦何貴，挾之臨天衢。將作日多事，少夜徒空虛。孝惠痛自戕，盧陵疑有無。遂令忼

一　《新民叢報》作「成」，沈潛、唐文權編：《宗仰上人集》（武漢：華中師範大學出版社，1999年）作「城」，從後者。
二　《宗仰上人集》作「焚」，《新民叢報》作「楚」，從後者。
三　《宗仰上人集》作「醒」，《新民叢報》作「酲」，從後者。

慷士，橫刀增悲吁。朱虛起宮掖，敬業來田閭。家居自完好，非種終誅鋤。可憐淫昏嫃，掩袂歸黃壚。當時目禍水，千載譏下愚。

要離不可作，專諸今已矣。蒼涼國士橋，寥寞深井里。疇陳荊卿圖，莫挾夫人匕。擊筑不聞聲，袖錐渺難企。嗟哉老大邦，竟無俠烈士。安怪棼亂絲，千手不能理。專制心愈雄，壓力譬牛豕。蒙難終酣嬉，黨禍日興起。舉首望中原，百非無一是。痛哭也徒然，狂箋燕丹子。

題黑奴籲天錄後　醒獅

專制心雄壓萬夫，自由平等理全無。依微黃種前途事，豈獨傷心在黑奴。

去髮感賦　劍嘯生

此髮非種種，壯志豈無爲。此髮或星星，千鈞亦繫之。胡爲乎草薙禽獮頃刻盡，把鏡自鑒笑我癡。會須持髮圈定三百九十萬方里之界線，更作四萬萬支那國民之朱絲。酒酣冷眼看世界，黃種岌岌吁可危。我欲登高呼醒病夫之睡夢，此髮可斷志不移。英雄貴須脫糾縛，刼灰飛淨將有時。

孤劍吟　劍嘯生

生來鐮鍔不如人，十載消磨誤此生。我亦崆峒山上客，重霄揮手問前津。

壁間長作不平鳴，夜雨[一]秋燈太瘦生。莫道豐城星氣暗，一回搔手故人情。

一 《新民叢報》作「兩」。

自題乘風破浪圖　劍嘯生

海上風濤逐雨來，榆關刁斗總成哀。行人不盡乘槎感，忍向遼東話刼灰。
筆底翻成舊淚痕，孤舟殘月正黃昏。可憐鬚脰從軍士，曉角寒沙欲斷魂。
雲影扶桑路幾千，三山終古峙東天。漢家城闕烟塵裏，一夕秋風繞夢邊。
極目河山盡棘荊，漫將長鋏作悲鳴。年來湖海雄飛志，眼底秋毫一葉輕。

粵梅秋放和友人韵原唱爲女權作也　賀春

南國菁華發達先，本來天女最雄妍。花神自有回天力，莫任東風再弄權。
南枝先發不知秋，開破人間一段愁。有好原因好結果，美人慧絕早回頭。
嶺上由來產異才，胚胎新種亦奇哉。現身天女說新法，喚起百花魂莫哀。
奪胎換骨妙文章，寄語芳魂莫斷腸。頃刻翻新花世界，千紅萬紫盡來王。

春悶無聊披讀新民叢報感賦　餘不生

禍水狂飛濫九州，江山無主鬼神愁。乾宮六子流黃血，滄海孤鴻又白頭。倉頡造文天欲泣，吳剛操斧月能脩。鵬搏會看鵾魚化，直上扶搖任自由。
女媧有石如可鍊，隻手難擎已破天。鳳鳥不鳴吾已已，龍嫠流毒自年年。朱書五字悲莊烈，血淚雙行慟吉田。爲國爲民同一死，山毛輕重且平權。

光緒二十九年四月二十九日（公元一九〇三年五月二十五日）《新民叢報》第三十二號

雜詩二十首　劉光第裴村遺稿[1]

忽然中夜起，開戶玩清華。飛心入明月，太息仙人家。仙童飽魑魅，心血化青霞。玉女妙成雙，變爲梟與蛇。陰精雖不老，已蝕衆蝦蟆。姮娥擊白兎。正氣爲咨嗟。桂樹根蠢蠢，漸亦揚其花。我欲扶燭龍，銜火照陰邪。九關逢虎豹，坐歎淚如麻。

東海闊且深，中有一靈蝦。撐天長頭角，非龍亦非蛇。白波涌如山，噴沫驚無牙。青珠散作塵，吹空爲[2]飛沙。婉戀兩雌龍。海氣開清華。捧日出扶桑，陽恩周八遐。一龍懽遊戲，一龍鬱盤拏。蝦也逆其懽，虬螭無奈何。穉雕腹有雷，殺意通老鼉。裂之於青邱，乃不異井蛙。

登高望蒙古，言陟五台山。北風徒能勁，立于冰雪間。維昔蕩中國，飲為長江邊。北失鄂羅雄，東誤穌奴孱。出入五百年，勢積以鈍頑。弱人自亦弱，道豈如循環。幃房豈不親，隱貽屏蔽患。譬彼黃耇人，衣敝背已寒，頹陽澹澹下，我亦悲外藩。

---

[1] 劉光第（1859-1898），字裴村，四川富順人，維新運動重要成員，「戊戌六君子」之一。光緒九年進士，刑部候補主事。1898年參加保國會，維新期間授四品軍機章京，參與變法。湖南舊黨曾廉上書光緒，請殺康、梁，譚嗣同與劉光第駁之，以性命保兩人無辜。戊戌政變失敗後與譚嗣同等同時遇害。有《衷聖齋詩文集》。

[2] 劉光第：《衷聖齋詩集》，收入續修四庫全書編纂委員會編：《續修四庫全書1568》（上海：上海古籍出版社，2002年）作「忽」。

天上生奇[一]樹，託根極高寒。玉色光可鑑，奇香吹若蘭。招搖絳宮裏，旖旎瑤台端。上枝抱神龍，下枝棲鳳鸞。中枝掛日月，嬉戲擲兩丸。排雲奏[二]竽籟，華葉鏘琅玕。音聲一何美，天聽生清懽。裁爲六合柱，神工不肯觀。罡風忽吹折，王母獨心酸。

窮陰滿八極，天地洩煩寃。太行裂石藏，倒瀉飛泉源。泡泡出雷岫，滾滾下天門。巖寺怒飄墮，安肯問平村。木石隨佛走，人馬向蛟翻。雨聲挾哭泣，中有萬鬼喧。神鐙跳紅波，懽喜照老黿。妖孽不自作，所貴燮陽宣。陽剛抱龍德，冷氣散乾坤。主山遭厄圮，五嶽噤不言。嗟予坐危屋，神傷命斯存。

吾鄉李鴻猷，捧檄令赤峰。列縣無城郭，謠俗雜民蒙。蒙漢久蠹孽，都統貪且庸。扇之以亂民，馬賊起如蜂。蒙兵道路斷，官兵村落空。殺燒所漏逸，逃出復嚴冬。飢火焚人腸，哀哉割面風。俱死目猶視，坐臥冰雪中。輝輝晶玉顔，慘慘土木容。豈不痛殭路，血肉欣完同。躍馬忽見之，急馳過鬼叢。疾威此上帝，民牧亦夢夢。幸免於咎責，乃內丁鞠凶。過都為我言，使我淚如凍。

靜坐觀物情，慨然發深羨。一欣鳥驚人，再欣虎上殿。蜩螗爭一鬨，熱風吹怒怨。飲露有寒蟬，空腹亦爲賤。蒼鷹飢着人，搏擊本非願。投軀啄腐鼠，何時縱英盼。六合一梟鸞，鵬子安得見。獬豸獨能神，所食惟苦楝。

孔雀冲天飛，雲日散光采。一朝飢無肉，不凍長呼餒。樊籠一以羈，啄腐甘自紿。食蛇知有毒，尚負奇毛在。文章止悅人，品弗登鼎鼐。鶩華果何心，落實稍見悔。所以威鳳翔，九苞度雲海。

漫漫香雪海，楳花千萬枝。天上春獨早，亦猶正逢時。何來蠟楳花，託根暗相移。弄妍雲霞地，拔

一 《哀聖齋詩集》作「琪」。

二 《新民叢報》作「奉」。

迹水石湄。玉女燦明月，近玩天人姿。王母閃電眸，一笑雜瞋癡。神仙烟霧中，豈容俗物窺。非種忽鋤去，園客惜其私。

妲己傾有商，褒姒滅宗周。天意信遐邈，女禍亦因由。慨當伐國日，獻此美無儔。山川稟精氣，民物含怨愁。併洩於一身，鍾物豈非尤。方寸之禍水，胥溺及九州。顛倒怒笑間，因愛成仇讐。百物氣相制，弱肉與强謀。誰謂傷人心，十世禍未休。片情累萬族，念之淚交流。

神鷹擊惡鳥，靈獸觸邪臣。誰言物性蠢，智過於中人。猛虎戲山間，鱷魚縱奇鱗。磨牙吮人血。鷹獸不敢瞋。鞭撻驅迫之，乃用喪其身，皇天散形質，萬物各得眞。哀哉使錯迕，長短何由伸。

道逢行乞人，自言舊湘軍。衣服鬻且冬，皮肉還垢皴。一從勦髮賊，立功救王民。轉戰徧南北，猛氣衝風雲。堂堂錫勇號，歸仍餓一身。諒山復斯警，應募走兼旬。資裝雖無多，親友意已勤。孰知功不酬，志欲清鬼氛。且圖飽戰飯，捐命答吾君。况聞鬼馬死，鬼妾號長裙。正可威南服，和議成逡巡。故鄉不得歸，又不死沙塵。含血空噴天，忠憤何由伸。且勿歎忠憤，乞錢周爾貧。

國有封將軍，賜名為溥侗。龍種異凡子，拔迹金玉中。希聖識攸歸，向方且多通。感[一]時每浩歎，憂國懷精忠。涕泣有所陳，小人勢已雄。上言皮小李，下言濟寧公。天下久唾棄，胡不忍[二]決癰。內則有權閹，戰安得有功。帝曰汝未知，豈余小子衷。余與汝徐徐，且可[三]為闇蒙。海雲升朝霞，光映殿角紅。引之跪近前，慘澹親天容。帝曰汝勉哉，匪直光國宗。大廷實乏才，豢養諸疲癃。將軍頓首謝，感激厲匪躬。問年十七八，雛鳳鳴喈噰。何意宗室內，乃覩此奇童。一木千萬葉，青黃各不同。一水千萬

一 《新民叢報》作「咸」，今從《衷聖齋詩集》作「感」。

二 《衷聖齋詩集》作「忍不」。

三 《衷聖齋詩集》作「可且」。

派，清濁自朝東。

北方有二鳥，乃生在海壖。羽毛各豐滿，一飛皆刺天。同巢却異夢，啁笑兩不然。一鳥不知老，甘腐偕鴟鳶。性復解音聲，歌舞鵷與鸞。竦身傍神霄，日月樂凝頑。飛星激枉矢，尚戀青雲端。一鳥抱仙骨，所食惟琅玕。八表高一翔，天海知周圓。文采照遐荒[一]，心力徹空淵。羣羽自求穴，但笑猛志偏。併力掣其飛，又不放使間。終借彼高名，弗與惡鳥便。鳳凰號大聖，臣哉尚愼旃。

臣始悲天下，天下亦悲臣。哀哉劉陶言，退然念其身。一身雖不保，儻議豈空陳。請爲時主吟，願亦聽其眞。帝非人不立，人非帝不寧。譬如頭與足，相須以得行。胡然假利器，芟刈于平民。耳無檀車響，目無鳴條親。天災豈切飢，震食非損神。一朝權去已，不得爲衆人。救亂須得智，扶危貴求仁。吁嗟此激論，允為後世珍。良藥螫人喉，亦有安苦辛。荒君視熊胆，喆后視猩唇。

文鳳見季世，鳴當不祥時。摧藏鍛毛羽，豈不惜彼私。洛城何嶢嶢，下有數棄屍。一士獨佯死，三日蛆上眉。亡命十五年，直性損憂悲。後來外戚誅，徵召復得諧。老壽還卒家，藉問此爲誰。云漢杜伯堅，鄧后惡忠規。縑囊盛直士，殿上撲殺之。和熹豈不賢，根也實無疵。覽書見遺烈，千歲感我思。

涿州有三坡，入山三百里。陰磑何險深，終古絕塵軌。雖乏桑麻秀，頗饒桃李柹。外來販酒希，但換山羊子。金錢無所用，巧利將焉起。差□所不到，鄉老坐已理。新婦禮亦苛，騎驢色悲喜。相傳流賊餘，竄茲闢榛杞。但聞滿洲興，皇問張與李。山中生厚善，頑氣盪心髓。日月照老壽，樵牧皆黃綺。與世既無爭，世亦相棄矣。何必桃花源，相須武陵水。

憂端橫八垠，溢心天際想。天風吹余夢，身騎白雲上。白雲如奔馬，蹋天空不響。下視塵海間，日

一　《衷聖齋詩集》作「荒遐」。

月相磨盪。萬國燦可數，元氣浮泱泱。所嗟目力窮，地球過三兩。極外還人世，星中有天壤。誰能造化根，攬之證無象。

三古聖神國，道揆不可變。斟酌通天人，輔畫盡名獻。嗣王廢率由，其敗忽如電。奈何後世豪，草草爲征禪。勢力角羣雄，善者安苟便。何必待敝刓，本始粗繾綣。王道久淪亡，天難方憲憲。雖有老成人，由行亦堪賤。窮通貴神明，豈不在英彥。獨傷言和臣，變法而俯怨。

勢力之所徙，道德之所都。人氣各有持，以保清淑區。龍德屢易姓，越代賓王無。海內一世家，大與溟岱俱。蟬嫣重繼體，崇飾開蒙愚。薪大續明光，果核傳芳腴。寶茲仁義種，懸的要人趨。奈何教師宗，翻羨伶官奴。桓桓冠劍身，蚩蚩傀儡模。隆污信有時，行廢道豈殊。日月亦有食，更何在須臾。外邦富學祖，中州論精粗。法守已浮煙，道教須樹扶。可如貴溪張，襲封惟咒符。

萬壽山　劉光第裴村遺稿

緜緜萬壽山，園莊枕其麓。宏規豈虛構，頤和祈天福。基扃盤雲霄，原野衣土木。鐵路穿宮門，電燈照崖[一]谷。百戲陳瑤池，萬寶走琛屋。每蒙王母笑，更攜上元祝。天上多樂方，奇怪盈萬族。維昔經營日，淫潦迷川陸。海雨吸垂龍，村氓亂浮鶩。黿頭大如人，出水聽衆哭。偉哉烏府彥，涕泣陳忠牘。膏血爲塗丹，皮骨爲版築。請分將作金，用賑灾黎穀。天容慘不懽，降調未忍逐。海軍且揚威，嬉此明湖曲。仙人且弄姿，媚此西出綠。

〔一〕《哀聖齋詩集》作「巖」。

屯海戍　劉光第裴村遺稿

鷙鳥久不擊，金睛倦神霄。龍馬縶其足，萬里[一]徒見招。矧茲屯海戍，本自異雄梟。朘削雖已多，室家且逍遙。軍中有婦人，武事空蕭條。大[二]礮只虛烟，揚旗憚廻颷。一旦飛羽檄，驅之渡韓遼。我友充海軍，鐵艦嬉且遨。獨我迫東行，萬慘聚府焦。況忍訣妻子，中道相牽號。哭聲上干雲，下壓大海潮。入舟屢回盼，不戰心先逃。運船猝被擊，潰亦無由跳。可憐羅練軀，挂胔鯨齒高。空令鬈婦來，想魂祭波濤。大帥心有在，我方悲汝曹。汝曹死自悲，無爲怨聖朝。

美酒行　劉光第裴村遺稿

美酒樂高會，廣筵開曲房。風雷奮笑謔，山海究珍芳。歡氣之所流，引以日月長。中有餐霞客，逃席支在床。嗟余不舉酒，天醉形能忘。去我壁上觀，縮我壺中藏。客言乃何苦，酸悽起肝腸。衆賓正懽笑，豈顧一人愴。云今東省旱，不下西省荒。告灾有大府，蠲賑來隣彊。涸魚久失水，微雨[三]豈蘇將。殺孩養老親，子婦誠何當。亦有成童兒，不值兩餠償。明知非我子，肉顫心已殭。恩愛彼非人，殘忍爲故常。荒年情景多，一一忍得詳。是孰能致之，天意眞茫茫。在樂爲苦言，當嗤子不祥。漆女隱在中，一擊紆軫彰。後堂進高燭，躡屣來名倡。主人命射覆，還成賭百觴。

光緒二十九年五月十四日（公元一九〇三年六月九日）

一　《衷聖齋詩集》作「空闊」。
二　《衷聖齋詩集》作「火」。
三　《新民叢報》誤植爲「兩」。

《新民叢報》第三十三號

東京雜感　悔餘生（吳慶坻）[1]

水繞城牆柳拂堤，殊方風景最清凄。飛車過處塵常合，畫角吹時日易低。碧海無塵憐兎冷，女牀有樹待鸞栖。明燈多事撩歸夢，渤澥潮回路恐迷。

文物東方想見之，海雲生處費凝思。儘應月旦歸吾輩，可有風流是我師。大藥果堪能駐景，微波未解爲通詞。祇應飄泊憐鸞鳳，午夜栖栖尚繞枝。

薄遊書劍太匆匆，鉛槧新操媿未工。頗憶古人嗤刻鵠，待求絕技試屠龍。陰符應仗飛鉗學，非種深資易耨功。何日三山歸鳥使，海枯石爛儻相逢。

惱聞故國有啼鵑，塵土東華夢尚牽。紅淚洗愁應萬斛，黑灰揚刼又千年。怕搴珠箔看榆影，易見金風送柳綿。底事能平精衛恨，海波春漲濶無邊。

低簷照眼有榴花，棖觸風光又憶家。歸負離支三百顆，來搜竹簡五千車。儘多舊譜翻眉樣，容易流年換鬢華。誰向燈前愁擁髻，香閨春夢隔窓紗。

仙山縹緲有飛樓，獨立蒼茫起百憂。北望神州空極目，東來海水不澆愁。雲霞爛熳扶朝日，風雨凄涼變暮秋。杳杳碧波天際遠，誤人幾度數歸舟。

三千弱水路漫漫，住已無心去亦難。幾輩短衣矜楚製，有人囚服尚南冠。據梧隱几當朝倦，秉燭攤

一　吳慶坻（1848-1924），字子修、敬彊，號悔餘生，浙江錢塘人，晚清官員。光緒十二年進士，歷任翰林院編修、四川學政、湖南學政等。民國後，與馮煦、樊增祥等組超社、逸社。著有《蕉廊脞錄》、《辛亥殉難記》等。

書向夜闌。報道忍飢臣朔慣，錦書休事勸加餐。
懷土心期去國情，滌愁無那碧芳傾。年華錦瑟拋將盡，世界黃金鑄未成。天漢槎來浮博望，上林雁杳悵蘇卿。素衣已任緇塵污，更擬歸途賦北征。
不成薄醉不成吟，憔悴秋梧半死心。夢裏光陰雙白璧，愁邊情欵一青琹。漫勞下士憂天圮，會見中原起陸沈。尺紙桃花勸歸去，問余何事負香衾。
茫茫大陸一青年，披髮狂吟若木邊。人慨滄桑多變幻，佛言世界未周全。幾時海水還成陸，底處星球別有天。風馬雲龍看飄忽，爲余前路着先鞭。

喜高山孝至都遙和蛻菴　櫻田孝東

荏苒七年嗟此別，傷心故國幾滄桑。諦觀華色垂垂滅，各剖離懷絮絮長。遼海獨歸人似夢，津橋相對月如霜。竭來吾黨京華聚，風景依稀舊草堂。
幾年東海扶搖去，天馬行空不可羈。斯土縱安仍念蜀，素衣不染漫成緇。須知成者如麟角，莫遣旁人笑虎皮。見說山公招束帛，絳帷珍重要論思。
風雲去去惜前塵，清淺蓬萊刼後身。化碧久荒柴市月，看花無奈薊門春。中流汎汎悲王子，百草茫茫念遠人。風絮滿城飄不定，且歌連臂蹋重茵。
金門四啟錯雕題，擾擾黃塵日易西。華頂歸雲仍似昨，漢皋解佩忍重提。三山風急潮俱湧，五里天沈霧正迷。且結鄉邦尋白社，女牀深穩有鸞棲。

瀾溪雜感　晉昌十四郎

癸卯元月求事大通，留連旬日，未克如願，將仍鼓軫迫鄂。客館蕭條，甚覺無俚，偶成〈雜感〉八章，即以留別故鄉諸友。

烏集東郊鎮日喧，蒼茫獨立望平原。晴光欲閃雲邊樹，淑氣徐來雨後邨。知己天涯青有眼，故人湘水碧無痕。消愁祗合盃中物，憾不長江一口吞。

隔簾人語盡鄉音，入揖頓教客感深。仗劍十年仍故我，封侯一念負香衾。新添蓬絮還盈鬢，舊種桃花應滿林。韁鎖非關名利事，纍纍喪狗亦何心。

雙流夾渚浪千層，花眼連洲掛碎綾。何處笙謌彈鐵板，隔江鼓角震銅陵。魚書晨到雲山遠，羽檄宵馳燧火驚。已弛金吾三夜禁，又肩巡柝打寒冰。

烽火當年起桂平，南摩銅柱又談兵。跳梁盤踞天藤峽，持節傍徨細柳營。隣國聯章希拜賜，天涯一紙欵深情。建瓶北下憐桑梓，鶴唳風聲到處驚。

無力追回密約刪，天皇北顧禦强蠻。開邊欲斷匈奴臂，欵塞應羞妻敬顏。天使看羊歸漢土，胡兒牧馬避陰山。縱橫對酒譚方畧，有客來從嘉峪關。

大嚼屠門各有涎，强隣振策雪山巓。牢籠設計譚妖夢，碑石何因競界邊。負鉢東來無衲子，鑿空西去誤張騫。望洋惆悵波斯海，萬里雲天一紙箋。

紅曦出海閃東隅，春色微茫辨有無。子弟八千新整隊，童男五百爲誰驅。鳳麟欲攝天驕魄，麒麟長縈老馬途。沿海風潮時起伏，有人天外大聲呼。

世事如棋鬥不休，斧柯已爛局難收。委蛇元老崇專制，去國青年唱自由。山色橫天連楚岫，江聲入海半湘流。中興而後英雄謝，應有昌衡未闡幽。

光緒二十九年五月二十九日（公元一九〇三年六月二十四日）

《新民叢報》第三十四號

不忍池晚游詩戊寅　人境廬主人（黃遵憲）

東京上野有不忍池，亦名西湖，近郊勝地也。余每喜晚游，長夏暑熱，或夜深始歸，得詩十數首。[一]

開門看雨夢纔醒，一抹斜陽映畫屏。隨著西風便飛去，弱花無力繫蜻蜓。

蜄樓海氣隱重城，浩浩風停遠市聲。四壁晚鐘齊接應，分明不隔一牛鳴。

紅板長橋雁柱橫，兩頭路接白沙平。前導[二]後擁蕭蕭馬，猶記將軍警蹕聲。

如此江山信可憐，驩虞霸政百餘年。黃粱飯飽[三]紅燈上，小戶家家弄管弦。

百千萬樹櫻花紅，一十二時僧樓鐘。白頭烏哭屋梁月，此是侯門彼佛宮。王師東下，以上野爲戰場，故近處公侯第宅[四]、梵王宮殿，大半荒廢矣。

羯鼓鼕鼕舞折腰，銀缸銜壁[五]酒波搖。罏香裊處瓶花側，不掛當時黑鞘刀。東人屋例[六]以隙地爲供罏插花之所；舊時士夫皆佩雙刀，宴飲時則懸於壁，今廢此儀矣。

一　《人境廬詩草箋注》無「東京」二字。
二　《人境廬詩草箋注》作「呼」。
三　《人境廬詩草箋注》作「飽飯」。
四　《人境廬詩草箋注》作「王侯邸第」。
五　《人境廬詩草箋注》作「璧」。
六　《人境廬詩草箋注》作「側」。

薄薄櫻茶一吸餘，點心清露浥[一]芙蕖。青衣擎出酒波綠，徑尺玻瓈紙片魚。

鴉背斜陽閃閃紅，桃紅人面薄紗籠。銀鞍並坐妮妮語，馬不嘶風人食風。西人携眷出游者，每並轡偕行。

萬綠沈沈嘒一蟬，迷茫水氣化湖烟。無端吹墮[二]豊湖夢，不到豊湖已十年。

絕遠窮荒海外經，風災鬼難渡零丁。誰知大地山河影，只一微塵水底星。

濛濛隔水幾行竹，暗暗籠烟併是梅。微影模糊聲犖确，是誰携屐踏花來。

柳梢斜挂月如丸，照水搖搖頗耐看。欲寫眞容無此鏡，不難捉影捕風難。

不耐茫茫對此何，花如吉野月須磨。如魚邪虎烏烏武，樹底時時人唱歌。吉野之櫻、須磨之月，爲東方名勝之最。

三更夜深月上欞，荷花遙遙透微馨。罏烟帖妥窗紗靜，不解參禪也讀經。

山色湖光一例奇，莫將西子笑東施。即今隔海同明月，我亦高吟三笠辭。仲麻呂使於唐，將還，從明州上舟，望月作歌，世傳爲絕唱，〈三笠山辭〉是也。

旅居襍詠時在日本東京　觀雲（蔣智由）

偃蹇青山初上日，婆娑老樹儘橫雲。我來隱几忘天下，欲問山中麋鹿羣。

不讀離騷讀莊子，嗤非愛國亦何言。海神河伯空相語，去矣雲將道所存。

婆娑世界獨婆娑，百歲眞同一擲過。不厭長命不畏死，衆生天倪與之和。

一　《人境廬詩草箋注》作「挹」。

二　《人境廬詩草箋注》作「墜」。

蒼蒼明月蔽浮雲，雲散天空月復明。方識浮雲不長久，何緣相合與同行。
夢中常現江之島，海水盪風澎湃聲。曾過懸厓瞰絕壁，陡添膽力到平生。
萬家沈沒曉靄中，朝起風光自不同。天埽紅塵開境界，華嚴彈指即虛空。
婉婉初駕六龍游，來至東天一葉洲。香草滿山花滿谷，欲携芳種植高邱。
茶甌火缽渾如畫，席地清明水染埃。多少唐人風俗在，翻然看取故鄉來。

默坐有得成詩七章度己度人以當說法　劍公（高旭）

墜[一]地果何似，頑痴二十年。忽瀅新理想，普種好因緣。低踏[二]羣芳泣，高窺一鏡圓。隨心見衆色，方寸竟[三]湛然。

法界無邊際，華嚴我可鄉。如如香海水，燦燦妙華光。法雨潤一切，慈雲護十方。詩歌挽厄運，此願可能償。

如是道無量，彌綸此[四]大千。最難成正果，發願演平權。軀殼竟[五]安用，靈魂不可傳。此時無一語，相對竹娟娟。

解脫離文字，從知識未差。諸天諸刹海，一佛一蓮花。公理隨心悟，凡夫著意誇。了然觀現象，三

一　《高旭集》作「墮」。
二　《高旭集》作「微覺」。
三　《高旭集》作「自」。
四　《高旭集》作「及」。
五　《高旭集》作「亦」。

世[一]意無涯。

智者了無說，焚香默下簾。衆生殊苦惱，淨土為莊嚴。當識死生故，誰教色相兼。重囚半出獄，哀樂一時添。

說法本非法，忘情總有情。度人即度己，無滅亦無生。養到道心活，放將慧眼明。萬千都幻妄，而況一浮名。

出世復入世，斯人信妙人。精靈無過腦，清淨自由身。分別即為妄，是非安有眞。倘參平等果，魔眷亦天親。

讀不可思議解脫經口占五偈　劍公（高旭）

佛說一切法，非男亦非女。識得此中理，其人可與語。

一一微塵裡，重重帝網中。能知此方便，理想妙無窮。

衆生悉清淨，成佛無先後。凡夫自生惱，世界原無垢。

發願度一切，我心自怡悅。究竟誰覺者，所說無所說。

水上泡影現，空中呼聲[二]響。當作如是觀，當作如是想。

感春　慈石[三]

一　《高旭集》作「灑落」。
二　《高旭集》作「呼」。
三　高燮與狄葆賢均號「慈石」。

古云天好生，以生爲嗜好。我謂其好殺，誰云非天道。生以備殺材，殺以資窮討。蒼蒼眞無情，物各宜自保。欣欣枝上花，芊芊園中草。幾日紅含愁，數旬綠煩惱。秋風一朝來，飄零迹如掃。惟彼獨立樹，歲歲風霜飽。艱苦鍊奇骨，閱歷增懷抱。應時善變遷，得氣先穹昊。既不能造天，斯爲天所造。肆戰大劇場，植根須及早。優勝劣敗理，確哉洵可寶。

世界無邊際，人生多憂患。息息轉如輪，相續無時斷。狂香襲人來，大地春爛漫。淙淙水流聲，飛花逐片片。耳鼓與眼簾，窮盡我聞見。聞見所難窮，我心亦奚戀。逝者本如斯，光陰疾於電。無幻之非眞，無眞之非幻。笑彼網羅人，物一掛礙萬。局蹐方寸間，不能通其變。智慧日以窒，衆生日以倦。孔故曰不已，佛故曰精進。眞理貴日新，勇者盍振奮。

登高視一切，江山富奇葩。膏腴數千里，鮮艷如流霞。推情發大願，惻戀蔑以加。吾亦愛吾國，吾亦愛吾家。要令團體堅，黃龍生光華。大海塡精衛，漏天補女媧。如膠無密縫，如玉無點瑕。基礎苟未立，莫得空驕誇。秩序一破壞，萬端皆舛差。列强誠足畏，各自磨其牙。虎虎注我目，厥勢殊騰拏。國既不能保，家亦化蟲沙。吾不用吾愛，波印有前車。

庭花開滿樹，春風觸鼻香。好鳥語枝頭，相對弄笙簧。遊魚結隊行，誰云江湖忘。因之識羣義，離羣必受殃。民貧無富國，民弱國奚强。蒸砂以作飯，安能充飢腸。尤貴通他羣，範圍逾擴張。兩利爲眞利，獨利焉得良。綠紅相組織，爲色斯成章。酸鹹共調和，爲味斯可嘗。人我一以破，幸福乃无彊。愛情達極點，全球如一鄉。文明日交換，雲飛五色祥。

光緒二十九年六月十四日（公元一九〇三年八月六日）

《新民叢報》第三十五號

赤穗四十七義士歌有序[一] 庚辰　人境廬主人（黃遵憲）

日本元祿十四年三月，天皇敕使聘於將軍。將軍命內匠頭淺野長矩接伴。十四日，延使報謝詔命。儀未行，長矩卒拔刀擊高家上野介吉良義英。義英走仆不死。目付官就訊爭故，長矩對：自奉命接拌，上野介每以非禮見遇，是以及事。將軍大怒，命囚長矩，責之曰：卿以憤爭故，臨國大禮，公然揮刃，以私怨滅公法。其賜死。其弟大學頭長廣，收屍葬之泉岳寺。報至赤穗，長矩老臣大石良雄，聚衆言曰：上野介尚在，吾曹唯有枕城而死耳。共刺血盟誓，遣使告於長矩外親戶田氏定曰：內匠頭有罪伏法，臣等謹服命矣。惟不共戴天之仇，儼然朝列，臣等無顏立於人世，敢含刃駢死，以殉孤城。請以此意報之目付官。氏定答書曰：苟報之目付，達於公朝，恐將不利於大學頭。衆乃更議。及收城使至，復請曰：淺野氏自勝國以來，世世蒙國恩。今大學頭現在，願赦罪繼其家。官使曰：諾。良雄復語衆曰：城亡與亡，烏敢以大學故而圖存。雖然，舍此豈遂無死所哉！各泣別去。明年三月，良雄等先後變姓名入江戶。佯為販夫，僦居義英第側，以伺利便。義英畏仇，一夕三遷，莫測其蹤跡。而嘗以茶事為嬉，所喜茶人某，每會必與。大高忠雄乃佯爲富商，從學茶燕法。十二月十四夜，義英將集飲於家，良雄等得茶人語，遂聚衆舉事。按第圖，定部分。衆皆戴鐵兜，衷鎖甲，外爲救火吏服，擔弓鎗長梯大椎從之。神崎則休鄉導。夜四更至。至則撾門緣屋，乘高呼曰：內匠頭家士爲報仇來，敢出拒者斬。弱無力者，坐不動者，置之。驩呼入室，每室燒燭，遍搜不能得。乃捕劫一人，導至寢所。有義英席臥被尚暖，衆知其逃匿不遠，更四出旁搜。間光興至房側，聞囁囁有耳語聲，破戶呼曰：得無在是耶？衆發矢奮鎗薄之。房乃藏茶具者，有人亂擲物以拒。武林隆重揭燭，見一人著白襯衣在隱所，方拔刀欲起，隆重攙進，斫而殪之。額及背有鎗痕，喜曰：此非亡主所手擊者哉！乃吹螺嘯聚，以竿懸首，擁往泉岳寺長矩墓所。良雄預作具名書二通，一留義英外廳，一道人齎詣彈正官仙石久尚第，自明其報仇，非抗國法。良雄等既至寺，以槀盤盛義英首，

[一] 題下雖注明「有序」，但《新民叢報》中並無序文，於此據《人境廬詩草箋注》所載之〈序〉補入。

又出匕首，置碑跗上，鋒刃外向。四十七士自呼名拜謁，環跪墓前，讀祭文曰：『去年三月十四日之事，臣等卑賤疏遠，不與知其狀。然竊料我公與吉良上野君，必有積怨深仇，非得已也。不幸仇人未得，而身死國除，遂以一朝之憤，而亡百年之業。臣等食君之祿，應死君之事，苟靦顏視息，他日蒙恥入地，將何面目見我公乎？臣等自謀此事，棄妻子，捐親戚，奔走東西，不遑寧處，凡一年又二百七十日於茲矣。常慮溘先朝露，所志不遂，重為世笑。賴天之明，君之靈，昨夕四更，往攻吉良氏，臣等幸得藉手以畢先公未了之志。此匕首，昔公在時割所愛以賜臣者，今謹以奉上，請公以此甘心仇人，以洗宿恨。』讀畢，起取盤上首，以匕首擊之三。復相聚大哭。既出，見寺僧曰：某等之事畢矣。仙石久尚以事聞，將軍命分囚之四諸侯邸。明年二月四日，就所拘之邸，令以屠腹死。命曰：前者淺野內匠，所犯大不敬，論死如法。而吉良上野介以無罪原而不問。生殺皆出上旨，汝等乃誣以主仇，結徒聚衆，執持弓矢，擅殺朝臣，大逆不道，其賜自盡。衆皆稽首曰：自分應處極刑，乃賜劍自裁，此朝廷之仁也，某等死瞑目矣。乃悉葬之長矩墓側。各爲立碑。府下弔祭者塡湊成市，數月不已。咸稱為四十七義士，各搜輯其姓氏年甲遺事，刑錄成帙。所遺手澤，爭寶藏焉。

四十七士人同仇，四十七士心同謀，一盤中供仇人頭。哀哀燕雀鳴啁啾。泥首泣訴圍松楸。臣等無狀恐爲當世羞，君雖有臣不能爲君持干掫[一]，君實有弟不獲傳國如共球[二]。君亦有國民，不敢興師修戈矛，猶復靦顏視息日日偷。臣等非敢國法讎，伏念國亡君死實惟仇人由。當時天使來，奉命同會酬。環門觀禮千人稠，彼名高家實下流。罵我衣冠如沐猴，笑我朝會啼禿鶖。我君怒如鯁在喉，拔劍一發不可[三]收，烏知仇人不死翻貽家國憂。臣等聞變行嘆復坐愁，或言死拒或言死請無能運一籌。同官臭味殊薰蕕，一國蒙戎如狐裘。最後決意報讎同力勠，灑血書誓無悔尤。四十七人相綢繆，蹈間伺隙忽忽歲一周。昨夜

一　《新民叢報》作「楖」，今從《人境廬詩草箋注》作「掫」。

二　《人境廬詩草箋注》作「金甌」。

三　《人境廬詩草箋注》作「復」。

四更月黑鳴鵂鶹，衆皆衷甲撐鋏兜。長梯大錐兼利鏃，或踰高墉或踰溝。開門先刃鈴下騶，大呼轉門如貔貅。彼仇人者巧藏匿，如椽銀燭徧宅搜。神恫鬼怒人焉瘦，闖然首出霜鋒抽。彼盤之中血髑髏，先公猶識傖父面目不。此一匕首先公所賜繞指柔，請公含笑試吳鉤，勿復齎恨埋九幽。臣等事畢無所求，願從先君地下游。國家明刑有臯繇，定知四十七士同作檻車囚。不願四十七士戴頭如贅疣，唯願四十七士駢死同首邱。將軍有令付管勾，網車[一]分致四諸侯。明年賜劍如杜郵，四十七士性命同日休。一時驚嘆爭歌謳，觀者拜者弔者賀者萬花繞冢每日香烟浮。一裙一屐一甲一胄一刀一矛一杖一笠一歌一畫手澤珍寶如天球。自從天孫開國首重天瓊鉾，和魂一傳千千秋，況復五百年來武門尚武國多賁育儔。到今赤穗義士某某某某四十七人一一名字留。內足光輝大八州[二]，外亦聲明五大洲。

旅居日本有懷錢唐碎佛居士　觀雲（蔣智由）

別離湖海幾回圓，明月天涯思黯然。每爲清談勞別夢，可能愛酒似當年。亞歐捭闔謀空壯，耶佛評論語更鮮。長恨蓬萊三島水，文波未影皖山前。

一羽　觀雲（蔣智由）

風日光中一羽輝，片音偶向世間遺。紅塵十丈無棲所，自揀雲天遼濶飛。

一　《人境廬詩草箋注》作「網輿」。

二　《人境廬詩草箋注》作「洲」。

新游仙詩　時若（高燮）一

昔人所作遊僊詩，如唐曹堯賓，及國朝龔定庵、彭湘涵舒鐵雲已似較遜，其他非吾所心折者，不列。及吾亡友顧靈石諸人，均能抽思緜渺，擲筆芬芳。余每愛讀之，以爲此亦足以剷除鈍根，而解杞憂之欝結也。然此皆爲舊思想，而非新思想，皆爲虛誕思想，而非眞實思想。因作新遊仙詩數章，而緯以今事焉。

乘球禦氣破空翔，任意飛騰到上方。三十三天遊歷遍，玉皇更詔許通商。

龍宮夜下水晶簾，晏罷羣妃擁被眠。報道一船來海底，夢中叱起怒流涎。

踏將水上自由車，四面滄波畫不如。月白風清謌一曲，成連指點我其魚。

上清前輩推王母，聞說今年壽萬春。下界新傳無線電，也須遠達祝良辰。

織罷流黃不復聊，銀河清淺思迢迢。離騷譜入留聲器，持似天孫伴寂寥。

昨夜嫦娥偶出遊，廣寒宮忽暗雲浮。電燈高掛明如月，幾誤歸途笑不休。

初夏二新聲　時若（高燮）

井底可憐徒取鬧，年年歲歲意何云。不辭舌敝唇焦怨，鼓吹文明唱合羣。蛙。

暫依茲土發聲悲，自作呻吟敢恨誰。聊洩奇情謌當哭，多哀怨者亦如斯。蚓。

興亡用因明子菊花韵　劍公（高旭）

一 高燮（1877-1958），名燮，字吹萬，號時若，江蘇金山人，詩人。高旭叔父，南社詩人。支持排滿革命，參與發起國學商兌會，刊行《國學叢選》。有《吹萬樓文集》、《吹萬樓詩》等。

興亡皆有責，愛國我尤深。楊柳佳人怨，風雲壯士心。血澆大樹活，戈返夕陽沈。獨上崑崙頂，胸羅萬怪森。

書感步因明子皎然韵　劍公（高旭）

爲守四方思猛士，登臺高唱大風歌。投身五濁犧牲少，吮血中原豺虎多。萬姓分離無國史，一家籠絡有儒科。遠東共產教誰管，[1]江自長流山自峨。

憂羣　劍公（高旭）

孟夏何滔滔，草木何莽莽。我行將安之，詎作出世想。仗策指前途，紛拏恣魍魎。妖雲織怪電，四山森萬狀。覽茲惡現像，風物安能[2]賞。神州不陸沈，端賴巨靈掌。陶鑄無量佛，香花齊供養。烱烱曙光閃[3]，爭看一線放。尸祝泥犂獄，日月重開朗。廿紀少年人，泰山北斗仰。吾華於世界，豈絕無影響。念專制爲虐，慘慘憂心長。歐美大革命[4]，所賴實政黨。支那今何如，尚在幼稚時。政黨始芽蘖，無[5]堪摧刈[6]之。而況黨中人，攻擊日以滋。入主而出奴，言論庀復庀。所言亦有公，其心已至[7]私。匈奴尚未

一　《高旭集》作「蒼天夢夢依然醉」。
二　《高旭集》作「暇」。
三　《高旭集》作「燭」。
四　《高旭集》作「改革」。
五　《高旭集》作「何」。
六　《高旭集》作「折」。
七　《高旭集》作「則已」。

滅，男兒何家爲。而乃自樹敵，痛哉祖國危。鬱邑余侘傺，此理莫或察。屈己以衛羣，羣己兩發達。屈羣以利己，羣敗己亦撥。遠望登高山[一]，長歌寄天末。酌酒舒[二]我憂，酒竭憂難遏。

讀招魂大招篇　劍公（高旭）

招魂大招篇[三]，定是屈原作。所招爲國魂，愛國心以託。衆人皆醉倒，傷哉楚氛惡。行吟湘水畔，血淚繽紛落。昂頭發大聲，同仇冀踴躍。壯志卒[四]不遂，乃與彭咸約。嗤嗤危幕燕，啾啾焚堂雀。不若江魚腹，反得稱安宅。誰無亡國痛，義俠照顏色。我爲表同情，身死安足惜。浮雲半空[五]過，慘慘一片黑[六]。國魂兮歸來，招之不可得。

爭存　劍公（高旭）

西儒貴進取，我獨重保守。種禍日以棘，煢煢[七]余在疚。生物有公例，萬彙當遷就。最適宜者繁，不適宜者仆。物種能變異，即爲天所佑。新式日以新，舊式日以舊。舊種不滋植，意者太鄙陋。一成而不變，斯義實大謬。終爲新種滅，無道以自救。何生此原因，不善于造搆。欲知爭存理，盍覘此內籀。

一　《高旭集》作「聊登高」。
二　《高旭集》作「紓」。
三　《高旭集》作「招魂與大招」。
四　《高旭集》作「終」。
五　《高旭集》作「天半」。
六　《高旭集》作「白」。
七　《新民叢報》作「甇甇」，今從《高旭集》作「煢煢」。

光緒二十九年六月二十九日（公元一九〇三年八月二十一日）

《新民叢報》第三十六號

烏之珠歌　人境廬主人（黃遵憲）

毅皇帝御[一]馬，領侍衛某所進，西安將軍所購也。宮車宴駕，馬悲鳴于景山林樹之間，卒以不食斃。微臣聞而感焉。

北風雨雪門不開，景山暫作金粟堆。黃竹歌停八駿杳，一馬鳴訴悲風哀。此馬遠自流沙至，鐵花滿身黑雲被。將軍甫奏天馬徠，雄姿已有凌雲意。鳳臆麟身人未知，內官頻促黃門試。天顏一顧喜出羣，便入天閑登上駟。春郊三月楊[二]柳絲，九衢夾道飛龍旗。臥瓜吾仗引金鉞，霓旛羽葆隨黃麾。烏皮靴聲地橐橐，龍紋盖影雲遲遲。十五善射作前導，親王貝勒相追隨。中一天人御飛鞚，躡電追風塵不動。黃韉朱罽鏒金鞍，顧影不鳴更矜寵。路旁遙指衣黃人，側睞龍媒神亦悚。沙平風軟四蹄輕，不聞人聲惟馬聲。銀花佩紛露黃帶，紅絨結頂飄朱纓。少年天子萬民看，望塵不及人皆驚。鑾儀校尉獨惆悵，輕車步輦空隨行。從官爭費千金產，苦索飛龍求上選。奚官善相阿敦調，有此神駿無此穩。一朝忽泣天花雨，日慘雲冥愁楚楚。都是攀髯不逮人，幷鮮慰情勝無女。萬花淚濺[三]柳愁含，御床不掃空垂簾。六宮共抱蒼梧痛，舉國[四]還驚白柰簪。多時不見宮中駕，一馬悲嘶夜復夜。自蒙拂拭衆人驚，奚啻黃金長聲價。

一 《人境廬詩草箋注》無「御」字。
二 《新民叢報》「楊」字留空。
三 《人境廬詩草箋注》作「濺淚」。
四 《人境廬詩草箋注》作「萬國」。

青絲絡頭伏道旁，反因受寵叢譏罵。何如死殉侍昭陵，風雨靈旗馳石馬。先皇御宇十三年，金牀玉几少晏眠。黃巾甫平白帽擾，戰馬每歲從周旋。望騅禮拜木蘭返，十年往事猶目前。中興未集弓劍閟，豈獨此馬哀呼天。即今兵革猶未息，羣胡化鬼擾西域。王師出關萬虎羆[一]，衆馬從人同殺賊。汝獨一死報君恩，吁嗟龍性固難測。烏珠烏珠努力肯飽食，諒汝立功能報國。

城南行　劉光第遺稿

驅車過城南，草綠波如鏡。御夫指天橋，告余車馬競。朱門騁豪貴，王侯多綠鬢。畜眼識明璫，豪奴挾挺刃。長眉柳葉青，赤面桃花映。髻上綰瑤簪，腰中佩金印。綵轡飛飈連，香輪流波迅。火雷助聲燄，沙塵動紛釁。路有毆死人，可抵螻蟻命。將相勒馬過，台諫盡阿順。余曰輦轂下，乃有此暴橫。想見天上人，天心爲傾震。平時不法事，此間猶謹慎。復言天不容，其敗一轉瞬。先皇赫斯怒，降謫諸侯訊。穴社技已亡，肆朝法終正。吁嗟勞力徒，粗鹵識綱柄。國朝好家法，祖宗實神聖。

感事二首庚子　出雲館主人（梁朝杰）[二]

回首華亭鶴淚高，士衡匡難已徒勞。新陳事業如雲散，多少英雄被浪淘。海外孤臣衣帶詔，宮中詞客鬱輪袍。夢夢一視天沈醉，禮樂何能抵六弢。

民氣卑微久不伸，低顏虎豹叱麒麟。狐鳴未必能張楚，鶉首如何竟賜秦。黯淡中朝冠帶色，倉皇西

一 《人境廬詩草箋注》作「貔」。

二 梁朝杰（1877-1958），字伯雋，號出雲館主人，廣東新會人，維新運動重要成員。師從康有為，1895年參與公車上書，後赴美國任《世界日報》主筆。1927年與梁啟超等組中國憲政黨。著有《出雲館文集》等。

道軺車塵。尊攘亦有天忠黨，莫向東鄰更效顰。

預言一首庚子　**出雲館主人（梁朝杰）**

十一年前子午籤，幾來未信口能箝。寰中莽莽思分鼎，宮裏遲遲議撤簾。禱地有靈疇馬湩，攀天無計墮龍髯。元黃血海陰陽戰，換取神州赤日炎。

論學詩四首癸卯　**出雲館主人（梁朝杰）**

六藝銷沈教術疏，誰從姬孔覽余初。塵羹土餓飢難飽，篆刻雕蟲實亦虛。淡泊程門三尺雪，寂寥揚子一床書。試看四海風雲變，忍誤羣英作蠹魚。

光明寶藏晦埃塵，混混誰知教育眞。面壁九年終悟道，心齋三月不違仁。言非救世休饒舌，學要存誠只反身。解道衆生同佛性，天涯地角有天民。

一千三百年科第，惘惘雞蟲亦可憐。欲彀英雄徒自苦，不除奴隸更無權。皇輿敗績思匡濟，歷史潛輝賴發宣。大帝國民天職在，留情珊鶴未應然。

萬派奔流萬馬驤，也須從此問津梁。虛懷雪亮應知白，至道淵微孰測黃。任使醉歐亦何害，不愁演孔更無方。僕常持「真理不滅」之說。驅虬乘鷖吾行矣，遠上崑崙覽故鄉。

黍離之辭哀板蕩之情苦繁霜之心憂詩以言志不可誣也惺菴讀式微之章憂從中來不可斷絕詠歎紬繹至於無窮爰竊取其語而長歎之哀歟苦歟憂歟其誰之歟敢自比於風人之旨云爾

惺庵（丁惠康）

式微式微胡不歸，景陽宮漏夢依稀。如何玉女窺窗笑，不見君王見子規。
式微式微胡不歸，江南草長亂鶯飛。臨春結綺荒荊棘，爲問當年孔貴妃。
式微式微胡不歸，投荒斷髮淚沾衣。故人勤勸加餐飯，加得餐時帶減圍。
式微式微胡不歸，獨憐少婦理殘機。舊時涼月重相照，掩抑空閨淚暗垂。
式微式微胡不歸，翹翹車乘故人稀。驚聞柴市多新鬼，月黑楓林衰草低。
式微式微胡不歸，五陵裘馬自輕肥。雲中亦有閒雞犬，夢冷波濤百丈飛。
式微式微胡不歸，空持羅帶恨依依。玉龍哀怨無消息。零落鈿箏人未知。
式微式微胡不歸，我東歸矣我心悲。江關搖落哀秋客，腸斷西園胡蝶飛。

惺菴感式微之詩斷取其語爲詩八章哀感頑艷悱惻動人蜕菴讀而悲之輒亦繼作河上之歌不自知其幽抑也　　蜕庵（麥孟華）

式微式微胡不歸，十年塵土漬征衣。雄心未死桓郎老，搖落江潭柳十圍。
式微式微胡不歸，觚稜雲氣夢依稀。止愁丁令歸來後，城郭人民有是非。
式微式微胡不歸，河山風景未全非。蓬山青鳥無消息，春草江南鶯亂飛。
式微式微胡不歸，青山一髮認依稀。中原萬里無消息，白草黄塵日易西。
式微式微胡不歸，北山猿鶴故依依。萋萋綠遍江南草，春盡王孫苦未知。
式微式微胡不歸，側身西望淚霑衣。涉江欲採夫容去，採得芳馨卻贈誰。
式微式微胡不歸，月明烏鵲自南飛。孤鴻更在沙洲外，揀盡寒枝未肯棲。
式微式微胡不歸，天涯芳草自低迷。有人悵倚粧樓望，卜盡金錢減帶圍。

讀惺菴作感不絕於余心酒後耳熱起而繼聲勞者自歌工拙所不計也　璱齋（麥仲華）

式微式微胡不歸，人民城郭是耶非。棘中剩有銅駝在，應識當年老令威。
式微式微胡不歸，山河滿目不勝悲。傷心莫說南朝事，禁苑春深杜宇啼。
式微式微胡不歸，隋隄小立黯斜暉。殷勤種得千株柳，飛絮濛濛撲面飛。
式微式微胡不歸，春殘忍見亂紅飛。西風且障王公扇，爲怕緇塵汚素衣。
式微式微胡不歸，娉婷自惜五銖衣。琼樓玉宇高寒處，露重風多不自知。
式微式微胡不歸，西園黃蝶故飛飛。思君夜夜清輝減，老盡紅顏君未知。
式微式微胡不歸，千金駿骨古來稀。五陵裘馬諸年少，豈識東門有布衣。
式微式微胡不歸，多情誰與說相思。佳期已誤薔薇約，回首東風淚暗垂。

光緒二十九年七月十四日（公元一九〇三年九月五日）《新民叢報》第三十七號

逐客篇　人境廬主人（黃遵憲）

華人往美利堅，始於道、咸間。初由招工，踵往者多，數至二十萬衆。土人以爭食故，譁然議逐之。光緒六年，合衆國乃遣使三人，來商訂限制華工之約。約成，至八年三月，議院遂藉約設例，禁止華工。感而賦此。

嗚呼民何辜，値此國運剝。軒頊五千年，到今種[一]極弱。鬼蜮實難測，魑魅乃不若。豈謂人非人，竟作異類虐。茫茫六合內，何處足可託。華人渡海初，無異鑿空鑿。團焦始蝸廬，周防漸虎落。藍縷啟山林，邱墟變城郭。金山蟠堁高，伸手左右攫。驩呼滿載歸，羣誇國極樂。招邀盡室行，後腳踵前腳。短衣結椎髻，擔簦躡草屩。酒人率庖人，執鍼偕執斲。抵掌齊入秦，諸毛紛繞涿[二]。後有紅巾賊，刊章指名捉。逋逃萃淵藪，趨如蛇赴壑。同室戈要操，入市刃相斮。助以國網寬，日長土風惡。漸漸生妒爭，時時縱謠諑。謂彼外來丐，只圖飽囊橐。地皮足一踏，有金盡跳躍。腰纏得萬貫，便騎歸去鶴。誰肯解髮辮，爲我供客作。或言彼無賴，初來盡袒膊。喜如蟲撲[三]緣，怒則獸噬搏。野蠻性嗜殺，無端血染鍔。此地非惡溪，豈容食人鱷。又言諸妻羅，生性極齷齪。居同狗國穢，食等豕牢薄。所需日百錢，大觳難比較。任彼賤値傭，我輩坐朘削。眼見手足傷，誰能忍毒螫。千口音譊譊，萬目瞪灼灼。聯名十上書，上請王斟酌。驟下逐客令，恐倍通商約[四]。姑遣三人行，藉免衆口鑠。擲梟倘成盧，聊比[五]試蒲（艸博）。誰知糊塗相，公然閉眼諾。噫嘻六州鐵，誰實鑄大錯。從此懸厲禁，多方設局鑰。丸泥便封關，重門復擊柝。去者鵲繞枝[六]，居者燕巢幕。關譏到過客，郊移及遊學。國典與鄰交，一切束高閣。東望海漫漫，絕遠踰大漠。舟人呼卬須，津吏唱公莫。不持入關繻，一來便就縛。但是黃面人，無罪亦笞掠。慨想華

一　《人境廬詩草箋注》作「國」。
二　《新民叢報》作「諑」，今從《人境廬詩草箋注》作「涿」。
三　《新民叢報》作「樸」，今從《人境廬詩草箋注》作「撲」。
四　《人境廬詩草箋注》作「此事恐倍約」，且後接「萬國互通商，將以何辭却？」，《新民叢報》缺此二句。
五　《人境廬詩草箋注》作「一」。
六　《人境廬詩草箋注》作「樹」。

盛頓，頗具霸王略。檄告美利堅，廣土在西漠[一]。九夷及八蠻，一任通邛筰。黃白紅黑種，一律等土著。逮今不百年，食言曾不怍。吁嗟五大洲，種族紛各各。外攘[二]斥夷戎，交惡詈島索。今非大同世，衹挾智力[三]角。芒碭紅番地，知汝重開拓。飛鷹倚天立，半球悉在握。華人雖後至，豈不容一勺。有國不養民，譬爲叢毆爵。四裔投不受，流散更安着。天地忽跼蹐，人鬼共咀嚼。皇華與大漢，第供異族謔。不如黑奴蠢，隨處安渾噩。堂堂龍節來，叩關亦足躩。倒頃四海水，此恥難洗濯。他邦互效尤，無地容飄泊。遠步想章亥，近功陋衛霍。芒芒問禹迹，何時版圖廓。

雜詠　惺庵（丁惠康）

惺庵性情孤嬾，不甚作詩，偶一作之，不喜存稿，與無詩同。茲所錄年來之詩，或記或不記，若存若亡，即所記者，如是而已。獨怪人之交惺庵者，必徵其詩，抑若專以詩人一席位置惺庵然？乃嘆天下事有名無實，大抵然矣。□□素徵余詩，久未應命，因瞥松島得少暇日，漫書以爲別。癸夘六月廿九日記。

驅山鞭石挾風雷，我論人文重霸才。却恨時無王景略，九州風氣不全開。瀨上與盧江吳彥復談及此。

夢回雞塞念家山，一晌貪歡自[四]等閒。誰分文人感哀艷，年年清淚濕青衫。朱竹垞書《南唐父子詞》卷，江都史氏藏。

睥睨九州縱奇氣，迺始刻意學奇字。文章至奇命亦窮，沈沈消息閩王子。懷閩縣王旡離。

一　《新民叢報》作「膜」，今從《人境廬詩草箋注》作「漠」。
二　《人境廬詩草箋注》作「攘外」。
三　《人境廬詩草箋注》作「勇」。
四　《新民叢報》作「目」。

六朝門望最清華，品曲彈棋自一家。絕世承平好公子，劇憐生不屬乾嘉。聞宛平徐研芙病甚，詩以傷之。

遙遙秦歲築長城，兩戒山河萬古明。一例陸沈名士感，天留海島壯田橫。

惜誓哀歌託遠遊，不堪多難獨登樓。驚心余髮頻看鏡，虛負勳名到黑頭。酬譚彤士〈於梧州〉兩首。

滄海橫流幾輩存，春來誰與共芳尊。蘭陵舊住青楊巷，無那花時盡掩門。過繩匠胡同楊叔嶠故宅。

鶴駕鸞驂意渺然，重瞳凝碧亦神僊。太平山頂頻頻顧，小別蓬萊三十年。香港太平山上書所見。

箜篌小撥不勝愁，拋擲閑情似水流。忽憶去年今日事，畫船簫鼓醉揚州。柳橋席上酬長岡子爵。

流水游龍赴九衢，中宵明露冷華裾。飄燈悄悄各歸去，問訊憑將片葉書。玉池軒夜宴陳、謝、石埭居士。

廬陵賦刀張日本，秀水好事跋吾妻。風流文采如相映，袨服新粧此一題。《海東訪學圖》爲吳縣王幹臣。

山中樹閱百千歲，天半雲垂十萬家。三過鶯亭人不識，小窗閒煞玉蓮花。過上野之鶯亭。

明□秀髻各自媚，連岡伏阜難爲雄。輕舟掠水浮萬象，披襟謖謖來松風。

聽風聽水招仙侶，懷古懷今發遠吟。浪打雲霾山悄悄，詩人一舸自相尋。〈題松島〉二首。

剩有山光接水光，平林一碧斷人腸。我來絕頂懷鄉國，時聽鐘聲出上方。〈書松島富山大仰寺壁〉一首。

今朝景麗天中節，冷落青袍草莽臣。獨媿東人獻嵩祝，周南留滯感京塵。泛宿松島六月二十八日，館人爲言今日清帝萬壽，宜申慶祝，甚感其語，述詩一首。

煙波淼淼鏡初平，便願乘風到帝京。最是參橫月落候，惱人情緒玉簫聲。

詩人例動滄洲興，病客仍思東越吟。三宿有情難一別，白鷗浩蕩五湖心。〈別松島〉一首。

東遊雜感　西谿生

一角河山倚夕曛，枯棋著手亦成春。神州何處非蠻觸，媿煞從旁看奕人。觀棋。

此世界非公世界，舊朝廷是小朝廷。老僧今夕難成寐，急刼殘棋不忍聽。老僧話棋。

十年遺恨滿山河，天子新聞日出歌。一樣樓臺畫金碧，無人解與笑銅駝。

士女如雲香漬衣，涼宵坐覺翠成帷。誰知異地傷心客，負手歡場獨自歸。〈博覽會後門歸寓齋〉兩首。

重葺張忠烈公墓詩并序　劉光第遺稿

光緒十七年十月廿二日，盜發明兵部侍郎，總督張公同敞之墓。獲之，治如例。廣西巡撫以聞，奉旨下三法司議議，如之。墓在臨桂縣城外十里，北坐南向，骨殖猶全，由是[一]縣官殮而重葺之。於是刑部廣西司主事劉光第裴村題稿[二]，愴然慨而賦之。[三]

暴雷虺虺風騷騷，督師之頭三躍高。血身挺立肉倔强，掉落豪帥手中刀。督師太岳之孫子，與瞿留守同日死。留守骸[四]歸拂水岩，督師就葬唐家里。當時若無楊藝哭，忠臣肉飽烏鳶矣。里中生員唐兆祺，世傳祭田祭督師。自從乾隆賜謚後，赴墓拜掃年年期[五]。日二十五月十一，不知死日是生日。昌平雲氣欝槁[六]山，荊渚愁波連漆室。何來地下摸金郎，鬼氣所射綠眼芒。手揮金錐[七]唱青麥，莫家兄弟不可當。

一 《衷聖齋詩集》無「是」字。
二 《衷聖齋詩集》作「劉光第閱題稿」。
三 《衷聖齋詩集》作「愴然慨之而賦詩焉」。
四 《衷聖齋詩集》作「還」。
五 《新民叢報》作「無年期」，今從《衷聖齋詩集》作「年年期」。
六 《衷聖齋詩集》作「橋」；按：昌平有橋山。
七 《衷聖齋詩集》作「椎」。

萬髏飲血傷陳魄，忍動文武忠義骨。此骨南撐半壁天，前身北射中原月[一]。漢寢唐陵皆發掘，玉魚金椀終銷闕。青犢赤麋徒哽咽，快哉三賊盡成禽，寶鐲依然殉靈窟。憶昔瞿公隔屋囚，四十餘日詩相酬。形骸久已外天地，留此大明土一邱。虞山憑弔忠宣墓，陶公種梅賦詩句。欲乞吾師買桂花，補栽忠烈墳前樹。時張安圃[二]師署理按察使。

楚楠大令有煤油之志因其乞詩作此以贈[三]

劉光第遺稿

黃生讀書無所用，天上玉堂眞昨夢。縣官雖好不救窮，何如貧人登破甕。男兒今日重錢刀，引商自穢亦自豪。不向人間鑱皮骨，端從地底吸脂膏。玉乳瓊[四]漿白[五]銀髓，言之津津兩眉喜。寶明[六]碧眼壓波斯，利析秋毫走桑氏。君今去過齊魯墟，試弔夷吾訪逸書。爲我一問魯中叟，連騎弟子今何如。欲說五洲彼龍戰，將攀九天臣蟣賤。儒林循吏皆掉頭，惟有傾心貨殖傳。梨栗棗萩抵侯邑[七]，况君千畝山四十。西州大賈推細胡，那愁穿背英俄入。郡守思營什一方，當時有鬼笑其旁。若把通商譏[八]逐末，國家安得

一 《新民叢報》作「日」。
二 《新民叢報》作「張安囿」，查應爲「張安圃」，從《戊戌六君子遺集》改。
三 《衷聖齋詩集》作〈楚枏大令將行因其乞詩作此以贈〉。
四 《衷聖齋詩集》作「瑤」。
五 《新民叢報》作「向」，今從《衷聖齋詩集》作「白」。
六 《新民叢報》作「眼」，今從《衷聖齋詩集》作「明」。
七 《新民叢報》作「色」，今從《衷聖齋詩集》作「邑」。
八 《新民叢報》作「徒」，今從《衷聖齋詩集》作「議」。

南北洋。宋家新法研紅穗，與君同抱光明志。待翦秋蟾[一]照夜窗，便予細勘農書字。先是宋芸子[二]檢討將集股造洋蠟。

光緒二十九年十二月二十九日（公元一九〇四年二月十四日）

《新民叢報》第四十六至四十八號

都門雜感　蜀郡韥孫

秋風吹夢上金臺，滿眼昆明刦後灰。戰骨萬叢新鬼大，行□入座貴官來。哀哀帝國哀亡史，落落中原將相才。摩拊銅駝頻墮淚，又應見汝棘中埋。

萬雉廻環拱帝京，崇墉鑿空瀛車行。京津、京漢兩鐵路皆在正陽門下車，所經外城毀垣而入。銀元通用歐亞幣，鐵牡難扃內外城。遺矢滿街仍北俗，負槍警道見西兵。那堪使館洋樓上，黃瓦鱗鱗似殿廷。

王母張筵召百靈，瑤池夜宴敞雲屏。壺投玉女天爲笑，樂奏鈞天帝不醒。北斗横斜星漏轉，西山晃漾電燈明。內廷菊部人間少，莫傍宮牆壓笛聽。連日宮門抄皆有賞某王大臣等聽戲之事。

御園新起大餐房，番菜刀叉入尚方。夷嬇朝儀仍北面，天厨食品仿西洋。俳優雜進絃三弄，帝后親巡酒數行。莫道外交無政策，折衝尊俎果然强。

海內封章薦禰衡，殿廷壇席待樊英。中朝積習科名重，亂世文章棄取輕。自是黨人應禁錮，考經濟

一　《新民叢報》作「蟬」，今從《衷聖齋詩集》作「蟾」。

二　《新民叢報》作「采芸子」，查應爲「宋芸子」，從《衷聖齋詩集》改。

特科出第一榜，或有言某爲新黨，某爲帝黨者，故覆試咸黜之。何曾處士盡虛聲。□人漫爾張羅網，也有冥鴻不肯嬰。

牘背書詞獄吏尊，雖逢慶典也無恩。□□之死正□今上皇帝萬□。未聞溺簣逃張祿，竟爾縑囊撲杜根。流血黨中留紀念，斷頭臺上賦招魂。國民他日應相億，銅像巍巍照九門。

講舍毗連紫禁城，景山東望氣崢嶸。學規鹿濁洞新序，分體鴻都舊石經。張之洞重定大學堂章程，增入經史詞章。棉蕝已來秦博士，絃歌尚待魯諸生。大同憶否橫濱校，海外華商早辦成。

莫因李老唱廻波，楊白花翻樂府歌。內侍私人高菩薩，宮奴養子穆提婆。黃門給事尚書貴，墨勅官錢進御多。豈獨郭開能賣趙，又簽密約主聯俄。

十萬纏腰亦壯哉，斜封官賣選人來。新班市儈捐紅頂，舊例宮門遞綠牌。雲想衣裳游妓館，雷聲車轂殷天街。醉生夢死眞堪恨，那怪華官盡駑材。

遼瀋違言動楚氛，羽書桂管又紛紛。植民政略强權派，愛國精神革命軍。天竺故墟悲五印，波蘭覆轍是三分。慟來怕共荊高醉，獨上西城看暮雲。

惺菴賦式微八章哀抑無度嬰弁讀之喟然梗懷遂繼聲也　嬰弁

式微式微胡不歸，廣樂鈞天夢已非。變徵秦聲無好況，招魂楚些有哀詞。

式微式微胡不歸，小鸞病翼折風時。紇午凍雀不得食，向生處樂奈何飛。

式微式微胡不歸，鄰婦軋軋夜弄機。熏籌病久不知覺，賸得秋人瘦上呰。

式微式微胡不歸，東門之楊斧以斯。終朝采綠不盈掬，我友褰裳其來而。

式微式微胡不歸，望春宮柳未全衰。堦前仗馬避風立，闕下銅駝經雪肥。

式微式微胡不歸，錦裀疊幛歲離披。無多顏色歸秋草，如此江山有落暉。
式微式微胡不歸，衆芳心死各辭枝。中流汎汎木蘭檝，山鬼飄飄薜荔衣。
式微式微胡不歸，金井彫疏白露晞。王孫起起弄明月，無人獨自整裳衣。

讀惺菴感式微之詩棖觸余心悲憤交集寄詩和之不自知其詞之工拙也　勾吳民

式微式微胡不歸，南冠相對泣歔欷。一樽痛飲新亭酒，風景河山舉目非。
式微式微胡不歸，朔風凜慄慘斜暉。魯陽如有回天術，欲假金戈信手揮。
式微式微胡不歸，故鄉搖落柳成圍。殷勤莫問中原事，垂老桓公願已違。
式微式微胡不歸，落花寂寂遍蒼苔。重門深鎖無人到，望帝春心泣子規。
式微式微胡不歸，六朝舊事夢依稀。景陽宮殿何堪問，眢井誰憐孔貴妃。
式微式微胡不歸，梁園回首不勝哀。舊時賓客多星散，月黯蓬蒿狐鬼來。
式微式微胡不歸，清秋燕子故飛飛。如何繞遍烏衣巷，不見朱門見夕暉。
式微式微胡不歸，茫茫身世訴伊誰。千金學得屠龍術，瓠落無容淚黯垂。

登金山歌　勾吳民

朝登金山巔，俯瞰江中央。江流日東注，朝宗太平洋。風潮所鼓盪，直捲美澳疆。亞洲當其衝，廻

1 孫揆均（1866-1941）書法作品上曾鈐印「勾吳民」，未知是否同一人。備考。（楊世驥《文苑談往》作「勾吳氏」，但《新民叢報》作「勾吳民」。）

波何湯湯。列强爭虎視，羣目注東方。樓船橫海來，氣抑何狂長。此江雖天險，直入如康莊。妖言肆恫喝，兵費索賠償。中朝驚失措，達官盡旁皇。遽訂白下盟，立約許通商。沿江形勝地，闢作商市場。猛虎入堂奧，胡乃任强梁。峩峩北顧山，堅築異族房。危樓插雲表，金碧何輝煌。高樹彼國旗，飄飄隨風揚。吁嗟此何地，坐令鴟而張。南北爲襟帶，東西通舟航。兵家所必爭，堅固如苟桑。一自爲商市，夷官日披猖。法彼治外權，奪我安內方。名爲租借地，實已藩屬鄉。彼雖無多人，隱然敵國防。借問此何故，我弱而彼强。彼富自治力，我惟謀稻粱。一念之所及，憂心摧肺腸。蚩蚩我國民，往來何趨蹌。耻辱到如此，見慣庸何傷。夙具奴隸性，豈曰謀不臧。號稱四萬萬，太半皆無良。嗟哉我華夏，國祚何由昌。外憂日以棘，內患日以長。見事貴機微，況復已履霜。金山何兀兀，江水何茫茫。登臨一長嘯，使我心激昂。

光緒三十年八月一日（公元一九〇四年九月十日）
《新民叢報》第三年第四號（原第五十二號）

登衛城懷古　劍公（高旭）

蒼茫落日東海頭，登臨使我懷百憂。狂瀾既倒力難挽，金山屹立空千秋。白雲悠悠天際盡，熱淚併作寒潮流。憶昔指揮侯承祖，支撐殘局丹心苦[一]。率位官拜聖位前[二]，放聲大哭淚如雨。丈夫報國不怕死，

[一] 此句《高旭集》作「力排外族丹心苦」。
[二] 此句《高旭集》作「率衛官拜明祖前」。

一身誓不臣二主。[一]海濱城大僅如斗，國民意氣雄如[二]虎。鍊將百心成一心，媧皇雖勞天莫補。[三]咄哉兵竟從天來，妖雲盲霧鬱不開。[四]千萬竹梯一齊上，蟻附登城聲轟雷。麾魯陽戈[五]日難返，事雖[六]瓦裂心未灰。降旗忽豎拔刀起，短兵巷戰憤切齒。[七]猶殺敵兵五百人，軍單力竭不可恃。[八]大事畢矣吃一刀，滾滾頭顱好男子。爲國流血皇哉堂，激起同胞牛馬恥。[九]指揮千戶十死八，難得衆生堅若此[十]。吁嗟乎！方今[十一]鯨魚跋浪驚天驕，海防贔屭須堅牢[十二]。吊往事兮風蕭蕭，吹起海天愁思滔滔來如潮。[十三]

不肖　劍公（高旭）

一　《高旭集》無此二句。
二　《高旭集》作「于」。
三　此二句《高旭集》作「結一團體進可戰，媧皇煉石將天補。」
四　此二句《高旭集》作「咄咄胡兵飛渡來，毒雲盲霧鬱不開。」
五　《高旭集》作「魯陽麾戈」。
六　《高旭集》作「已」。
七　此二句《高旭集》作「軍單力竭不可恃，降旗舒舒忽豎起。」
八　此二句《高旭集》作「格殺丑類五百人，短刀巷戰憤切齒。」
九　此二句《高旭集》作「為種流血歷史光，激起漢族奴隸耻。」
十　此句《高旭集》作「群力團結乃若此」。
十一　《高旭集》作「三百年來」。
十二　此句《高旭集》作「國魂浩蕩常飄搖」。
十三　此二句《高旭集》作「擬斬六鰲之腳，支撐天柱堅且牢。」

我說爲父者，斷勿肖其祖。我說爲子者，斷勿肖其父。天擇劇[一]酷虐，人擇相爲輔。愈演而愈上，今必勝于古。果能[二]日進化，適合文明度。一切有機物，天擇莫敢侮。優勝則劣敗，公理不可破。避劣以占優，變種庶稍[三]補。五族不通婚，先哲言聽取[四]。儒家誅亂倫，無他弱種故。[五]我今立斯幟，誰識此[六]心苦。教人以不肖，攻者必旁午。

鐵血生歌　河北男子

河朔如掌平復平，海西嶔欹一佩卿。太行高高勢崢嶸，中山乃見鐵血生。鐵血當年瞰經史，翩翩承平佳公子。陸沈忽復見神州，竟爲熱血供驅使。有淚莫澆乾淨土，有恨難填滄波水。有情願鑿人間竅，猶恐七日混沌死。請君少安聽我謌，我不與君殊四科。一木支廈恐偏頗，不見衆擎擧易多。更爲鐵血謌再奏，瑤華珍重出襟袖。燕趙佳人個誰又，容易三五月明後，願一見兮褰裳就。再歌罷兮曲三終，晨星數點耿天中。北斗以南空復空，忍惜靈犀不爲通。何況佳會古難同，忍使勞燕飛西東，時乎時乎鑒我衷。

一 《高旭集》作「最」。
二 《高旭集》作「種類」。
三 《高旭集》作「小」。
四 《高旭集》作「誓言謹聽取」。
五 《高旭集》此句後多出「習慣與體質，改變力其努。跳出舊風俗，自造新區宇。」四句。
六 《高旭集》作「寸」。

讀康南海先生傳略頌辭　門下私淑生

五百昌期期未昌，天帝豁然開天閶。鸞驂麒騎來帝傍，帝曰錫汝雲錦裳。汝被大夏施八荒，萬箭怒發馬騰驤。匉訇大開獵較場，龍蛇百怪走莽蒼。手苻靈飛腰干將，咨汝登壇毋徬徨。大日麗天天重光，崆峒拜手言乃颺。千年秘密如探囊，銖兩金石和琳瑯。風扇火沸鼎耳黃，波旬鵰鷲來翱翔。紅芝丹椹翻金漿，西辭咸池東扶桑。萬刼不壞存金剛，雲濤翻天渺重洋。褰裳追躡茅咸陽，羅胷星宿吐豪芒。秀破天慳無閟藏，今其塵垢古粃糠。風霆喧豗日月明，于嗟跛躃瘖聾盲。度汝苦厄汝披猖，衝天莫識仙人鄉。仙乎仙乎天一方，方壺員嶠何茫茫。願一見兮携手行，盍歸乎來萬民望。

讀新民叢報有感　海堧蟄民

中原滿目已干戈，豪俠蠭屯脫網羅。蠻雨攪魂摩壁壘，腥風吹血孕山河。刼來三戶龍蛇走，鑄錯九州魑魅多。滚滚月輪同是地，怪它妾婦拜嫦娥。

視爾夢夢講外交，滿廷沉醉飽醨糟。典原可數甘忘祖，皮已不存安附毛。頑石補成天憒憒，英雄淘盡浪滔滔。一軍遼海歸何意，愛國頭顱等弁髦。

縱横鐵路輦皇都，假道居然外府虞。禹迹茫茫誰是主，諸公袞袞自爲奴。趙家已失連城璧，孟守湏還合浦珠。滿目江山如錦繡，大招招得國魂無。

鼓鼙震地已鼕鼕，外患猶將接內訌。倘是驛門同駐馬，應知晋水起潛龍。孫陽過冀羣空北，士會還朝鼓譟東。萬象一新反手易，造成時勢有英雄。

酧曾重伯編修幷示蘭史　人境廬主人（黃遵憲）

重伯序余詩，謂古今以詩名家者無不變體，而稱余善變，故詩意及之。

廢君一月官書力，讀我連篇新派詩。風雅不亡由善變，光豐之後益矜奇。文章巨蟹橫行日，世界羣龍見首時。手挈芙蓉策虬駟，出門惘惘更尋誰。

題潘蘭史江湖載酒圖　惺庵（丁惠康）

詞人作賦傷騎省，王子搴舟感鄂君。憶得臨波弄環珮，南天花雨落繽紛。
滿地江湖歸白髮，中年絲竹溼青衫。尋常亦有傷春感，不見題詩紀阿男。
松陵韵事最風流，搖落江潭二十秋。但得春衫換佳釀，年年吹笛木蘭舟。
虛聞打槳同王令，容易成陰愴牧之。一樣芬芳與悱惻，貞元全盛不多時。

褉感[一]　自由齋（高旭）

商量社會淚沾巾，嚙墨吞聲費苦辛。才學笑儂良碌碌，愛情却比世人[二]眞。
迢迢雙鯉信千封，欲寄重泉淚已濃。空有交情一味酒，死生流傳不相逢。
元玄翻覆鬼狐蹲，坑盡儒生道尚存。痛絕千鈞懸一髮，勞勞歌笑幾晨昏。
鼓吹歐潮腦力堅，民權與我有前緣。馨香滿袖抱茲□，僶俛于今已五年。
悲歌擊劍恨難休，安用新亭泣楚囚。局促九州不足步，三神山畔好遨遊。

一　《高旭集》未收此組詩。
二　《新民叢報》誤植作「八」，應作「人」。

寥濶江天無片雲，荒郊落葉太紛紛。哀鳴繞樹傷飛鳥，終日嗷嗷爲索羣。
能完人格即文明，羅網衝開不計名。自少我無適俗韻，嘲龍咀鳳太痴生。
廣陵一曲少人彈，欲覓知音爾許難。空谷佳人慕高義，臨風長嘯氣如蘭。
放下屠刀佛便成，飛花繚繞總多情。衆生哀樂無如我，我亦衆生中一生。

春暮寫感庚子　時若（高燮）

爭說人間熱鬧場，笙謌一變盡荒涼。紅闌倚徧無聊甚，幾個癡人戀夕陽。
色色魂魂孰最眞，愛潮疊疊太無因。濃香如夢花如海，蝴蝶原來出世身。
春風幾度到天涯，妒艷爭香競物華。飄盡殘紅飛盡絮，夜來依舊夢梅花。
半欄芍藥背人紅，人去良宵月影重。碎夢零烟辛苦酒，一春心事可憐儂。

吹笛　勾吳民

獨夜吹長笛，臨風感慨生。耻爲流俗響，故作不平鳴。醒彼癡人夢，怡吾高世情。賞音誰是主，孤月一輪明。

看菊有感[一]　海堧蟄民

物競歸天擇，西風菊自芳。感君爭晚節，助我發秋光。隋苑林成綵，周原草盡黃。紛紛已逐鹿，何

一 《新民叢報》題作〈看鞠有感〉，然按詩中所述，所看乃「菊」而非「鞠」，今改之。

處覔柴桑。

光緒三十年九月一日（公元一九〇四年十月九日）

《新民叢報》第三年第六號（原第五十四號）

櫻花歌　人境廬主人（黃遵憲）

鴿金寶鞍裝盤陀，螺鈿漆盒攜叵羅。繖張胡蝶衣哆囉，此呼奧姑彼檀那，一花一樹來婆娑。坐者行者口吟哦，攀者折者手挼莎，來者去者肩相摩。墨江潑綠水微波，萬花掩映江之沱。傾城看花奈花何，人人同唱櫻花歌。道旁老人三嗟咨，菊花雖好不如葵。即今遊客多於鯽，未及將軍全盛時。將軍主政國尚武，源蹶平顛紛鬥虎。德川累世柔服人，漸變戰場成樂土。將軍好花兼好遊，每歲看花載簫鼓。三百諸侯各質孥，爭費黃金教歌舞。千金萬金營香巢，花光照海影如潮。遊俠聚作萃淵藪，眞仙亦迷脂夜妖。合歌萬葉寫白紵，纏頭每樹懸紅綃。七月張燈九月舞，一年最好推花朝。噴雲吹霧花無數，一條錦繡遊人路。明明樓閣倚空虛，玲瓏忽見千花樹。花開別縣移花來，花落千丁載花去。十日之遊舉國狂，歲歲驩虞朝復暮。承平以來二百年，不聞鼙鼓聞管弦。呼作花王齊下拜，自誇神國尊如天。當時海外波濤湧，龍鬼佛天齊震恐。歐西諸大日逞强，漸剪黑奴及黃種。芙蓉毒霧海漫漫，我尚閉關眠不動。一朝輪船礮聲來，驚破看花衆人夢。我聞桃花源，洞口雲迷離。人間漢魏了不知，又聞淨土落花深四寸，每讀華嚴經卷神爲癡。拈花再拜開耶姬，上告豐葦原國天尊人皇百神祇。仍願丸泥封關再閉一千載，天雨新好花，長是看花時。

俠客行　人境廬主人（黃遵憲）

忽而大笑冠纓絕，忽而大哭繼以血。大笑者何爲，笑我鼎鑊甘如飴。大哭者何爲，哭爾衆生長沉苦海無已時。吁嗟！笑亦何奇，哭亦何奇，胷中塊壘當告誰。平生胸吞路易十四十八九，挾山手段要爲荊軻匕首張良椎。仗劍報仇不惜死，千辛萬挫終不移。致命何從容，寧作可憐蟲。歲寒知松柏，勁草扶頹風。君不見當今老學狂濤何轟轟，國魂消盡兵魂空。安得人人誓灑銕血紅，拔出四億同胞黑暗地獄中。

辛丑二月聞與某國訂東三省私約各國譁然和議中梗走筆成四章　裒一

磨牙涎舌肆狼貪，高屋建瓴勢漸南。鶉首賜秦天豈醉，虎牢爭鄭戰方酣。舊讎憤雪無曹沫，他族潛滋偪許男。壁上諸侯紛鶚視，中原糜爛更何堪。

雲蟠遼瀋本龍興，謀國諸臣負股肱。剜肉豈堪頻飼虎，依人空歎飽颺鷹。怎教臥榻容鼾睡，慣見强鄰借隙乘。衹恐葫蘆依樣畫，聞日本擬索福建相抵。瓜分定局肆憑陵。

聞道神京久駐軍，行成撤戍已紛紛。誅奸詔下要周質，甚惡誰教迫楚氛。拱手金湯輸悍敵，何顏玉帛仗元勳。可憐直北驚弓鳥，怕看天邊起墨雲。

猛士何須賦大風，侫頭不斬劍無功。曳戈枉悔成鄒鬨，滅國陰謀笑宋聾。一局殘棊爭此著，五洲始禍戰羣雄。天南電訊知眞否，日下愁聞貫白虹。

讀仁學　雪如

諸天龍象一彈指，支那有人正如此。咀冰嚼雪吐泥滓，蓮花粲然佛不死。夜光爲顱玉爲齒，醉驅漆園作奴婢，大聲如雷發充耳。

與王銘三同年贈別壬寅八月　出雲館主人（梁朝杰）

前塵遺躅厭留鞾，琴鶴翛然宦海波。賢宰清裁無緣飾，儒生眞氣未銷磨。愛人政蹟循良傳，覺世精神教育科。假我使君三載後，武城何處不絃歌。

肝膽照人明若鏡，制裁斷物法如弦。行看周道馳驅易，不擾閭閻算斂蠲。宓子自能辨陽鱎，季陵何敢效寒蟬。忽忽又作棠陰別，我爲斯民一悵然。

萬慮紛紜孰折衷，如公談理萬夫雄。舊儒壁壘誠難化，新學波瀾豈易冲。渾渾和融眞大道，齗齗持辨即羣蒙。一言準盡東西海，只覺心同理亦同。銘公論中西政學，常發揮「人同此心，心同此理」之說。

劬瘁從公不告勞，尚憂民瘼有纖毫。餘杭范令徽猷遠，蜀郡文翁治化高。僻壤焉能留驥足，順風還願送鴻毛。何時重話珠峯月，珍重離絃手自操。

與趙伏齋丈觀海亭贈別庚子五月　出雲館主人（梁朝杰）

三十年前烽火地，與公攜手一凭欄。身經險處心逾壯，道入微時眼更寬。香象縱横無鐵鎖，冥鴻迢遞有金丸。安危兩樣難憑據，莫把元潛子細看。

北遊三首壬辰　出雲館主人（梁朝杰）

如此長江與大河，沿邊容易已蹉跎。感懷我亦非王謝，自是英雄哭淚多。

悠悠天外滄桑影，浩刼無邊奈爾何。五十年前君莫問，當時猶恐是微波。

長城宮闕鬱嵯峨，不是遊人夢裏過。十里垂楊三里霧，最無人惜是山河。

感春八首　劍公（高旭）

雨雨風風夜，春來欲斷腸。香花滿懷抱，顑頷亦何傷。
紅闌干畔路，日暮嬝空煙。東風吹夢魂，飛在何處邊。
小姑本無郎，閉戶好獨處。曖曖結幽蘭，臨風悵延佇。
交交枝頭鳥，栩栩花間蝶。百草何芬芳，愛我來相襲。
野徑少人行，荊棘手自刈。紅淚濕桃花，九死心未悔。
寄情千里書，定情一杯酒。何以慰相思，攀折道旁柳。
一望綠陰多，飛花逐逝波。寤懷惟極浦，公子意[一]如何。
遊絲蕩百尺，代爾寫愁緒。日暮憺忘歸，心肝把誰語。

蘭　劍公（高旭）

淨土生依俗慮忘，是何功德不思量。小齋默坐無人到，盡日空中聞慧[二]香。
芳馨惻惻了無痕，一陣薰風道意存。爲覓淨因參妙諦，對花我竟淡忘言。
溫和簡[三]雅此奇葩，寂寞空山芳信賒。好試菩提清淨手，種將世界大同花。

一 《新民叢報》作「竟」，今從《高旭集》作「意」。
二 《高旭集》作「妙」。
三 《高旭集》作「淡」。

癸夘正月初二日對雪寫感　劍公（高旭）

天女散花靡有涯，繽紛花落恆河沙。寧爲多否花如許，似花非花非非花。

喚取[一]氷心住玉壺，胷襟皎潔片塵無。開門指點道在是，一幅靈魂活潑圖。

[一]《高旭集》作「起」。

國家圖書館出版品預行編目資料

清末《清議報》、《新民叢報》詩詞輯校

江曉輝輯校. – 初版. – 臺北市：臺灣學生，2018.12
面；公分

ISBN 978-957-15-1781-0 (平裝)

831.8 107018478

清末《清議報》、《新民叢報》詩詞輯校

輯校者 江曉輝
出版者 臺灣學生書局有限公司
發行人 楊雲龍
發行所 臺灣學生書局有限公司
地址 臺北市和平東路一段 75 巷 11 號
劃撥帳號 00024668
電話 (02)23928185
傳真 (02)23928105
E-mail student.book@msa.hinet.net
網址 www.studentbook.com.tw
登記證字號 行政院新聞局局版北市業字第玖捌壹號
定價 新臺幣五〇〇元
出版日期 二〇一八年十二月初版
ISBN 978-957-15-1781-0

83108